平井呈一
生涯とその作品

紀田順一郎 監修
荒俣宏 編

松籟社

平井程一（筆名呈一）昭和 47 年頃

程一、灰皿などから右写真と同じ部屋で同時期の撮影。

程一、30 代後半（昭和 15 年頃）

田中美代（3 歳、家族と）、浜町で程一の幼馴染、のち結婚。

程一、猪場毅とともに（昭和 15 年頃）

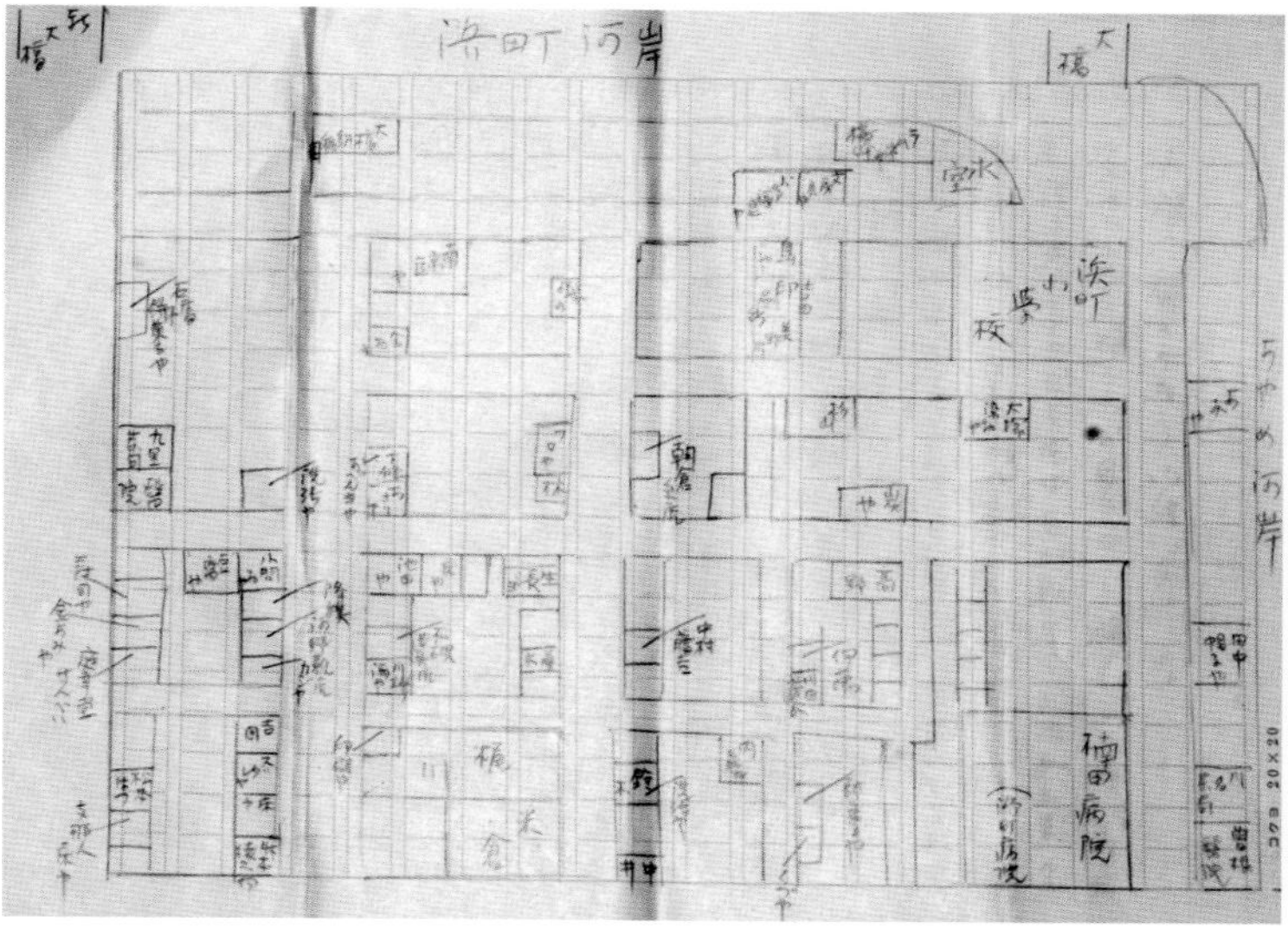

浜町の平井家周辺の略図（中央やや右に「炭や」とある）。浜町小学校同級生による。

程一が編集に参加した同人誌『季刊・日本橋』。号ごとに題字の揮毫者が違う。

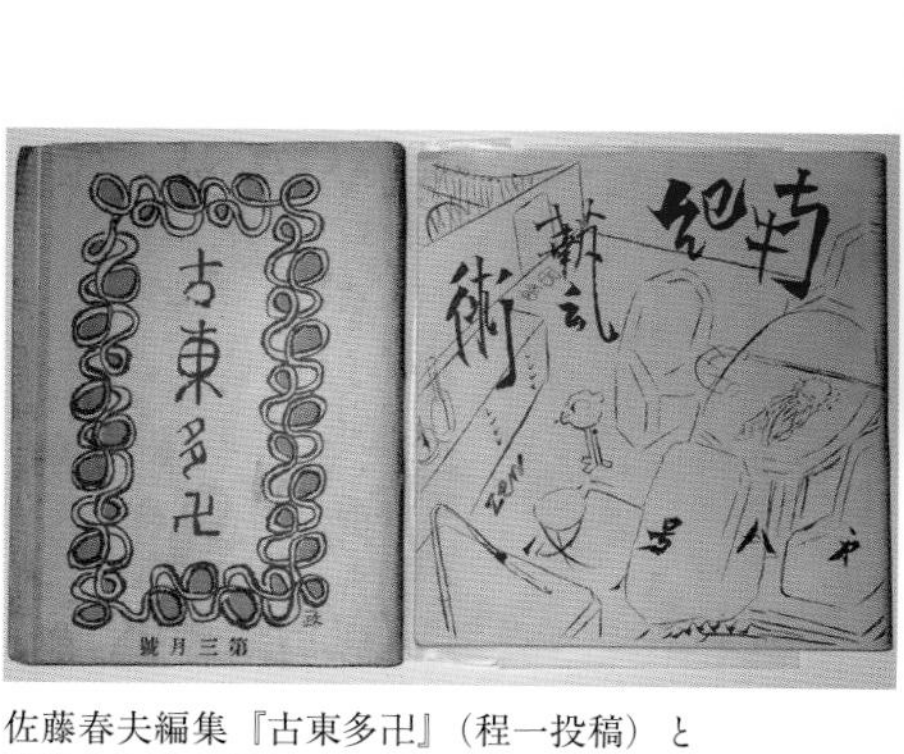

佐藤春夫編集『古東多卍』（程一投稿）と猪場毅編集『南紀芸術』

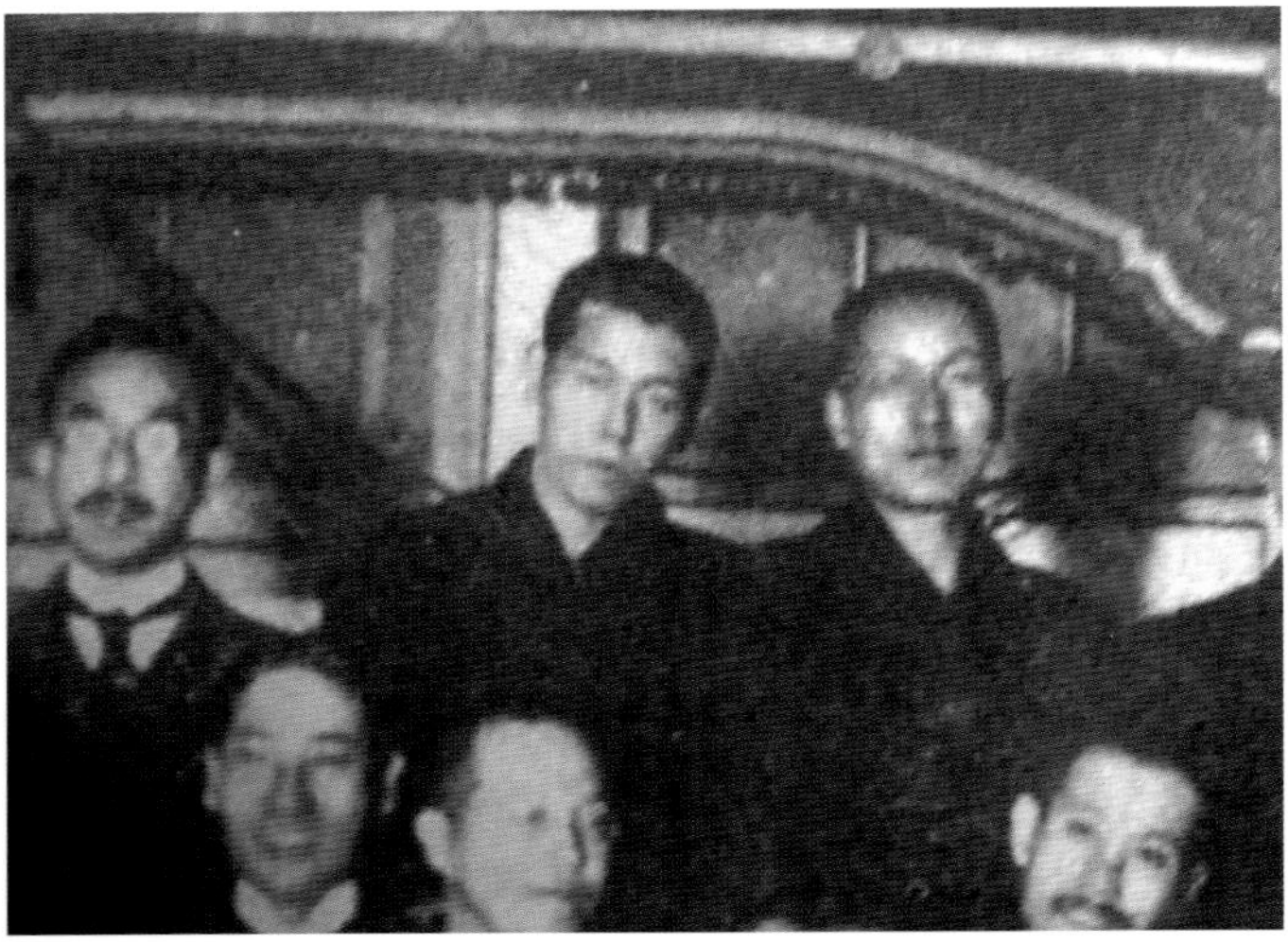

程一の兄谷口彌之助（二代喜作）、大正初期に恩師河東碧梧桐と「竜眠会」で（後列中央）。まだ十代か。西垣卍禅子編『現代新俳句の焦点』より。

二代喜作による『俳句と文学』創刊号の題字。程一以上に多くの作品を残し、装幀や書が巧みで、文士俳人とも交流した。この号に最晩年の作「俳句と味覚」が載る。

上野黒門町の和菓子舗「うさぎや」の味あるたたずまい（昭和9年）。初代喜作が開業し、二代が引き継いだ。『製菓実験』（昭和9年12月号）に若主人の気概が窺える。

程一の実父初代谷口喜作が出演した新派劇『政党余聞　書生之犯罪』の錦絵（明治25年）。初代は川上音二郎一座の番頭役であり、また名脇役でもあった。この錦絵にも喜作が描かれている（右から2人目）。国立劇場蔵。

横浜で開業された元祖「うさぎや」。円内は初代谷口喜作。明治38年にうさぎ印蝋燭の製造販売を開始、横浜の成功商人に数えられた。

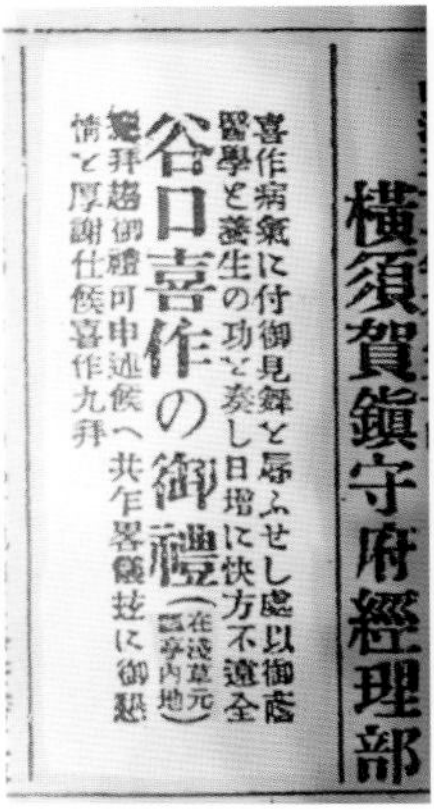

横須賀鎮守府經理部

喜作病氣に付御見舞と辱ふせし處以御蔭醫學と養生の功を奏し日増に快方不違全癒拜趨御禮可申述候へ共乍略儀玆に御懇情を厚謝仕候喜作九拜

谷口喜作の御禮

『読売新聞』明治31年9月21日付の病気快癒広告。この日付は川上一座の海外巡業があったときだが、番頭の喜作は大病に倒れていた。

驚くべき廉價の豫約

豫約期限 四月三十日　出來 七月三十一日

縮尺四千八百分ノ一凡ソ疊二枚敷

町名。番地。距離。著名地物詳記

實地入測 横濱市街精細圖 和文英文併記 石版 着色 美製

甲種 定價二圓五十錢 豫約特價金一圓五十錢

乙種 定價三圓五十錢 豫約特價金二圓五十錢

豫約申込 甲種金五十錢 乙種金一圓 殘金出來引替

うさぎや　谷口喜作

明治44年4月、横浜で地図を販売したときの新聞広告。「うさぎや」という店名が見える。

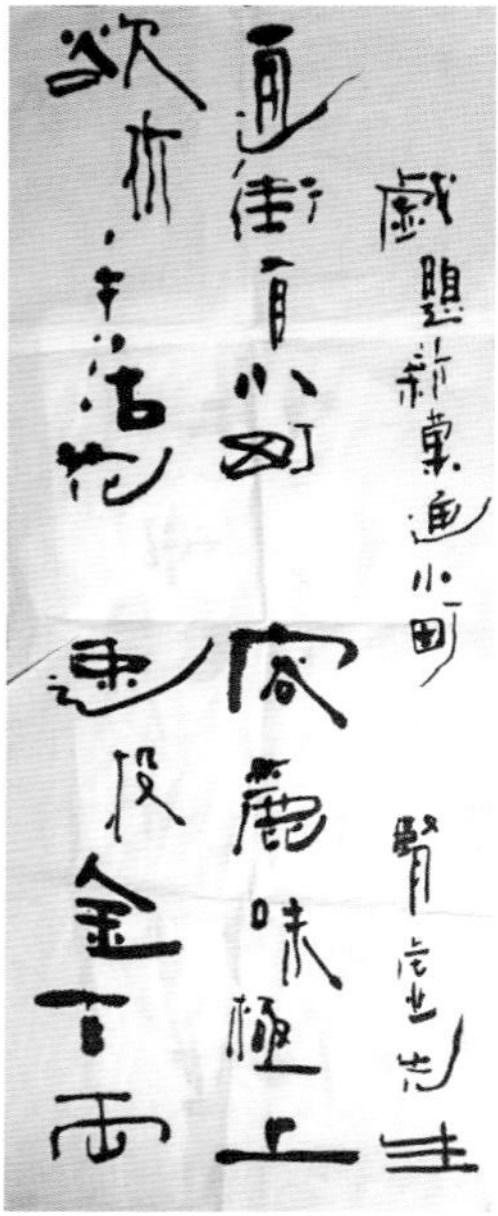

程一の書「戯題新菓通町小町」。戦前にあって程一がもっとも評価された技は、俳句の恩師河東碧梧桐譲りの書であり、荷風もこの才能を買った。この書は小町娘で有名だった大伝馬町付近の通油町あたりを舞台にしたのであろうか。腎虚先生の作とは艶っぽい。

昭和22年3月、旧制小千谷中学第41回卒業の生徒と教師。前列右から4番目、めずらしく洋服を着た程一がいる。この生徒を卒業させたあと9月に、疎開教員として小千谷に文化の風をもたらした程一は帰京する。

地元を仰天させた江戸っ子先生程一のハイライトは、昭和21年の文化祭で始動した演劇『俊寛』だった。主役の堀澤金作少年は、現在京都大原三千院門主として健在。

程一の戦後の俳風、「木偶一座のせて漕ぎ出ぬ春の潮」は千葉の眺めを詠んだものか。

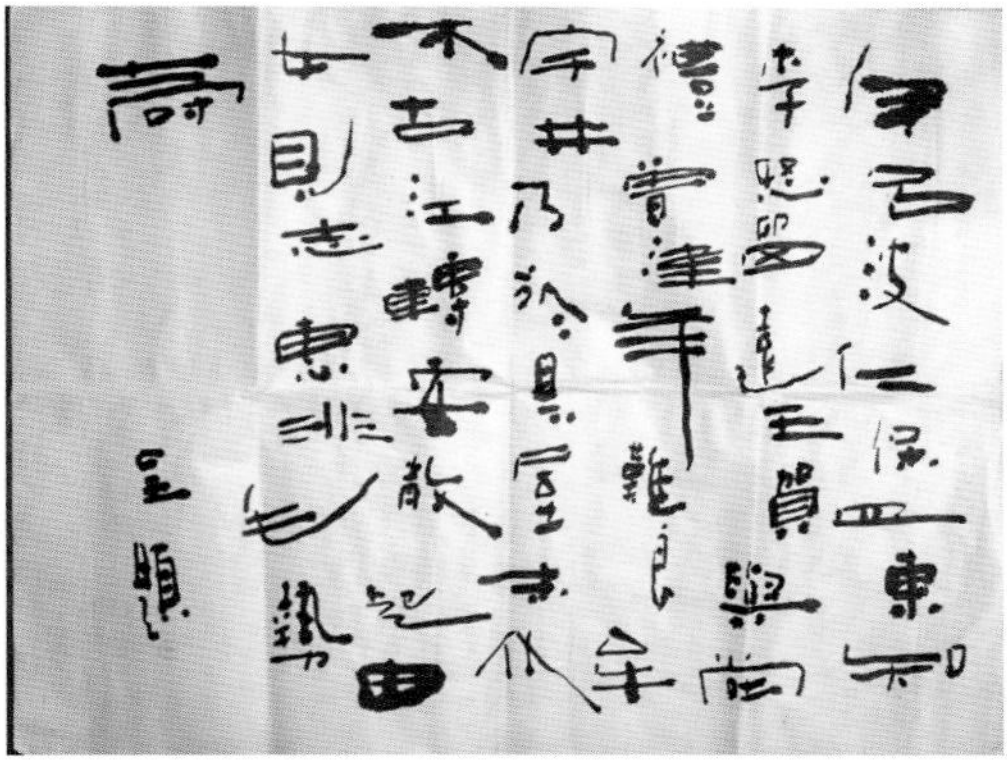

程一の書「いろは」。47 文字に漢字を当てたこの書題は、程一最愛のもの。書として珍重に値する。

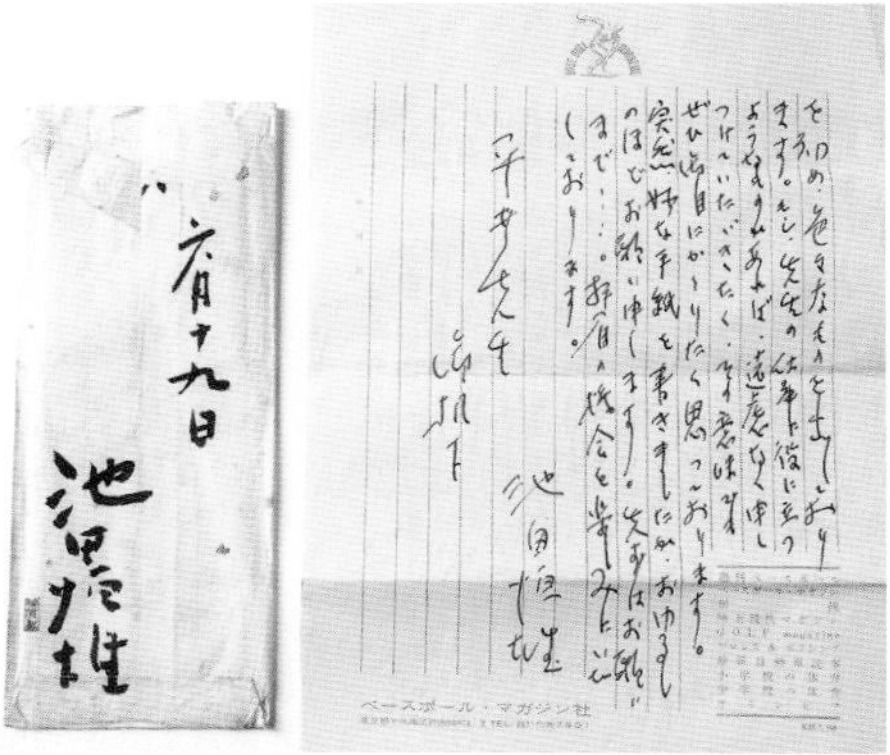

恒文社社長池田恒雄が程一に送った最初の書簡（昭和 37 年 6 月 19 日付）。このときから両者の交流がはじまり、『個人全訳　小泉八雲作品集』の実現となった。

程一が愛した早稲田進省堂書店の領収書。待望久しかったマッケン全集原本を 10 万円ほどで購入した（昭和 44 年 6 月 8 日付）

程一の夫人、平井美代。戦後は娘たちと東京に暮らし、程一とは同居しなかったが、夫は美代を「戦友」と呼んだ。現在、平井一家は同じ墓所に葬られている。

戦時中から晩年まで程一の世話をつづけた「文学上の女神」、吉田ふみと千葉の寓居にて。荷風の『来訪者』で悪女のごとく描かれたが、本書でその真偽が糺される。

孫と一緒の「程一おじいちゃん」。長女の次男木島正之氏と、千葉県大貫・平井邸の庭先、母屋入口にて撮られた写真（昭和35年頃）。滅多になかった洋装でくつろぐ。

平井呈一　生涯とその作品　【目次】

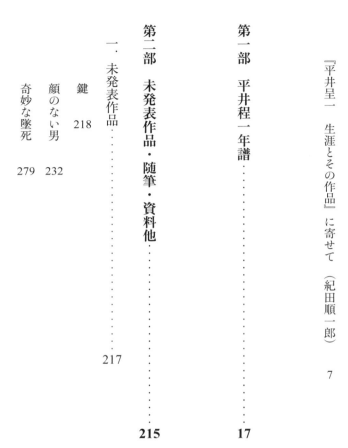

二、評論・随筆・解説他……………………311

平井呈一　生涯とその作品

『平井呈一　生涯とその作品』に寄せて

紀田順一郎

本書には翻訳家、作家として功績を挙げた平井呈一（本名平井程一、一九〇二〜一九七六）の文学的事績および個人史に関する、最初の実証的な年譜が収められている。編著者荒俣宏は、その専門分野の一つである幻想怪奇文学研鑽の初期から今日にいたるまで、平井呈一に深く傾倒し、弟子として薫陶を受け、その人間性に直接ふれ得た存在であり、したがって本年譜を編むに最も相応しい人であることは、衆目の一致するところであろう。私自身もまた幻想怪奇小説の研究、紹介に力をいれてきた者として、平井呈一への関心は一通りではなく、機会あって知遇を得たことを一世一代の幸運と考えているので、多年の苦心の結果である本書の完成を喜ぶ気持ちは人一倍である。

平井呈一は、日本の近代に活動した文学者の一人であるが、今日までにその業績や経歴の全貌が明らかにされているとは言い難い。知られているのはホレス・ウォルポールやラフカディオ・ハーンなど、主に十八世紀以降の英米文学、幻想怪奇小説の翻訳紹介者としての側面で、独自の背景と資質から生まれた達意の訳文が高く評価されたばかりか、自らのすぐれた創作とあいまって、この分野に関する世の認識を大きく向上させる結果となったことは、いくら強調しても足りることはあるまい。

しかし、このような業績は、一九五〇年代の末以降に顕著となったもので、それ以前の事柄については、ほとんど知られるところがなかったといってよい。一方、文壇や学界の一部には、戦中から終戦直後にかけて平井の身に生じた不祥事が原因で、まったく確証なしに平井を排斥する空気が生じていた。

不祥事というのは、一言でいえば当時未だ永井荷風の一門下生に過ぎなかった平井が、生活費あるいは小遣い稼ぎのためか、同門の猪場毅とかたらって荷風の自筆原稿や短冊書簡の一部を偽作し、ひそかに売りさばいていたのが発覚、荷風から破門されたのみならず、終戦直後の『来訪者』(一九四六)において、あたかも平井を好色漢のように誹《そし》り、強欲な情婦と手をたずさえて「逐電」したという結末としているのである。平井にも落ち度はあり、荷風の側にも弟子に裏切られた怒りがあったにしても、かくも平井が佞悪奸智《ねいあくかんち》、醜悪無慙《むざん》な人物として貶《おとし》められる筋合いはあるまい。そのころまでの平井は、文学の資質には恵まれながら、世に出る機会を逸している文学青年という状態にあったので、このような悪意丸出しの中傷や村八分同様の処遇には為す術もなく、活計の道にすら苦しむことになったのである。

――私が初めて平井先生に接した動機は、一九六三年五月刊の岩波書店版『荷風全集』（第一次）の『断腸亭日乗』昭和十二年（一九三七）以降に、平井先生との交渉経緯が詳細に記されているのを知ったことである。それまで翻訳者および長編怪奇小説『真夜中の檻』（一九六〇、初版は中菱一夫名義）の作者という面しか知らない私にとって、大きな衝撃であった。当時私は大伴昌司らと諮《はか》って幻想怪奇文学の同人誌（"THE HORROR"）を計画中で、平井先生をその顧問に委嘱したいと考え、連絡中だったのである。ただちに面会して真偽を確かめようと、大伴とともに千葉県下の農村（現在の富津市小久保）に赴いた。

日当たりのよい八畳間の大きなテーブルをはさんで、私たちと向き合った小柄な和服姿の先生は「こんな田舎まで、よくおいでなさった。さ、膝を崩して」などとねぎらい、傍らのたばこ入れからピースを一本取り出し、真ん中から鋏《はさみ》でチョン切ってから煙管《きせる》に挟むと、おもむろに吸いはじめた。私たちは黙したまま正座していたが、そのような所作より気になったのは、白髪をいただく平井先生の額や頬に、無数に、縦横に、あたかも彫刻刀で刻みこんだように見える皺であった。まだ六十一歳にすぎなかったはずだが、私はこれほど深い皺の持ち主を見たことがなかった。

大机の端のほうには、普段着姿の中年の女性が控え、茶菓の用意など、小まめに世話をやいていた。先生の紹介がないまま黙礼しただけであったが、私はふと、この女性が『来訪者』の中で平井先生の情婦として扱われた存在ではないかと疑ってみたものの、つぎの瞬間、自から強く打ち消した。いかに想像を逞しくしようにも、その女性は近所の畑で草むしりでもしているような、ごく平凡な農婦としか見えなかったのである。

私たちは改めて先生に顧問就任の件を切り出し、快諾を得た。時をおかずに先生所蔵の稀本を教材とした幻想怪奇文学講義が始まり、その暖かく快活で、江戸前の洒脱な雰囲気に魅せられながら、あっという間に二時間が過ぎた。講義の豊富な内容について、あるいは当日以降の同人誌活動における先生の親密な対応ぶりについては、すでに記す機会もあったので、ここでは初対面の際における先生の人間性についての好印象が、その死にいたるまでの十三年間、微動だにしなかったことを強調しておくにとどめよう。一口にいえば、荷風の『来訪者』や『断腸亭日乗』に描かれた人物像とは、真逆の、というよりも別次元に属するものだったのである。

同人誌活動といっても、海のものとも山のものともわからないガリ版の小雑誌を出すことにすぎなかったが、先生は力のこもった原稿を寄せてくれたばかりか、どんな些細な質問にも、直ちに電話か書簡で丁寧に応じてもらえた。このような心強い応援の割には雑誌がわずか五冊に終わったのは、私たちの力不足であると同時に、時代がまだ熟していないこともあったと思う。

私はいかなる困難にあっても、幻想怪奇という主題を捨てることのなかった文学者としての平井先生の情熱を思い、非力は承知でそれを支えたいと思うようになった。さしあたり、先生がゴシック文学の嚆矢として重きを置くウォルポール『オトラント城綺譚』（一七六四）の翻訳刊行をお手伝いできないものか。私は先生と初対面の折、訳稿がすでに成っているにもかかわらず、引き受け手がないと嘆いていたことを想い出しながら、心あたりの出版社をあたってみたが、いずれも門前払いだった。私の熱意は次第にさめていった。

その次に起こったのは、一種の奇跡としかいいようのない出来事だった。荒俣宏氏との出会いである。その名は“THE HORROR”の会員名簿で知っていたが、会ってみると十一歳も年下で、未だ金ボタンの制服を着た学生ながら、幻想怪奇文学の研究歴はすでに十年に近く、個人的な研究誌まで刊行している情熱的な青年と知った。最もおどろいたのは、平井先生の弟子を名乗るほど強い影響を受けていることと、将来は幻想怪奇文学の世界で生きたいという、強固な決意を示したことであった。

私の荒俣氏に対する印象は、この最初の出会いにおいて決定された。同じ学校（慶應義塾大学）の後輩というようなことは、意識にも上らなかった。何よりも、私は自分の内部に一種の衝動が沸き上がるのを感じた。徹夜で作成した幻想怪奇文学叢書の企画案を荒俣氏に示してから、いくつかの目ぼしい出版社に持ちこんだ。未訳の名作を主軸に、『オトラント城綺譚』を隠し球にした叢書である。このときも多くの出版社からは見向きもされなかったが、意外にも史書専門の出版社に「即決」で採用されることになった。編集者は後にアイヌなど辺境文化を専門に扱う出版社を興した内川千裕氏であった。どこかで志を共有するもの同士をつなぐ細く見えない糸を、私は幸運にも摑んだといえる。

『怪奇幻想の文学』全四巻（一九六九～）として出発したこの叢書は思いのほか好評で、全七巻にまで増刊したが、この成功によってホラーやファンタジーという出版ジャンルが新たに生まれ、急速に拡大されたことは、当の私たちですら戸惑うほどだった。そうした中で平井先生は堰を切ったように、念願の『おとらんと城綺譚』擬古文訳（一九七二）をはじめ、すでに完結させていた畢生の訳業『全訳小泉八雲作品集』全十二巻（一九六四～一九六七）の普及版（一九七五）に加え、若き日に惑溺した作家アーネスト・ダウスンの短篇全集『ディレムマその他』（一九七二）、傾倒した作家『アーサー・マッケン作品集成』全六巻（一九七三～一九七五）にいたる訳業を次々に完成されていたのだが、私たちの立場からは当然ながら、その健康が気づかわれた。しかし、古いオノトの万年筆から迸《ほとばし》るような太字で、グイグイと原稿用紙が埋められていく様を見ていると、いつしかそのスピードと迫力に圧倒され、酔わされたようになって、ほかのことは忘れてしまうのだった。

杞憂は不幸にして的中した。『マッケン作品集成』を仕上げた翌一九七六年、平井先生は心筋梗塞に脳内出血を併発、七十四歳で波乱の生涯を閉じた。富津市の菩提寺で行われた葬儀には少数の出版人が参列した。遺骨は分骨され、一部は東京高輪の光福寺に納骨された。後に知ったところでは、吉田家の菩提寺ということで、回向（実質は納骨式）に参列したのは身内のほか、荒俣氏と私だけであった。控えの間には平井先生の正妻美代さんと三人の実子のほかに、一人の喪服姿の婦人が少し離れた位置に沈痛な表情で、周囲とは別の空間にあるかのごとく端然と座していた。私が初対面の折に農婦と見間違えたその人であることは明白だった。荷風の『来訪者』では精神を病むヒステリー女性「お常さん」として登場するが、私はその人の本名が「吉田ふみ」であることを早くから知っていて、小説の中の描写は事実無根に過ぎないことを確信していた。ふみさんの人生がどのようなものであったかを知りたいという願いを、はっきりと自覚したのはこのときである。

詳細は省いて、十二年後、私は『日記の虚実』（一九八八）の一章で、『断腸亭日乗』の荷風と平井先生との葛藤を記録した箇所の不正を指摘し、さらに『永井荷風　その反抗と復讐』（一九九〇）において戦時中および戦後の荷風の人間的退行の一例としてこの問題を扱ったが、世の反応は鈍かった。その種のことは文学史上の些事に過ぎず、いまさら寝た子を起こすようなことをするなという空気が、執拗に漂っているように感じられた。

岡松和夫氏（一九三一〜二〇一二）もそうした空気に抵抗を感じた一人として、平井先生をモデルにした『断弦』を一九九三年に著した。平井先生の姪の夫にあたる岡松氏は、あるとき翻訳家として知名度が上がった時期の先生（仮名「白井」）に偶会し、その半生に興味を懐《いだ》いた。岡松氏自身の修行時代の経験が投影され、世俗と相容れない文学青年の苦悩が同情的に描かれていて、古い文学読者の間に荷風事件を思い起こさせる効果はあったと思われる。

しかし、平井先生拒否の風潮は文壇のみならず学界にまで残存しており、あるときは『小泉八雲全集』（みすず書房、一九五四）を中絶に追い込んだり、あるときは『明治文学全集』の第四十八巻『小泉八雲集』（筑摩書房、一九七〇）において実質的な編者としての平井先生の名を表面に出さないような策を講じたりといったイジメがしつこく続く。没後四十年以上を経た昨今、平井先生の英国ゴシック文学を淵源とする幻想怪奇文学の翻訳という分野での第一人者的地位は揺るがないが、古雅で融通無碍《ゆうずうむげ》な言語感覚による達意の翻訳を十分に味読しかねるような世代が台頭していることも事実であり、それと符節を合わせるかのように、中傷的パンフ『来訪者』を評価する動きさえ出はじめているのは寒心に堪えない。歳月は私たちの記憶の固執部分を容赦なく腐食し、溶解する。

私は、ここにいたるまで、手の打ちようがなかったものかと考えた。先生の生涯とその業績をたどる伝記の執筆を考えたことはあるが、資料としては怪談趣味の回想しかなく、幼少のころの回想録『明治の末っ子』は、印刷に付される前に失われたままである。あとは先生につながる親族に頼るほかないが、その複雑な人間関係を多少とも知る者には、相当の制約、配慮が必要となることはわかっていた。吉田ふみさんの調査も必要だ。この女性が平井評伝の秘鑰《ひやく》となるべきことを、私は早くから予感していた。それは前述『永井荷風　その反抗と復讐』の執筆にあたり、この人が老人ホームに入所した直後に行ったインタビューで、開口一番つぎのような嘆声を聞かされたことによる。

「荷風さんの日記にはあまりよく書いてないんですがね。身内のなかには荷風先生があんなことをお書きになったというのは残念だ、最後まで平井程一という名を捨てなかったのはやましいことがないからだ、という人もいます。利用されたんですよね、（平井は）最後の最後まで荷風先生のそばにいましたからね、（平井が）自分でもあたしにもそう言ったことがあるんです。でも自然と離れていきましたけどね。あまりそういったことは言わない人でしたがね」（同書一九三―一九四ページ）

いまから思えば、ふみさんの言葉の端々に、いろいろな事実が反映されていることがわかる。「利用された」ということば一つにも、本年譜と照合することで思い当たる節があるのではなかろうか。平井先生とふみさんが反論もせず、また反論も許されないまま黙々と耐えてきた年月を想像するだけでも、胸が痛くなってくる。これに反して、戦後の荷風はただ冷笑を浮かべているだけで、他人の人生を葬ったことに対する反省のことば一つ表明することはなかった。

荒俣宏氏が平井呈一先生の文学年表を作成しつつあることを知ったのは、ここ数年のことにすぎないが、内容を一見して私は並の作品年表をはるかに越える規模と精細さに驚くとともに、可能な限り親族に取材した努力もしくは執念にも感嘆の念を禁じ得なかった。端を曾祖父、祖父に発し、横浜の開港商人として成功した父の行跡をたどり、その後明治中期の東京へと舞台が移り、平井先生の文学遍歴が具体的に語られる。戦中戦後の動静については、とりわけ荷風に破門されて以後の事実は、これまでほとんど知られていなかったことばかりで、平井先生が混乱期に教師生活を通じ、狭い文士的性格から脱出していく姿は、私には荷風とはすこぶる対照的で、文学者としての価値が逆転していくようにも思われ、戦後の先生が新しい文学を模索し続ける姿とともに、深く心うたれるものがあった。吉田ふみさんについては、もはや言及するまでもなく、その生涯の真実は、『来訪者』という小説の基盤を全否定するものにほかならない。

このように、近代に生きた一人の文学者について、はじめて客観的な全体像が明らかになった。私の率直な思いを綴ったこの序文は冗長の誹《そし》りを免れまいが、大方の読者のご寛恕を乞うものである。

二〇二一年三月

第一部　平井程一年譜

平井程一年譜

程一誕生以前

曽祖父母、祖父母の記録

本籍　富山県新川郡西谷村。
居住地　同上。
曾祖父　谷口喜三郎（富山県新川郡西谷村）生没年不明。
曽祖母　詳細不明。
祖父　谷口喜助（長男）、文政七年一一月一〇日出生。安政三年二月、喜三郎より分家。明治一八年一一月二〇日家督を息子（初代喜作）に譲り隠居。息子に従い東京に移住した模様。おそらく東京市下谷区谷中三崎町四一番地へ転籍。没年不明。

職業はよくわからない。しかし家伝の「皮膚妙膏」という薬を息子の初代喜作が東京と横浜で販売した記録があり、富山の売薬類を商っていた可能性が高い。

祖母　詳細不明。

父母の記録

父　谷口喜作（初代喜作）（慶応三年二月一〇日生、長男）。大正七年七月一六日に神奈川県鎌倉郡腰越村腰越五八六番地にて胃腸病のため死去。

本籍　不明だが、上京以前の本籍は富山県新川郡西谷村と思われる。

居住地　上京後は数多くの地に転居した記録がある。実子の二代谷口喜作が書いた『硯に語る』（『三昧』第二〇号、大正一四年四月号）によれば、「浅草から横浜へ、横浜から程ケ谷へ、神奈川、横浜、程ケ谷（この程ケ谷が現住所のどこにあたるかについては明治一八〜三〇年の項を参照）、腰越、東京下谷西黒門町へと転々とした」という。横浜市では「うさぎや」を創業、東京の下谷では職種を変え、和菓子舗として定着した。

上京直後は東京市下谷区谷中三崎町四一番地に父と居住したと思われる。そのあと結婚して浅草区に新居を構えたが、明治三二年一一月九日に下谷区三崎町へ転籍（実際は父の死亡により本宅に戻ったと解釈できる）、さらに最終住所は東京市下谷区西黒門町四番地となる。最後の転居は大正二年ごろおこなわれたが、この転籍を区役所に届け出たのは大正四年二月一三日である。なお、現当主の谷口拓也氏によれば、西黒門町以外の家々は現在すべて所有しないという。

略歴　富山県新川郡西谷村に出生する。九歳から大阪へ出て姻戚筋の両替店（現在の銀行）で働いたといわれ、その後に郷里の名士安田善次郎を頼って随行の形で上京した。父・喜助と東京市下谷区谷中三崎町四一番地に移住、明治一八年一一月二〇日戸主を相続（父の隠居による）した。川崎銀行に勤めて金融・経済を学び、福澤諭吉の著書を通じて文明開化の商業事情を知る。

やがて明治二三年頃より横浜を拠点に商店を興す。明治二八年一一月五日に田中やすと結婚、浅草区浅草千束町二丁目一四一番地に新居を得た。戸籍によると明治三二年一一月九日浅草千束町から東京市下谷区谷中三崎町四一番地（父・喜作の住所）へ転籍と届け出あり。転籍の理由は不明。

大正二年一二月（おそらく二八日）、下谷区西黒門町四番地に転居（慶應義塾大学資料による）し、さまざまな準備を経て大正三年九月二八日に喜作せんべいと喜作もなかを主力商品とする西黒門町「うさぎや」を開業（二代喜作の談話）、さらにそのあと大正四年二月一三日付で新住所への転籍届を出す。

現在も繁栄する下谷の和菓子店「うさぎや」を開業する以前は、横浜で船具店、ろうそく製造販売、出版、薬品販売を手がけ、東京でも銀行業、川上音二郎一座の俳優兼番頭などを歴任した。屋号「うさぎや」は明治三八年に横浜で開業した新案ろうそくと家伝の軟膏「皮膚妙膏」販売の店名だった（『開港五十年紀念横浜成功名誉鑑』（明治四三年刊）による）ともいうが、それ以前から公的な記録はないものの、自身の干支にちなんだ「うさぎや」の名は使用していたようである。

大正にはいり東京に移転して和菓子業に転じたが、その理由は後述する。転居した当初は谷中三崎町で喜作せんべいを売る店を開き、大正二年に西黒門町へ移って、あらたに喜作もなかをも売りだした。現当主谷口拓也氏によれば和菓子舗「うさぎや」の創業は正式に西黒門町の店を開いた大正三年九月二八日を採用しており、「松田咲太郎さんという、当時のお菓子のコンサルタントのような人との出会い」がきっかけだったという。

母　やす（明治六年一〇月二日生、故田中小兵衛・ふん夫妻の長女）。

明治二八年一一月五日浅草福井町一丁目一番地にて長女廃嫡願いを提出後、結婚し谷口家へ転籍。

なお上記したとおり、初代喜作は戸籍とは別に、横浜に「西洋蝋燭販売店」の店を経営したほか、東京と横浜周辺に家族が住む家作も所有（または借用）していたようだ。戸籍からわかる範囲では、明治三七年から四二年にかけて神奈川県横浜市に家族と暮らしたらしく、三女と四女はここから出生届が出されている。昔はこのように複数の住居を構えた商家がめずらしくなく、それらの家作は「控家」などと呼ばれた。

明治二三年頃、壮士劇役者静間《しずま》小次郎の談話中に、「京橋の青年倶楽部に谷口喜作という会員がいて、掛け行灯に『静間（小次郎）の作』と明示してヤッツケロ節を書き出し、変に妙な身振りをなし、大きな声をしてそれを謡いながら、そら豆に砂糖をかけた自由糖という菓子を中村座の前で売っていました」と出ている（『演芸画報』明治四一年号掲載の「名家真相録」による）。

『開港五十年紀念横浜成功名誉鑑』（明治四三年刊）によれば、九歳のとき「精神一到何事か成らざらん」の決意を以て富山から大阪へ出、婚姻関係にある某両替店に入り修行、感じるところがあって郷里の名士安田善次郎を頼り東京へ移って銀行業および船具商に従事するようになった、とある。ただし安田善次郎を名乗った人物は複数おり、特定しがたい。鈴木船具店横浜支店主任として功績があるほか、銀行業でも名を成したが、明治三八年に独立して横浜に「ウサギ印蝋燭」発売元「うさぎや」を開業。店名は自身の干支にあやかった。慶應義塾の福澤翁を深く敬慕して常に独立自尊主義を奉じ、「正直は最後の大勝利」のことわざを座右の銘にして、正直値の勉強を標榜し、需要者本位をもって営業した。しかし明治末年、友人のために「裏ハンコ」を捺したことから大きな借金をせおい、横浜の店や家作を手放し上野へ移転。心機一転、うさぎやを和菓子販売に変更して再出発した。大正七年この店と主義は二代目喜作に引き継がれ、現在も上野うさぎやの営業方針となっている。

初代喜作は、同じ上野に店があった医薬商「守田寶丹《ほうたん》」（明治政府公認の売薬第一号、オランダ人医師ボードウィン製造のコレラ予防薬の商品名でもある）の主人守田治兵衛とも仲がよく、喜作が製造した家伝の「皮膚妙膏」を守田の東京店で販売してもらっていた。喜作の先祖が売薬を行っていたことの縁であったのだろう。ちなみに、上野池之端で「守田寶丹」を商う守田治兵衛は広告に委しい文化人でもあり、喜作に大きな影響を与えたと思われる。守田寶丹は現在もなお上野池之端で営業を続けている。

一八八五～一八九七年（明治一八～明治三〇）

父、谷口喜作（初代）の動向

父、谷口喜作（初代）はしばしば住所を変更している。その変遷は、判明したかぎりでは、郷里の富山⇓大阪⇓安田善次郎に随行して東京へ、以後は東京と横浜を往復する生活となった。

上京当初は東京市下谷区谷中三崎町四一番地、次いで結婚し明治二八年に東京市浅草区千束町二丁目一四一番地に移転。明治三二年に浅草千束町から谷中三崎町へふたたび移転、さらに大正三年以後は下谷区西黒門町四番地において「和菓子舗うさぎや」を経営した。大正七年七月一六日、神奈川県鎌倉郡腰越村腰越五八六番地にて胃腸病のため死去。

父、谷口喜作の経歴詳細

初代喜作が創業した「うさぎや」は、もともと創業地の横浜で「西洋蝋燭という商品を販売して成功した優良店」のことであった。この「(横浜)うさぎや」時代には、うさぎ印オランダ蝋燭と家伝の「皮膚妙膏」という売薬などを商った。

しかし横浜での商売は、初代喜助の知り合いで佐藤某という人物の借金に裏書を与えたことが災いし、巨額の弁償義務を果たさねばならなくなって明治四五年頃に廃業している。横浜の店をたたんで神奈川の腰越に移り、長男の彌之助に家業を任せて、金策に走り回った。しかし多額の借金が喜作を追い詰め、妻との間で衝突も起き、子らのうち女児を妻に預けて自分は僧侶になろうかと苦悶するほどの状況に立ち至った。だが、気丈な妻の説得により、出家を思いとどまり、まったく未経験だった菓子屋へ転業したという(長男彌之助の回顧による)。

大正三年九月二八日より東京で正式に和菓子店「(上野)うさぎや」を開業以来、これが起死回生となり上野の著名な菓子屋として知られるようになった(詳細は年度別項目の大正三年を参照)。鈴木宗康著『諸国名物菓子』(昭和二五年刊)に、「うさぎ屋の喜作もなかは近来名声をあげた。創業はいまだ三十年足らずの大正三年であるが、先代喜作は初め煎餅を創案して売出して御用命を蒙り、非常な光栄を得た。最中は従来何処の国でも安物の部類に見られて居たのであるが、これを遺憾とし、製法と原料を改良し、焼皮、製餡にも非常に苦心を進め、遂に人々が認め得る様な品を売出したのである。初代は不動尊信者であったため、家則として、新しき事をなす時は、何時も二十八日の御命日に行う事となし、以来其精神に従ふて居らるゝとの事である。二代の谷口氏は碧梧桐門下の俳人で、稼業に励み乍ら、欲気を離れ、客に満足させると云ふ商い振りである。自然評判は次から次へと伝へられ、時間制度で良品を販売すると云ふ繁昌さ。店舗も瀟洒で古風」〔編者注：この文章には裏付けを欠く部分もある〕とある。

右のように、横浜での商売も、それ自体は繁昌していたといえる。借金の裏書をしたための禍さえなければ、開港地横浜の成功者として名声もあったのである。「官報」横浜市尾上町在住者リスト中に「同町四ノ四二　平民・谷口喜作が、毛布二枚、価格二円を納めた」とある。

慶應義塾維持会加入者報告にも、明治三五年の三月六日から四月五日の間に、預金一口加入者として、「神奈川県保土ヶ谷　谷口喜作君」の名がある。この「保土ヶ谷」という地名は現在の神奈川県横浜市の保土ケ谷区尾上町を指す。横浜の中心部である尾上町は単に「横浜」と表記している例が多い。なお、古くは地元で「程ヶ谷」とも書く習慣があったので、昭和六年までは駅名も「程ヶ谷駅」と表記されていた。喜作は福澤諭吉の心酔者として、諭吉没後の塾経営を援ける預金にも応じた。額は一口年間六円、これを一〇年継続して納入するのが規約だった。また、『慶應義塾学報』大正二年一二月刊行分にも、「動静」欄に「〇谷口喜作氏　下谷区西黒門町四（電話下谷六五八五）に転居、従通り喜作せんべいを発売す」と記載がある。この一文により、喜作は遅くとも大正二年には東京で「煎餅を売る」菓子屋に転業したことが確認できる。ただし喜作は、十数年にわたり慶應義塾の維持会員であったが、塾の学生ではなかったようだ。

「不動尊」信仰のほうは、不動明王で調べると横浜だけでも数個所の寺院があり、普段から市内の寺に通っていたと推測される。二八日がご縁日であるため、喜作は重要な日取りに二八日を選んだのである。伊藤痴遊《ちゆう》が「書生芝居の回顧」(『伊藤痴遊全集・第十三巻』平凡社、昭和五年刊)という作品に、この時期の喜作について書いている。

「……川上の番頭に、谷口喜作といふ男があって、平生の事から、舞台の事にまで、よく働くばかりでなく、芝居もちょっとうまかった。此人は川上が死んでから、全く芝居の関係を断って、その後の消息は知れなかったが、大正二年ごろになって、東京の下谷西黒門町へ、うさぎ家と云ふ、菓子舗を開ひて、実に甘味いものを売り出し、それが大評判になって、宮内省へも納めるやうになり、今では、贅沢な甘味は、うさぎ家へ行け、と云はれる位に成功したが、前年、胃腸の為めに死んで了った。が店は、今でも倅が相続して、以前にましての勉強振、東京で、屈指の菓子屋になった。川上が、強い書生や、悪漢になって、縛られる時の巡査は、いつも谷口の役で、其の呼吸がよく合うて、何とも云へぬ妙味を見せたものだ。茶好《ちやこう》(川上一座役者)の飄逸な滑稽、蝶吉《てふきち》(同じく一座役者)の真面目な女形から、時々男になって、見物を笑はせる、軽妙な芸、それから、川上と谷口の呼吸、さうした事も、人気を集める原因になって、第一回の興行は、不時の儲けを得た」(促音の「つ」は小さく表記する。以下同様)

川上音二郎との関係

明治二三年八月二四日、川上は壮士劇あるいは書生劇の発展形である「新演劇」なる新しい芝居を、横浜の「蔦座」で旗上げした。蔦座で初日から成功を収め、歌舞伎に対抗することをめざす。初代喜作は川上一座に旗揚げ当初から「番頭」とも呼ぶべき重要な仕事を引き受け奮闘した。

しかし明治二六年一月五日、東京の鳥越座が各新聞に「川上音二郎逃走広告」を出すあたりから番頭の苦しみは大きくなった。元旦から興行のはずだった鳥越座から、川上が興行準備をすべて終えた直後に、座員の給金を持ったまま洋行すると称して唐突にフランスへ旅だったからだった。怒り狂った新演劇一座も、川上の除名広告を出した。一方の川上は神戸からフランス行きの船に乗船し、現地到着後はパリの日本公使館に滞在し、欧州演劇の実況を取材した。『萬朝報《よろずちょうほう》』は一月一〇日に、「川上の欧州脱出については、離れぬ仲と噂に高い町芸者濱田屋奴《やっこ》（川上貞奴《さだやっこ》、本名小山貞）の応援が大いに力があった。奴も四月にはアメリカへ芸妓の情態を視察のため洋行する計画であり、密に金策に走り回っている。川上とはニューヨークで落合い二人でふざけて気楽にやりたいという気で、目下英語の学習中である」と報じた。だが結局、川上も二か月ほどで帰国し、「二か年の後帰朝して花梨園社会の改良をなす」との夢は潰えた。一方、残された座員は一時川上座を解散するなどしたが、喜作を含め懸命に芝居を勤めてふたたび盛況をもたらし、打ち上げ後も横浜の蔦座で興行を続けられるところまで立て直した（『都新聞』三月一八日号）。

川上のほうは明治二六年後半に華の都パリーから帰国するが早いか、歌舞伎を頂点とする日本演劇に新風を吹き込むという所期の夢の実現に向かった。ここから、川上は新演劇を打ち出して歌舞伎の対抗勢力となるのだが、きっかけは歌舞伎の殿堂として建設された「歌舞伎座」への進出だった。明治二七年には歌舞伎がとても出し物にできない日清戦争を舞台化し、火薬を爆発させ照明を縦横に使用した戦闘を演じたことで空前の人気を得、その勢いで、明治二八年五月にはこの斬新かつリアリズム溢れる壮士劇を歌舞伎座で興行する夢を果たしたのである。これには歌舞伎の頂点にいた市川團十郎が激怒して、川上一座が踏んだ舞台をわざわざ削らせたというくらいの騒ぎとなった。しかし、團十郎が使っていた楽屋にふんぞり返りはしたものの、川上は俳優、茶屋、楽屋衆から総反発を食い、なんとも肩身の狭い思いをさせられた。そこで川上は、自前の劇場を建て、この借りを返してやろうと思いついた。明治二九年、神田にでき上った「川上座」は、むろん、歌舞伎座とは一線を画した三階建て洋館である。猿や熊や狸をそろえた動物小屋まであったという。しかし、金の算段もなく突っ走ったことが原因で、たちまち返済に窮した。連日高利貸しの追及をかわさねばならなくなったのである。番頭の喜作も、借金返しに奔走したはずである。

思案に余った川上は「高利貸し退治」を謳って、明治三一年三月と八月の衆議院総選挙に立候補した。今度は政治家になって壮士劇に政府の予算でもつけさせる気だったらしい。しかし、いくら市民に人気があっても、選挙権を行使できる者は一五円以上の納税者と決まっている。川上の当選阻止をめざし罵詈雑言の記事を載せた『萬朝報』の黒岩涙香《るいこう》の影響もあって、川上は連続落選となった。ただし、大森地区で対決したのが高木正年という地元で人望ある人物だったため、勝利はむずかしかったと思われる。恨み骨髄に達した川上は、黒岩を殺すつもりで付け狙ったという。しかし、花房柳外《はなぶさりゅうがい》のような目利きによれば、「川上音二郎は俳優にあらず、ただエライ者になるため、手段を択ばざる者なり」と評しており、おそらく半分その通りだったのであろう。

かくて借金が借金を産んだ。資金繰りに窮し、ついに川上座を手放したが、その後も借金取りに付きまとわれ、雲隠れする騒ぎになった。すると借金取りは妻である濱田屋の奴の許に押し寄せた。しかし川上の不品行はその前からであり、『都新聞』明治三〇年九月二日号に、「京都常盤座に興行中の川上音二郎は、八月二十九日夜、座長藤沢浅次郎に因縁をつけるため魚虎という料理屋に同人を呼びつけようと子分たちを寄越した弁護士植島幹と顔役小金こと久野金次郎により袋叩きに遭った、と報じられた。植島らは、座長に代わり話を付けにやって来た川上を十数人で取り囲み、乱打して傷を負わせ、料理屋の二階から川上を投げ落とそうとした。しかし一座の幹事谷口喜作が不審なやくざたちの行動を怪しんで、いちはやく警察に通報したため、川上は投げ落とされる寸前に助けられた」との記事が出た。

さらに、明治三一年四月一四日の『時事新報』に、「一昨夜（四月十二日）七時頃、壮士役者川上音二郎とその手代谷口喜作が市村座前で暴漢に襲われた事件の顚末。市村座は最近岩谷松平氏の所有に帰し川上音二郎、藤沢浅次郎一座に大阪から高田小織を加えて興行中であったが、入りがいいので川上一座と五月興行も行う話し合いを始めていた。ところが去る七日、川上は手付金として五百円を受け取り、その際に他座への同時に出演をしない約束を交わしたが、調べると他座との掛け持ち契約をすでに結んでいたことが発覚した。市村座側は激怒し、腕ずくでも市村座に出勤させると息巻いたそんな情勢になった一昨夜、川上がたまたまお抱えの人力車で市村座前の魚十という店の傍らに在る共同便所に差し掛かったとき、ふいに四、五人の暴漢に襲われて殴打された。さらに辻便所に押し込まれようとしたとき、騒ぎを聞きつけて番頭の谷口喜作（三十二歳、浅草千束町二丁目）が市村座の表口へ駆けつけたが、まわりが暴漢たちを、ヤレ、ヤレ、とけしかけるばかり。暴漢はついでに谷口を突き倒し殴打しだしたが、座方の者ほかが駆け付けてくれたため救い出された。このため興行は中止され、二千円以上の損害を招いた」という呆れた顚末が報じられた。この事件は「川上と谷口が契約違反で半殺しにされた」と噂になったが、川上は市村座に謝罪広告を出させ、自身も告知を出し、「半殺し又は袋叩きにされたなど仰々しく風説する者があるが、小生をねたむ者の奸策にて大のうそですからご安心下さい。○世の譬えにも、出る釘は打たれるとかでイヤハヤうるさい事です」

と反撃している。

しかし、川上の窮地はつづく。衆院議員選挙にも敗れ、川上座も失い、『萬朝報』の黒岩涙香を殺すことにも失敗した川上は、とんでもない方法で借金取りから脱走を図った。『時事新報』九月一二日号にいわく、「川上音二郎行方不明　川上音二郎が壇ノ浦の平家を気取りて一族を舟に引き纏め横須賀に係留しゐたるよしは過日の紙上に記せしが其の後彼は親戚及び其の筋の説諭を聞き入れずして一昨日午前十一時三十分同所を出帆し浦賀に向かいたるよしにて、目下は行方不明なりとのみとなり」

川上は自前の劇場も手放したすぐ後、三一年九月一〇日、だしぬけに、妻と姪と愛犬を引き連れ、商船学校から払い下げてもらった短艇で南洋探検に出るとの口実を作り、歌舞伎座の借金から逃れようと「南方の島」へ船出したのである。しかし台風により横須賀に吹き寄せられ、軍港部の係に助けられた。しかし短艇が修理されると今度は夫婦だけで航海を再開、熊野灘を渡って神戸まで到着し、半死半生の状態で軍港部に救助された。

上のような大事件を引き起こした川上が神戸で入院中に、これまた奇蹟のような誘いの手が伸びた。櫛引《くしびき》弓人《ゆみんど》という慶應出身の在外興行師から、アメリカでの巡業を申し込まれたからである。川上は一座一九人を集めて、借金取りから逃れアメリカにわたることに成功してしまった。『読売新聞』明治三一年九月二一日号によれば、今度の川上の逃亡劇にもっとも激怒したのが番頭の谷口喜作だったという。

「……それから又こゝに同人（川上音二郎）の番頭として谷口喜作といふものがある。此谷口は川上が東京に来た時から色々と世話をなし、元川崎銀行に勤て居て金銭上の駆引には多少の経験あるを幸い、後には川上一座の経済を担当して川上座の新築やら又去年大森に新築した宅も北海道地方を回ったとき意見して蓄財さした金から出来たのだ。それから又先年川上座で『八十日間世界一周』を興行したときなんぞ一銭の資本もないという大困難であったのを、歌舞伎座の井上竹次郎の好意で二千円を借り受け、それで開場したのだが、谷口は井上に不義理をしては済まぬからといって十八日目に奇麗に勘定を仕舞った上、利子というではなくとも井上の好意に対しては相当の謝礼をせよと川上に忠告もしたが、しかし井上はこんなことをかれこれ言うような仁ではないから、今春市村座一件の際に櫛徳とともに仲裁の労をとった。歌舞伎座で一旗挙げさせようという事になって、さていよいよ開場と決したら。川上は五百円の給金で出勤せよとの申し込みを聞き入れず、ぜひ千円呉れと居直り、結局八百円という高額を貪り、その上顔寄には出席せず、種日には櫛徳の迎を受け漸う午後二時に楽屋入りをして幕開きを後らかすなど、おもしろからぬ事もあったうえ、谷口はこのほど病気にかかって一時は危篤であった位であるに、川上は見舞いどころか一片の通知もしないで短艇を乗り出したというので、谷口は川上を非常に恨んで居るそうだ」と。

谷口喜作の驚くべき人の良さを感じずにいられない。その川上がまた怪しげな興行師の誘いに乗じて、一族郎党をボートに載せて日本脱出に成功してしまったのだから、喜作の堪忍袋の緒が切れても不思議はない。こうして程一誕生の前年ごろ、初代喜作は川上と完全に手を切り、正業に復した。横浜市尾上町に「うさぎや」の看板を掲げ、明治四〇年には出版販売も手がけている。

一八九八年（明治三一）（程一誕生以前）

三月二五日、初代谷口喜作、川上音二郎が市村座において開演した演劇のうち尾崎紅葉『金色夜叉』の初演に関係した。当時まだ新聞に連載中だった小説『金色夜叉』（明治三〇年一月〜明治三六年一月、紅葉死去により中絶）を舞台にあげるにつき、初代喜作は自ら筆をとり、舞台脚本を要約した「略筋」を出版、市村座で客に販売した。このとき川上一座が選んだ演劇は、一番目「大起業」七幕、二番目「金色夜叉」上下であり、喜作が両方の粗筋を書いている。ただし、紅葉の小説がまだ連載され始めた段階だったので、川上一座の藤澤浅二郎が書いた脚色本は当初不評だったという。川上も最初、「金色夜叉」に出演する予定がなかったが、開幕数日後に間寛一を演じるようになった。有名な熱海の海岸の場は「上」で演じられたが、現在流布する芝居筋書き（紅葉門下の小栗風葉《ふうよう》が書いた脚色本とされる）とは異なっている。この冊子の奥付には、発行権編輯人喜作の住所が「浅草区千束町二丁目百四十一番地」になっている。「金色夜叉」を舞台化するにあたり、紅葉と親しかった喜作の仲介も与かったものと思われる。

九月、この後も川上一座は苦難の経営であったが、八月は無理をして歌舞伎座に進出、第一番に評判のよい仏国土産「又意外」、二番目に長田秋濤《おさだしゅうとう》を煩わせて「三恐悦」という翻案喜劇を書かせたが、きわめて不評となったうえ、長田と役者との間に不和も生じて中止となった。しかし作者の長田はこの決定に怒り、川上および興行元に名を連ねた谷口喜作を相手どって、両者連名で「俳優の技量不十分にして三恐悦のごとき高尚なる翻訳劇を演ずる能わず、公演を中止とする」という文面の広告を新聞に出せ、と要求した。しかし喜作はこの要求を拒否、歌舞伎座の舞台は悲劇的な結末となった。この騒ぎ以後、万事窮した川上は前述のとおり、貞奴と姪と愛犬だけを短艇に乗せ、大森から「南方」をめざす脱出航海へ出る。やけっぱちの行動だったと、後に川上貞奴は回顧している。

ちょうど重病で入院中だった谷口喜作は、この事実を聞いて激怒し川上音二郎との縁を切り、あらたな生き方を探すことになる。

一九〇一年（明治三四）　（程一誕生以前）

一月以降、初代喜作は尾崎紅葉宅に足しげく通う。紅葉の『十千萬堂日録』にしばしば喜作が訪れたことを示す記述がある。親密な関係は、『金色夜叉』の初演の実現に喜作がかかわって以来のことか。その様子は、息子の程一と荷風の師弟関係をも連想させる。以下に『十千萬堂日録』の文章を引用する。

一月十七日、四時、「横濱谷口來る、晩飯を出し、七時に至りて歸る」

一月廿八日、午後四時頃、「横濱谷口、かなめやより使を送り、支那蜜柑一籠、北海道筋子、小笠原島産胡瓜三本、茄子十餘箇とを致す」

二月十一日、「横濱谷口生來る。アメリカ産レモン、炒豆、龍眼肉持參。／谷口生薄暮まで居殘る」

三月十五日、「谷口喜作子より、寢椅子を屆來す」

三月十六日、「谷口不在中に來りて、淡紅の牡丹一枝を贈る」

四月廿日、午前、「横濱谷口喜作來る。紙入、そば粉、かま鉾持參。扇四本揮毫。午飯を出し、二時迄居る。打ちすてゝ上野音楽會に赴く」

六月三日、八時、「朝飯中谷口喜作來る。出産賀にフランネル産衣。宇治の友一折（菓子）安田氏の命を帶び、八百善天竺料理は十人前ならでは調理せずと云ふに、六人より人數を得ざれば、誰か會心の人を誘ひ合せたまはずやとの事也。料理も多費と聞き、中止の旨を答ふ。小袱紗六枚及扇子一を書し、彼を遺して出行く。（以下略）」

初代喜作は、この頃より川上一座と完全に縁を切り、文学者や俳人との交流を強めている。

一九〇二年（明治三五）（程一、誕生）

戸籍上の出生地：東京市下谷区谷中三崎町四一番地
実際の出生地：神奈川県程ヶ谷字神戸

程一誕生

六月一七日、初代喜作に双子（彌之助と程一）が誕生す。

戸籍上の出生地は東京市下谷区谷中三崎町四一番地。ただし実際に出生したのは神奈川県程ヶ谷字神戸（兄の喜作による『海紅』第三巻五号（大正六年七月一日）自己紹介文による）である。

程一　明治三五年六月一七日生（双子の兄は彌之助あるいは彌助）。干支は寅年。

兄　谷口彌之助（二代喜作）は大正七年に戸主相続、西黒門町「うさぎや」の当主となる。

家族構成は父喜作（初代）、母やす、明治三一年生まれの姉（次女）千代、さらに母方の祖母ふんがいた。姉の千代は明治四二年六月二三日に祖母・田中ふんと養子縁組している。また弟妹に、三女龍（明治三七年生）、三男豊三（明治四二年生）および四女静子（明治四五年生）がいる。

〔編者注〕程一・彌之助の実際の出生地は、このとき初代喜作が商売を行っていた神奈川県程ヶ谷字神戸（『海紅』第三巻五号、大正六年七月一日刊に掲載された二代目喜作の自己紹介による）であった。その傍証となるものが、明治三五年三月から四月に記録された「慶應義塾維持会加入者報告」である。谷口喜作は拠金一口を出資し、維持会員に名を連ねたが、住所はたしかに「神奈川県保土谷」となっている。なお、この保土谷は当時保土ヶ谷町であって横浜市に編入されていなかった。それが明治二二年の町村制移行によって、神奈川県橘樹《たちばな》郡にあった保土ヶ谷町が、同じ郡内の神戸町、岩間町、帷子町、岡野新田と合併し、「保土ヶ谷町」となった。したがって、彌之助が「程ヶ谷字《あざ》神戸」と記した場所は、合併以前の神戸町であり、訓み方は「ごうどちょう」である。また、昭和二年に保土ヶ谷町は横浜市に編入され、保土ヶ谷区となった。したがって、程一らが誕生したときの正確な地名は、「神奈川県橘樹郡保土ヶ谷町字神戸」となるだろう。彌之助のいう「程ヶ谷字神戸」と表記された地名と同一と思われる。また、明治三八年の横浜うさぎや開店前後から用いられる住所は、「横浜市尾上町三の三」であり、現在の住所表示では神奈川県横浜市保土ヶ谷区尾上町（二代喜作妻恵子氏による）に該当する。ただ、この住所が「程ヶ谷字神戸」と同じ地を指すかどうかまでは実地確定できなかった。

また、wikipediaなどでは神奈川県中郡平塚町（現在の平塚市）の生まれとされているが、この出典は不明。程一が平井家に養子入りしたとき転籍前の住所が祖母ふんの家になっていることから、養子入りまでは母方の祖母と暮らしていたらしい。

一九〇三年（明治三六年）　（程一、一歳）

東京府東京市日本橋区浜町三丁目一番地（この住所は、程一死去まで「本籍」として使用されたと思われる。したがって、ここより以降は本籍の記載は省略し、程一が実際に住んだ住居を記載する）

平井家に養子入籍

六月一八日、程一は生後一年を経て日本橋浜町の炭商平井家に養子入籍し、平井姓となる。養父は平井政吉で旧姓が田中、養母は平井スゞである。

政吉自身も養子だった。程一が平井家に養子に行った経緯はまったく不明。ただし、谷口家では母方が「田中」姓であるように、田中姓を名乗る縁戚が何軒かあったらしい。養父の政吉の実家もあるいは母方の親戚筋に当たる人だったかもしれない。

なお平井スゞの実家は日本橋区元大坂町一三番地にあったが、スゞの父平井嘉七の死去に伴い、明治三五年一二月一〇日に婿養子平井政吉とともに分家、日本橋区浜町三丁目一番地に炭商を開業したと、戸籍からは読める。

平井政吉は昭和五年七月二二日に下谷区西黒門町三番地にて死亡。大正大地震のあとのことで、この住所はうさぎやの所在地に極めて近い（うさぎやは四番地）。このとき程一も西黒門町四番地の兄の家に出入りしていた記録がある。震災後、板橋に仮住まいしていた「うさぎや」が西黒門町に復興したため、平井家とうさぎやが近所に住んだ時期があったことになる。程一と彌之助の兄弟がもっとも親密になったのは、この時期ではないかと思われる。

程一は、もっぱら養母スゞの母キセ（程一にとっては養家の祖母）の手で育てられる。怪談をよく語り、程一は毎晩怖い話をせがんだ。「それらの話は、年わかいころの祖母がじっさいに経験した実見談が多かった」と程一は回顧する。キセは深川生まれ、若いころ深川の清澄町に所帯を持ったという。また、曾祖母・

貞の連れ合い（キセにとっては父親）は御家人出で、一中節の名人だった（平井呈一「私の履歴書」による）。また、キセの母でスゞの祖母に当たる養曾祖母・貞も、怪談好きの江戸女だった。同著によれば、浜町での生活には近所でうわさされた怪異や奇談の濃厚な雰囲気が残されており、「また冬の寒い夜、娘時代の祖母が母親のお貞と行灯のかげで針仕事をしながら、お屋敷へ招ばれていった父親の帰りを待っていると、表の雨戸をドンドンと叩く音がして、『お貞、今帰ったぞ』と声がするから、『はい』といって母子で格子戸をあけてみると、父親の姿は見えない。『やだよ、お父っさん、またお屋敷でご馳走になって、そこらで小便でもしてるんだよ。おお寒い』といってひょいと見ると、横丁のはずれに大きな火の玉がゴロゴロころがっている。『畜生、また狸公のしわざだよ、おきせ、石をぶつけてやんな』。祖母が石をぶつけてやると、火の玉はパッと消え、こんどはもっと近いところで、大きさが倍ぐらいになって、ゴロンゴロンころがる話だとかを聞きながら（中略）祖母のふところにしがみついて寝た。それでもわたしは懲りずに、毎夜のように怖い話を祖母にせがんだ。（中略）あえて理屈をつければ、後年わたしが幽霊の出る小説が好きになり、英国心霊協会の"The Phantasms of the Living"のおびただしい記録に何の抵抗もなく興味をもち、西欧の吸血鬼伝説や人狼伝説などを好んで渉読するようになったのは、こうした幼児教育が大きに影響していることは争えまい」とのことである。程一の怪談趣味はこうして培われたが、昭和二〇年代まで下町（編者も下谷豊住町育ち）には、タヌキをその正体とする怪異談が祖母、祖父を通じて編者の時代まで普通に語られていたのである。

ちなみに書くが、義理の祖母と母から怪談を聞かされて育った思い出を語る部分は、昭和四六年に雑誌『思潮』に寄稿した「私の履歴書」からの引用である。この自伝的な書き方は、当時程一が執筆し出版先を模索していた自伝『明治の末っ子』（昭和四三年ごろ脱稿だが未刊。現在、この原稿は行方不明である）の第三綴り「養家」の一部を引き写しているのではないかと思われる。編者は昭和四四年に『明治の末っ子』の分厚い原稿を新人物往来社で実見している。その冒頭も読ませてもらった。自伝は、文藝春秋社はじめいくつかの出版社に持ち込まれ不採用になったあと、当時『怪奇幻想の文学』の刊行に踏み切ってくれた新人物往来社に出版の打診がおこなわれたのであった。結果、この出版社でも刊行が成らず、その行方すら不明になってしまった。編者は紀田順一郎氏とともに原稿の発掘に死力をそそいでいるが、いまだ発見に至っていない。お心当たりの方がおいでなら、ぜひご一報いただきたい。

なお、双子の弟である程一になぜ「一」がついているのかという件について、程一三女の子である岩下博武氏によれば、先に母の胎内から出たほうを「兄」とする古い習慣によったとのこと。当時すでに法律上は後から生まれた方を兄とする規則が定まっており、程一は弟と戸籍登録された。ちなみに、「程」の字は出生地の保土ヶ谷（程ヶ谷とも書いた）に由来するようだ。

また、程一がなぜ養子に出されたか、その経緯について、二代喜作が小説『雲の往来』第五回（『三昧』昭和三年一一月号、本書にも所収）で、小説中に「実弟」を濱中貞一という仮名で呼び、「濱中貞一は私の實の弟なのである。われわれは實の兄弟でありながらある不幸な関係から別れ別れに暮してゐるのである」と書き、養子に出た弟を気遣っている。

一九〇四年（明治三七）　（二歳）　東京府東京市日本橋区浜町三丁目一番地

二月二五日、程一に妹・龍（初代喜作の三女）が誕生。出生地は横浜市。龍の義理の息子にあたる芥川賞作家岡松和夫氏によれば、氏の義母にあたる龍は小学校しか出ていなかったが、父の初代喜作に厳しくしつけられ、幼い頃から小笠原流礼法の稽古に通わされたため、座ったときの姿勢が美しかったという。少女時代から横浜、のちに上野で店の手伝いをずっとさせられていた。龍は材木業を営んでいた瀬山氏と結婚し、戦後は西荻窪に「うさぎや」を開業した。こちらのうさぎやはのちに阿佐ヶ谷に移転し、現在も「阿佐ヶ谷うさぎや」として存続している。

一九〇七年（明治四〇）　（五歳）　東京府東京市日本橋区浜町三丁目一番地

実父である初代谷口喜作、『番地入　実測　横濱市街精細図』を発売。四月四日付『横濱貿易新報』へ予約販売広告を出稿。縮尺四八〇〇分の一着色石版（畳二枚分サイズ）を、二種①折畳版定価二円五〇銭、②軸仕立三円五〇銭で刊行。発売が横浜市尾上町三丁目四二番地「うさぎや」とある。また販売取次を行う書店として横濱勉強堂も併記されている。これにより、初代喜作は出版物も制作販売していた事実が明らかになった。

一九〇八年（明治四一）　（六歳）　東京府東京市日本橋区浜町三丁目一番地

荷風『来訪者』に程一とともにモデルに用いられた猪場毅、東京の向島に生まれる。父は宇田川賜谷という篆刻家。大正九年に春陽堂刊行『荷風全集』表紙の題簽《だいせん》を揮毫した。本人は江戸っ子一二代目を自称していた。

一九〇九年（明治四二）　（七歳）　東京府東京市日本橋区浜町三丁目一番地

四月、程一、区立浜町尋常小学校に入学。

一二月一六日、弟・豊三（初代喜作三男）が誕生。出生地は横浜市。豊三は戦後、日本橋に「うさぎや」を開業した。同じく戦後に東京へ戻った程一は、しばしばこの店に宿泊。程一の愛人の立場であった吉田ふみも、谷口家の兄弟が三軒にわかれて営業した「うさぎや」のどれとも親しく交際し、手伝いに通ったという。詳しくは岡松和夫『断弦』を参照のこと。

六月二三日、程一の姉・千代、母方の祖母にあたる田中ふんの養女となる。初代喜作が千代を義理の祖母の許へ養女に出した理由は不明。妻の実家の跡継ぎ問題などが起きたためか。

一九一二年（明治四五／大正元）　（一〇歳）　東京府東京市日本橋区浜町三丁目一番地

五月一〇日、妹の静子（初代喜作の四女）誕生。出生地届け出は横浜市。

これ以後、初代喜作が借金を背負わされたため横浜の家や店は売却され、兄彌之助ら家族も程ヶ谷に移転した模様。さらに程ヶ谷の家から、相州腰越へ再移転。大正三年九月二八日、初代喜作が東京の下谷区西黒門町に菓子舗「うさぎや」を正式に開店するまで、およそ三年近くを腰越で暮らすことになる。

一〇月一三日、程一の姉で初代喜作の二女千代が急性肺炎と急性肝臓炎で急死。わずか一五歳であった。初代喜作は急に老けて見えるようになったと、二代喜作が語っている。

二代喜作（彌之助）の回想

「後年、母の話によれば、この程ヶ谷の家の頃、父は知人の借金を背負わされたことが原因で母に別れ話を持ち出したという。

『別れるのなら、別れるのもいいでせう。けれども、その別れたあと、貴方はどういふ風にやって行かうといふつもりなのですか』

「父は、母のさういふ問ひに対して、確然とした答へを持って居なかった。

『まあ、子供たちは何処かに預けて、俺は坊主にでもなって、世の中を捨ててしまひたいやうな気持になってゐるのだ』

『（中略）世を捨てて坊主になる――それでは、あたしは別れるわけには行かない。もう一度考へて見てはどうですか』

『では、もう一度、考へさして貰うことにしやうか』

「それから七日ほど、父は行く先も言はず、家に居なかった。

『東京で、食べてすぐなくなるといふやうなものでもう一度やって見やうと思ふ』

「七日目の晩だった。父はさういふ返事を持って、母のもとに帰って来た。私たちは、さうした母の処置と、父の努力とによって、その時、一家離散の運命からのがれることが出来たのであった。

やがて、程ヶ谷の家から、相州腰越の家に移った。私たちは凡そ三年近くの月日をこの腰越で暮らした。そして、大正三年九月二八日、下谷区西黒門町に、菓子店うさぎやを父が開店するまでの苦労は並大抵のものではなかった。父はその稼業に対して未経験であった。資金もすべてを借金でまかなはなければならなかった。連帯責任者を二人立てて、なほ五日目ごとに利息を払ひに行かねばならないやうな借金もその中にはあった。云々。」

以上の回想から、程一の実母が筋を通す女性であったことが分かる。程一の結婚にかんしても、養家に申し訳が立たないとの理由で反対したことも道理だった（大正一二年の項目を参照）。

一九一三年（大正二）　（一一歳）　東京府東京市日本橋区浜町三丁目一番地

この年、初代谷口喜作、横浜での商売が破産となり（詳細は明治四五年の項参照）東京に拠点を移し、借金返済に奔走。また、うさぎやを東京に再建するため和菓子修行を開始。「喜作せんべい」の開発をおこなった模様。

しかしそのさなかにも、慶應大学の経済的窮状に対し寄付をおこなったことが、「慶應義塾学報」第二〇九号に載る。維持会員としての活動であった。

一九一四年（大正三）　（一二歳）　東京府東京市日本橋区浜町三丁目一番地

九月二八日、初代谷口喜作、菓子舗「うさぎや」を上野西黒門町に開店（実際には二年弱ほど前から東京の別場所で商売は始まっていたらしい）。この開業日は実子の二代目喜作が雑誌『製菓実験』（昭和九年一二月五日発行）の取材に対し、明らかにした日付である。二八日という日付も、初代が信仰篤かった不動尊の縁日にあたる。同誌に掲載された記事「業界著名店めぐり　黒門町のうさぎや」によれば、店名は初代喜作が卯年うまれであったことに由来する。昭和九年時点の店舗は純日本造りの店構えで、瓦屋根の二階建て、看板は碧梧桐《へきごとう》の文字で「うさぎや」と書かれ、中屋根の上には白兎の木彫が据えられ、その下の暖簾にも、碧梧桐流の文字で「下谷お成り道　うさぎや　御菓子舗」と書かれていたという。一階店舗部分は二つに分かれており、向かって左半分が販売店、右半分がさらに暖簾を下げたお汁粉屋になっていた。販売店側は、左に引き戸形式の出入り口あり、その右にあるショーウィンドウは畳敷きで、その上に花を生けた小壺と、最中などほんの少しの商品が、お茶席のお菓子のように優雅に置かれていた。右側を占めるお汁粉屋部分は、テーブル六台と椅子が二〇置いてあった。

うさぎや初代時代の名物は三代谷口紹太郎氏によれば「喜作もなか」であり、上野（当時）の「空也」のつぶ餡のもなか、浅草の「蛸松月」の白餡もなか、そしてうさぎやの漉し餡もなかが有名であったという。現在有名なうさぎやのどら焼きは、二代喜作が後に品数を増やした際の一品として世に出ている。程一の妹で三女龍の記憶によれば、店は骨董屋を改造した小さなものだが、趣味人らしく口上書や額や掛け軸など店を飾る文字は一切、河東碧梧桐に頼んだという。初代喜作が売り出した最中は薄皮で餡も上品な甘さに押さえたので、関東大震災以後は店頭に人だかりが絶えないほどの名店になった。

一九一五年（大正四）　（一三歳）　東京府東京市日本橋区浜町三丁目一番地

四月、開校三年を迎えた神田三崎町の日本大学中学校（現日大一中・一高）に入学。教師に井上健作がおり、程一は太平洋戦争後この教師に再会、井上が主宰する定型俳句の会「無花果《いちじく》会」へ入会して熱心な同人となる。また同学年に演歌師・添田《そえだ》唖蟬坊《あぜんぼう》の息子、添田知道がいて、やはり戦後に程一と再会し、程一を馬込の「まごめ句会」に入会させている。

また中学の終わりにラフカディオ・ヘルン（当時の訓《よ》み）の『怪談』を原書で読んだ。欧米怪奇文学への関心が本格的に生まれるきっかけであった。

他方、兄の彌之助はこの時期まで、神奈川県腰越に住んで家業に励んだ。旧制中学には入学したが高等科一年七月までで退学し、父の仕事の手伝いに専念したという。裏判を押したために他人の借金を被った父が東京で再起を図るあいだ、彌之助は父にかわり、おそらく腰越で蝋燭と売薬を細々と売る仕事に専従したと思われる。上野の下谷西黒門町で和菓子店「うさぎや」が軌道に乗るまで、横浜腰越の家は彌之助が中学を辞めて守ったようである。

春、彌之助が書いた随想「瀧井孝作」(『俳句研究』昭一三年七月号)によれば、碧梧桐の主催する俳誌『海紅』が創刊。前年に上京していた瀧井孝作(のち喜作や程一の親友となる)が大正四〜七年まで『海紅』の編輯を手伝った。

一九一六年(大正五)　(一四歳)　東京府東京市日本橋区浜町三丁目一番地

夏のはじめ、彌之助が碧梧桐や瀧井孝作と対面する。碧梧桐は初代谷口喜作の息子と対面した数か月後には兄弟二人の入門を許している。最初に入門したのは兄の彌之助であり、二代谷口喜作の「『無限抱擁』に出てくる俳人」(『俳句研究』昭一三年八月号)によれば、「私の十四の時で、店へ父から電話がかかり、上根岸の溝を前にした鳥屋へ、お金を届けに行った時で、届けに行くと、父が奥から出てきて、(中略)『さうだ、一寸上ってお目にかかっていけ』と言つて、私を上がり口からぢきの部屋へ案内して、先生や先生の奥さんや一碧楼《いっぺきろう》さんや瀧井君に紹介」したという。なお、程一が碧梧桐と初対面を果たした記録は残されていない。

程一と彌之助(二代目喜作)の生涯の友人となる瀧井孝作は、大正六年に碧門に入った。二人の三歳上で、すぐに親しくなった。瀧井が下宿する本郷は、上野のうさぎやにも近かったので、下宿が三人のたまり場となった。ここで、瀧井は散文や小説にも関心を深め、程一、彌之助もそれに呼応して散文を書くことになり、お互いの散文を批評し合う仲になった。程一も彌之助も、のちに多数の散文作品を書くようになったきっかけがここにある。なお、瀧井は、『海紅』の手伝いを四年間つづけたのち、福澤諭吉の『時事新報』社に転身、ここで作家の小説を担当して志賀直哉に傾倒するようになる。

一九一七年（大正六）　（一五歳）　東京府東京市日本橋区浜町三丁目一番地

碧梧桐の門人として活動

この時期、兄喜作とともに自由律の俳人河東碧梧桐の門弟として研鑽する。句誌『海紅』には大正六年から二代喜作が、大正七年からは程一が作品を掲げている。

「俳句はご存知の生家『うさぎや』が碧梧桐びゐきの関係から中学時代には例の舌足らずだか舌あまりだかわからぬやうな新趣向を少々たしなみましたが、分別が多少つくにつれて、やはり格律をもったものがよくなり、その後はひとりで古句に親しみ、我流で名句を吐いておりました」（昭和二六年三月二日消印、程一より小泉八雲の長男・小泉一雄への手紙より）。

『海紅』第三巻五号（大正六年七月一日）で二代喜作が自己紹介を寄稿。出生地を「神奈川県程ヶ谷字神戸」、現住所を「東京都下谷区西黒門町四」と明記している。喜作の自己紹介は、他に「学校は高等一年途中七月まで、後自家の小僧ばかり。俳句は今年の一月から。腰越に二年ばかり居りました。将来の希望は何でも名をあらはしたい。種々の人の色紙短冊を集めたい。趣味は魚釣り、書画、俳句、骨董。嫌いは海水浴ぶる人、生意気、白粉付けた女」と、ある。程一には自己紹介の寄稿がない。

春以降。程一、彌之助の俳句が碧梧桐の主宰する句誌『海紅』や『東京朝日新聞』の「朝日俳壇」（選者は碧梧桐門下で程一兄弟を嘱望した中塚一碧楼）に掲載される。この時期から発句に親しみ、すぐに碧梧桐門下の若い俊足の一人になる。

俳句作品例：

「桃青の宴中送にて人来る」（『東京朝日新聞』大正六・三・一九、喜作一四歳。最初期の作品）
「雀打ちに行くつゞじ山染みて」（『海紅』大正六・六・一、喜作一四歳）
「打笑ったが何となく空っぽな冬の野で」（『海紅』大正七・六・五、程一一五歳、最初期の作品）
「どくだみ崖からぶらさがり俺があるくのだ」（『海紅』大正七・八・五、程一一六歳）
「五月さはらを食って寝宿を出てゆく女」（『海紅』大正七・八・五、喜作一六歳）
「牛のまだらの色々夕空あきつ」（『朝日俳壇』大正六・一一・二一、喜作一五歳）
「白い窓掛の裾汚れたる幾夜しぬび来し」（『朝日俳壇』大正八・二・二一、程一一六歳）

なお、兄（二代目喜作）の住所とうさぎやの店舗は、このころ東京下谷区西黒門町四番地である。

二人は父と碧梧桐との付き合いから、瀧井孝作を知り、兄の彌之助は碧梧桐一派の小沢碧童《へきどう》という根岸在住の趣味人と親しくなり、のちに日暮里の住人だった芥川龍之介を紹介してもらっている。また程一も、後年になるが佐藤春夫の門人として永井荷風を知り、これらの交遊関係はすぐに兄弟共有となった。

一九一八年（大正七）　（一六歳）　東京府東京市日本橋区浜町三丁目一番地

初代喜作死去

七月一六日、初代谷口喜作、神奈川県鎌倉郡腰越村腰越五八六番地にて死去。宿痾の胃腸病が死因である。父が死亡した七月は、彌之助・程一とも一六歳（数えで一七歳）になったばかりであり、兄は二代喜作を継ぎ商売に打ち込むことを余儀なくされた。

初代喜作危篤の報は、神奈川県腰越で店の仕事をしていた兄彌之助に電話で届いた。彌之助によれば、父親は四年前から健康を害していた。初めは目だったが、それが回復すると胃腸をやられ、東京西黒門町で養生にはいった。妻が看病していたが、夏になって病状悪化、何度か危篤状態になったが、店を護る役目を持たされた彌之助は東京に戻れず、親の死に目にも会えなかった（『海紅』第四巻六号）。

彌之助は二代喜作を襲名したが、昭和二二年に記した「市井雑記」（『新俳句』一〇月号）に、当時の辛い生活ぶりを回顧している。彌之助が数えで一七歳となったこの正月、父から初めて羽織と数珠と論語を贈られた。「羽織の裏には、時難得易失（時ハ得難ク失ヒ易シ）と二行に書いてあった。私は黙って頭を下げて、その三つの品ものを貰った。家では私はその頃小僧さんと同じ扱いを受け、小僧さんと同じ服装のもとに小僧さんと同じ生活をしてゐた。盆と正月の十六日、年に二度しか休みもなかった。年に二度の藪入りはあっても、しかし私には宿りにゆくところはなかった。その年の一月十六日には、私はお仕着せとして作ってくれた盲目縞の着物の上に、初めてその茶の立縞の羽織を着て浅草に活動写真を見に行った。父に、尾崎紅葉さんにほめられたと言って、それをほこりとしてゐた持句が一句あった。　冬の夜や夫婦かせぎの細とも

し　父にすれば、その夫婦かせぎの細々としたくらしではあつても、水いらずの、いつはりのない、二人で寄り添い篤ていくやうな暮らしが暮らしとしての理想境であるらしい。通りを親仁が車をひき、その細君らしい人が車を押してゆくさまなぞ、父は『いいなァ』と感嘆して眺めてゐたことも、私は子供ごころに覚えている」

彌之助は終生、父のほこりであった「細ともし」の一句を愛し、自身の私小説の題名にも「細ともし」を用いた。

大黒柱を失ったうさぎやは、未亡人のやすと子供たちの手で支えられたが、二代喜作は三女とともに借金二万一千二百円を返済するため必死に働いた。父の喜作が現金五百圓を残したので、これで葬式をすませ、借りのある先へは母と二人で一軒一軒歩いたという。中には保証人としての借金もあり、そんなものは踏み倒したらいいと言ってくれる人もいたが母親と相談し、できる限り返済することにした。このときの頑張りの影響で、彌之助は体を弱くしたという（二代喜作「近況」、『海紅』二三巻一〇号）。

この年も碧梧桐門下の若い門人瀧井孝作が湯島の陽明館に間借りしており、二代喜作と程一の三人、中学生仲間で俳句の会を継続する。文学書の新刊は、繁盛するうさぎやの喜作がだいぶん買わされたようだ。瀧井は喜作少年に志賀直哉『夜の光』や里見弴《とん》の『善心悪心』などを買わせ、弟の程一もそれらを読み、よき文学勉強になったらしい。程一が中学を卒業したのち、早稲田の英文科に入学するきっかけになったという。（『潮』昭和五四年一月号インタビュー「芥川賞と作家たち」より）

父の死を受けた俳句：

「八月父を失ひ此家では朝顔盛んに見られ」（程一）

「遅咲の山吹が一輪二輪で父」（程一）

「秋の御中日の街明るく男泣きたり」（喜作）

「凍死人運ばるゝ膝ただす弟」（喜作）

程一が、亡き父をしのぶかのように詠んだ句、「父と並みいとなみの魚裂く我膝高し」（『文章世界』大正八年八月号に掲載）もある。

一一月、文人気質だった父の想いを受け継ぐ決意が固まってか、兄弟は碧門の内部に「芽の会」を発足させ、『海紅』大正七年一一月号に発足宣言を掲げている。「今の俳壇はこう沈滞してゐては駄目です。もっと若い人達が元気を出して振ひ興さねばなりません。そしてもっと高踏的な実質的な句を作ることに勤めねばなりません。それを努む可く、先達を追い越す可く、出来たのです」

平井程一をふくめた谷口家の人々と文芸家や文化人との交流について

初代喜作が交流をはじめたのは、川上音二郎一座の人々、ついで尾崎紅葉。また俳諧の河東碧梧桐も初代が付きあいを開始している。ついで二代喜作が父の仲だちで、碧梧桐と、中塚一碧楼を筆頭とする一門の人々との交流を開始した。なかでも根岸に住んでいた小沢碧童をつうじて、芥川龍之介と知り合ったことが特記される。芥川はうさぎやの菓子を好んだ。

また、初代喜作は画家の小林古径《こけい》とも親しかった。母親の控家が大森新井宿にあり、小林画伯とは隣人であった。この控家で育った俳句少年の喜作は小林画伯にかわいがられたのである。また兄弟同時に親交を結んだのが後の俳人・小説家の瀧井孝作である。

他方、俳句だけでなく文学にも早くから関心を持った程一が交流の道をつけたのが、佐藤春夫と永井荷風だった。しかし後には喜作もこの交流に加わっている。とくに永井荷風は偽筆問題などで程一を破門にしたため、後始末はほとんど兄の喜作がおこなったようだ。

一九一九年（大正八）　（一七歳）　東京府東京市日本橋区浜町三丁目一番地

『中外』（中外社）新年特別増大号（第三巻第一号）に、程一の投句。

「母が濕布して呉れます久しき母の身の匂ひ」

「壁に添ひ寝る幾夜のひとりの布團の匂ひ」

「栗鼠よ杉の木の尖端の秋の日ざし」

母（義母と思われる）を読む句に、懐かしい幼年時代の追憶と並んで、異性への目覚めが感じられる。

『東京朝日新聞』大正八年二月二一日号に程一の投句あり。

「彼女更紗布團の夜の太い根性ぞ」

「鵙なくわれら踏來る幾日の枯草」

「白い窓掛の裾汚れたる幾夜しぬび来し」

「懐爐の灰をすてに來た大樹の根ほるゝ」

「赤犬よ首たれて枯野の一人一人に怖る」

「母の手の胡麻輕く落され匂ふ夜とて」

「父子薄着した夕暮の立枯るゝ一叢よ」

「爐端の皆さんに一つの蕪が轉んで」

初めの数句にも異性への関心が感じられる。程一はこのとき一六歳。思春期を迎えている。


七月二二日、程一の学友であり、また程一同様に体操が苦手だった「中村貞次郎」が急死。喜作とともに立ち上げた俳句会「芽の会」の同人で、程一は同性愛とも受け取れる愛情をこの少年に抱いていたようだ。体が弱く、女性のようにふくよかだった貞次郎の死を悼み、『海紅』五巻七号に弔辞を掲げている。現在までに発見できた程一の散文のうち、もっとも古い作例である。

一〇月、河東碧梧桐編集『海紅』五巻八号に程一の句が載る。「この海に誰もなくわがたま網になにもなき朝」に対し、碧梧桐の高弟である一碧楼が句評を寄せ、「自分すべてを空しうするほど、この朝の海に溶け合つてしまった心境」を、おとなしく、素直に表現したと評している。また先輩の句友瀧井孝作は、「葉のすいたすゞかけの赤い夕陽のひとり嬉しくてゐる　程一」(『海紅』大正八年一月号)に対して、「詞がかなり韻律的であってそして浮いてゐない力が籠ってゐる」と書いた。

この時期の程一の句

「粉炭のこの夜の父子火鉢に凭れ飽きた」（程一、養家での自身の体験と思われる）

「枯野枯くさの音する君と逢うて」（程一）

「子どもだち手をつなぎ草の葉を捨てた子どもら」（程一、碧門らしい句）

一九二〇年（大正九）　（一八歳）　東京府東京市日本橋区浜町三丁目一番地

このころ芥川龍之介の随想（程一本人は「骨董羹」という題だったと書いている）で、ビアスというアメリカ作家の幻想怪奇短編集の存在を知る。一読してビアスの作品にとり憑かれた。ただし、芥川の挙げた「骨董羹」（『人間』大正九・〇四・〇一刊）にビアスに関する記述なし。芥川がビアスを本邦で最初に紹介した談話やエッセイは、翌大正一〇年に出た雑誌に掲載されるので、この件にかんしては詳しい記述を大正一〇年の項目に別記する。

一月、『海紅』新月号で竹下弟切草が大正八年度に発表された碧門の句を批評したが、程一の才能を認め、次のように書いている。「小鍵君と絹亮君と程一君とは年齢も同じく溌剌たる青春の心をもった作家で、その作品はつねに私の愛誦措かざるものであります。（中略）程一君は前の二君と相似た傾向をもってゐてやはり濃密な情緒をしめしてゐる作家であります。そして溌剌たる才気と鋭敏な感受性を驚嘆しましたが、そこに幾分の大人びたところもないではなくこれは強みになるか弱みになるかは問題でありますが、それは、措いても将来の美しい収穫を期待する一人でありませう」

二代喜作もこの一年の精進を終えて、俳句に技巧ではなく「情」をもとめるようになった、と『海紅』五巻一一号に書いた（程一とともに、俳句に対する独自の考え方を碧門同人へ伝えることを実行した様子）。

喜作はあたたかい情がある句という視点から、程一が詠んだ「女かくす事のあれば霧の夜の下の細い帯した」を引いて、「ある一種の神経的な人が一つのものを正しく見ようとしてゐる事はよく解かり、少し年増のなまめかしい女を感じるが、作者はその女に少なくとも愛を感じていない」と批評した。兄弟の句風が方向をたがえていく時期にはいったといえよう。

一九二一年（大正一〇）　（一九歳）　東京府東京市日本橋区浜町三丁目一番地

早稲田大学英米文学科入学。早大文学部を志望したのは、かつてここでラフカディオ・ハーンが英文学を講じていたことによるかもしれない。程一は入学後、ハーンと同時代に流行した小ロマン派の作品にも興味をもつ。予科のころ同人誌『Whirlwind』でマッケンの世紀末怪奇小説『パンの大神』を知ったという。ただし、この掲載誌は雑誌というよりも週刊新聞のような体裁であり、はたして日本で入手できたかどうか疑問が残る。掲載誌『Whirlwind』は、程一が当初「イエローブック」と書いていたのを後年訂正しているからである。日本に輸入されたとは考えにくい体裁なので、おそらくは単行本か、あるいは『イエローブック』的な他の文芸雑誌の再録ではなかったかと思われる（編者注：『イエローブック』にこの作品は掲載されなかった）。

六月、程一は『文藝行動』大正一五年六月一日号に「私小説流行の一考察」を寄稿。当節の流行である私小説を提唱する作家が久米正雄、宇野浩二、三上於菟吉《おときち》、廣津和郎《ひろつかずお》といった「中堅作家」であることに注目し、「半生を費やした結果、自身の芸風、手法では押せなくなってきた〈自己の内的なもの、すなわち自己の本質〉を表現するあらたな方法として出現したもの」と論評している。大学生となり、批評も深みを一気に増したようだ。

一月、芥川龍之介、談話形式にて「近頃の幽霊」(『新家庭』大正一〇・〇一・〇一刊)と題し、欧米近代怪奇小説の現況を述べる。第一次世界大戦でとくにフランス戦線に超自然的な事件が多発し、その専門家としてアーサー・マッケンが名声を博したことを論じ、怪談の方でも欧米で超自然的な変わり種が殖えてきた、と語った。芥川はまた、当時まだ日本に未紹介だったはずのブラックウッドを取り上げ、その著作(『ジョン・サイレンス』や『柳』)を推薦し、アメリカ作家ビアスを「ポオ以後第一人の観ある」と評したのである。このコメントは後に程一が借用し、『世界恐怖小説全集』ビアス・ラヴクラフトの巻でキャッチフレーズに用いた。

二月、芥川龍之介、随想「点心」を雑誌『新潮』に連載。程一が実際にはこれを読んでビアスのとりこになり、恐怖小説への関心を高めたというのが、真相であると考えられる。芥川はここで、「ビアスの紹介は本邦初であり、一編の翻訳もおこなわれていない」と述べている。したがって程一が「怪奇小説と私」などの随想で「ビアスのことを芥川の『骨董羹』で知った」と書いたのは、記憶違いと思われる。正しくは大正一〇年二月に「点心」を読んでビアスを知ったとするのが事実だろう。一月に出た談話も程一は読んだ可能性があるが、家庭雑誌なので目が及んだかどうか。

兄の喜作、この年を病床に臥しながら越す。一句「起きん日とてなき小庭の霜の色濃くなれり」（『海紅』七巻一一号大正一一年元旦）

猪場毅、俳人富田木歩《とみたもっぽ》に弟子入り。宇田川芥子の号を受け、俳句の道に入る。

一九二二年（大正一一）　（二〇歳）　東京府東京市日本橋区浜町三丁目一番地

大学入学後一年、この新年より、兄の喜作と通信が絶えだす模様。喜作の句に、「秋萩えだに住む蟲の此頃こゑたゝぬ」「兄弟芋蔓の一茎をたぐりあわした」などある。これらの句を載せた『海紅』七巻一二号には、謎めいた喜作の随想「許す心の立場」という短文があり、だれか他人の句の批判に関し意見に相違がおきたことを思わせる記述がある。末尾に「この稿は自分のために書きました」と詫びの言葉が添えられている。弟程一と俳句の方向性が違い始めたことを推測させる。

六月、河東碧梧桐編集『海紅』七巻四号に程一の作が五句が載る。

晩秋、程一、喜作、ともに近況録を『海紅』八巻一一号（大正一二年元旦）に寄稿。喜作はよく泣いており、程一は浜町にいて、人形町の夜店で見た大きく膨らませすぎた風船の危なっかしさに嫌悪を抱いたと記している。

一九二三年（大正一二）　（二一歳）　東京府東京市日本橋区浜町三丁目一番地

関東大震災おこる（九月）

この年、早稲田大学中退（『ローマに行った四人の少年』に載った著者略歴によるが、月日は不明、震災後のことか）。もし程一が震災前の中退であれば、家業の炭屋がすでに不振になっていたと考えられる。しかし一方、谷口喜作『雲の往来』によれば、程一の実家は震災後もまだ炭屋を経営していたとある。ゆえに、炭屋は震災後数年の内に建て直され、さらに何年かは炭商を継続できたと推定される。浜町を離れるのは、昭和三年以後で、養父が健康を害し、炭屋の仕事ができなくなったときである。このとき一家はうさぎやの所在地に近い西黒門町三番地に移転している。

六月はじめごろ、喜作程一兄弟は朝三時の直行定期船で東京から三崎へ日帰りの旅をした（『海紅』九巻五号に喜作「油壷紀行」掲載）。大学中退した程一を励ますためか、観音崎、城ケ島を経由、油壷で下船して横須賀まで行き、友人と会って午後一二時ころ電車で東京に着き、呉服橋を渡って西岸で縁日の夜店を見物。人形町で別れ、帰宅している。震災前最後の東京の夜景を堪能したようだ。

なお、喜作は震災直前の時期に程一から受け取った手紙に関する短編私小説『細ともし』（『三昧』一一号、大正一五年一月）を書き残している。この小説によれば、程一は兄にすすめられて俳号を持つことにし、庭にあった空井戸にちなんで「井心亭」という号を考えついたという。この時期、兄弟は毎週月曜日ごとに会い、また互いに近所へ来たときには訪問しあう最も親密な時期をすごした。ふだん寡黙な喜作も、弟の前では饒舌になれ、揃いの浴衣も見立てるほどであった。しかし震災後、二人の交流は途絶える。喜作は寂しさがつのり、それまで閑心亭と名のった号を「怙寂」に変更し、死んだ父や弟・程一のことを考えつづける日々となった。

震災後の情況

日本橋浜町の養家焼失、家族とともに一時期どこかへ移転した模様。

この夏（震災直前と思われる）、二代喜作は懸命に家業に励んだ結果、父が残した借金を完済できた。そのすべてを返し切ったあくる日、喜作は父の墓がある池上を訪れ、父の墓前で借金完済を報告した。「暑い日で陽がかんかん照ってゐました。私は父の墓のまへでとめどない泪をどうしようもありませんでした。それは悲しいやうなうれしいやうな言ひやうのない泪でした」（喜作「近況」、『海紅』二三巻一〇号）

九月一日大震災により被災、程一が住んでいた店兼住まいが焼けた。実家であるうさぎやの谷口家も被災し、店が焼失。谷口家は板橋の親戚宅に一時身を寄せた。この直後、程一の結婚話が持ち上がる。

この結婚について、『海紅』昭和三年一〇月号に載った程一の句「いさかひて雨夜へだつる葭戸かな」に重ねるように、兄の喜作は、小説『雲の往来』を『三昧』一一月号に投稿した。話（限りなく実話と思われる）の冒頭はこうである。「それは震災直後であった。今から数えれば五年前の秋、私たちの板橋の在の仮越し先へ、その話を彼の養母は持って来た。私の母は彼の養母の話を聞き了つて言ふのだった。（彼の妻にならうといふ娘さんは一つ違いの彼の幼少からの恋人であった。私も彼の家で会ったこともある娘さんで、如何にも彼の好きになりさうな地味なよい人だった）」（谷口喜作の小説『雲の往来』（『三昧』昭和三年一一月号掲載については別項目で述べる）

谷口喜作（二代目）の戸籍は九月一日に焼失したため、昭和二年七月二日？（日付がよみにくい）に再製された。
西黒門町「うさぎや」全焼の痛手は深かった。二代喜作によれば、「九月一日、関東の大震災で、今まで営みつづけ、漸く借金も返し、幾分の貯金も出来、これからは心安らかにやって行けると思はれたのも、すべてが灰となってしまひました。私はがっかりしてしまひました。けれどもまた、すべてが灰になったその土の上に立ち、新らしい気持が私に沸いてきました。（中略）私は灰をかき、家の図を引き、大工にすべてを任し、十二月まで板橋の方の仮の家にしづかな日をくらしました。その板橋の三月ほどのくらしの中で、私は俳句の上にも別の道は展けて行きました。〈馴染んだ犬が縁先きに来てゐるもう越すばかりの私ら〉さういふ句が自然と私の心に浮かんできました」（二代喜作「近況」、『海紅』二三巻一〇号）
野尻抱影《ほうえい》、震災直後に編集していた雑誌（研究社発行『中学生』）のプランにいきづまり、「シカゴ・ヘラルド・トリビューン」紙の書評欄で観たモーリス・ルヴェルの怪奇短編集を入手。ルヴェル作品を雑誌に翻訳連載するにあたり、「恐怖小説」と銘打った（挿絵は後年映画監督となった伊丹万作が担当）。程一はこれを読んだ可能性があり、戦後東京創元社から「世界恐怖小説全集」を翻訳編纂するにあたり、「恐怖小説」というジャンル名を用いたことの由来である可能性がある。

一九二四年（大正一三）（二二歳）（移転先）住所不明

東京府東京市日本橋区浜町三丁目一番地の家は震災で焼失したので、一時期間借りしていたと思われる。記録がはっきりしているのは、長女誕生の届を出した居所である「牛込区薬王寺町六番地」であり、おそらくこの年か翌年かに移転入居したのであろう。

程一の結婚

二月四日、程一、隣家に住む幼馴染の田中美代と結婚。

美代は日本橋区浜町三丁目一番地、程一の養家と同じ住所に育った。生まれも明治三六年二月であり、程一とは同学年である。田中利右エ門とヨシの次女であり、父の死後も兄の田中新次郎が戸主となったその家に住みつづけた。ただし婚姻したものの、どちらの家も被災しており、しばらくは間借り暮らしを強いられたと思われる。しかし浜町の建物が復興したのちは平井家の二階で新婚生活を始めている。

じつは、結婚にあたって平井・谷口両家との間で揉めごとが持ち上がり、谷口家は程一の結婚式に欠席したのであった。原因は養母に遠慮した実母が、結婚に反対したためだった。職を持たない程一が結婚すれば妻や子までが養母の世話になるであろうから、それでは実母として養母に顔向けができない、程一が生業につくまで結婚を許すわけにいかないという見解だった。しかし養母も実母も江戸っ子で後に引かず、結局谷口家を招かない形で結婚式が行われた。そのため程一はおよそ三年ほど谷口家と交流を絶ち、しばらく疎遠となった。その後昭和になり、程一が浜町の家で子どもと共に暮らすようになってから、兄の喜作がこの仲たがいを悲しむようになった。昭和三年のこと、『海紅』昭和三年一〇月号に珍しく弟の句「いさかひて雨夜へだつる葭戸かな」が載ったのを見て、自分が関係修復に動かなければいけないと悟った喜作は、みずから浜町の平井家を訪れ、両家の交流を再開させた。その後は程一も自由に「うさぎや」へ出入りできるようになった。このとき実母もうさぎやに居住していた（以上は二代谷口喜作の小説『雲の往来』第五章による。詳細については昭和三年の項を参照）。

また、昭和三年前後に養父の健康状態が悪くなり、廃業（？）移転することとなったとき、転居先をうさぎやに近い西黒門町三番地にしたのも、この交流再開のおかげであったといえるかもしれない。ちなみに、次女の暎子は引っ越し後に誕生届が出されたが、その記載には西黒門町二〇番地とあって、番地が食い違う。

程一の妻となった美代の人柄について、兄の喜作は『雲の往来』で、「如何にも彼の好きになりそうな地味なよい人」と表現している。孫の方たちに取材したところでも、小柄だがハイカラなおばあちゃんで、チキンラーメンが出立てのころ、真っ先に買ってきて孫たちと食べたこともあった、と語っている。

兄喜作、『海紅』九巻一一号（大正一三年二月一日号）で「旅から」と題した震災三か月後の情況を寄稿。うさぎやは前年の末になってもまだ再建できず、板橋で暮らしつづける日々、板橋の人情なども書き綴っている。また同誌一〇巻一号に送った別の文章では、震災前は夕方になると家を出てどこかへそぞろ歩きしたくなる気質だったが、震災後はそういう気がなくなり、家の中で茶をすすりながら黄昏を過ごすのが慰みになった、と書いている。

五月、震災のため『海紅』の編集部が岡山の玉島に移され、編集の中心にいた中塚一碧楼が東京を去ったため、喜作を含む東京残留組で「俳三昧の会」を創始。『東京俳三昧稿』誌が創刊される。その後、碧梧桐が外遊から帰り、東京に住みだしてから、東京の同人たちは『海紅』を離れて新たに同人誌『三昧』を創刊。これを機としてか、喜作は『海紅』時代とは異なる散文や小説を『三昧』に寄稿するようになる。西垣卍禅子《まんぜんじ》によれば、東京で風間直得が碧梧桐に期待されるようになり、古い門人との間にも悶着が起きたのだが、喜作は俳人として派閥に与せず、結社への寄稿も俳句以外の作品を心掛けるようになったのではないかと推理している。喜作の信条は「俳句は宣伝するものじゃありません。くらしのたのしみですよ」であり、生涯句集を出版しなかった。句集は自分が出すものでなく、「後世の人が編んでくれるもの」とも語っている。喜作も程一も、生前に句集を出版しなかったが、他者から依頼を受ければ、題字書きやブックデザイン、編集、解説などの本づくりを楽しんでおこなった。ここに、二人の「筋の通った俳諧趣味」があったといえるだろう。

大正一三年九月一日発行の『海紅』(一〇巻六号)に、喜作は近況録を掲載。下谷に戻り、生活を再開したらしく、「私の処は焼けてから本郷の高台が一望に見え、暮方には夕映に秋が訪れて来ました」とある。また、同誌一〇巻一〇号では、「他人の消息に心が向かず、気持ちを養えていますが、さみしい時は動物園に行ってラクダの顔を見ます」、ともある。

一九二五年（大正一四）　（二三歳）　程一住所　牛込区薬王寺町六番地（震災後の仮住まいと思われる）

五月七日、程一に長女狭青（さあお）誕生。出生地は牛込区薬王寺町六番地。この住所は仮住まいの場所だったらしく、浜町の養家はまだ復興していなかったと思われる。長女の名は碧梧桐門下の俳人の号を採ったようだ。

程一、この不遇の時期に際し、世紀末にめざましく活動した英米の小ロマン派と接し、愛読するようになる。程一のエッセイ「怪奇小説と私」（東京創元社「大ロマン全集」月報一八所載、昭和三三年刊）によれば、「幽霊やお化けの方は妙に性に合っていると見えて、好きでいろいろ読んできた。なにしろ今から三十年も前のことだから……」とある。それを逆算すると昭和元年前後に当たる。ホーレス・ウォルポールの「オトラント城綺譚」から系統立てて読み、戦後にはモンターギュ・サマーズ編になる色刷り挿絵の入った善本を入手したことなどから、怪奇小説の翻訳家を目指す道が開けた。「オトラント城綺譚」を挿絵入りで出版したいという念願から、終戦後には怪奇小説を専門に集めだし、読み漁るようになったと考えられる。

一九二六年（大正一五／昭和元）　（二四歳）　東京府東京市日本橋区浜町三丁目一番地（住所が浜町に戻った模様）

この時期、程一の住まいは浜町三丁目一番地に戻っている。

徳田秋聲《しゅうせい》の「二日会」大正一五年二月の会員名簿に程一の名があり、そこに浜町の住所が記されている。「二日会」とは大正一五年一月に妻を亡くした秋聲を慰めるため、知友が毎月二日に集まったものである。自然主義文学の秋聲に程一が接近したのは、俳句会なども行われた「馬込文学者」グループとの付き合いにもきっかけを与える出来事だったようだ。

三月、『海紅』一一巻一二号（大正一五年三月一日号）に俳句を掲載。「私の家の近所は下町の中でも古い樹木の茂った物持ちの庭園なぞ多く、春となく夏となく住む物の心を慰めてゐて呉れたが、昨秋の震災はこれら自然の風物をさへ惜し気もなく焼き払ってしまった」と前置きしたあと、「家はみな夕餐の時の垣つゞく夕日」など五句を寄稿。浜町への帰還がこれらの句を詠むきっかけにあったと推測できる。

六月一日、程一、雑誌『文藝行動』六月号に初の評論「私小説流行の一考察」掲載（本書所収）。初めての本格的文芸評論と思われる。

六月、程一は各誌に精力的に寄稿をつづける。作家を生業にする決心が固まったゆえと推測できる。生活を護るためでもあったと思われ、近代文学の先駆的研究者で早稲田大学の卒業者でもある稲垣達郎の創刊した雑誌『槻の木』第五号にも、俳句三作を掲載している。

同六月、こんどは新聞『時事新報』に小説時評「六月の作品」五本（六・〇一、六・〇五、六・一一、六・一八、六・二〇）が連載さる。

七、八月、『読売新聞』朝刊に連載文学批評「八月の小説から」が四回連載（七・三一、八・〇一、八・〇三、八・〇四）される。これも程一名義。この時期からは文学評論を目指したふしがみられ、作家論を発表し始める。

喜作、『海紅』一一巻一〇号（大正一五年元旦号）に、近況録を寄稿。近頃、店の客に「おふとりになりましたね」と声をかけられるようになり、医者に診察を仰いだところ、糖尿病とわかる。そのため、唯一つの楽しみだった食べ物を制限され、不自由なわびしい暮らしを強いられている旨を報告。後年の写真を見ると、兄喜作は程一とことなり、ふくよかな体つきをしている。兄も弟も甘いもの好き、酒は下戸であった。

一九二七年（昭和二）　（二五歳）　東京府東京市日本橋区浜町三丁目一番地

二月、この時期、早稲田大学の先輩で情痴作家と呼ばれた近松秋江に私淑し、秋江論を執筆。また『週刊朝日』一〇月九日号にシリーズ「文壇人を訪ねる」第二三回の取材記事「近松秋江氏とストーヴ」（本書所収）を掲載する。

雑誌『早稲田文学』（東京堂、昭和二年二月一日発行、二五三号）に評論「近松秋江論」を投稿。程一名義。

七月二四日、芥川龍之介自殺。二代喜作はとりわけ芥川と親しかったので、弱冠二五歳ながら葬儀委員長を務めた。「親しくしてゐた芥川さんのなくなったことです。死ぬということが身近かにしかも足下に置かれてあるといふことがこの出来事によってはっきりしました。私に芥川さんの依頼された事柄も無事にすましました。芥川さんの子供にあてた遺書の中に、〈自分の力を恃まず、つねに自分の力を養ふやうにせよ〉といふ言葉がありました。私はその言葉を心にしっかりと抱くやうに胸に書きしるして覚えました。それは

二六歳の時でした」（二代喜作「近況」、『海紅』二三巻一〇号。引用文中二六歳とあるが満では二五歳になる）

一〇月三、四日、『読売新聞』紙上に新潮社の創立者・佐藤義亮が「芥川龍之介集について」を寄稿する。二代喜作が芥川家の代理として龍之介の遺言にあった「自分の全集を岩波書店から出版したい」という遺志を実現するため、先に新潮社と交わしていた全集出版の約束を白紙に戻してくれるよう交渉に来た話を明かしている。無理な要求であることを承知のうえで交渉に来た喜作に、佐藤はあっさりと全集の約束をなかったことにすると答えた。理由は、円本ブームで醜い作家囲い込みの泥仕合をつづける出版界に一石を投じるためであった。喜作は大役が果たせたことで佐藤に感謝した。

佐藤春夫「小泉八雲に就てのノート」発表。佐藤はおそらく程一の勧めで八雲を知り、愛読するようになったのであろう。

一九二八年（昭和三）　（二六歳）　東京府東京市日本橋区浜町三丁目一番地

程一、『海紅』一四巻七号（昭和三年一〇月号）に、自身の結婚を巡り谷口家と一時期絶縁することになったときの句、「いさかひて雨夜へだつる葭戸かな」を掲載。この句は兄喜作が自作の小説『雲の往来』第五回（雑誌『三昧』掲載、昭和三年一一月）で、作中人物濱中貞一の作として引用している。詳しくは大正一二、一三年の各項目を参照のこと。

この年、兄の喜作も結婚、妻の惠子は義母と店の両方の世話で夫を支える。二人の間には四男、一女が生まれた。

一一月、兄喜作が私小説『雲の往来』（雑誌『三昧』掲載、昭和三年四～一二月号）を完結、ただし単行本にはならなかった。西垣卍禅子「谷口喜作」（『現代新俳句の焦点　新俳句講座第二巻』一九六三・一一・一五所収）によれば、この私小説は喜作の処女小説だったという。

『海紅』昭和三年一一月一日号に程一が七句投稿。

「川べに住ひ朝に夕に草の空」

「みやこに近く暮らす茄子もはづれ胡瓜もはづれ」

「灯を見つつゆく二人してゆく寒い坂道を」

われに故郷なし
「稲妻に夜な夜なおもふ空のかた」

など。養父の病気のため、浜町の店をたたみ、下谷区西黒門町に移転。移転届が翌年だが、実際は本年夏以降に引っ越したことが、これらの句で分かる。「われに故郷なし」は痛々しい。なお、程一は大の雷きらいであり、雷鳴がとどろくと布団をかぶったと、小泉凡の『怪談四代記　八雲の悪戯』にある。物心ついて以来初めての引っ越しに心を痛め、久しぶりに多くの句を残したものか。以降、昭和六年まで『海紅』に投句なし。稼ぎ手の義務を果たすべく文学の翻訳などに集中した模様。

一九二九年（昭和四）　（二七歳）　養父の健康悪化、東京府東京市下谷西黒門町三番地に移転。

三月、この時期から翻訳業を手がけ始める。養父の健康悪化のため稼業が立ちいかなくなり、炭屋を廃業したと考えられる。兄が住む西黒門町（番地は西黒門町四番地）のそばに一家で移転した模様。程一もなんらかの収入口を求める必要に駆られだした。

三月、雑誌『文章倶楽部』（一四巻三号）に初翻訳、コッパアド「シルヴァ・サアカス」（初めて原稿料を得る）。程一名義。この掌編は、インチキ・サーカスに雇われた男が動物の毛皮を着せられ、猛獣と闘わせられるが、相手も毛皮を着た雇われ人だったという話である。かつて程一は編者に、自分の訳したこの作品が落語ネタになっていたと語り、東京創元社版『怪奇小説傑作集・英米編Ⅲ』の解説でも「わたくしの訳した『シルバー・サーカス』は、いまでは落語ダネにもなっているようです」と書いた。しかし最近の研究では、『動物園』と題され、上方落語家の二代目桂文之助らが仕立てたこの落語は、この作品よりも早く欧州で広まった笑い話を直接の典拠にして成立したとされている。

兄の喜作、『海紅』一五巻三号に近況録を寄稿。この末尾に程一と創作の冊子を出す計画を発表する。「弟と二人で創作をもち合って小冊子を六月に出します。これは期を決めず、作の成るに従って第二輯、第三輯を刊行してゆく考へです。題は燈台といひます。これは燈台の孤高な精神を愛し、かく名づけました」とある。ただし、実際に刊行されたかは不明。

一九三〇年（昭和五）　（二八歳）　東京府東京市下谷区西黒門町三番地

平井家の戸主となる

四月一一日、程一に二女瑛子誕生。出生地は下谷区西黒門町（出生届では二〇番地。養父が亡くなった三番地と同じなのかどうかは不明）となっており、前述したようにこの時期を「うさぎや」の近所（あるいは同敷地内間借りか）で過ごしている。

七月二二日、養父平井政吉が西黒門町三番地で死去。程一は八月七日に平井家の家督を相続している。炭商はすでに廃業しており、程一は一家で兄の喜作が所有する家の近所、あるいは同敷地内で戸主となった。なお、程一の長女・狭青は黒門幼稚園の第一期生であると聞く。

ちなみに、浜町三番地の住所がどうなったかは不明。戸籍からは転籍の事実は認められない。ただ、妻の美代にも同住所の実家があるため、時期によっては美代実家に住んだ可能性も考えられる。

猪場毅、師の佐藤春夫に依頼され、紀州での調べものにあたるため和歌山県和歌山四番町に移住。

二代喜作、『海紅』一六巻一〇号に年頭雑記を寄稿。俳句仲間で親友だった遠藤古原草《こげんそう》の臨終に立ち会い、中絶していた発句を再開する決意を固めた。さらに『海紅』一六巻一一、一二号に「遠藤君のこと」と題するエッセイを連載、この不運な友人の思い出を詳述した。しかしその一方で、この時期より東大関係の人々を中心とした同人誌『新思潮』第十次に参加、小説や随筆を発表、『新思潮』にはうさぎやの広告も出して経済的な支援をおこなった。ただ、程一はこの集団に入会しなかった。喜作は同誌において俳句とは距離を置き、私小説と「市井雑記」と題する身辺随想を書く方向に興味を移した。

一九三一年（昭和六）　（二九歳）　不明だが、おそらく東京府東京市下谷区西黒門町三番地

この時期の居所は不確実。翌昭和七年には、東京市牛込区薬王寺町六番地を「居所」とした記録がある一方、この時期における西黒門町と浜町との実際の居住履歴は錯綜しており、整理できない。また浜町の家はこれ以降住んだ形跡がなく、養父の死後に手放した可能性が高い。

佐藤春夫編集・日夏耿之介《ひなつこうのすけ》と中川一政協力の雑誌『古東多卍（ことたま）』創刊の会合に参加。佐藤春夫、日夏耿之介、中川一政らとの交流はこの時期から開始された模様である。

雑誌『古東多卍』は日夏耿之介が不定期に開いた「黄眠詩塾」の機関誌として、佐藤春夫責任編集、中川一政装丁により刊行された。創刊の会合が本郷の「鉢の木」で開かれ、程一も出席した。この会合について記した関川左木夫《さきお》は文中に程一の名を挙げていないが、程一と但し書きされた写真が載っている。『古東多卍』にも翻訳を載せるようになったので、「黄眠詩塾」に参加し、日夏の怪奇幻想趣味の洗礼を十分に浴びたものと思われる。とりわけ、日夏が関心を持っていた吸血鬼については、日夏門下の太田七郎が希少なポリドリ作『吸血鬼』のテキストも入手していたので、おそらく「ドラキュラ」の名も知っていたと考えられる。というのも、昭和六年一〇月にはベラ・ルゴシ主演のユニバーサル映画『魔人ドラキュラ』が日本で公

開されていたからである。この問題は昭和三一年の項でも再説。

「……黄眠詩塾と命名される詩塾の開設は、その掟書が作成された昭和三年二月二十二日ということになろう。ちなみに書けば二月二十二日は日夏耿之介の誕生日であって、その著作の発行日に合せて印刷することも多く、黄眠会もこの日を選んで開催されたことが多い」（関川左木夫「かりそめの黄眠詩塾小史二」、『鳩亭雑話I』昭和五八年七月より）。なお、この詩塾には「学歴のない」平井功という程一と同姓の詩人も属したが、正岡容《いるる》の甥であり、実子に『宝石』などで海外ミステリを翻訳した平井イサクがある。

九月、平井程一「メリメの手紙」翻訳を八回寄稿開始（佐藤春夫編集『古東多卍』第一巻第一号（昭和六年九月）〜第二巻第五号（昭和七年五月）、および別冊（昭和七年九月））。単行本を昭和八年七月に春陽堂より刊行。フランスの大作家メリメが愛人と交わした書簡の重訳である。なぜこの作品を選んだか不明だが、後に程一が吉田ふみと出会う前触れのようにも思える。

九月、程一とおなじく東京の浜町育ちの文士、猪場毅が紀州で『南紀芸術』一号発刊。猪場は程一と不思議な縁がある。日本橋に住んだ篆刻家を父に持ち、故郷が平井家にほど近い場所であったことにより、友人関係も交錯していた。俳句や江戸時代の考証物にも造詣が深く、ともに佐藤春夫の門下なのである。やがて春夫の伝で永井荷風に師事し、一時は二人ともに荷風の信頼を得た。

猪場は関東大震災で生家を失ったらしく、貧困にあえいだが、やがて昭和五年に現在の和歌山市に落ち着いた。佐藤春夫の故郷である。春夫の雑誌と『南紀芸術』の美本趣味が一致しており、しかも『南紀芸術』に『古東多卍』の広告が載っている。

なお、猪場が紀州時代に面識を持った恩田雅和（現、大阪天満天神の寄席「繁昌亭」支配人）の「来訪者の足あと」（『彷書月刊』二〇〇一年一二月号掲載、第一回古本小説大賞特別奨励作品）に、『南紀芸術』前後の猪場の活動が詳しく語られている。

猪場毅の経歴

明治四一年、東京・向島生まれ。俳人の富田木歩に入門。木歩は玉ノ井にあった娼婦相手の貸本屋「平和堂」を経営しており、たまたま本屋に寄った猪場に俳句を勧めている。しかし、猪場は後に破門となり、木歩も震災の犠牲になった。

猪場は昭和五年まで東京で食い詰めていた模様だが、和歌山に居をかまえて昭和六年九月に紀州の文芸を振興するための高級誌『南紀芸術』を創刊した（南紀芸術社、昭和九年一月、一〇号にて休刊）。この雑誌は師匠だった佐藤春夫が創刊した文芸誌『古東多卍』に装幀を学び、典雅なつくりで地元の和紙を使用するなど、こだわりも見どころであった。だが、休刊の直後に東京へ戻り、翌一〇年に雑誌『季刊・日本橋』創刊にかかわろうとした。しかし同人と仲たがいがあり、降板している。なお、奇縁というべきか、『日本橋』の編輯を引き受けたのが、他でもない程一であった。この段階で程一と猪場は知己の間柄だったと思われる。帰京後の猪場は、千葉の市川に移り住み、真間の手児奈堂の参道に「葛飾屋」というみやげ店を開いた。またこの居を「此君亭」とも称した。妻は智恵子といい、元・高島屋百貨店の美人デパートガールだったという。息子に清彦がいたが、実際は智恵子の実弟だったともいわれる。なお猪場が落ち着いた真間の店には、千葉に引っ越したため上京時の宿を失った程一が、しばしば宿泊するようになる。この結びつきが、やがて荷風の偽筆事件や『四畳半襖の下張』の原稿持ち出し事件に結びついたと推測できる。

程一、『海紅』昭和六年七月七日号に久しぶりの投句。

「露次に住ひ正月も松過ぎた月夜ばかりがつづき」
「雀折々來る枯菊の軒に吊したる莖ばかり」
「犬を飼ひ隣でも犬を飼ひみんな暮しの山吹が散り」
「庭先に炊ぐいつか草むらとなつたそこら邊り」
「見慣れた原の遠くもう葉の散りかけて櫻並木」

とあり、露次（路地）に住まいを移し、犬も飼ったことが分かる。翌年七月に西黒門町から牛込区薬王寺町六番地への移住届があるので、この時期は牛込に居住したことが確認できる。程一は引っ越しごとに句を発表する傾向があった。

一九三二年（昭和七）（三〇歳）　東京府東京市牛込区薬王寺町六番地

この時期、程一は家計を助ける目的で、煎餅屋をいとなんでいる。しかし、三女の淼子《ひろこ》（後述）によれば仕事に熱心といえず、妻と娘たちが煎餅つくりに駆りだされたという。商売の方法は兄の喜作におそわったようである。

四月七日、程一に三女淼子誕生。出生地は東京市牛込区薬王寺町六番地。これによれば、おそらく西黒門町は前年、どこかの時点で退去したと思われる。

程一下訳による『吸血鬼』、世に出る

一月一日、佐藤春夫が「吸血鬼（ポリドリ作）」雑誌『犯罪公論』（一月号～三月号）連載開始。その第一回挿絵は木村荘八が担当。佐藤春夫がかなり長文の序を付し、当時非常な稀本であった〝バイロン〟作『吸血鬼』成立の経緯と、著者がじつはポリドリというバイロンの主治医だったことを解説してある（佐藤の直筆と思われる）。序では訳者として表示された佐藤本人が「訳文に就ては平井種一《ひらいたねいち》君の学才と労力とに負ふ所多きを明記し」と誤記あるいは誤植しており、下訳者への配慮が感じられない。しかし、英国怪奇文学への関心は佐藤春夫から程一に植え付けられ、本国で大評判となった吸血鬼小説の濫觴を訳することで大いに触発されたのではないかと思われる。そもそも佐藤が『吸血鬼』をこの大衆雑誌に訳出したのは、昭和六年の秋に日夏耿之介の門下生である太田七郎が所蔵した一八一九年版単行本のテキストを貸与されたことに起因する。この作品はすでにラフカディオ・ハーンや吸血鬼伝承を研究していた日夏耿之介の紹介で日本にも名が知られていたが、初版に「バイロン作」とされたことからポリドリが抗議し、バイロンも認めて回収処分になったものである（のちポリドリ作として再刊）。そのテキストを日本人が所蔵していたという事実からして奇蹟的だが、佐藤はこれに飛びついた。このとき佐藤は日夏耿之介の「黄眠詩塾」のために機関誌『古東多卍』の責任編集を手掛けていた。その雑誌に、門弟であった程一に翻訳を寄稿させていたことで、佐藤は下訳者として第一に程一を思いついたのであろう。程一は佐藤を通じ、日夏耿之介の「黄眠詩塾」にも参加していたので、日本に「吸血鬼」を招来したハーン・日夏・佐藤の系列が程一に及んだことになる。

程一が戦後、「ドラキュラ」を翻訳することになるのは、ある種の運命だったかもしれない。また、昭和四年に文芸誌『文章倶楽部』に初翻訳、コパード作の「シルヴァ・サアカス」を載せて「初めて原稿料を得」て以来、二度目の翻訳収入となったはずである。

ちなみに、佐藤春夫名義のバイロン作『吸血鬼』は昭和一一年に山本文庫で刊行されている。

二月より、前年に続き『古東多卍』に「メリメの手紙」翻訳連載（二巻二号〜五号、および別冊）。八回完結、程一名義。『バイロンの吸血鬼』も、二月号（二月一日刊）、三月号（三月一日刊）まで無署名ながら掲載された。

一〇月、かつて程一と喜作の師であった碧梧桐は、門下生が碧門を去ったあと、残った少数の弟子に押されて新俳誌『壬申帖』を創刊するも、冒頭に自身も俳壇から引退すると宣言、周囲を驚かせた。そのため新雑誌も創刊号で廃刊になった。碧梧桐によれば、還暦を迎えた自己をも斬り捨てる敗残者、落伍者の境遇をむしろ「痛快味」と感じたからという。しかし、喜作と程一は変わらず師との付き合いを継続した。一方、師匠は俳句の仕事をほぼ失い、収入源だった書や揮毫の需要も激減し、家族を抱えて困窮した。そこで碧梧桐は書をも投げ捨て、まったく別種の稼業に転じる決意を固めたという。それが現実化するのは昭和八年一一月のことで、詳細は昭和八年の項を参照のこと。

一九三三年（昭和八）　（三一歳）　不明　ひきつづき東京府東京市牛込区薬王寺町六番地か。

煎餅屋引き継ぎ事件

二月、ホフマン作『古城物語』（「世界名作文庫」二三〇、春陽堂刊）を程一名義で翻訳刊行（英訳からの重訳）。

春陽堂へは、佐藤春夫の口添えがあったと思われ、程一個人としての著述第一作である。

七月一五日、雑誌連載をまとめた翻訳『メリメの手紙』（フランス作家メリメと読者の女性との書簡）（春陽堂、「世界名作文庫」一六九）を程一名義で翻訳刊行（英訳からの重訳）。

このとき春陽堂「世界名作文庫」の編集担当をしていた高藤武馬《たかとうたけま》は、戦後の昭和三四年、俳句研鑽のため「無花果会」に入会するが、そこで偶然程一と再会し、同人仲間となる。

一一月、程一がこの時期まで営業していた煎餅屋を店じまいすることとなる。店の開業年は不明だが、養父がなくなり一家を支える立場となった昭和五、六年頃からではないか。この煎餅は、初代喜作が製造販売した「喜作せんべい」に学んだものと思われる。まだ幼い長女狭青も煎餅作りをだいぶん手伝わされたという（三女淼子の長男博武氏からの伝聞による）。

一一月二三日、程一の煎餅屋が廃業することを聞き及んだ碧梧桐が、投げうった文筆業の代わりに、程一の店を引き継がしてほしい旨を表明する。「碧梧桐が煎餅屋をやる、また面白からずや」と理由を語ったため、これに最も反対した兄喜作が、「そんな軽はずみなる心にては何事も成就すべきにあらず、晩節を汚す」と説得したが、師は耳を貸さず程一の店を引き継ぐ準備にはいり、妻を連れて煎餅製造の見習いを開始（喜作随筆「句作をり〳〵」、『俳句研究』昭和一二年九月号より）。煎餅の木地屋を見学に行き、商品名も「ふたば煎餅」と決めた。そのときの句に「煎餅木地の飴色の乗るほどこの堅炭焼らな」がある（碧梧桐日記による）。煎餅屋の句に「堅炭焼（ひあぶ）らな」と書いたのは、程一の養家が炭商だったことへの言及かもしれない。結局、喜作が実際に碧梧桐に煎餅づくりをさせ、無理だと自覚させたので、計画は立ち消えとなった。

この頃、猪場毅が『南紀芸術』を荷風に送る。秋、猪場毅「出版鄙言」(『書物』昭和八年一〇月号)において、紀州での地方出版にかかわった体験から、出版には地方の力を活用すべきとの意見を展開した。質の高い読者がおり、印刷から紙、製本にまで高技術で安価な制作物が得られるという趣旨の発言を残す。実際、『南紀芸術』は地元の紙と印刷技術を用いたもので、この試みに対し壽岳文章《じゅがくぶんしょう》も非常な賛辞を送っている。

一九三四年(昭和九)　(三二歳)　不明　おそらく東京府東京市牛込区薬王寺町六番地か。

一一月二〇日、佐藤春夫訳『小泉八雲初期文集　尖塔登攀記　外四篇』(白水社)刊行されるが、実際には八雲邸へ出張するなどして程一が翻訳をおこなったらしいことが、八雲の家人たちの証言で分かっている。その一人、小泉時は、はじめ佐藤春夫の弟子として随伴した程一が、やがて春夫の名代となり一人で来るようになったと回顧している。「佐藤さんは、当家(昭和九年初めより小泉家が住み始めた東京都荏原区中延の家)に三、四回は来られたように思う。最初に一人で来訪された時は、佐藤さんも一雄も前記のように話がはずみ、お互いに意気投合し、結局、一二時をまわって帰られた、と母の喜久恵は言っていた。二回目の時には、お弟子さんの平井呈一さんを同伴して、一雄に紹介された。その後は、平井さんがお一人でよく来訪され、時には泊まっていかれることもあった。平井さんは生粋の江戸っ子で、一雄よりは年は若いが、二人ははじめから息が合ったようで、端からみていても、百年来の知己という感じであった。長い黒髪を無造作にオールバックにして、着ながしの上にトンビと呼ばれる和服のコートをまとい、いかにも文士然とした服装であった。そして黒い細縁の眼鏡越しに、やさしい眼差しでわれわれに話しかけられ、私に対しても紳士として接していただき、子供心に恐縮したものである。また、平井さんの話術はすこぶる巧みで、子供の私でさえ、話に引き込まれて、席を離れることができなかった。(中略)これはあくまで私個人の推測に過ぎないが、『尖塔登攀記』は、佐藤さんが選ばれた初期作品を平井さんが翻訳し、それを佐藤さんが手直ししてまとめられたのではないか……」(『復刻版・小泉八雲初期文集　尖塔登攀記外四篇』付録、一九九六年より)と、ある。小泉時によれば、程一は一人で最初に来訪した折(おそらく昭和九年春頃)、三冊ほどの本を時にプレゼントしてくれたという。それは小山書店が出した子供向けの小型本シリーズで、その一冊に程一著になる『国姓爺合戦物語』が含まれていた。しかし、話が複雑すぎて、小学三年生だった時には理解不能だったという。ただし程一作の『国姓爺合戦物語』は昭和一一年八月の刊行なので、この回想には年次に食い違いがある。

一月、猪場毅の『南紀芸術』終刊(一〇号まで)。その後東京へ戻り、永井荷風の許に出入りを開始する。また猪場は、このタイミングで、同じ佐藤春夫の門人である程一とも知り合いになったようだ。秋庭太郎は「荷風は昭和九年初夏ごろから交を訂し来った猪場毅、翌十年春ごろから親しく交際して荷風日記の副本をつくらしめてゐたほど信用してゐた平井呈一の両人が、荷風偽筆をつくり売り捌いてゐることを知った」(『荷風外傳』)と書いている。

一九三五年（昭和一〇）　（三三歳）　不明　まだ東京府東京市牛込区薬王寺町六番地にいたか。

二月二日、程一、永井荷風とのつきあい始まる。最初の荷風宅訪問は佐藤春夫の門弟として同行。ただし『断腸亭日乗』では「門人某」と表記され、名前は記憶に残らぬ程度であった。だが、程一はそれ以前にも春夫の紹介で雑誌『季刊・日本橋』への寄稿を依頼しており、さらにはまた程一自作の『濹東綺譚』評をも送付していた。

荷風は程一に関心をもちはじめ、三月には小泉八雲の仏訳を読みだしており、程一の影響であったかもしれないと、秋庭太郎らが推測している。程一が「平井君」と日記に書かれるようになるのは三月一二日以降である。昭和一二年頃から程一は春夫の同行を介せず、門人として荷風邸に出入りを開始する。

五月二〇日、郷土史誌『季刊・日本橋』編集制作に参加し、創刊号を刊行。程一が編集の一員となり全四号を刊行した。二村進ら地元の文化人が「忘れられ行く日本橋の過去」を記録すべく、泉鏡花から鏑木清方《かぶらききよかた》、谷崎潤一郎、永井荷風、佐藤春夫らぜいたくな監修者を迎え、縁ある人々に聞きまくり、調べまくった編集役員四人は、文字通り、手弁当を提げての作業であった。

純和紙に活版印刷をもって刷られた本文、実際に版木を製作して刷り上げた口絵、和仕立ての表紙など、どれ一つをとっても日本橋の豊かさと趣味の良さを思い出させずにおかない。惜しくも昭和一一年四号で廃刊したが、猪場毅の編集・刊行した『南紀芸術』を凌駕する質を有していた。

追記：『季刊・日本橋』発刊直前まで、箱崎町の土州橋近くに二年ほど住んだことのある猪場毅（俳号伊庭心猿《いばしんえん》）も、編集に参加していたことが判明している。同氏の第一随筆集『絵入東京ごよみ』（昭和三一・一〇、一五）によれば、「旧友二、三を語らって『日本橋』という雑誌を計画したが、創刊一歩手前で私だけ除名された」という（除名の理由は不明）。

この時期の程一をめぐる佐藤春夫と永井荷風の関係性について、雑誌『群像』昭和四〇年一〇月号掲載の伊藤整×澤田卓爾対談「荷風・潤一郎・春夫——同時代者に聞く実生活の一側面」には、いくつかの言及がある。澤田卓爾はその中で、「平井はすでに佐藤春夫に破門されており、佐藤の破門門人では第二号になる」、と発言している。澤田卓爾の証言かどうかは不明だが、これは程一が春夫から荷風へ付き合いを変更した理由とも考えられる。信頼の置ける証言かどうかは不明だが、澤田によれば佐藤門人の破門は「第一号が稲垣、第二号が程一、第三号が高須という歌詠み」であるという。たとえば高須は「よくないことをしでかして」春夫に破門されたそうである。澤田によれば、「私があとで銀座のあるカフェーで荷風先生に逢ってそのとき、『先生、平井程一はあまり親しくなさらない方がいいですよ』と申上げたことがある」といい、荷風が「いや、よく分かっていますよ」と答えたという。それでも、程一は「能筆でどんな風にも字が書ける」という特技があったので、原稿整理や、場合によっては副本づくり、あるいは一種の代筆などに有用と感じたのかもしれない。しかも程一は江戸の軟文学にも精通し、俳人でもあった。親しくなるにつれて「文学の同志」と信頼するようになったと、推測される。だがその一方で、荷風は程一からも春夫に関するマイナスの噂を聞き、春夫を避けるようになったという。澤田も、「荷風という人はだれにも親しみを寄せるような人じゃないのでした。（春夫が発した荷風評の言葉）『妖人荷風』とはうまく言ったものです」と述べているが、実情はどうであったろうか。

『群像』昭和四〇年一〇月号対談での、澤田発言はそれだけにとどまらなかった。「春夫門下の破門門弟の第二号の平井程一が、あることないことをおおげさに潤色して荷風に伝えたために春夫さんをきらい出したのです。（中略）平井程一は『日本橋』というきれいな大阪の贅沢雑誌をつくって第四号まで出したが、創刊の第一号を出す頃には、佐藤春夫にかわいがられていたから、（中略）わざわざ佐藤が平井程一を荷風家に連れて行ったのです。これより先、平井はすでに佐藤家を破門になっているのですよ。それで自分の立場をよくするために、春夫さんのことを…ファッショだなどと文学懇話会などで荷風に作りごとを吹き込んで、佐藤を傷つけている。荷風も、だんだん平井のほうへ傾いて、ついに佐藤を閑却したばかりか、ひどく佐藤をきらいだして、一介のとるに足らぬ田舎文士だなどと、日記にまで佐藤の悪口を書き、ひそかに佐藤をこきおろしているのです。（中略）が、しかし、平井と彼のコンビであった猪場毅はうまく（荷風）先生をだましおおせたつもりで、本性を現しました。佐藤に対する荷風の感情は、猪場・平井がしくじっても、とけないのでした。（永井先生は）そういうことがわかっていながら、依然として平井を連れては浅草へ行っているのです。そういうことが平井に利用価値があるからではなく、幇間を連れて歩くようなきもちで近よせていたのです。最後は『来訪者』へ持ち込むようなつもりで平井という若者を出来るだけ働かせていたのです」

澤田によれば、荷風が程一を銀座や浅草に連れまわす前のお供は「校正の神様と云われた神代種亮《こうじろたねすけ》」で、食事や喫茶に相伴する人のためには一切金を払わない荷風が、神代だけは例外扱いで金を払ったという。程一の場合も「例外」だったと思われる。荷風はまた程一の書、文章の才を褒めたが、「語学（おそらく英会話の意）はまるでだめなことを承知していた」とも語っている。澤田は、程一が荷風に伝えた春夫の批判や悪口に根拠はなく、むしろ「荷風が対等の付き合いをしなければならなくなる人物を滅多に近づけず、幇間性を持っている男をかわいがる」性向を有していた、と結論づけている。以上、澤田の発言は私的な感想と考える。

七月二六日、郷土史誌『季刊・日本橋』第弐号出版。

一〇月二九日、郷土史誌『季刊・日本橋』第参号出版。

一九三六年（昭和一一）（三四歳）　不明　まだ東京府東京市牛込区薬王寺町六番地にいたかどうか。

七月一七日、郷土史誌『季刊・日本橋』第四号出版。この雑誌最終号となる。「本誌内容は大体去る二月に発行の予定」だったが、半年の遅れで発行された。元来、第一年目は四冊出す予定だったもので、四巻刊行後は一括帙入れで頒布する計画もあった。しかしいずれの計画も実現せず、第一年目の活動を以て終刊した。編集権発行人は程一の旧友でもある箱崎町四丁目一番地に住む二村進氏、氏の自宅が「日本橋研究会」の編集室兼事務所でもあった。また印刷も浜町三丁目五番地の門田活版所だったので、すべてが程一の自宅周辺に集まっていた。文字通りの地元誌であったといえる。

八月二日、アーネスト・ダウスン作『晩秋』（山本文庫三五）を程一名義で翻訳出版。この一巻は、戦後いちはやく程一に賛辞を贈った由良君美氏が、どうしても入手できず、思い余って程一自身に連絡したことで、意義ふかい出版となった。

八月一五日、『国姓爺合戦物語』（小山書店刊、少年少女世界文庫第一一巻）を程一名義で出版。小山書店社長の小山久二郎は会社を昭和八年に創業したばかりで、佐藤春夫を通じ、小山と知り合った程一が、この児童書シリーズの一環を手掛けることになったと考えられる。程一がこの時期、文学者として生活できるようになることを切実に願い、精力的に行動していた傍証といえる。

九月、佐藤春夫の紹介で、千葉に診療所を開設したばかりの中村古峡《こきょう》を訪問する。古峡は文学者として出発し、漱石や佐藤春夫と交流したが、大正期から変態心理学の研究に着手、心霊学や超心理学、二重人格などを学び、精神病の医師となった。当時、海外の心霊学に関心を深めた程一は、師匠の佐藤春夫が古峡と親しいことを知って、面会のつなぎ役を春夫にもとめた。どのような目的で古峡を訪問したものか、程一はこの時期、佐藤春夫、永井荷風、そして中村古峡と、文学や心理学の巨人たちに積極的にアプローチしていることが興味ぶかい。なお、従来程一が変態心理、あるいは超心理学に関心を寄せた事実が等閑視されてきたが、「世界恐怖小説全集」の第一二巻『屍衣の花嫁――世界怪奇実話集――』を編集・翻訳した事実を見れば明白なように、怪談実話とその科学的研究にも並々でない興味を抱いていた。しかも、戦前に日本で流行した交霊会や千里眼、念写などと異なり、幽霊屋敷を中心にした怪異に固執した点も注目したい。この分野は戦後も黒沼健や庄司浅水《せんすい》などの同好者がいたが、程一自身はいわゆるオカルト研究にまで踏み込むことがなかった。

この年、兄の喜作に双雅房という出版社から自作の刊行を打診する話があった。喜作は生涯に一冊、それも遺稿集の形で誰かに編纂してもらう句集を出したいと考えていたが、このとき具体的な出版計画を夢に描いた。「……さういふさびしい旅人に、双雅房といふ本屋さんが、うれしい言葉をかけてくれた。わたしは、その思ひもかけぬ双雅房主人の言葉をきいて、日を仰ぐやうにまぶしい気がした。はじめに思ったのは若し本が売れなかったらわるい……その気持ちだった。双雅房主人は笑って言った。『本の売れる売れないは、本屋の上手下手で、本屋の責任で、著者の責任ではありませんよ……』それをきいて、わたしは双雅房主人の意に従ふ気持ちになった。わたしは、出すといふことになれば、やっぱり気持ちの中で一冊の本にまとめてからにして貰ひたかった。わたしの一冊の本は、やはりわたしの一冊の本でなくてはならなかった。わたしは、市井雑記と紀行と、二三の友人のことを書いたものとを、書いた順に、気持の中でならべてみた。さうして、気持の中でならべてみてゐるうちに、いくらかづつはやっぱり歩いてきてゐたといふことに、うれしいやうな、そして詮方のない気持を味はされたのであった。『市井雑記』と本の題はつけることにした。河東碧梧桐先生と、久保田万太郎先生が、ひとことづつ何か書いて下さるさうで、本の背文字は小林古径先生が書いて下さる約束である。わたしのかねてから、生涯に一度はさういふ日がきてほしいと希ってゐたことが、こんなに早く実現することにならうとは、わたしは夢にも思はなかった」（谷口喜作「近況」、『海紅』二二巻一〇号）

一九三七年（昭和一二）　（三五歳）　程一住所　千葉市稲毛本郷一六一六（荷風による）

日中戦争

二月一日、河東碧梧桐死去（六三歳）。

程一と二代喜作が俳句の手ほどきを受けた師匠として、碧梧桐は最初の重要文化人だった。喜作は『海紅』二三巻一〇号で下のように碧梧桐に誓っている、「ことしは二月に碧先生がなくなられてしまひました。

二十年まへに父に、十二年まへ芥川さんに、ことしはまた碧先生におきざりにされてしまひました。でも私の胸の中には、父も芥川さんも碧先生も生きてゐます。そうして私のすることを見守ってくれてゐます。私は私の道をどうやら歩いてきたやうです。孤独である私は、ひとり考へ、ひとりうなづき、たどたどしい歩みをつづけてきました。店が一つの形ちがついたし、私は私の時間をもう少し持つやうになれるでせう。来年は碧先生の仕事を皆さまとともに一先ずまとめてみる仕事があるし、私もいろいろのことで新しい第一歩を踏み出します」

なお、碧梧桐の作品のまとめは、喜作に代わって弟の程一が実行し、編集出版している。

このころ、程一は頻繁に荷風に手紙を送り、親交を深める。

二月、アーネスト・ダウスン作『悲恋』（春陽堂文庫）を程一訳で出版。

四月頃、春夫の編纂で「近世文芸名家伝記資料」を『文芸懇話会』臨時特別号（昭和一一年五月号）に掲載するとき、猪場毅らの校閲があった後、最後に平井程一がアンカーチェックを引き受けた。荷風も五月一四日にこれを「平井程一氏編纂」として郵送で受け取った。

また、これが出版された際、誤植ほかの誤りについて程一が私信を送っている。その私信は永井荷風に宛てられたものだったが、春夫がそれを翌月号の編集後記に引用している。その訂正指摘が寺田寅彦伝にもおよんでいることは、程一の読書の広がりを考えるうえで非常に興味深い。

ちなみに、この団体は昭和九年三月に内務省警保局長松本学が文化統制が文壇の思想的統制をめざすために組織された国家政策組織である。したがって、日中戦争にかかわり作家たちをファシズム体制に巻き込むための団体であり、戦争や政治嫌いであった程一が自主的に参加したとは考えにくい。佐藤春夫らが編集の主体となった際に校閲を懇請されて、付き合いとしてチェック事務だけを担当したと思われる。

七月ころより荷風の浅草、銀座通いへの随行、日常の筆写・副本作り、原稿・原本の預かりや保管を開始する。しかし、かつての師匠である佐藤春夫との交流も続いていることも分かる。

九月、荷風が日記に程一の居所を書き留める。それによれば、昭和一二年秋の程一は「千葉県千葉市稲毛本郷一六一六番地」の在住であった。すでに手許不如意が限界となって、家族で千葉に移住した程一は、家相を占う趣味があったので、転居先を家相占いで絞り込んでから、家探しに出ていたのである。

一一月、雑誌『文学』(岩波書店、五巻一一号)に「永井荷風論」載る。程一名義。

一二月、程一の評論「「かのやうに」其他——所謂「秀麿もの」について——」が『鷗外研究』第一八号に掲載される。

一一月三日、兄・喜作は明治節の佳き日を選び、うさぎやを資本金一〇萬円の合資会社とする。「考へてみると、何も無かったのです、二十年前には。今、幾分でも頒けることの出来るやうになったことは、私ばかりの仕合せではないので、みんながよい日を迎へたわけです。(中略)私はまた第一歩から踏み出さうとしてゐます。もう二十年一生懸命やってみやうと思ひます。さうして幾分なり人並みの気持でくらしたいと思ひます。子供も七つを頭に三人居ます。来年は四人になる筈です。二十年経てばこの子供達にゆづって私は第一線から退いて、あとは悠々自適したくらしをして行きたいと思ふのです」

一六歳の若さで父のあとを継いだ喜作の隠し立てのない感慨であろうか。

程一、『海紅』昭和一二年一〇月五日号に投句。

「千住といへば草枯れて空地ばかりが多い正月の空」
「寒い日汽鑵車が煙を吐きいちにち出たり這入つたりしてゐる車庫」
「こんな米粒のやうなそれが日のかげでほろほろ散る柊の花」
「朝の露草の葉にかまきりの子匐ひのぼるほゝづきの葉に」
「正月の松を伐り出す幾束かの霜」

程一はこの時期から居所を千葉に移した。家族を伴っての移住であり、荷風も日記に、程一の新住所を千葉市稲毛本郷一六一六と記している。ただし、東京を引き払い、義母と家族を伴って稲毛へ落ち着く直前、この句によると千住にも短期間住んだようである。

一九三八年（昭和一三）　（三六歳）　千葉県千葉市稲毛一五九七

千葉在住者となる

昨年秋以来、程一は千葉県千葉市稲毛一五九七番地に居住（ただし荷風のメモによると一六一六番地）。

この時期、程一は荷風宅「偏奇館」へしばしば来話。月に一度、二度（場合によっては一週間に二度）も話し込み、夜には銀座「不二あいす」で晩餐をともにすることが多かった。五月には不二あいす地下室で食事中に『東京日日新聞』記者が割り込んできたので、荷風は機嫌を害し、銀座をやめて浅草に河岸を変えている。これ以後、程一はオペラ館など浅草周辺で荷風と歓談することが多くなった。初夏はほぼ連日、二人の交流あり。

一月二六日、千葉の地で養母の平井スゞが死去。ここから察するに、昭和にはいって養父の平井政吉が炭屋を廃業して以来、兄喜作の「うさぎや」(下谷区西黒門町、ここで政吉死去)を振り出しに各地を転居しながら、養母を伴って千葉の稲毛に落ち着いた足跡が見えてくる。浜町にあった炭屋の店は、政吉死去のあと家督を継いだ程一により売却されたことは確実だろう。

二月、改造社雑誌『文藝』六巻二号に「佐藤春夫論」、また三月には『俳句研究』五巻二号に「碧梧桐の歩んだ道」掲載。程一名義。重要な作家論二作を連続的に発表しており、評論活動への意欲の高まりが見える。

七月一一日、程一は中耳炎にかかり床に就く。翌一二日に程一の妻美代が荷風邸を訪れている。中耳炎の程一に代わり、なにか届け物をしに行ったようだ。妻の美代が荷風邸を訪れていたことは、この付き合いが家族ぐるみだったことを意味するのだろうか。

八月二五日、瀧井孝作編による『俳句文学全集第一一　河東碧梧桐』(第一書房)刊行。実際の編纂構成は程一によると、瀧井のあとがきに明示。「第一書房刊行の此の一冊は、谷口喜作君の弟の平井程一君の編次であります。……平井程一君の此の一冊の編次は、それらの要点を、大変よくまとめてあると思ひました」(瀧井孝作「後記」より)前年発表の「永井荷風論」に加え、俳句、散文、両方の評論を執筆しており、文筆家への道を真摯にめざす努力がうかがえる。

一〇月、程一は荷風より『断腸亭日乗』の筆写を依頼され作業を引き受ける。
一二月、このころより猪場毅が荷風邸に来話、程一と二人相乗りの談話になっていく。
一二月三一日、大晦日に猪場が程一を呼び、荷風の供となって年越し。三人がもっとも親密になった瞬間であった。

一二月、程一の妹、静子が結婚。石炭会社に勤務する夫は、最初東京勤務だったが、翌年に満州の鞍山に転勤となり、同行した。当時静子の母は大森にすんでおり、外国暮らしとなった娘を心配した。昭和一五年秋にようやく静子だけが実家へ戻れたので、母と喜作一家が一時休養滞在の面倒を見た話が、喜作の「市井雑記」(『俳句研究』昭和一六年二月号)に委しく書かれている。

またこの年、程一は佐藤一英《いちえい》の「聯」集会に参加、詩の復興に賛同、佐藤が英国の四行詩に触発されて提唱した新形式の詩「連詩」を、自らも試作している。程一がどのような経緯で佐藤一英と親しくなったかについては興味ある謎であるが、編者の考えによれば、昭和一一年に程一が小山書店から刊行した児童書『国姓爺合戦物語』(少年少女世界文庫シリーズ)が縁になったと思われる。程一は佐藤春夫の紹介でこの児童書シリーズの仕事をするようになったが、著作者の一人に佐藤一英も加わっていた。佐藤もまたこのシリーズで『牛若物語』『源九郎義経』を担当しており、何かの縁で編集部が二人を引き合わせたとも考えられる。程一は、英語詩の四行詩形式を日本の詩に取り込もうとする佐藤一英の試みに興味を抱いたのではないだろうか。この交流は戦後以降も継続された。

一九三九年（昭和一四）　（三七歳）　四月五日より稲毛から千葉県安房郡千倉町南浅夷字千倉一一三五へ移住（荷風日記による）。しかし六月には安房郡富崎村布良へ転居した模様。

吉田ふみとの出会い

この年、冨山房より翻訳書『ワイルド童話集』（冨山房百科文庫　第一〇一）を刊行。

三月、程一、荷風原稿を預かり筆写を行う仕事を継続。

三月一一日、程一が荷風邸を訪問、近々千葉稲毛から房州館山のほうへ隠棲する計画中であると告げる。

三月二〇日、荷風も程一の私生活を心配し、猪場に内々の事情を尋ねる。

四月一日、程一が筆写した原稿を届けにきた折、いよいよ千葉を引き払い房州千倉に引き籠ることを告げた。二人は別れの盃を上げる。

四月三日、荷風は程一に請われて書画数幅を贈っている。

四月五日、程一は千倉に転居（千葉県安房郡千倉町南浅夷字千倉一一三五）したとの報せを荷風に送った。だが、この転居は二か月間続いただけに終わる。

六月、荷風のメモした程一住所が「安房郡富崎村布良」に変わっている。ただし、布良に移住したこの時期、吉田ふみとの出会いがあったと想定できるが、ふみの夫はまだ健在だったはずで、単純な近所付きあいであったと思われる。実際、程一一家は遅くとも昭和一六年春には西岬村見物に引越している。いずれにしても、この時期から、程一一家は千葉で間借りしながら、県内を何か所か貸し家探しのために巡り、より東京から離れた南房総の奥へと探索範囲を広げていったらしい。家計ひっ迫のため賃貸料の安い物件を求めた結果だったのか。しかし定期的に東京へは出てきており、さまざまな交流を切らさなかった。その場合は経費を節約するために、同じ荷風門人の猪場毅が住んでいる市川市真間の小さな店に宿泊し、荷風から預かった草稿類の副本作りなどを手掛けたと、猪場毅「来訪者のモデル」に記す。

一〇月、荷風手稿などの偽筆問題が発覚。程一と猪場が手を染めた事件とされる。荷風の草稿類を程一が預かって副本をこしらえていることは、猪場もよく知っていた。そうしたことから程一は猪場と語らい、贋作の売りさばきにも手を染めたらしい。売り先には市川市内の古本屋数店も含まれていた。このことは、やがて荷風の知るところとなる。ただ、偽筆問題は破門に至らず、一〇月以後も程一と猪場は荷風邸に来話し、銀座や浅草へ連れだっている。

一一月一二日、程一が荷風に、小泉八雲の翻訳を岩波書店に引き受けてもらう件の相談を持ち掛けた（二年後、八雲の『怪談』などが岩波文庫に収録されたので、荷風の後押しも効いたようである）。なお、この日も程一が荷風訪問。このときから日記は「平井」と呼び捨てになり、関係の悪化を暗示する。

一二月二八日、程一が荷風を訪れ、年内はもはや上京せずと告げる。昨年は程一と猪場が大晦日の荷風のお供であったが、この年二人は大晦日に現れなかった。

荷風偽筆と太田南畝の故事について

「（昭和一四年）その十月、荷風は昭和九年初夏ごろから交を訂し来った猪場毅、翌十年春ごろから親しく交際して荷風日記を筆写せしめ日記の副本をつくらしめてゐたほど信用してゐた平井程一の両人が荷風偽筆をつくり売捌いてゐることを知った。偽筆は平井が、偽印は篆刻を巧にした猪場がつくったといふ。荷風は真偽のほどを平井に問ひたゞした結果、その事実を知ったが、荷風としてはさまでその所業に悪感情を抱かず荒立てしなかった。一応叱りおく程度であったらしく、それはその後における荷風の両者に対する厚誼のさまをみても実証し得る」(秋庭太郎『荷風外傳』より、春陽堂、一九七九年七月刊)

同書によれば、「偽筆の件が判明した翌月の十一月に冨山房百科文庫本の一として『改定下谷文庫』が刊行された、ちょうど荷風自撰の『太田南畝年譜』も附載されてゐたときだっただけに、昔から蜀山人(南畝の号)の逸話として知られる蜀山偽筆の故事が想起された。平井はその後も偽筆づくりをやめなかったが、荷風はそれを知ってゐながら黙してゐたと見るべく、翌翌年の十六年十月廿八日の荷風日記にも、『午後房州山人来話。山人余をあがめて南畝先生に擬する心にや、躬ら飯田町の蜀山人が役目を担わむつもりと見え、常に余が偽筆の原稿又は書幅をつくりて』云々とあるによっても明らかである。荷風は房州山人即平井の所業を文墨のたはむれと視てゐたのであらう。(中略)蜀山人の墨蹟が珍重がられてゐることは今も昔に変らぬが、南畝好きの荷風だけに文寶亭の蜀山偽筆の件には関心をもってゐたらしく、それになぞらへた文寶亭ならぬ房州山人の荷風偽筆の件も当初はさまで問題視してゐなかったやうである」とある。

二代喜作、東京の菓子業者の親睦会「若菜会」に発起人として名を連ねる。二代喜作は初代の教えを守り、「自分が食べたいと思うものを作る。共鳴してくださるお客が集まってきてくだされば、たくさんでなくてもそれでよい」とのモットーを菓子作りの基本に置いた。

一九四〇年（昭和一五）　（三八歳）

遅くとも春には布良から千葉県安房郡西岬村見物に妻子と移住。

この年、岩波文庫より翻訳書、ラフカディオ・ヘルン著『怪談：不思議な事の研究と物語』および『骨董』を刊行。程一による八雲の翻訳開始さる。

とりわけ一〇月一〇日に第一刷が刊行された『怪談』は荷風に朱正を依頼した文章で、荷風も仏訳本でわざわざ対校《ついこう》まで手がけて程一を援助した。内容も『怪談』に加えて三編の「虫の研究」も収録している。解説も熱を帯び、「或ものの筆勢の如きは殆ど秋成のそれに比疇するかと思はれる程の凄涼なる鬼気を読む者に感ぜしめる。『怪談』が世の凡百の Ghost Stories とその質と精神に於て全く類を異にしてゐるのは偶然ではない。（中略）ヘルンが『怪談』の粉本となしたものは、多くは、江戸の通俗的怪談本である。いずれもそれは『雨月』の如き高い文学的価値をもったものではない。ヘルンはそれらの巷説的説話に醇乎たる創作的生命を吹き込んだ。それと同時にヘルン自身の文学的精神は日本――或ひは広く東洋といってもいゝ――から貴重なる何物かを摂取したのである」と。この一書により八雲の『怪談』は日本での評判をかちえることとなる。

先に出た『怪談』につづき、ヘルン来朝以来一〇冊目の著作『骨董』を矢継ぎ早に訳出した（初版刊行日は昭和一五年一一月一五日）。これも永井荷風が自ら訳文を朱正したものである。うち、「古い物語」と題されたパートに収められた怪談九編について、解説（無記名だが、あきらかに程一自身の筆である）では日本の通俗怪談がいかにして格調高い創作に昇華されているかを、一々日本語テキストの文章を上げて対比している。他に、程一が特記したのは、名も知らぬ一人の不幸な日本女性の日記を訳出した際のヘルンの愛情あふれる配慮のすばらしさであり、このヘルン訳を試読した程一は「一〇の硯友社小説を読んだよりも遥かに深い感銘を受けた」と書いている。程一はヘルンの翻訳の姿勢に共感し、後に自身が手掛ける英米怪奇文学の翻訳にも同様の創作性を目指したといえるかもしれない。

また、永井荷風との交流もきわめて活発であった。（以下の記述は荷風作『断腸亭日乗』を抜粋）

一月九日、程一、荷風邸に新年挨拶。

二月四日、かねて相談のあった小泉八雲の怪談翻訳につき、程一が荷風に訳文校閲を願いでる。

二月六日、程一が校閲の催促らしき用事で荷風来訪。その晩荷風は徹夜して校閲を行なった。

三月一九日、猪場毅、真間に玩具店を開いたことを荷風が知る。

三月一一日、程一また来訪。荷風全集編纂の件を議す。

四月廿八日、程一上京。荷風は銀座浜作にて岩波書店主人及び番頭と全集刊行の相談を行い、夕刻に程一の到着を待って浅草へ赴く。これより五日ほど程一は荷風と連日にわたり全集の事で面談。五月以降、来話する程一をふたたび（平井君、平井氏）と表記するようになる。全集実現のための仲直りか。

七月、程一は荷風全集の用事でしばしば岩波書店と会議。

七月一三日、冨山房書店不正事件起こる。同社雇い人の猪場毅が、荷風作『下谷叢話』合冊版を編集、しかしあとになって出版契約書が送られて来、向こう一五年はこの収録作を他の出版社が刊行することを禁じる項目があった。荷風は、猪場と書店が結託して、この版権を横領するつもりであったことを知り、激怒。とくに詐欺をはたらいた猪場に対し、「猪場は年三十七歳。顔色蒼白。痩せたる男にて一見肺病患者の如し。

鼻は細くして高く、其の先の曲がりたるさま常人には見ざるもの。昔より邪智奸猾の相となしたるものなり。谷崎佐藤二氏の家には既に出入りを禁止せられゐる由。其友人中には共産党の間諜となれるものありと云ふ」と筆誅を加えた。

七月一七日、程一が約束をたがえて顔を見せず。翌日やってきて、岩波の意向により荷風全集の刊行をしばらく中止したいむねの伝言を持ってきた。

九月二日、程一と喜作の妹、静子が夫とともに移住していた中国東北部の鞍山から急に上京。健康を崩しての里帰りであった。喜作が息子の紹太郎を連れて東京駅に出迎える。

九月廿六日、岩波店主がかねて預かっていた荷風の原稿類を返却に来る。荷風が主人と直談してみると、先日程一が「岩波側から全集出版を見合わせる意向」と聞いた話と異なり、主人は出版を望んでいたという。程一の話と食い違っていることに疑問は感じたが、自作の全集はこの時世ゆえ断念するという気になった。

一一月、この全集が中央公論社で出版されることになり、荷風は同社社長の嶋中雄作に程一を引き合わせた。

この年の春か、あるいは前年に、程一家族は千葉の房総半島館山の西岬村見物に移住。養家の父母が亡くなり、商売にも失敗して、東京にいられなくなった果てのことであった。長女の狭青は館山の女学校に通うこととなる。近隣に住んでいた吉田武雄とその妻ふみと近づきになる（当時ふみの住所は富崎村布良）。

程一はいったん、布良を離れたわけだが、吉田ふみとは家族ぐるみの文通交際をつづけた。吉田夫婦はともに東京生まれ、東京育ちであり、夫の武雄の結核療養のため、布良に転地していたのである。平井一家も東京生まれであり、千葉の南端で唯一、東京の話ができる友人として親密になった。昭和二七年六月小泉一雄宛の手紙に、以下の文章がある。「……十年前に住んだ館山、布良、千倉方面を歩いてみて、やはり房州は、物の豊かな、それだけにのんきな、それだけにまた人間がボケかけているような極楽地帯であることをもう一度つくづく考えさせられました」

しかし吉田武雄が夏に急逝してしまう。夫を急に失ったふみは困り果て、移住している程一を頼りにし、程一も親切心から相談に乗った。平成元年二月一一日に紀田順一郎氏から献呈された新著『日記の虚実』に対する受領の電話において、吉田ふみは相談の内容について、「夫の吉田武雄死去当時、程一は館山に在り、しばらくして勤め口のことで魚を手土産に相談に赴いた。これが親しくなった始まり」だったと語っている。その後、事情は不明ながら、程一は文学者としてもとめていた「美の天啓を与える女神」性をふみに感じるようになった。いっぽう、程一は妻の美代に対しても、苦難の生活をともに戦った「戦友」と呼び、娘たちを含めた家族の絆を破壊する気持ちもなかった。ふみはその後、布良を出て、親戚だった本所のもゝんじや（豊田屋）に住み込み下働きとなる。結局、この一年は程一にとって公私ともに危機の始まりとなる時期になった。

程一が親密な関係になった吉田ふみについて

平井程一と三十数年にわたり苦楽を共にした吉田ふみは、従来、その経歴が不明であった。しかし、昭和六二年に紀田順一郎氏が養老施設へ入居直後のふみに面会・取材されたことで、重要なことがすこし判明し、さらに令和二年に編者がふみのいとこに当たる宮沢康枝氏との電話面談をおこなえたことにより、かなり詳細な履歴が明らかになった。個々の取材については該当年の項目を参照のこと。ここでは、それら情報をまとめて記述する。

吉田ふみ経歴

実父は千葉県布良の人、実家が船具（とくに櫓）を製造販売する名家で、吉田姓を名のる。布良の他に君津・大貫にも家を所有し、親戚があった。

実父は四人兄弟のうち次男だったので、布良の稼業は継がず、東京に出た（長男だけが布良に残る）。東京へ出た父は実家が櫓を製造する仕事だった縁で、材木屋と知り合いがあったため、麻布十番に下駄屋を開業、これが大当たりして戦前に多数の家作を持つほどになった。

いっぽう母の方は、東京で「吉田一統」と呼ばれた名家の出であって、この家系には老舗「もゝんじや」（享保三年（一七一八年）創業の山くじら（猪肉）料理の専門店）がある。こちらも旧姓は吉田である。偶然にも父母どちらも同姓であったわけだが、両家が親類だったかどうかは不明である。

実父は東京で結婚し、ふみが明治末年頃に東京で生まれている。戦後、麻布十番の吉田家は娘のふみを残して兄弟が結核のため次々に死去、不動産などをふみが相続することになったという。ふみは東洋英和女学院への入学を望んだが、受験に失敗し、他の女学校へ入学した。勉学が好きでしかも家事にも堪能な女性だった。

実父には妹がおり、この女性が東京で自動車修理工場を営む青木利夫氏と結婚。青木夫妻とのあいだに康枝氏が誕生、宮沢家へ嫁いだ。吉田ふみの生涯が今回明らかにできたのは、幼年期から最晩年まで交流のあった宮沢康枝氏のおかげである。

よって、吉田ふみは父方、母方のいずれも吉田姓であり、本籍は千葉県布良であるが、生粋の東京人であり、裕福な家系の女性であった。文化教養があり、性格は非常に積極的だが、家庭の仕事も気にせずこなせる人であった。

吉田ふみが昭和一〇年頃に結婚した相手、吉田武雄は、父方の親戚であり、ふみとはいとこ同士になる。武雄は東京へ出てふみの実家に下宿。専門学校に通ったという。昭和一四年前後に、武雄が結核療養のため、ふみの実家がある布良へ転居した。病弱のため職業はとくになかったという（マッサージ師だったという説もあるが、それを裏づける記録はない）。これ以後、程一が暮らしの問題で頼りにしたのは、ふみの父方の実家と親戚の人々であった。

ふみの父が開業した履物屋は大きな店であり、十軒以上も家作を所有したというが、兄弟がつぎつぎに結核を患い、昭和二〇年代までにはふみと実母を残して、家族がすべて亡くなっている。夫の武雄もそれに続いたのである。吉田家の財産は結局ふみが相続したものの、ほぼすべてを程一のために使い、家作も売りつくしたという。

なお、戦争中に程一一家が疎開した小千谷にも、ふみの父方に関係のある支援者がいた。小千谷の本町で開業していた「花甚」という下駄屋である。ふみも小千谷へ程一に会いに行くときは、この下駄屋が部屋の心配などをしてくれた。ただし、花甚が親戚だったかどうかは不明（地元ではふみの親戚とする説もある）である。いとこの宮沢康枝氏によれば、実家の下駄屋つながりで親しい交際があったことは確実だが、親戚だったとは聞いていないとのことである。しかし小千谷疎開がきまったのち、ふみと程一が忍びあう場所は花甚の世話で探せたのではないかと思われる。

程一晩年にようやく本が売れるようになるまで、家庭は経済的な面までふみが支えたようである。

程一死去のあと、遺骨はふみの父方の菩提寺である高輪の光福寺に分骨されることとなり、ふみに分けられた分はこの光福寺に納められた。骨を納めた墓は吉田家の墓ではあるが、吉田ふみが入るまで、程一しか納骨されていなかったという。なお、光福寺には父方吉田家の兄弟たちの墓があり、またふみ母方の吉田一統の墓もここに建てられている。

吉田ふみは程一の死後も、ずっと千葉県大貫の家に住み続けた。この家は、昭和二八年頃に、知り合いの医師の持ち家を買い取り、昭和三八年に町内のもっと山側へ移築させたものだった。田舎家風ながら文人の別荘を思わせる風流なつくりが程一の気に入ったものであった。

しかしふみの年齢が八〇歳を過ぎると維持管理が次第に重荷になった。そこでふみは昭和六二年（あるいはその前年か？）に、いったん老人ホーム（富津近辺の施設だったが、特定できず）へ入所することになった。昭和六二年四月一三日、紀田順一郎氏が『日記の虚実』（昭和六三年刊行）執筆のための取材を申し入れ、同老人ホームに入所していたふみと対面している。

この折、ふみ自身の口から「平井程一の怨念を語るとき、涙ぐんでいたのが印象的なり。麻布生まれで、母の実家が両国のもゝんじや、父の実家が布良在などという新事実」（私信による）が伝えられた。

だが、平成八年、老人ホームで暮らしていたふみは、足が不自由となり、ほぼ寝たきりになった。そのため大貫の家の隣人であった佐久本夫妻が当時君津市に新設されたばかりの特養老人ホームに転居することを勧めたという（佐久本氏談）。ふみもこれに同意し、入居の条件として家など財産を処分し現金化することが求められたので、家を売り、借りていた土地も返済して特養ホームへ転院した（宮沢康枝氏談）。

なお、編者が取材を重ねる中で証言がいちばん食い違ったのが、この老人ホーム（および特養ホーム）の入所時期であった。紀田氏が昭和六二年にふみの入所した老人ホームで取材した事実が一方にあり、他方、それから一〇年以上も飛んだ平成八年に、寝たきり状態で特養ホームに入院したとする宮沢氏と佐久本夫妻の証言があった。編者はこの食い違いを理解するには、ふみが二度老人ホームに入院したとする仮説を立てるほかないと思っていたが、宮沢氏の聞き取りでその矛盾も解消された。たしかに、ふみは「富津の」施設から「君津の新設特養」施設へ移転していたのである。

吉田家の菩提寺「光福寺」で聞くと、ふみは江戸っ子の気性そのまま、身だしなみも粋で、恋愛にも自分から動く積極的な女性であったという。文学的な刺激を程一に与え得る女性だったと想像できる。したがって、ふみは程一との付き合いを「妻」と同様の気持ちでつづけ、生活を支えた。実際、戦後に千葉へ移住して以後は、俳句仲間のあいだでふみは「奥さん」と呼ばれ、程一も「家内」と呼ぶようになっていた。また正妻の美代に対しては「姉さん」と呼び、自身は一歩引くことを心がけていたようだ。程一の三人の娘もふみを頼りにし、また孫たちも「うちにはおばあさんが二人いる」という気持ちで接したと話している。

一九四一年（昭和一六）　（三九歳）

千葉県安房郡西岬村見物⇓四月頃から千葉県安房郡富崎村布良吉田和壽方へ再移住。その後吉田ふみと東京の本所石原町一ノ五二稲村竹之助方二階（荷風による）で同棲。知り合いにも詳しい住所を教えなくなる。

四月、程一一家はなんらかの理由で西岬村見物の家を出、千葉および伊豆方面に家族と暮らせる家を探しはじめた。程一の関心分野であった地相方角占いも動員して調べたが、伊豆は方角が悪く、永井荷風にまで伊豆移転が是か非かを打診している。荷風が返事を寄こし、伊豆は「卑俗な土地」であるから止せ、むしろ市川か西新井にでも出てこい、と忠告した。これに対し程一は、「市川はプチブル趣味があっていやだが、帝釈天から西新井の辺ならいいかもしれないが、ほんとうは芝か麻布の少し引っ込んだあたりがいい」と本音を打ち明け、「来年になったら東京の山の手に一人で住むから」と、ふみのことを伏せて返事した。

しかし布良付近にも貸家が発見できず、思い余った挙句、ふみの兄（荷風によれば吉田和壽氏）が開いている店の持ち家（布良にあった）を借りることになる。程一が万策尽きてふみの親戚の家に家族ぐるみで入居したことで、東京のもゝんじやへ働きに出ているふみが帰省したときに使う家がなくなったため、ふみに詫び状を出し、帰省のときは迷惑ながら程一家族と同居してほしいと頼んでいる。程一はふみの兄から、きっとこのご縁は死んだ吉田武雄が呼んでくれたものだろう、と言われた。その頃からもゝんじや勤務のふみを同情の相手でなく、恋愛の対象と見るようになった。四月末にはふみの母および伯父（ふみの住所にある木村兼吉方のご本人と思われる）と会っており、程一も近い将来ふみとの同居を考えはじめた。しかし二人が恋愛関係になったことは、まだ家族にも、ふみの兄にも知られなかったようだ。

五月二六日付程一の手紙によると、妻の美代と「会議」をひらき、ふみとの関係を納得してもらい、夫婦・子供との関係も普通に継続し、三人の男女がそれでもしあわせに暮らせる「理想」を実現する努力をすることで決着した。程一は妻の美代に家庭を壊さぬことを誓い、美代も夫の愛人を認めることとなった。

荷風より破門される

一二月二〇日、かねて荷風に借金があった程一は、千葉の家族ならびに愛人になった吉田ふみとの板ばさみになり、借金返済のめども立たず、師匠の荷風と交わした約束さえ反故にするようになった。程一のこうした行動に対し、その暮らしぶりを調査させた荷風は、家族を捨てて別の女と同棲している噂を聞いて激怒し、程一を破門にした。兄の谷口喜作が荷風に詫びをいれ、借金を肩代わり返済している。

以下は荷風による程一評価の一部。

「わたくしは白井（程一のこと）ほど自分のことを語らない人には、今まで一度も逢ったことがない。その親類が新川で酒問屋をしている事、その細君は白井より一ッ年上で、その家は隣りあってゐた。女は女学校、白井はまだ中学を出ないのに、いつか子供をこしらへ、其儘結婚したのだ」〔編者注：この記述はすべて事実ではない〕。

「わたくしは白井が英文学のみならず、江戸文学も相応に理解して居るが上に、殊に筆札を能くする事に於いては、現代の文士には絶えて見ることを得ないところでありながら、それにも係らず其名の世に顕れない事について、更に悲しむ様子も憤る様子もないのを見て、わたくしは心窃に驚嘆してゐたのであった。わたくしは白井の恬淡な態度を以て、震災前に病死したわたくしの畏友深川夜烏子に酷似してゐると思わねばならなかった」、「夜烏子は明治三十年代に、今日昭和年代の文壇とは全然その風潮を異にしてゐた頃の文壇に、其名を限られた一部の人に知られてゐた文筆の士である。然るに白井は売名営利の風が一世を蔽うた現代に在って、猶且明治時代の文士の如き清廉の風を失はずに超然としてゐる。夜烏子に対するよりも、わたくしは更に一層の敬意を払はなくてはならぬ」(以上、荷風『来訪者』より)

『断腸亭日乗』に書かれた程一破門の経緯

次に、昭和一六年一二月二〇日に記された荷風側の見解を示す。この件について程一は自らの弁明を誰にも語らなかった。この年譜の主要な目的は、平井程一の私的事情を可能な限り調査し、荷風の論述と対比することをめざしている——。

「(昭和一六年一二月二〇日)夜、平井程一氏来訪。過日余が方より手紙を其居房州布良に出せしところ返書なき故其親戚なる上野の菓子商うさぎ屋方へ電話にて問合せしことありき。然るに同氏はいつの頃よりか本所石原町辺に僦居する由。但し番地は明言せず。奇怪千万と謂ふべし。この頃坊間の古本屋に余が草稿浄写本短冊色紙また書画の偽物折〳〵発見せらるゝ由なれど、右は大抵この平井とその友人猪場毅二人の為すところ、実に嫌悪すべき人物なり。平井は去年中岩波書店及び中央公論社にて余が全集刊行の相談ありし時余が著作物の整理及全集編纂を依頼したるを以て相応の利益をも得たるに係らず窃に偽書偽筆本をつくりて不正の利を貪りつゝあるなり。今日までに余の探知するもの春本四畳半襖の下張、短編小説紫陽花、日かげの花、墨東奇譚其他なり。これ等は皆余が自筆の草稿の如くに見せかけ幾種類もつくり置き、好事家へ高く売りつけるなり。平井との交遊もまづ今日が最後なるべし。余一昨年頃までは文学上の後事を委託することもできる人の如くに思ひ大に信用せしが全く誤なりき。余年六十三になりて猶人物を見るの明なし。嘆すべく恥ずべき事なり」

一二月二一日、荷風は佐藤春夫に程一と猪場二生のことを手紙で警告した。

「昭和一七年二月一九日、房陽山人（程一のこと）来話。借金証文の事は連帯保証人となるべきもの上野うさぎ屋主人旅行不在にて唯今のところ調印致難しと言ふ。また去年十月頃持来たりし偽筆掛物の事も何等の恥る様子もなく自ら語り出して平然たり。寔に恐怖すべき人物なり。この人の悪事単に偽筆位にてすめば余の被害も甚大ならず。然れど如何なる事をたくみゐるにや気味わるき限りなり」と記している。そして二一日、保証人のうさぎや主人谷口喜作と電話で程一の件を相談、「余二三年前平井を信用せしころ往復せし手紙甚だ多し。平井万一余が私信を古本屋の手に売渡すが如きことあらば余の身に取りて迷惑と云はむよりは危禍を招ぐの虞あり。（中略）故に平井の実兄兎屋主人にその事を告げて救を求めしなり」と。

早速二二日に、谷口喜作が弟の不始末につき来話。荷風が房州に宛てた手紙六十余通は一通一〇円にて喜作が買い取り、いま所有するとのこと、また偽筆も多数売りつけられていた事実がわかる。翌日、荷風は自身の手紙を一通二〇円で買い戻したい旨を喜作に申し入れたところ、喜作は、それほどご心配ならこのままお持ち帰りの上、平凡無事のものだけ残し置き願いますと手紙を返した。荷風は買い戻しを中止し、手紙を持ち帰った。

三月初七日、谷口喜作が弟の程一を伴い荷風邸を訪れ、現金一〇〇円を返済、偽筆偽印のことについては証文一札を差し出した。荷風はこの件を「一時落着」としたが、「されど平井はなか〳〵悪事を断念するが如き人物にあらず窮鼠却て猫を噛むの虞なしとせず。恐るべし〳〵」と日記に書いた。これに対し、程一の姪を妻とした岡松和夫氏の言によれば、「『荷風日記研究』（昭和五一年、大野茂男著）などが平井氏の生活を実際に調査することなく、荷風日記に書いてあることを事実と思い込み、『小説の話は大体事実通りだが』などと書いているのに呆れ果ててしまった」（『群像』一九八八年八月号掲載、「故平井呈一氏」より）と反論している。

一九四二年（昭和一七）（四〇歳）　東京府東京市港区石原町一ノ五二稲村竹之助方二階にて、吉田ふみと同居

この年、荷風の艶書『四畳半襖の下張』が流出した模様。程一が浄書のためか一時持ち出したことがあり、そのときに世間へ流出したと考えた荷風は、程一と絶縁宣言をおこなう。文壇や出版社にもこの醜聞が伝わった。

その一方、荷風は興信所を通じて程一の行方を調べ、石原町の借り間を探しあてた。昭和一七年一二月の日記末尾に、「區役所向横町二ツ目ノ小路北へ曲る煙草屋」と道順も示しており、小説『来訪者』によれば、荷風自身もこの煙草屋を訪ずれている。

他方、程一は京橋や石原町の隠れ家にふみとともに暮らしはじめる。家族は千葉暮らしなので、原稿を出版社に届けるなどの理由をつけて東京へ出たときに泊まったらしい。二人だけの間借り生活は、それでも夢の暮らしであり、程一が小千谷にいるあいだ、いつも思い出すのはふみと二人きりの楽しい暮らしであっ

た。しかし昭和一八年頃までには、それらの下宿を引き払ったようだ。結局、程一夫婦と子供たち、およびふみは、疎開先でも奇妙な同居生活を送らねばならなくなる。

この年、程一の兄・谷口喜作が弟のことで荷風としばしば会うようになる。弟の借金や偽筆問題で対応にあたるいっぽう、荷風の作品にも傾倒したようだ。「恬寂（喜作の俳号）の弟が荷風さんのところに出入りしてた関係で荷風さんが恬寂の家をのぞいてみたのは自然のなりゆきである。恬寂はそのとき荷風さんが手土産だといって男持女持一対の扇子をくれたといってたが（中略）そのころから恬寂は恬寂らしく、荷風さんの書いた物、印刷した物などを手に入れる一方、永井さんも歳が歳であんまり先もないだろうといって、つぎつぎに新しく書いてもらった物を持っていた」（小穴隆一「荷風さんの言葉」、『東京新聞』昭和三四・〇九・一二日）

上の話に出る事例は『断腸亭日乗』にも見える、「（昭和一七年四月二八日）午後うさぎやの主人恬寂子来話。菓子及び餅を恵贈せらる。先年余が外妾お歌の家に懸置きたる額を請はるがまゝ恬寂子におくりぬ」これら荷風の画額は空襲によりうさぎやが炎上した際に焼失した。

一九四三年（昭和一八）　（四一歳）　　住居実態不明

程一、ふみ、非常な生活不安定状態に置かれ、苦しい一時期をすごす。二人は離れ離れに暮らすことも多かった。とくに住居問題に悩み、方位を占うなどして家探しをおこなった。ふみの手紙では、この時期に住んだところは本所、京橋であり、どちらも間借りで散々な目にあったらしく、間借りはこりごりである、と書かれている。この内、本所はおそらく「もゝんじや」に働きに出たとき、京橋は程一と二人でひそかに暮らしたといわれる（旧）石原町を暗示しているらしいが、はっきりしない。荷風は『断腸亭日乗』に、平井のすみかを本所石坂町としている。

このころ、住処を失い、また荷風との約束をすっぽかして姿を見せなかった事件も起き、荷風側は「行方をくらました」と解釈する状況になった。代わって、兄の喜作が荷風の偏奇館に出入りし、『断腸亭日乗』の製本装丁のことで製本師の池上幸二郎を引き合わせるなどの交流をつづけた。

『現代出版文化人総覧』昭和一八年版（本文の内容は、実際には昭和一七年初夏現在の実情と思われる）に、兄の二代喜作が登場する。俳句、随筆、俳誌『海紅』に執筆する作家と自己紹介し、本業は菓子商、合資会社うさぎや代表社員と添え書きしている。弟の程一はこの時期には執筆家として取り上げられていない。

一月二〇日、猪場毅、『一葉に與へた手紙』（樋口悦編、幸田露伴校閲・平田禿木序文・和田芳恵解説・猪場毅解説）を刊行。掲載句は全集から猪場が書き写したものとされるが、原本が紛失するなど怪しい点もあるという。

一九四四年（昭和一九）（四二歳）　年末より新潟県北魚沼郡小千谷《おぢや》町天竺へ移住

小千谷への疎開

五月一〇日、『ローマへ行った四人の少年』（高野てつじ絵、東光堂）を刊行。子供向けに天正の少年使節の伝記を語ったもので、「乙貴小史」の筆名を使用。この筆名はこの本にだけ使用したものである。このような戯作者めいた筆名を急きょ用いることになったのは、おそらく、荷風の偽筆事件などで本名が明かせなくなったためと思われる。なお、版元となった大阪市南区西賑町三番地「東光堂」は程一との接点がよくわからない。おそらくは上の理由で東京での出版が不可能になった結果かもしれない。大阪には「東光堂」を名乗る出版社がいくつかあるが、手塚治虫が戦後すぐSFや冒険漫画を刊行した大阪赤本の版元「丸山東光堂」（大阪のおもちゃ・お菓子問屋街、松屋町）は経営者が丸山姓であることから、程一の著作を出版した会社の同族と思われる。

ちなみに、本書の冒頭に著者略歴があり、「大正12年早稲田大学英文科中退。爾来翻訳、創作、評論に従事して現在に至る。著書、少年国姓爺合戦物語、ワイルド童話集、メリメの手紙、怪談等」と記されている。自分が平井程一であることを暗示したことが、せめてもの抵抗だったのではあるまいか。しかも「創作」にも手を染めていることから、自作の小説にも挑んでいた事実が知れる。ただし、戦前に書かれた創作とは、本書のような子供向け物語を指すのかもしれない。

小千谷への疎開は晩秋以降（?）であり、召集令状が来たための出征回避手段であったという（程一孫、岩下博武氏による）。編者が思うに、四二歳の召集はかなり遅いようだが、永井荷風が程一と猪場毅をモデルにした小説『来訪者』の最後に、「察するところ、白井（作中での程一の名字）と木場（同じく猪場毅の名字）の二人も召集か、または徴用でもされて、偽書をつくる暇がないやうになったのだらう」と書いており、実際には十分にあり得ることだったようだ。

一一月末頃に、程一一家は小千谷へ疎開できた（三女が小学校の転校記録あり）。同じころ、地元有力者の世話で旧制県立小千谷中学校英語教員に採用さる。旧小千谷中は明治三五年開校、地元の名門で卒業者に池田恒雄（ベースボール・マガジン社、恒文社創業）、文学者の西脇順三郎らがいた。

小千谷へ疎開できたについては次の二名との縁があった。ひとりは程一が同居を始めた吉田ふみであり、小千谷駅近くに開業する下駄屋「花甚」が親戚あるいは実父の同業者であった（ふみ宛ての葉書、および小千谷中の教え子佐藤順一氏（昭和五年生）の文章などで確認）。「花甚」は小千谷でふみの荷物を預かり、物資の調達などに便宜を与えた。またもう一人は、当時千葉に住んでいた丹青社（現在も存続するイベント内装会社）の専務、広川《ひろかわ》仁四郎《にしろう》氏である。程一とのかかわりは不明だが、広川氏は程一が勤務した旧小千谷中学の文芸部出身だった。小千谷中教師の口を紹介してくれたのも、広川氏の兄であったという。

なお、程一を小千谷で世話した恩人にかんしては別の証言もある。程一に最も親しく接した教え子の佐藤順一氏には次弟があり、佐藤幸次氏という。順一氏と同様に「平井先生に英語の手ほどきを受け、後に東京外語大に進んだ」方であり、程一に俳句まで学んだ一人だが、氏によれば「先生がそもそも小千谷中学に来られたのは、広川仁四郎氏の紹介で小見山喜作という小千谷の人を頼った結果であった」と書き残しているとのこと。上述したとおり、仁四郎氏は丹青社で専務の地位にあり、この小見山氏も丹青社社長、渡辺氏の実兄に当たり、やはり地元名士として小千谷新聞社の社長をも務めた。また、仁四郎氏の実兄である広川利兵衛氏は広川家当主であり、京大卒だそうである。

以上の情報は、現地で調査いただいた星野博氏と西ノ入條一氏から得た。「仁四郎さんが平井先生疎開先を小千谷に決めたのは、利兵衛さんと小見山さんという二人の地元文化リーダーに頼めば何とかなると考えたからだと思われます。そして利兵衛さんの友人だった町の世話役西ノ入（條一氏の父）が管理する廃寺に入居させるということに決まった模様です」とコメントもいただいた。

程一が疎開した年末は数十年ぶりの大雪にぶつかり、引っ越し直後の程一はまず住居に困った。広川家に依頼された西ノ入氏の世話により、天竺と呼ばれる高台にあった空き家状態の旧庵室（尼寺）に一家でおさまったが、大雪のため出入り口が使用不能となり、暖房施設も食糧もなく惨状を極めた。まもなく程一の教え子となる西ノ入氏の子息條一氏（昭和五年生）が大雪を取り除き入口階段を修復して程一家族を救ったという。條一氏によれば、「天竺の家に入居したときは、ほんとうに窓ガラスも割れたままの家で何もなく、奥様や娘さんがかわいそうで仕方がなかった」そうだ。

なお、條一氏が雪かきや窓ふさぎなどをしてくれたことで、程一はたいへんに感謝し、乏しい所持品の中から出版されたばかりの『ローマへ行った四人の少年』とお化けの本を二冊、贈呈してくれた。その本はいま行方不明。

その後、西ノ入氏の世話で低地の寺町にあった名刹慈眼寺そばの二階家を間借りした。慈眼寺は長岡藩家老だった河合継之助が官軍と談判した有名な場所。程一は隣りあう照専寺前の「ハンコ屋」（現・富井精工）の二階を借り、ようやく表札が出せた。だが、この家でも戦後復員した家主の息子から要請が出て、部屋をあけわたすことになり、近くの「明石堂」付近へ再移転している（二〇〇mほどの近場、移転日時不明）。明石堂は、小千谷の名産となる縮面《ちぢみ》をもたらした恩人を記念するお堂だという。結果、程一は小千谷で三度転居したことになり、家族は程一帰京後（昭和二二年九月）も、さらに新潟に残って工場寮で暮らした。

小千谷での教員勤務は、昭和一九年末（実質二〇年初めから？）より昭和二二年九月までだった事実が、現地調査で確定した。二〇年四月に程一が受け持った新四年生が（そのまま担任持ち上がりで）旧制中学を卒業するまでの残り二年を勤務し、その後は前述したように二二年九月に退職、帰京している。旧小千谷中は昭和二三年春をもってすべての旧制生徒を卒業させ廃校となった。この小千谷体験は程一にとって、ふみとの別居、住宅・食糧の入手難など過酷ではあったが、教職を通じて閉塞していた東京での文壇生活を打破し、これまでになかった独立独歩の社会人活動に自信を得る稀有な機会となった。紀田順一郎氏によれば、戦後の永井荷風の凋落とは異なり、程一は安定した家庭生活を手に入れ、華々しい文業を残せたとする。

小千谷での教員就任と程一の文化的影響

程一は、まったく偶然の行きがかりから、短期間で小千谷の文化環境を一変する役割を果たした。教員に採用された当時は中学生にも通年動員が命じられ、程一も長岡の工場で勤労する受け持ち生徒の監督に当たらされた。したがって程一の授業活動が始まるのは、昭和二〇年終戦以後、日本が民主化してからである。この時期に、教師陣には松井穂波、目崎徳衛《めざきとくえ》（のち聖心女子大教授）など後年に教育や研究で名を上げる教師が採用され、一足早く東京から疎開していた異色の人物「平井先生」を加えて、小千谷の教育界に革新の波をもたらした。演劇や文学を教えたことに加え、東京流の新しい俳句趣味を教え子に広めたことは注目に値する。

「平井先生」の伝説は現在も小千谷に語り継がれている。佐藤順一氏によれば、「平井先生が初めて旧制小千谷中学の教壇に立たれたのは、日本にとって最も暗い昭和二十年の頃、雪深い小千谷に新任の英語教師として一歩を記された。（中略）然し、当時の我々は既に勤労学徒として長岡の工場へ駆り出され、勉強どころではなかった。そんな時、先生はよく鷗外の「舞姫」を、泉鏡花を、岡本綺堂の作品を朗読してくださった。それはなんとも型破りの、異色な授業であった。やがて、終戦を迎え、我々は目崎先生をもお迎えした。谷中文芸部は平井先生、目崎先生をいただき、校内のどの部よりも清新の気に満ちたものだった。文化祭での先生の演劇指導は、その後の町の演劇運動にまでも影響を与え、予餞会のドタバタ喜劇が芝居だと思っていた我々には、まさに目から鱗の落ちる思いがした。今、比叡山におられる堀澤祖門上人が『俊寛』を熱演したのもこのころだった。先生が年少の頃、河東碧梧桐の門に入り、やがて自由律の世界に飽き足らず、一転して、いぶし銀のような枯淡の句境に進まれたのであった。先生の指導は——教える——というより、わかるだろうという調子であった。たぶんに謎めいていて、とにかく芭蕉は大した親仁だよ、と云うのがオチであった。手元にはいつも芭蕉全集を置いて精読されていた。（中略）先生の俳句からは茫洋として、大河のうねりのような感じを屡々受けた。句だけみていると、古風そのものでおよそ現代離れしている。その癖先生ご自身はむしろ近代的な、シャープな感覚をもっておられた。そのあたりに私は俳句のもつ特異な風土を感ずる」と述懐している（昭和五一年八月、佐藤順一『私の旅日記・順一雑纂』より）。

程一が昭和一九年一二月初旬ごろ旧制小千谷中学校で教職を開始したときの担任は第三学年の生徒約一〇〇名であった（明けて昭和二〇年春から新四年生となり、八月には勤労動員を解除され、また海軍兵学校に入学した一部の生徒も八月に新四年生として帰校した）。かれらの生年は昭和四—五年である。これが三学級に分けられ、程一はそのうちの一学級を担任した。しかし英語は第四学年の全生徒に教えた。科目の英語は敵性語のため授業時間は少なく、テキストもなかったから黒板に書いた文章を書き写させ、翌日和訳してくる方法だったという。授業では主として国語を教えた。文学の朗読、時には声色で落語も語って生徒に聞かせた。そのため悪童らには絶大な人気があった。

程一の授業法は、生徒を文学になじませることが眼目であり、誤訳してあっても意訳として通じれば合格とした（西ノ入氏談）。また一年生には八雲の『耳なし芳一の話』を朗読したこともあり、興味をもった生徒には補習も積極的におこなった。卒業できない生徒には特別な個人授業を下宿で実行し、落第を出さなかった。英語教師でありながら、日本の文学を講じたり、ときには俳句の味わい方まで講義したので、異色の先生と評判になったという。

当時の学校生活と教え子たち

程一の同僚教師であった目崎徳衛氏が執筆した『小千谷高等学校六拾年史』（昭和三七年刊）によれば、昭和一九年一月に「緊急学徒勤労動員方策要綱」が決定され、男女を問わず強制的に徴用され、学問どころではなくなっていたという。中学生は毎年少なくとも四か月間、工場や事業現場に動員され、その一か月後にはさらに厳しい「決戦非常措置要綱」が出され、中学三年生以上は通年動員となった。程一が担任した三年生は二学期から学校を離れ、長岡市の津上安宅製作所へ動員され、昭和二〇年夏まで工場付属の宿舎に合宿している。

勤労動員された生徒は月額五〇円の手当が政府から支給されたが、夜勤を命じられるのは常態であり、手当の半分は強制貯蓄させられ、宿泊費も差し引かれ、親から送られてくる食糧を待ちわびたという。昭和二〇年には状況がさらに悪くなり、三月には中学五年生が動員先で卒業、四年生は繰り上げ措置により学校で卒業式をあげた。二〇年九月に進駐軍が新潟にはいり、学校内の勤労、軍事教練、柔剣道が廃止、修身・国史・地理の授業は停止された。英語だけは一変して必須科目に格上げされ、程一ら英語教師の授業が一気に増えている。二一年にはいると教職員の厳しい資格審査がおこなわれ、軍に協力した教員は追放。また、復員してきた教師も自宅待機を余儀なくされた。また、二〇年八月に勤労動員を解除された生徒たちは、そのまま「食糧増産学徒開墾動員通達」により校庭で甘藷畑をつくる仕事に回った。二一年の二学期に至ると食糧不足はピークに達し、ついに臨時休校も始まってしまい、依然として充分な授業ができなかった。だが、市民は万難を排して学校生活の復興を進めた結果、小千谷中でも二一年秋に戦後初の文化祭が行われるようになった。このような教育復興に、程一は貢献している。

二二年にはいるとそうした民主化教育への欲求が盛り上がり、共産党などの主導による全国規模の改革運動へと発展する。二月二一日にはゼネストが発生し、各学校にも日本教職員組合支部が組織された。小千谷中教師たちも新潟や東京での集会に参加、ゼネストを実行している。程一もはじめて社会運動に参加、各地の教職員組合の活動にも加わった。混乱が鎮まるにつれ文化復興運動への欲求も拡大し、二二年夏休みには小千谷中に「市民学校」も開設された。先生方が市民のために自ら講義し、文化人を招いての特別講義が行われた。程一も「文芸随想」と題した講義を担当し、市民の前で講義を行っている。程一にとってはまったくの新舞台となった。

なお、編者が現地で取材できた程一勤務時代の生徒は、前田正巳氏（昭和四年生れ、昭和一九年末の程一就任時には三年生）、西ノ入條一氏（昭和五年生れ、同二年生）、および星野博氏（昭和七年生れ、昭和二〇年四月新入一年生）である。また大原三千院門主となる堀澤祖門師（当時堀澤金作、昭和四年生れ）にも親しくご教示をいただけた。さらに程一にもっとも私淑した故・佐藤順一氏（昭和四年生）には奥様からの書簡を通じて情報を提供いただだいた。程一が担任した生徒は多くが長岡の津上安宅製作所に動員されている。したがって程一が教壇に立てるようになったのは終戦後であり、そこから江戸文士風の平井式文化教育が始まっている。

小千谷取材でご協力いただいた前田正巳・西ノ入條一・星野博の三氏には改めて感謝申し上げる。また、もっとも程一を敬愛した教え子・故佐藤順一氏と未亡人久子氏にも感謝する。前田氏と佐藤久子氏には吉田ふみの実家「花甚」についても情報もいただいた。また程一三女の淼子と同学年（小学校でわずかだが一緒だった星野氏には、淼子との交流や小千谷中学の状況を聴取できた。これら関係者を紹介いただいた元『小千谷新聞』の西澤代三氏に心から感謝したい。また東京で西澤氏に連絡をつけてくださった元ベースボール・マガジン社の佐藤吉昭氏、程一による全訳八雲作品集を実現した恒文社池田恒雄社長の令嬢で作家の工藤美代子氏にも、得がたい援助をいただけたことを記し、深謝のしるしとする。

一九四五年（昭和二〇）（四三歳）　新潟県北魚沼郡小千谷町寺町

程一が本格的に教員勤めを始めたのは、この年の初めからである。四月からは四年生の担任になる。一方、吉田ふみは小千谷にいては知人（花甚履物店）の目が気になったか、数回訪ねてきたものの、一緒に生活しなかった模様。ただし気心の知れた花甚に紹介してもらい、花甚の近所の堀儀という下宿屋（または宿屋か）に部屋を借り、ときどき小千谷へ行った際に程一と逢瀬をおこなう場所とした。なお、ふみの東京での住所は浦和市北浦和、親類の木村兼吉方に戦時中を通して間借りしている。

一二月一日、国文学者目崎徳衛が病気療養を兼ねて帰郷し、旧制小千谷中学に初出勤、程一と出会う。小千谷中文芸部を程一と創設、顧問となる。「隣りの机に、長髪をふさふさと伸ばした中年の先生がいて、一億イガグリだった戦争の終わったばかりの時点では、その長髪だけでも異彩を放つが、それだけではなく、何とはなしに風貌全体が教員室の空気と一味違うものを発散していた」（志城柏《しじょうはく》（目崎の筆名）「平井呈一氏のこと―ある文人と俳句―」『風』創刊五百年記念特集号、平成二年四月）と回想している。また、程一は東京では和服で通したが、小千谷では洋服着用をもとめられたため、普段から持ち歩く煙草を洋服の袖につい入れてしまい、歩くたびに煙草を落としていくなどの奇行も愛された。

このころ『床屋コックスの日記／馬丁粋語録（サッカレー）』を訳した。平井程一名義だが、時期が時期だけに、戦時中には出版にいたらなかった。昭和二六年に岩波文庫に収められた。

一九四六年（昭和二一）　（四四歳）　新潟県北魚沼郡小千谷町寺町二八五

寺町にて程一、美代、子供が同居。

一月半ば、ふみが小千谷に訪ねてきて、堀儀方に泊まり、程一と時間をすごした。ふみが帰った後、雪道を学校から自宅へ戻る道で急に悲しくなって涙したり、いっそこのまま電車に飛び乗ってふみの許に飛んで帰りたくなった、と手紙に書いている。

寺町慈眼寺近くの二階家では、出征していた家主の息子が復員してきたため、明け渡さなければならなくなり、すぐ近所だが、通りから一筋裏に入った閑静な一角に再移住した。住所は、程一長女狭青が昭和二一年七月に、北浦和市の木村兼吉方に住む吉田ふみ宛へ出した葉書によれば寺町二八五番地である。なお、程一長女狭青は現地で東京無線に就職した。この会社には工場に寮があり、二三年九月以降、程一を除く家族が身を寄せている。狭青はここで将来の舅となる木島老人と知り合った。

一〇月、いまなお語り継がれる小千谷中の文化祭が開かれた。程一は目崎とともに、教え子に「東京で流行っている現代作家の小説」を演劇に表現する画期的な試みをおこなう。五年生は倉田百三の『俊寛』、四年生は有島武郎の『ドモ又の死』、三年生は武者小路実篤の『達磨』を演じさせた。脚本と演出は程一が担当した。どの学年も驚くべき熱演であったが、とくに五年生の堀澤金作は俊寛に扮して白熱の演技を見せ、町中の話題をさらった。佐藤順一によれば、あまりの評判に市中の明治座でも町民芸能大会の客演として再演されたという。「彼（堀澤）の演技は今も語り草になってゐるが、中学生レベルを超えたもので私が後に東京で観劇した俊寛役者の誰よりもすばらしかった。その後、明治座で再演が決まったとき、商業劇場で芝居をするなど学生の本分にもとると云いだしてねじくれたのは、外ならぬ主役の俊寛その人であった。（中略）それは今なお、私にとって俊寛のあの舞台が、紛れもなく私の『ああ、青春』の一齣だった」（昭和五八年二月刊『舟陵八十年の歩み』所収、佐藤順一「『俊寛』の思い出」）。この堀澤少年は小千谷中卒業後、旧制小千谷高校に入学したが、その寮長に「人生における第二の誕生」という根源的課題を問いかけられ、悩んだ挙句に比叡山に登り、いま大原三千院門主となられた堀澤祖門上人である。祖門師は程一の死にあたり戒名を授けてもいる。

ちなみに、この小千谷中文化祭について、今回の調査であきらかになった年譜上の事実がある。それは文化祭が開催された年に関する誤謬に関してである。上に引用した佐藤順一氏はその著書において、『俊寛』が上演された文化祭を昭和二一年一〇月と明記し、そのときの舞台写真も掲載している。しかし、当時の教師であった目崎徳衛氏は『小千谷高等学校六拾年史』という大部な書籍において、編年順に同校の歴史を記録する中、文化祭がおこなわれた年を昭和二二年秋としている。そこで当事者だった堀澤師にお問い合わせしたところ、演劇は昭和二一年一〇月に小千谷中で行われたとご確認いただいた。したがって、目崎氏の名著のほうを訂正する必要があり、以後は『俊寛』上演を昭和二一年のこととご承知ねがいたい。

この間ふみは新年早々に小千谷を訪れたが、単身で東京へ戻り、北浦和を住居にして程一と文通した。裁縫などの手仕事を学び、暮らしを維持したようだ。程一から来るさまざまな依頼（主に買い物と出版社への遣い）をこなしている。しかし、身のまわりの荷物を「堀儀」に預けたままであり、程一も家族の手前これを引き取るわけにゆかず、困り果てている。知り合いの花甚履物店からも、堀儀に置いた荷物を早く引き取るよう督促の葉書が来ている。

九月五日、筑摩書房より永井荷風の小説『来訪者』が刊行さる

『断腸亭日乗』昭和二二年九月二七日付に「燈刻（筑摩書房の）古田中村二氏来話。小説来訪者初版五千部印行と云ふ」とあり、筑摩の中村によれば「印税は二割が支払はれた。一萬圓札千圓札のない時代で、百圓札の束で支払はれた」という。大金である。

荷風の小説は、平井程一と猪場毅が犯した偽筆売却を公表する筆誅の書とされている。むろん、そのような結果が招来され、東京の出版社や文壇のあいだに程一と猪場に対する悪評を広げた。おかげで、両者は荷風の筆誅に死ぬまで苦しめられたといえる。たとえば、『来訪者』が刊行された結果、程一が文壇から疎外された一例として、戦後幸田露伴を訪問した程一が会えずに追い返されたなどの事例があったようだ。

当時の市川における猪場の生活を知る和田芳恵は『作家のうしろ姿』という作品で、昭和一七年ごろについて、「猪場は私と親しくなるにつれて、荷風からもらったという春本を、二、三冊見せてくれたりした。金阜山人という署名があった。『会員制にして、この春本の写本を作り、頒布しようかという計画もある。この機械で、真筆そのままの写本が簡単にできますよ』その機械は、手作りの木箱で、上に磨り硝子をはめこんである。箱の中に電灯をつけ、真筆原稿に日本紙を重ねて、敷き写しにするのだと説明した。猪場は、世の中に、すねた生き方をしているようであった。ここへ通っているうちに平井程一という、うさぎやの弟にもあった」と書いている。

ただ、荷風自身が二人を完全に絶縁したとは言いにくい。猪場は後年、自分が発行する雑誌の題字を荷風に揮毫してもらっており、また程一も、戦時中の昭和一六年、家探しに困って、荷風に相談を持ち掛け、市川市辺りで家をみつけるようアドバイスされている。

したがって、『来訪者』の内容にも、荷風はどこかで二人を認め、憐れんでいる個所が窺われる。そこに描かれた二人の姿、および吉田ふみの姿には、かなり小説的な「虚構」が盛られ、ときにふみにかんする記述には憤りすら感じる歪曲がある。しかし、程一の置かれた立場にかかわる見解には、「世に出られない文士の真相」について荷風ならではの心遣いも窺われる。とくにその問題が感じられる部分を、少し長くなるが、下に引用しておきたい。

引用①
「……二客（程一と猪場）はその年齢いづれも三十四五歳、そして亦いづれも東京繁華な下町に人となった江戸ッ子である。一人はその名を木場貞、一人は白井魏と云ふ。木場は多年下谷三味線堀辺で傭書と印刻とを業としてゐた人の家に生れたので、明治初年に流行した漢文の雑著に精通してゐる。白井は箱崎町の商家に成長し早稲田大学に学び、多く現代の英文小説を読んでゐる。

わたくしは其時年はもう六十に達し老眼鏡をかけ替へても、古書肆の店頭に高く並べられてある古本の表題を見るのに苦しんでゐたので、折々二子《し》を伴って散歩に出で、わたくしに代って架上の書を見てもらふ便を得た。

「団々珍聞《まるくちんぶん》や有喜世《うきよ》新聞の綴込を持つて来てくれたのは下谷生れの木場で、ハーデーのテス、モーヂヱーのトリルビーなどを捜して来てくれたのは箱崎で成長した白井である。二人はわたくしと対談の際、わたくしを呼ぶに必先生の敬語を以てするので、懇意になるに従って、どうやら先輩と門生といふやうな間柄になって来たが、然し二人が日常の生活については、其住所を知るの外、わたくしの方からは一度も尋ねに行つたことがないので、余程後になるまで、妻子の有る無しも知らずにゐた。

「木場は或日蜀山人の狂歌で、画賛や書幅等に見られるものの中、其集には却て収載せられてゐないものが鮮《すくな》くないので、これを編輯したいと言ひ、白井は三代目種彦になった高畠転々堂主人の伝をつくりたいと言って、わたくしを驚喜させた。わたくしは老の迫るにつれて、考證の文学に従ふ気魄に乏しく、後進の俊才に待つこと日に日に切なるを覚えて止《や》まなかったので、曾て蒐集した資料の中役に立つものがあったら喜んで提供しようと言った」

引用②

「わたくしは白井の生活については、此等の事よりも、まだその他に是非とも知りたいと思ってゐる事があった。それは白井が現時文壇の消息に精通してゐながら、今日まで一度もその著作を新聞にも雑誌にも発表したことがないらしい。強ひて発表しようともせぬらしく頗悠々然としてゐる。この悠々然として居られる理由が知りたいのであった。

「(中略)わたくしはこゝに至って、少しくこの前後の時代に於ける文壇の風潮について思ふところ、観るところを述べねばならない。明治三十年代も日露戦争の頃まで、文壇の風潮、文士の気風は明治十年、或は溯って江戸時代のそれと多く異るところがなかった。江戸文壇の風潮を承継したとも言へる。又前代の風潮が次第に変遷しながらも、まだ全く滅びてしまはなかったとも言へる。その頃には小説戯曲は一種の遊戯であつて、これに従事するものは、俳優落語家の輩と同一に視られてゐた。学海、桜癡、逍遙、鷗外の諸家が文学を弄びながら、世間から蔑視されなかったのは文壇以外に厳然たる社会上の地位があった故である。譬へば柳亭種彦が小説をつくり、細井栄之が浮世絵を描きながら両者ともに旗本の殿様であったと同様である。当時われ〳〵は小説家が遊惰の民として世人より歯せられず、父兄より擯斥せられてゐたが故に、反抗的に却てこれを景仰し自分達も亦その後塵を追ふことを欲した。されば成功して文名を博し得ても、その名誉は同好の人の間にのみ限られて、世間一般とは何の関係もない事は初めから承知してゐた。われ〳〵は豪然として富貴栄達を白眼に視る気概を喜んでゐたのである」

ここに引用した分を、編者は程一への賛美であると受け取りたい。しかし、周知のように、この信頼すべき「二客」はえげつない醜貌を師匠にさらすことになった。程一については、荷風が興信所まで入れて調査させるのだが、小説の中では相棒の猪場に程一の近況を問いただす場面に仕立てて、ざっと以下の通りである。

引用③

「「何もお聞きになりませんか。彼は先の細君と別れて、さう、もう何のかのと二年越し別の女と一ツしょになってゐるのです。その事を材料にして鏡花風の小説を書かうと言ってゐました。このところ半年ばかり会ひませんから、もう出来上ってゐるかも知れません。」

「白井は鏡花を私淑してゐるのかね。」

「私淑といふほどでもないでせうが、二階借りをしてゐる場所がお岩様の横町で、その女はもと八幡前の蝮屋にゐたと云ふ事で、それから二階を貸してゐる煙草屋のおかみさんがむかし洲崎のおいらんだったとか云ふやうな話で、背景と人物がすっかり鏡花式に出来上ってゐるんで、引越して来た当座から書いて見たくなったんださうです。」

「うむ、成程鏡花の世界だ。『葛飾砂子』の世界だな。」

「新四谷怪談と云ふんださうです。題の方が先に出来たんださうです。」

（中略）わたしは白井が鏡花風の小説をつくったと云ふ事をきゝ、大に興味を催し、贋手紙の事なんぞは姑くそのまゝにして、俄に白井を尋ね怪談に関する文藝上のはなしがして見たくなった。わたくしは鶴屋南北の四谷怪談を以て啻に江戸近世の戯曲中、最大の傑作となすばかりではない。日本の風土気候が伏蔵してゐる郷土固有の神秘と恐怖とを捉へ来って、完全に之を藝術化した民族的大詩篇だと信じてゐたからである。葛飾北斎と其流を汲んだ河鍋暁斎、月岡芳年等が好んで描いた妖怪幽霊の版画を以て世界的傑作品となすならば、南北の四谷怪談は其藝術的価値に於て優るとも劣るところはない。然るに現代の若き文学者は此の如き民族的藝術が近き過去に出現してゐたことさへ殆ど忘却して顧ない傾がある。わたくしは白井がその創作の感興を忘れられたこの伝説から借り来ったことを聞いて、心ひそかに喜びに堪へなかったのである」

引用③についていえば、多くの話が虚構であることは、本年譜によってあきらかであろう。荷風は程一がこれらのしくじりを覆して、江戸を通じて最大の傑作と評価してやまない『四谷怪談』の新編を書こうという希望を、程一に託したかのようである。たぶん、いくらでもスネものでいることが許される荷風には、新たな『四谷怪談』は書けないと思えたからだ。もし荷風が真に筆誅を下したとするなら、小説の終わりに程一とふみの生活をただのどろどろした深情けの世間話に落とし、あげくに「文学上のインスピレーション」であるふみを、自動車事故であっけなく死なせてしまう部分の方ではなかったのか。

奇妙なのは、このような虚構が、文壇では「ほぼ実話」と受け取られたことである。程一は、むろん、一切弁解せずの姿勢を崩すことがなかった。

一九四七年（昭和二二）　（四五歳）　新潟県北魚沼郡小千谷町寺町

三月一五日、東京では行政区画名称変更があり、平井家（あるいは妻の田中家かもしれない）の実家住所も東京都中央区日本橋浜町三丁目一番地に変更。ただし程一はいまだ小千谷疎開中である。この浜町の家は、震災後に戸主の政吉が上野へ転居してから誰が住んでいたか不明であり、売却された可能性もある。この住所が戦後も程一の本籍として使用され続けるが、妻の美代も同地に住んだ気配がない（美代は東京に戻ったのち、長女あるいは三女夫婦と同居している）。

そこで考えられるのは、本籍としてのみ使用していたのではないかということである。

一月、荷風は自作の春本『四畳半襖の下張』が秘密裡に出版されることを知り、自身のあずかり知らぬことと弁明するため市川警察署を訪れている。市川署は、荷風が空襲で家を焼かれ疎開した先の管轄署であり、この春本の出版を進行させていた猪場が住む真間の近くでもあった。

「（昭和二二年）一月十二日……夜扶桑書房主人来り猪場毅余か往年戯に作りし春本襖の下張を印刷しつつある由を告ぐ。此事若し露見せば筆禍忽吾身に至るや知る可からず。憂うべきなり。一月十六日。快晴。寒甚し。正午春街氏に導かれ市川警察署に至り司法部長に面会し猪場毅の事を告げ秘密出版を未遂中に妨止せむことを謀る」（『断腸亭日乗』より）

二月、小千谷在住の程一がふみに送った手紙には、二月一日に学校内に発足した日本教職員組合支部にかかわったことをうかがわせる記述があり、組合の出張を利用して東京へ来る話も出て来る。また学校のゼネストにも参加し、自身が組合運動の軸になっていることも知らせている。小千谷での教職生活は、世間と没交渉を決め込んでいた程一に、新しい社会的見識を育んだとみられる。その傍証は、未発表に終わったこの時期の創作数編（中菱一夫名義、本書にはじめて収録が許された）に表れている。

四月も、「組合」の活動に時間をとられ、集会や講演で多忙の様子。

八月段階では、担任をしていた五年生が卒業したこともあり、教職を辞する決意を固めたようだ。ただ、旧制中学校の補習、および組合活動などのスケジュールが夏休みまで決められていたため、小千谷を離れることができなかった。

八月、荷風問題の当事者でもある猪場は、自身が編集した地方同人誌『真間　第二』（不二菱、昭和二二・〇八・〇五発行）に木場貞名義で「来訪者のモデル」というエッセイを寄稿。この中で程一について、「戦争中、私達は離れ離れであったが幸ひにして徴用と兵役を免がれた。いま、白井は草深い信州の中学校で教鞭をとってゐるといふが、『来訪者』を読んで果してどんな感慨に耽ったことであらう」と記した。教鞭をとっていた中学校を信州と誤記しているが、二二年八月にはまだ小千谷で教職を続けていたことを裏付ける文章といえる。なお同エッセイでは、兄の二代喜作が昭和一八年頃、程一を「タカちゃん」と呼んでいたとも書いている。なぜタカちゃんという愛称を兄がもちいたかは不明。

九月、程一は仕事での東京出張が決まり、この上京を機に小千谷を引き払うことを決めた。八月に学校に退職届も提出し、同僚には送別会を開いてもらっている。これ以後小千谷を去り、ふみとの同居（当座は北浦和）を開始した。ただし、妻と娘たちは仕事も宿泊場所もあったので、新潟に残った。

旧制中学での教職がすべて終わり、程一の心にも、英文学翻訳者として出直す意図が明らかになった。

程一の東京帰還について

これまで、昭和二二年九月以後から二三年の夏頃まで、程一がどのように暮らしたかは明らかでなかった。しかし東京へ戻って新たな文芸生活に飛び込もうと心急いていたことが書簡から判明した。六月にふみに送った手紙では、一度東京で四、五日同泊したあと、小千谷に帰ったことで程一は猛烈な苦悩に襲われたと記している。すぐにも東京へ戻りたいが、青春の無分別を振りかざせる年齢ではないので、自分たちは権謀術数で行かなければならず、仕事の口を決めてから行動を起こさねばならない、とも書いてある。小千谷に戻ったあと、妻の美代からも多少の恨みを込めた皮肉を言われたようで、自分はふみと共でないと創作意欲がわかないと嘆いている。

そのため、この年の程一は、葛藤の多い毎日を送ったようだ。六月の手紙には、佐藤一英の友人で杉本駿彦という詩人が埼玉県で学校勤めしているので、その人を探して埼玉県の女学校かどこかに勤め口を斡旋してもらう手助けを、ふみに頼んでいる。また七月の手紙では、八月に学校の補習がおわったら、一〇日ごろから夏休みの終わりまでに東京へ出ると約束をしている。この間に東京での間借りと仕事の口を相談したいとの内容だった。

そして九月一〇日の手紙では、ふみに対して、今年大きな翻訳の仕事がはいったこと（次年度から刊行される「ワイルド選集」（改造社版）と「サッカレエ選集」（森書房版））で印税が入る予定と報告し、彼女の母親が所有するらしい志村西台の家を間借りする下交渉を依頼している。またふみにも仕事を辞めるよう命じている。だが、西台の間借り話は交渉に失敗し、ふみもそのまま北浦和に居残りとなった模様。

また、小千谷側の後始末としては、妻と娘が仕事先に入寮する前に、下宿先に置いた本などをすべて東京へ発送する作業があった。程一本人は九月二〇日ごろまでの帰京を予定していたところ、一四日か一五日に勤め先（小千谷中）の同僚が送別会を開いてくれることになったと連絡が来た。程一は辞退したがどうしても来いと言われたため一泊で小千谷へ出かけた。したがって、学校を退職したのがこの九月であったことは間違いない。程一との同居再開を待ち焦がれる吉田ふみが、その後に程一からの書簡を得ていないことから見て、昭和二二年秋以降にはふみの許へ帰ったと見るべきであろう。

ただし、程一には住む家がなかった。昭和二二年九月時点で予定された西台町の家を間借りする計画が破れ、北浦和にとりあえず同泊したのち、さらに住まいをもとめて転々とせざるを得なかったようだ。結局、昭和二三年にはいり新宿区大久保の青木方に仮宅を得るまで、東京での住所が確定できなかった。

こうして、程一による小千谷での教員生活は昭和一九年末より昭和二二年夏まで継続したといえる。程一が採用されたとき三年生だった生徒が旧制中学を卒業するまで二年半の期間であった。旧小千谷中は昭和二三年三月に旧制としては廃校となり、六・三・三の新学制に衣替えしている。程一にとっては、まさに辞職すべきタイミングであったとみられる。

いっぽう、小千谷に残った妻美代と三人の娘たちだが、長女狭青の就職先である東京無線の寮に転居することとなった。当時の住所は宛名書きが読みずらいが「新潟県北魚沼郡城川村市河町　洗心寮内」である。長女狭青はのちにこの地で結婚している。ちなみに興味深い事実を書いておく。『現代出版文化人総覧』昭和二三年版には掲載されなかった程一だが、文学者の名鑑とされる『文藝年鑑』の方ではじめて程一が立項されるのが翌年の昭和二四年版であり、その紹介文では程一の住所が美代と娘たちの住む新潟になっている。実際にこの文が書かれた時期を昭和二十三年夏とすれば、程一はこの時期まだ東京で定住できておらず、やむなく新潟の妻の住所を記載せねばならなかったようだ。

七月、猪場毅、文芸誌『真間』を創刊。発行人は尾崎英一・真間三〇四番地、編集人は猪場毅、真間三〇三番地。非売品で、永井荷風が題字を揮毫、佐藤春夫が詩を寄せている。

一九四八年（昭和二三）　（四六歳）

新潟県北魚沼郡小千谷町寺町（程一は上京しているが、東京ではまだ住所が確定しなかったので、この住所を連絡用に使用していた）

この年の夏までに、程一の東京での住居がようやく安定した。その日時は、程一がふみの元に帰り両者の文通がなくなったため、正確に知り得ない。二二年春（第四一回卒業）までは教職にとどまる必要もあったようだが、小千谷で形成した交流や役職の魅力も、新潟の雪が苦手のうえに東京での作家業に希望を抱く程一を小千谷に引き留める力とならなかった。なによりもふみと同居し本来の仕事に邁進できることが、上京への強い希望を抱かせた理由だったと推測できる。ただし、程一が上京したあとも妻と娘たちが小千谷に残っており、程一の連絡先として小千谷の住所がまだ生きていた。

前記したように、『文藝年鑑』昭和二四年版に初めて程一が「作家」として立項され、その記述は実際には前年度夏ごろに行われたとみなせるので、まさに小千谷を去った直後の程一の心情をあらわしているようだ。この名鑑には、「小説評論、童話、英文学翻訳、県立小千谷中教諭」と自己紹介文が載っている。また、自身の代表作に岩波文庫のハーン作品ほか『メリメの手紙』『国姓爺合戦物語』など六作を並べて業績を強調し、さらに別名として「赤木赤平」というペンネームを記している。この筆名をどう使ったかはまったく不明である。

すなわち、この年から文学者平井程一はよみがえったが、実態はまだ途方に暮れていたとみるべきだろう。『ワイルド選集』（昭和二五〜二六年にかけて第三巻まで刊行、改造社）を企画し、翻訳をすこしずつ進め始める。この選集は『ドリアン・グレーの画像』も含めており、かなり厖大な執筆量になることから、小千谷中学の教職を切り上げ、翻訳家として勇躍していく程一の姿も想像できる。おそらくはふみとの暮らしを安定させるために翻訳の仕事に全力を注いだ年だったのであろう。

いっぽう、その一年前に出た『現代出版文化人総覧』昭和二三年版（記述内容は昭和二二年初夏時点の実情）には、兄の喜作が俳人として取り上げられた。「新俳句」の作家を名乗り、うさぎやの他に東邦糧食株式会社社長を務めている。これから見れば、昭和二三年の東京で名が知れた文化人は、喜作の方だったのである。また、現代俳句社が予定した叢書「現代俳句大系」に谷口喜作集が収められることになり、張り切って準備にかかったところであった。

一月、谷口喜作がみずから芥川龍之介の未亡人に取材した龍之介自殺前後の記憶をまとめた「芥川の奥さんを訪ふ記」を『新俳句』昭和二三年一月号（新俳句社）に発表。

五月二五日、しかしその兄、二代喜作が急死してしまう。空襲で焼かれたもともとのうさぎや地所は、戦後に甘毳楼《かんせいろう》という料理店に譲り、喜作はその真後ろにあった自宅の部分へ新たな店を建てた。その暖簾がかかったのと同時のことであった。開店を祝う意味で近所の人々や同業者を連日招待し、皆から集まった菓子と自分の店の品とを詰め合わせながら、「そのままのまま」に亡くなった。狭心症であった。安住敦「うさぎや主人谷口喜作」（『現代俳句』第二四号、昭和二三年九月）による。安住によれば、昔のうさぎやがあった地所に開店した「甘蠢楼」は中華料理屋であり、店の一階に喫茶店があって、ここにうさぎやの品も売られていたという。また安住は喜作の仕事部屋が住宅部分の三階、「二階から上は急角度に仮梯子がかゝったいはゞ屋根裏の天井の低い一部屋」だったと書いている。編者は昭和四〇年代に何度も程一を訪ね、うさぎやの裏口から餡をたくわえた大桶のあいだを抜けて、まさにこの急梯子を上って程一と面会していた。喜作亡きあと程一は兄の仕事部屋に宿泊していたのである。

帰京していたが住所が定まっていなかった弟程一は、もしかすると葬儀に駆けつけられなかったかもしれない。谷口家の残された家族は妻の恵子、子供は長男が「尋常二年生」の紹太郎を筆頭に、宏輔、紀子、深作、靖造の五人、名付け親は全員、画家の小林古径であった。

兄の喜作は生前に一冊の書物も出版しなかったが、句集ならびに私小説はかなりの数を残した。じつは最初の自選私小説集『市井雑記』を編み、双雅書房から出版する約束も昭和一二年ごろに成立し、喜作自身ずっと構想を温めていたが、急死によりついに実現することがなかった。

ちなみに、上で示した『現代出版文化人総覧』は翌年の昭和二四年版にも喜作が存命者として立項されているので、すくなくともこうした人名録の原稿が前年五月末以前に執筆されたものと判る。

この年、程一による戦後初めての訳書と思われるサッカレイ『虚栄物語』(鎌倉書房)を刊行。ただしこの書籍については、実物が未見である。程一が翌年二月に森書房より刊行したサッカレエ作『歌姫物語』の解説に「新刊」として自身の訳本を挙げた以外、刊行された形跡をつかめなかった。原題は“A Shabby Genteel Story”なのでサッカレーの名作『虚栄の市』とは別本と分かり、『全国出版物総目録』に「昭和二三年一二月刊、売価一三〇円」と記述されているのを確認できた。

九月一三日、猪場毅、岩波書店が改修を決定した『辞苑』のために編集部を設置したので、部員として雇われる。編集長は新村出で、昭和三〇年五月に『広辞苑』として初版発売した。その編集後記に猪場毅の名がある。

一九四九年（昭和二四）　（四七歳）　新宿区西大久保三ノ一三　青木方

程一は前年の後半期までには東京に定住を果たしたようだ。当面の落ち着き先として西大久保の青木方に居住し、昭和二四年を迎えている。この新住所は『文藝年鑑』昭和二五年版にはじめて出た。青木とは、ふみの父の妹が嫁いだ自動車修理工場の経営者である。吉田ふみにとっては縁戚であり、この青木家の娘が宮沢康枝氏である。ふみが亡くなったあと千葉の平井邸を更地にして土地を地主に返還したのも、青木自動車の方々であった。

程一もいよいよ東京で新たな文筆家起業を決意したようで、自らの肩書も作家と明記している。またこの頃から、別名の赤木赤平を使用している模様。しかし、この名義で書かれた作品はいまだに発見できていない。

なお、年代不明（おそらく昭和二四年）一月一三日付けの飯田俵造氏（出版関係者？）宛てに出した手紙には、創業予定の新出版社「森書房」でサッカレエの翻訳選集一〇巻を出す話が決まったこと、また第一書房からも一月中旬に訳書が出ることを知らせている。出版の企画売り込みに奔走する様子がわかる。なお、このときの程一住所は西荻窪の妹（龍）邸になっており、寄宿していたようである。龍も和菓子屋を出すために奔走しており、程一が手伝って目鼻がついたと、新潟にいる美代に別の書簡で知らせている。この菓子屋は、現在の阿佐ヶ谷うさぎやである。

二月一五日、サッカレエ作『歌姫物語』（森書房、程一名義。程一が企画した選集の第一回配本）を刊行。この企画の全貌は『歌姫物語』巻末に詳細が出ており、「サッカレエ風刺・滑稽小説選」と題し、「歌姫物語」、「滑稽　浮世床日記」、「ダイアモンド奇譚」、「当世俗物帳」、「艶魔伝」上下、「バリイ・リンドン丁半一代記」上下の六巻八冊と予告されている。ただし、他の巻は出版されなかったらしい。

戦後すぐの時代に程一がなぜサッカレエ（この時期の程一の表記）に集中して訳そうとしたか、その意味が「歌姫物語」の解説で明記されている。「敗戦後の文壇には風刺文学要望の声が高い。かういう時にあたって、わが敬愛するサッカレエの比較的初期に於ける諸作品の紹介が何等《なんら》かの意味で、戦後の我国に少しでも貢献するところがあれば訳者としては望外の喜びである。訳者は一生かゝってサッカレエの全作品とは言はぬまでも、その代表作だけでもいゝから、何とかして邦語に和げ移したいといふ念願を持ってゐるものであるが、語彙の不足と性来の懶惰《らんだ》がよくこれに堪えられるかどうかは我ながら疑わしい」

また同年にサッカレエ『おけら紳士録』（改造社）も出版した。平井程一名義である。サッカレエの作品ながら、全集刊行を約束した森書房でなく、改造社が版元になっているのはどうした事情だろうか。さらに岩波文庫からもサッカレーという表記で『床屋コックスの日記／馬丁粋語録』が刊行されている。この一年はさながらサッカレエの年というべき集中ぶりであった。

『ワイルド選集』も刊行開始（全三巻、昭和二六年まで確認。計画は全五巻とされるが、四、五巻については確認できず。改造社）。いずれも平井程一名義で刊行。なお、『文藝年鑑』では肩書をまだ「作家」としている。代表作の提示もハーンとサッカレエに絞り込んでいるので、程一はこの二つの翻訳企画に自身の将来をかけたのだと思われる。しかし、どちらも中絶したらしい。

この年、まだ旧制成蹊高校文科に籍を置く一八、九歳の由良君美氏が、程一に面会。山本文庫という小さな文庫本に入った平井訳のアーネスト・ダウスンの短編集を借りるのが目的だった（昭和四七年九月一五日付「ほるぷ新聞」、由良君美氏の記事「江戸文人と洋学者の面影」による）。おそらく、戦後世代からの初めてのアプローチであろう。日時が明示された資料がないので、あるいは昭和二三年に起きた可能性もあるが、昭和二三年は程一が帰京した直後に当たり、住所も安定していなかったため面会ができた可能性は薄いと思われる。

一九五〇年（昭和二五）　（四八歳）　板橋区志村西台町二ノ三〇（ただし番地は後に二〇三〇と訂正）

この年、程一は新宿の青木方から、板橋区志村西台に移転。ここはふみの母が所有する家作で、上京時にここへ住まわせてもらう予定だった家と思われる。昭和二六年度版『文藝年鑑』には番地表記が二ノ三〇とあるが、これは誤記で、二〇三〇が正しい。しかし、ここもまたすぐに引き払わねばならなかったようで、厳しい住宅事情が偲ばれる。それでも、好きだった翻訳の仕事がかなりできるようになったからか、翌年の『文藝年鑑』にははじめて「英文学者」という肩書を用いるようになった。

この頃までに程一長女狭青は小千谷で配偶者となる木島眞一と巡り合い、そのまましばらく同地で暮らすこととなる。（昭和二六年一月一八日付、小泉一雄への書簡）

なお、二人を引き合わせたのは、狭青が東京無線でパラシュートを作っていたときに知り合った木島藤蔵（眞一の父）だという（木島家の談話による）。

春、程一は小学校時代からの幼馴染である添田知道に誘われ、大森馬込在住の人たちの句会に参加する。

「……、ちょうど昨年の春、中学時代の友達で三十年近く打ち絶えてゐた添田知道と申すもの（明治の艶歌師の元締添田啞蟬坊の息、ただいまは今様草双紙など書いている男）と交友が再燃し、それに誘はれて大森馬込在住の連中の句会へ出席するようになりました。（中略）野心もなにもなく、まことにのんきな会で、老若うちまじって、たのしく日曜の四、五時頃をすごしてをります」（昭和二六年三月二日消印小泉一雄への手紙より）

この時期、「馬込句會」で詠んだ程一の句が『句集まごめ　四』に収録されている。どれも戦前の句とは異なり、自然でのびのびした気分が横溢している点に特徴があり、俳号の「平亭」を名のっている。芭蕉風の諧謔も感じられ、千葉でふみとの同居が実現した喜びの大きさが偲ばれる。なお、馬込句會は持ち回りで会員の家などを会場とした。

（昭和二五年二月一二日、冷石居に於て）
「公魚をさす串青き二月かな」
「梅の下よけて藁しく餘寒かな」
「春寒しあみ鹽辛のはかり賣」
（昭和二五年三月一二日　杉亭居に於て）
「雛の間へかよふ雨夜の鼠かな」
「遲き日や沖にあはせる遠めがね」
（昭和二五年五月二八日　野鶴居に於て）
「つくばひに蝶の影濃き薄暑かな」
「五月雨や蜂の巣を焼く山の宿」
（昭和二五年六月一八日　杉亭居に於て）
「梅雨寒や爐端に遠き夜の膳」
「畑中や牛の爪剪る梅雨のひま」
（昭和二五年七月二三日　小石川六義園心洗亭に於て）
「迎火や猫のうろつく家の中」
「皿小鉢みな薄手なり夏の月」
「牛部屋の蚊遣も消えて月夜かな」
（昭和二五年九月二四日　野鶴居に於て）

「猫の子の芋虫なぶる残暑かな」
「秋風や鱸の口にさす芒」
「秋の蚊や晝は佛の飯につく」
「かりそめの風邪に冬瓜の葛煮哉」
（昭和二五年一一月一二日　冷石居に於て）
「里わびし落葉の中のむじな罠」
「行秋や遠火にあぶるみりん干」

程一の妹、龍が東京、西荻窪に菓子舗「うさぎや」を開業。店に出て菓子を売った。夫の瀬山氏は木場で兄とともに材木屋を営んでいたが、家もろとも空襲で焼け出された。そのため、上野「うさぎや」で実家を手伝った経験のある龍が、一家を支えるために菓子店を出したのだった。龍は下町娘らしい鉄火肌の娘で、後年に熱心なキリスト教信者ともなった。いちじ瀧井孝作が彼女に惹かれたこともある。瀧井孝作の小説『無限抱擁』に、龍は「稲子」の名で登場する。瀧井自身である主人公の親友の妹という設定であり、「その下ぶくれの少し甘えた口つきが松子（主人公の恋人）に似ている」とある。龍の義理の息子となった作家岡松和夫はエッセイ『野の花』（『群像』昭和六〇年一一月号掲載）において、「信一（主人公）は稲子に興味をもっている。一時期のことだが、自分の将来の妻として稲子を考え、その考えで頭が一杯になったことがある。吉郎（竜の兄、喜作のこと）などは自分のそういう気持ちをそれとなく感じ取り、期待していたかもしれない、だから、松子との結婚を快く思わないのではないか」と、龍と瀧井孝作の間柄に重ねている。

無花果会発行『平井呈一句集』（昭和六一年）に、「このころ佐藤一英「聯」同人として詩作」とある。佐藤は、一般に日本語には不適とされた押韻や脚韻を活用した英詩型の四行定型詩を試作、のちにこれを「聯詩」と呼んだ。しかし、佐藤の『聯』（昭和二〇年廃刊とされる）は昭和二五年に存在せず、その後継詩誌『樫の木』（昭和二五〜二八年）、『韻律』（昭和四三〜五一年）に程一名義の作品がある。

ただし郷土史家田内雅弘氏より頂いた私信によれば、程一は第一回「聯詩講演と朗読の会」（昭和一四）にも出席しており、昭和一九年に佐藤が「新国民詩協会」を設立したとき、その設立趣意書に準備委員として程一の名がある。ゆえに程一は聯詩運動には加わったが、戦前に出ていた雑誌『聯』（昭和一三〜二〇年）には作品を発表していなかったといえる。そこで本書では、昭和二五年、程一は佐藤一英が戦後に主催した詩誌『樫の木』、『韻律』に参加、聯詩形式での試作にも挑戦した、と表記するに止《とど》める。

程一が戦前から佐藤一英と知り合いだったことは、書簡などにも明らかだが、昭和一一年に小山書店から程一が『国姓爺合戦物語』を刊行した際、この児童向け物語シリーズの執筆者の一人に佐藤も加わっており、編集会議などで面識を得た可能性がある。この佐藤にも幻想文学を受け入れる感性があった。たまたま一九三一年から一九三二年にかけて『児童文学』という雑誌も発行し、宮沢賢治の傑作「北守将軍と三人兄弟の医者」「グスコーブドリの伝記」を掲載したからである。この雑誌が休刊しなければ「風の又三郎」も掲載されるはずであったといわれている。

程一による聯詩の試作「聯詩四題」（いずれも小千谷での暮らしや心情を詠んだものと思われる）

「つばめ来《こ》ぬ越の古町

山遠く残雪《はだれ》は白し
病む蚕もる家の小暗さ
月欠けて夏も老いつつ」

「瞳に巣くふ虚妄あり
歪《ひず》みし手もて時を戯れ
光を追いて堕つるもの
苔は遠き朝を呼ぶ」

「をちかたに散りし花あり
をののくは朝のたな雲
鍬とれば　土の香《こゞ》愛し
國原に欺きは深き」

「むなしさに散る陽の脚よ
花は呼ばへり朝の雲
むすびし草に幸ありき
はなき影を水に戀ふ」

一二月一〇日、改造社より『ドリアン・グレーの画像』（原書から転載の口絵付き）を刊行。本書の帯に「ワイルド選集」の広告がある。それによれば、全五巻、第一巻　ドリアン・グレーの画像、第二巻　サロメ・ウインダミア夫人の扇・他、第三巻　短篇小説・童話、第四巻　誌・獄中記、第五巻　評論、となっている。第二巻も年内に刊行された。ただし、編者は第四、五巻をいまだ確認していない。

一二月一〇日、右と同じ日に冨山房より『ワイルド童話集』（挿絵・装幀、牛窪忠）も刊行。昭和一四年刊行『ワイルド童話集〈冨山房百科文庫 第一〇一〉』の戦後再版ものか。九編収録。ただし、翌昭和二六年二月二六日に刊行される『ワイルド全集』第三巻にも訳文をほぼそのまま使用されている。その間わずか三か月。それでも冨山房の童話集が二六年一一月には再版されていることに驚かされる。仁義なき出版競争だったのか、それとも、それだけ読者が活字に飢えていたのか、興味深い。

また、この年にハーン『骨董』が岩波文庫に再録された。

一九五一年（昭和二六）（四九歳）

板橋区志村西台町二〇三〇⇓（吉田ふみによれば三月以降に千葉県君津郡大貫町小久保川向、渡辺方へ移転？）

千葉県に根を下ろす

一月、程一、佐藤一英の主宰する雑誌『樫ノ葉』二六年第一号に聯詩形式の詩「蘇る日」発表。

「炎のなかに城ありき

欲りつる影に明日を見よ
装う月の骨朽ちぬ
蘇る日遠白き」

一月、岩波書店、文庫係の志賀氏（志賀直哉氏の令息）に八雲全集の企画を提示したが、採用されなかった（昭和二六年一月一八日付、小泉一雄にあてた書簡による）。

二月二六日、改造社より「オスカー・ワイルド選集」の第三巻『短篇小説・童話』刊行。合計一〇編を収録。

七月一日、『図書』（岩波書店、七月号）に江戸文学の為永春水論「春水文学」を掲載。

この年刊行された他の書籍。ハーン『心――日本の内面生活の暗示と影響』岩波文庫（即日完売し重版となった）。サッカレ『床屋コックスの日記／馬丁粋語録』岩波文庫。この二点は平井程一名義。

なお、『文藝年鑑』昭和二六年版では、住所表示の番地が「二〇三〇」に修正されている。別名も引き続き掲載されるが、この年から二年間に限り、程一の生年月日だけ六月一六日（正しくは六月一七日）と記載してある。理由は不明。

三月六日、吉田ふみによれば、二人は「東京をのがれるように父方の遠縁を頼って」（吉田文女「他郷に住みて」句誌『無花果』昭和六〇年九月三〇日発行より）千葉へ引っ越し、ふみの父方遠縁の世話で君津郡大貫町にあった老婆の奥座敷ひと間を借りる（大貫町小久保川向の渡辺方）。おそらくは、西台の家に入居したものの何か不都合が発生したのであろう。なお、地名の小久保は、現地では「おくぼ」と訓まれている。

〔編者注〕吉田ふみが記した千葉行きの日時にそぐわない葉書が存在する。それは程一が入会した「まごめ句会」から送られた例会の案内葉書であり、昭和二七年は四月から一一月までがそろっている。その消印によれば、

昭和二七年四月、五月は「板橋区志村西台町二〇三〇」宛て、

六月～一一月までは「千葉県君津郡大貫町小久保仲町」宛て

そして三か月飛び昭和二八年三月以降から「千葉県君津郡大貫町小久保川向渡辺方」宛て、

になっている。そこで消印を信じるなら、程一と千葉へ「逃げるように」ふみの遠戚を頼って引っ越したのが昭和二七年だった計算になる。これを昭和二六年三月としたのは、ふみの勘違いであったか、あるいは諸般の事情で住所変更の報せが一年ほど遅れたことも考えられる。それでも、小久保川向渡辺方から小久保仲町へ引っ越すまでの月数は、ふみの記述にある「約半年」という数字と消印の日付とでおおむね認定できる。したがって、編者はこの間の程一住所の動きを、次のように考える。

昭和二七年三月まで「志村西台町」⇩同四月から一二月前後まで「小久保川向渡辺方」⇩昭和二八年初め以降は「小久保中町」。ただし、本書では、ふみの記述をできるだけ尊重し、年譜を構成した。

五月二四日、長女狭青、新潟県北魚沼郡城川村大字千谷川五三三番地にて木島眞一と結婚、同所に新居をもつ。長女の結婚を境に、美代と娘たちの東京帰還が相談された模様。年月日不明ながら結婚後早い時期に木島家は上京し、はじめは西武線中井駅ちかくに四畳半の間借り生活を送ったあと、勤務先の事務所があった湯島近くの西黒門町（奇しくもうさぎやの近所だった）に移転、木島家の談によれば、狭青は幼稚園時代

にも父の程一とここに住んだことがあり、知り合いも多かった。しかし昭和四〇年ごろには転勤で小平市に再移転した。その後、二女瑛子が結婚して千歳船橋に住むと、美代はそちらへ居を移した。狭青には、長男啓之（昭和二八年生）、次男正之（昭和三〇年生）、三男公之（昭和四四年生）の三子があり、程一の孫にあたる。

六月、猪場毅、『心猿句抄やかな草』（奥付は「句集也哉集」）を自費出版。

一九五二年（昭和二七）（五〇歳）　千葉県君津郡大貫町小久保川向、渡辺方へ移転（編者の調査による）

この年のすくなくとも三月以降、程一は千葉県君津郡大貫町小久保川向、渡辺方に移転している。しかし半年から一〇ケ月間の居住だったらしい。年末には同じ小久保の町内に持ち家を購入したからである。以下に示す程一の手紙は、この時期の千葉暮らしを記したものとみられる。交流再開した中学時代の同級、添田知道のこと、添田の娘が国際結婚をした際のトラブルで精神を病んだ添田を慰安するため房州の旅に連れ出したことなどを記し、大貫に帰ったあとの想いを次のように書き綴っている。

「富浦の知人の家で、枇杷の木に登って、熟した甘いのを腹一杯食べ、むかしの悪童に返ったような快味はわすれられないものでした。永く住んでいると房州ボケになり、新しい魚など喜んで食べてばかりいると、取り返しのつかない馬鹿になりそうで、それじゃあ半年は越後の雪の中に住んで木ッパみたいなものを食べ、半年は房州で暮らしたら丁度よかろうと言って笑った位ですが、まあ当分はまだ饅頭はこわくありませんが、魚がこわいというところです。エビのかき揚げがこわくて、コチの洗いがこわくて、イカの刺身がこわくて、いやどうもこわいものだらけで、房州というところは実にこわいところです。こわくないのは蚤ばかり」(小泉一雄あて昭和二七年六月二一日消印の手紙より」)

ハーン『東の国から　新しい日本における幻想と研究』岩波文庫。平井程一名義。

『文藝年鑑』昭和二八年版に程一が立項され、住所も「小久保仲町」と表示された。これまで具体的な番地が不明であったが、この記述の発見により、医師の持ち家を買った新しい住まいが小久保仲町と確認できた。

この年から『文藝年鑑』に「赤木赤平」の筆名は消える。同時に「程一」としていた名前が「呈一」に変わっており、このときから赤木赤平というペンネームは不要になったと思われる。考えるに、赤木赤平という筆名はかえって奇矯に見え、平井呈一という半分本名、半分筆名といえる名前に変えたことで、赤平の方を廃したのであろう。「平井呈一」は千葉でのふみとの新生活を機に誕生したといえる。もしもこの変更がなければ、読者は平井呈一ではなく「赤木赤平」の名で翻訳を読むことになっていたかもしれない。

一九五三年(昭和二八)　(五一歳)　千葉県君津郡大貫町小久保中町(あるいは仲町)

新年早々、千葉県渡辺方の借家を引き払い、小久保中町(仲町とも)の懇意になった医者の家を買い取り移住を終えたようである。住所は同じく君津郡大貫町であるが、中町あるいは仲町と呼ばれる地区にあり、市街地から少し奥まった川沿いで、店も多くあり便利な場所で、程一も気に入った。近所の子供も遊びに来るようになった。前述した通り、ここに出てくる地名「小久保」は、地元で確認したところ、「おくぼ」と読むのが正しいという。

三月一日、「まごめ句会」から来る毎月の例会案内葉書によると、程一はこの日付の葉書を千葉県君津郡大貫町小久保仲町で受け取っている。これ以降の宛先はすべて仲町となる。ふみの記憶によれば、小久保川向の渡辺方から中町に引っ越したのは、前年末であるが、まごめ句会の例会案内葉書から確認できる「渡辺方」宛ての住所は前年一一月が最後で、その後の三回分の例会案内は現存しない。これらを総合すれば、中町に引っ越した日付は前年一二月からこの年の二月までのどれかということになる。

ちなみに、現存する程一宛てはがきの中には、昭和二八年元旦の消印が渡辺方と宛てられているものもあり、年代決定資料の一助となる。

このころ、添田知道の誘いで、大森、馬込の俳句会に出ることが多い。千葉県から東京へ出るときは馬込の知道宅に宿泊した模様。

三月、『時事新報』三月一二日付朝刊に「翻訳三昧」を寄稿（本書所収）。ここでは平井呈一を名乗る。戦後に世に出た「平井呈一」の名は、この年からの出現といえる。内容は、程一が大好きな文人、斎藤緑雨の「翻訳家、人のお釜で飯を炊き」を引いて、翻訳業は「文学権助」と揶揄しつつ、ホーレス・ウォルポールの『乙蘭土城綺譚』を綾足や秋成の擬古文まがいに訳しかけて云々と続け、こう結んだ。「私は勤めを持っていないから、妻子の食うだけのお金があったら、どこかの離れ小島でそういう仕事に余生を送りたいと思っているが、道楽は稼ぎにならぬものだし、風流は寒いものときまっているから、いつまでたってもお金はいっこうに儲からない」と。東京へ帰り、吉田ふみとともに程一の「離れ小島」となった千葉に落ち着き、いよいよ翻訳家としての仕事に本腰が入った文章が、いかにも明るい。

懇意になった医師から購入した家は、吉田ふみによれば「街の中心からちょっと裏に入ったところで川のそばにあった。表通りは店屋が並び郵便局も近く便利なところであった。しかし終戦後の田舎では、食パンさえ売ってなくて一週間に一度、便利屋と言う人に頼んでバターやコーヒー、紅茶など買い出しに行ってもらった。お魚などは鰹のような大ものでも一本買いだった。今とちがって、地引網で生きた鯵や白魚も浜で買うことが出来たし、車えびや蟹も手軽に安く手に入った。浅蜊や青柳は海岸に行って、ちょっと掘ればいくらでも取れた」（吉田文女「他郷に住みて」より）という。

ちなみに、程一の朝はパン食であり、当時でも希少だった外国製品ローマイヤのペーストを明治屋で購入し、食パンと紅茶で済ませることを好んだ。東京生まれの食生活は、千葉の田舎でも維持されたようである。

一九五四年（昭和二九）（五二歳）　千葉県君津郡大貫町小久保中町（あるいは仲町）

新年、由良君美氏より賀状がくる。両者の交際が発展した模様。

三月一五、一六、一七日、程一はＮＨＫ第一ラジオの朝番組「人生読本」に出演。「小泉八雲」（午前六時三〇分〜同七時一五分）を三回にわたって放送。名義は平井呈一。この内容は春陽堂書店が刊行した『人生読

本　四』（昭和二九年八月）に収録された（本書所収）。しかし、肝心の録音物はＮＨＫアーカイヴズに問い合わせたところ、保存されていないと判明。この時代は多数の記録物が失われているという。

春、みすず書房から念願の『小泉八雲全集』の刊行開始さる。この企画は程一の発案だったようだが、ラフカディオ・ハーン没後五〇年記念出版として会社自体の企画に格上げし、『小泉八雲全集』第一期日本篇全九巻の刊行を打ち出した。程一は資料の便宜などをはかり、編集担当者らが東京と松江に資料複写に出かけている。千載一遇の機会として程一は松江への旅行を計画するが、冨山房よりかねて約束のディケンズ少年少女読み物の翻訳を急がされたため、断念する。さらに、監修などに参入した大学教授らと折り合いが悪く、翌年には程一が途中離脱を宣言することとなる。この時期、八雲研究者としての平井は不遇で、文壇や研究者のあいだで不当な扱いを受けた。みすず書房の企画が程一のコントロールから離れて大学関係者に指揮権を奪われた事情は、その実例といえる。しかし『文藝年鑑』には、みすず書房から刊行される「小泉八雲全集」を早くも自身の代表作に挙げており、この企画の完結に期待を捨てていなかった。

みすず書房版『小泉八雲全集』の既刊分は以下の通りである。

一　小泉八雲全集 第一巻　日本の面影 上　昭和三〇年刊
二　小泉八雲全集 第四巻　心・影　昭和二九年刊
三　小泉八雲全集 第八巻　怪談・骨董　昭和二九年刊
四　小泉八雲全集 第九巻　日本一つの解明　昭和二九年刊

訳：平井呈一（奥付より）

編集：太田三郎、西崎一郎、矢野峰人、山宮充、平井呈一（標題紙裏より）
解説：平井呈一（巻末に各巻とも記載あり）

みすず書房の件で気落ちしていた程一の救いが、一つあった。世界的な歯車の専門家で国産自動車第一号製作に貢献した工学博士、成瀬政男氏との出会いだった。成瀬は千葉の出身であり、この年、スイスに歯車研究に行く前の休養を兼ねて、程一の家の家主でもある医院に通ってきていたが、たまたま小泉八雲の平井訳本を読んで感動し、訳者への面会を求めてきた。この博士は、八雲が興味を持った古き日本の良さこそが「日本を立て直す力になる」と語ったという。

一九五五年（昭和三〇）（五三歳）　千葉県君津郡大佐和町小久保

この年、自宅を定めた大貫町小久保中町は、隣町の佐貫と合併し、大佐和町小久保となる。

四月、月報『文庫』四三号に「八雲手引草」を寄稿。呈一名義がほぼ定着。

六月ごろ、『小泉八雲全集』みすず書房（四巻まで程一訳で刊行）が編集に名を連ねた学者たちと折り合わず、資金面での手当てもつかぬため続巻の刊行を中止。

この年以後、程一はみすず書房の八雲全集が挫折した責任を感じ、小泉一雄に合わせる顔がなくなって、約一〇年間にわたり音信を断った。ふたたび一雄に手紙を出せたのは、昭和三九年に恒文社で八雲作品集が実現したときになる。

一九五六年（昭和三一）　（五四歳）　千葉県君津郡大佐和町小久保

『ドラキュラ』訳者として注目さる

一〇月一〇日、『魔人ドラキュラ』を東京創元社「世界大ロマン全集三」に訳出。平井呈一の名義。この翻訳により程一の名が高まる。おそらくこれに手ごたえを得たのであろうか、『文藝年鑑』昭和三二年版には代表作として『魔人ドラキュラ』一冊のみを挙げている。ただし、この時は約三分の二の縮約版として刊行。完訳は昭和四六年に『吸血鬼ドラキュラ』と改題し、東京創元社より刊行された（文庫版）。

紀田順一郎氏は未発表読書ノートに「これは怪奇小説の最高である、内容はこの種恐怖小説のルーティンを全部包含した通俗的興趣を狙ったものだが、それが実にうまい。憎いくらいである」（『戦後創成期ミステリ日記』）と、読後の感想を記している。

いま振り返れば、吸血鬼の名作を独占的に日本に紹介した人は、まちがいなく「平井呈一」であった。昭和七年に吸血鬼小説の濫觴であるポリドリ作『バイロンの吸血鬼』を、佐藤春夫が自身の名で雑誌掲載したが、実際にはこれを翻訳したのは程一であったし、本邦初訳ではなかったが　女吸血鬼を扱ったレ・ファニュの傑作『吸血鬼カーミラ』、そして、この『魔人ドラキュラ』と、平井訳による吸血鬼大全が一冊できるほどである。ちなみに、東京創元社社史『文庫解説総目録・資料編』中の厚木淳インタビュー記事によれば、『魔人ドラキュラ』の訳者として程一を思いついたのは、同社編集部の厚木淳氏自身であったが、当時、程一が岩波文庫でハーンの『怪談』を訳していることから、「この人なら嫌だとは言わないだろう」というだけの理由だったという。また厚木氏は、程一がこの名作の存在を知らなかったことから、むしろこの後

「あまり専門家もいなさそうだから、おれがひとつ十九世紀のゴシック・ロマンの専門家になってやろうかなと思ったんだね。平井さんがホラーを意識的に読みだしたのは、その後ですよ」と語っている。

しかし、厚木氏の発言にはすこし疑義もある。たしかに『魔人ドラキュラ』の「あとがき」に、程一自身が「作者ブラム・ストーカーについては、不勉強の私は何も知るところがない。企画部から原書を渡され、二日がかりで息をつくひまもなく読み通してみて、こんな作品があったのかと、じつは驚いた」と記している。が、じつは、程一がポリドリの『吸血鬼』を佐藤春夫の依頼で下訳した昭和六年晩秋に、絶妙のタイミングでユニヴァーサル映画『魔人ドラキュラ』が本邦で上映され、日本でも有名になっていたはずだからである。もしかすると、佐藤が吸血鬼小説の翻訳を思いついたのも、このベラ・ルゴシ主演の映画が大ヒットしたからではないかとも考えられる。また「魔人ドラキュラ」というタイトル自体がこのとき上映された邦題を踏襲しているのである。ただし、紀田順一郎氏によれば、映画の邦題をそのまま小説にも援用することは版元の常套手段だったという。程一は映画についてはほとんど語ることがなかった人だが、芸事やヴィジュアルには関心があり、編者の体験でも挿絵のある怪奇小説の原書が好みでもあったので、名前自体は知っていたのではないだろうか。

ただし、程一がこの作品のテキストにそれまで触れたことがなかったことも十分にあり得る。この『魔人ドラキュラ』の訳出を厚木氏に薦めたのは江戸川乱歩だったというから、おそらく乱歩所蔵本で見たのであろう。東京創元社から推理小説の翻訳をいくつも発注されたのは、乱歩が程一の翻訳力と江戸・明治の古文献好みという性格を気に入り、個人的にも交流したことが大きかった。乱歩の蔵書にはかなりの怪奇小説が収められていたから、程一がその蔵書などを借りて急激に読書量を増やしたことが考えられる。また、欧米でも都筑道夫が『幻想と怪奇』のアンソロジーを組む参考資料に用いたドロシー・セイヤーズの、探偵小説を中心に据えながらゴシックや超自然小説までも体系化した傑作集成『犯罪オムニバス』（一九二八）、またアメリカのアーカム・ハウス社がラヴクラフトの作品を出版し始め、『世界恐怖小説全集』の月報で春山行夫が紹介したピーター・ペンゾルトの近代怪奇小説の系統研究論文『小説における超自然』（一九五二）などが出揃うまでは、西洋怪談の傑作アンソロジーは編むこと自体は可能だが、『世界恐怖小説全集』のような体系が組める者は存在しなかった。その意味からしても、程一が戦後に西洋怪奇小説の歴史について『魔人ドラキュラ』をきっかけにして「意識化」をおこない、怪奇文学の「専門家」が誕生したことは、戦後海外文学紹介史における大きな出来事だったというべきであろう。

この時期から程一が住みだした小久保の家は、海岸に近く、銭湯の裏手につづく敷地に建てられた。銭湯近くの子供たちが、裏にある程一の書斎に遊びに来るようになり、程一も子供と仲良くなった。英語や国語の教授をしてもらった子供もおり、今でも現地には、平井先生に英語を厳しく教えられたと語る「元教え子」がいる。

九月、猪場毅、『やかな草　伊庭心猿句抄鈔』、葛飾俳話会刊行。

一〇月、猪場毅、『絵入り東京ごよみ　心猿第一随想集』、葛飾俳話会刊行。

一九五七年（昭和三二）　（五五歳）　千葉県君津郡大佐和町小久保

八月、雑誌『宝石』八月号（宝石社、一二巻一〇号、江戸川乱歩が自ら編輯に乗り出した開始号）にH・P・ラヴクラフト作品「異次元の人」を翻訳。短編「アウトサイダー」の初訳だが、L・P・ラヴクラフトと誤って作家名が表記された。平井呈一名義である。

しかしこの短編は、東京創元社版『怪奇小説傑作集Ⅰ』（八月二〇日刊、江戸川乱歩編。「世界大ロマン全集二四」）にも標題を「アウトサイダー」（程一訳）と変えて収録されている。ほぼ同一の日に、同じ編者、同じ訳者で同一作品が二つの本に掲載されるのはめずらしい。理由は判然としないが、江戸川乱歩が「私の最も好きなものの一つ」と絶賛しているので、どちらにも編集権をもつ乱歩が、タイトルを変更しつつ両方にこの偏愛作品を載せたのではないか。程一は訳者であるため、そういう独断はおこない得なかったと思われる。

叢書「ロマン全集」に、M・コレリ『復讐（ヴェンデッタ）』、および『怪奇小説傑作集 第一』（東京創元社刊）を訳出。ただし『文藝年鑑』昭和三三年版では代表作がハーン『怪談』一冊を挙げるだけとなる。

二月二五日、猪場毅死去（享年五一歳）。宿痾のため早逝。その冬、黄疸をわずらい国立国府台病院に入院したが、無断で病院を抜け出し酒を飲み歩いたため、評判の悪い患者として有名だったという（石川桂郎『俳人　風狂列伝』、角川書店刊）。しかし残された病弱の妻は、三味線を教えるなどして生計を建て、長生きしたという。猪場毅は現在、市川市にゆかりある俳人として記憶されている。

なお二月に『絵入り墨東今昔　心猿第二随想集』を葛飾俳話会から刊行し、彼の遺稿集となる。葛飾俳話会で刊行された一連の小冊子は、猪場が自身の治療費を稼ぐためのものだったという。恩田雅和氏の小説「来訪者の足あと」(二〇〇一)に詳細が記されている。なお、戦後は程一との交流が行われた記録を見いだせなかった。

一九五八年(昭和三三)　(五六歳)　千葉県君津郡大佐和町小久保

「世界恐怖小説全集」全一二巻の刊行

五月三一日、翻訳困難ともいわれたドロシー・セイヤーズ作『ナイン・テイラーズ』(東京創元社刊「世界推理小説全集36」)を訳出し、「平井呈一」という名が推理小説界で注目を浴びる。この作品は原書出版時からセイヤーズの名作とされたが、彼女の他作品が次々に翻訳されるのに、この大事な作品だけが一向に翻訳されなかった。本書の解説を担当した中島河太郎氏は、「紹介の困難であった理由としては、この作品の根幹をなす鳴鐘術の理解不足が挙げられようが、いまここに平井呈一氏の苦心が実を結んで、漸く陽の目を見るに至ったことを大いに喜びたい」と書いている。しかし、程一は推理小説については基本的に文学性が足りないという理由で評価が低く、しばしば自身が訳した作品にも辛辣であった。

したがって、紀田順一郎氏も読後当時は厳しい評価であり、「ご苦労なのは訳者の平井呈一氏であります。結局この訳業は、東京創元社を喜ばせたに終ったのであります。近年早川とケンを競っている創元としては、『我国推理小説史上最大の成果』などと吹かしてみたくもなるのでしょう。」と記している。

この年、リリアン・デ・ラ・トア作『消えたエリザベス』をも翻訳刊行(東京創元社刊「世界推理小説全集

65」、呈一名義)。

八月一日、『漫画読本』(文藝春秋新社、八月号、第五巻八号)に、イギリス怪奇小説の大家を紹介する読み物「お化けの三人男」掲載。折から進行中の「世界恐怖小説全集」に収録する重要作家の前宣伝を狙ったようだが、乱歩以後のもっとも本格的な英米怪奇小説史紹介文となる。

八月二〇日、平井呈一の名を知らしめた「世界恐怖小説全集」全一二巻が東京創元社から刊行開始。程一が全集全体のうち英米作家の部分を選定、多くの作品を自分で訳した。英米関係と実話編の解説も担当している。程一訳ブラックウッド作『幽霊島』(八月二〇日刊)が第一回配本、第二回配本も程一訳で『吸血鬼カーミラ』(昭和三三・一〇・一五刊)が出た。売れ行きがどうだったか気にかかるが、『吸血鬼カーミラ』は昭和三五・〇八・〇一に再版、『幽霊島』も昭和三五・〇八・〇一に第三版まで行った。また長篇の『死者の誘い』も昭和三五年八月一日に再版が出ている。どうやらこれらが最高らしく、『怪奇クラブ』『蜘蛛』を除く他巻は初版のみに終わったらしい。毎巻月報が付き、池田弥三郎、中島河太郎、徳川夢声、春山行夫、野尻抱影、丸谷才一らが寄稿。箱絵も真鍋博、藤野一友、日下《くさか》弘、金子三蔵らが手掛けた。この月報は担当編集者の製作になり、初期はMあるいはHというイニシャル、のち「厚木」と署名がついた。紀田順一郎氏によれば翻訳者としても活躍した厚木淳氏を指すという。全集の企画段階から厚木氏が手がけたことも判明した。なお第二回配本分の月報に、『幽霊島』を読んだ読者からの声が掲載された。その一例——札幌・森本里張様「装幀…赤色など使わず、もっと重厚な感じの装幀で出して頂きたいと思います。安っぽくて頂けません。解説…平井呈一氏のもの、おもしろく、研究のちょっとした資料にもなります。欲を言えばもっとA・ブラックウッドについての解説がほしいところでした。内容…平井氏の訳ですから、まず安心して読了しました。早川ポケットでおなじようなのが出ました（幻想と怪奇）。ついで貴社のロマン全集から出ました（怪奇小説傑作集）そのいずれもが二、三巻のもので、今度のものは一二巻、楽しみには違いないのですが、しかし、ブラックウッドにしてもラヴクラフトあるいはマッケンにしても、まだ作品があります。もっと大冊にして、多少値が高くても、愛好者ならば購入するはずですから、立派なものを出してもらいたいと思います」

「世界恐怖小説全集」全一二巻　内容：
第一巻　吸血鬼カーミラ　　Ｊ・Ｓ・レ・ファニュ　平井呈一訳
　第二回配本　昭和三三年一〇月一五日発行　二三〇円
第二巻　幽霊島　　アルジャーノン・ブラックウッド　平井呈一訳
　第一回配本　昭和三三年八月二〇日発行　　二三〇円
第三巻　怪奇クラブ　　アーサー・マッケン　平井呈一訳
　第六回配本　昭和三四年二月五日発行　二二〇円
第四巻　消えた心臓　　Ｍ・Ｒ・ジェイムス　平井呈一訳
　第一一回配本　昭和三四年一〇月一〇日発行　二二〇円
第五巻　怪物　アンブローズ・ビアース　平井呈一訳
　第四回配本　昭和三三年一二月五日発行　二三〇円
第六巻　黒魔団　　デニス・ホイートリ　平井呈一訳

第八回配本　昭和三四年六月一〇日発行　二八〇円（ただし当初はラヴクラフト『狂人狂想曲』が程一訳で刊行される予定だった）

第七巻　こびとの呪い　エドワード・L・ホワイト　橋本福夫・中村能三訳

第一二回配本　昭和三四年一一月五日発行　二三〇円

第八巻　死者の誘い（長篇）　W・デ・ラ・メア　大西尹明訳

第三回配本　昭和三三年一一月五日発行　二三〇円

第九巻　列車〇八一　マルセル・シュオップ　青柳瑞穂・澁澤龍彦訳

第九回配本　昭和三四年六月三〇日発行　二三〇円

第一〇巻　呪いの家　ベズィメーノフ　原卓也訳

第五回配本　昭和三四年一月一五日発行　二二〇円

第一一巻　蜘蛛　H・H・エーヴェルス　植田敏郎訳

第七回配本　昭和三四年四月二五日発行　二三〇円

第一二巻　屍衣の花嫁――世界怪奇実話集――　平井呈一訳

第一〇回配本　昭和三四年八月五日発行　二三〇円

参考までに、紀田順一郎氏が推理小説同人誌『密室』に連載した書評『To Buy or Not To Buy』から、各巻の感想をところどころ引用する。

『吸血鬼カーミラ』：なかなかよろしい。とくにレ・ファニュの好きなのは寝台利用の趣向らしく、

各作品に共通しております。ただし値段は否（二百三十円）

『死者の誘い』：夕方、通勤の帰りに少しずつ読み始めて二、三分もすると肚ペコだというのにトロリトロリとしてくる始末であります。ある日蛍光灯がいかれている車に出あい、それが頭の上でプワリプワリと明滅していたのであります、その下で、自称「蛍光の詩美をたたえた長篇」を読んだのでありますから、さあ気分が出た。いまや自分にして自分にあらず、睡魔との〝共体〟になって夢の放浪が始まったのであります。

『怪物』：本書はオーソドックスな面白さを十分もっております。とくにラヴクラフトの「インスマウスの影」「ダンウィッチの怪」などは逸品であります。しかし（中略）ビアースの作品に至っては全体の6分の1にも達しないという、羊頭を掲げて狗肉を売る神経であります。もっとも、幸か不幸か、その狗肉の方がこの場合美味しかったのは珍現象でありました。怪奇ファンのみ TO・BUY。

『列車〇八一』：フランス製の怪奇小説全一五作を収録した徳用盤でありますが、何せ原盤が古いので、再生装置（翻訳）がよくても興が乗らぬことおびただしいものがあります。

『屍衣の花嫁——世界怪奇実話集——』：夏向きの怪談を、英米の実話アンソロジーから選び、さらにそれを創元怪奇部長平井呈一がオドロオドロしく（?）訳したのでありますから、ゼッタイ面白い——はずでありました。ところが、であります。この期待外れはどうでありましょう。「クビのない死体がケタケタ笑った」などというのを読むと、こっちがゲラゲラと笑ってしまう始末であります。結局これは実話と称しながら全然実話らしく読ませる工夫がされていないためであります。NOT・TO・BUY。

などなど。

「世界恐怖小説大系」のネーミングについて

程一が愛した類の小説は、江戸時代には「怪談」「奇談」「怪異談」などと呼ばれた。日本にゴシックロマンス以来の欧米怪奇幻想文学を紹介したラフカディオ・ハーンは、さかんに日本の怪談を論じ、本国の怪奇文学を「スーパーナチュラルの小説」という用語で学生に講義している。ハーンが用いたこの英語名は、太平洋戦争後に『文学論』などハーン講義録の翻訳によって「超自然小説」の名で一般に流布した。明治期に日本で読まれた欧米の大衆小説は、新鮮味にあふれた探偵小説やSFが多かったが、やがて怪奇小説もこれに加わった。しかし、この時期は「怪奇小説」と銘うたれても、中身は探偵小説から冒険小説までごっちゃにされており、ハーンが論じた超自然小説ばかりではなかった。

日本では、怪奇文学の改革は、中国明代に発生した宗教臭のない文学的な伝奇、あるいは志怪と呼ばれる小説の影響を受けたときが第一期といえる。戦国時代末期から江戸初期にかけて、我国にも明代の新しい小説形式である口語的な白話小説が入来し、それを日本に紹介する漢学者たちが好んで滑稽小説や世間話、そして怪異趣味にあふれた小説をとり上げたゆえであった。その刺激を受けて怪異小説を日本化したのが、都《つ》賀庭鐘《がていしょう》、上田秋成、建部《たけべ》綾足《あやたり》らであった。

そして、これによく似た現象が、明治期にも発生したのである。欧米のノヴェルやコント形式の翻訳紹介という変革の波だった。その主導者の一人に、森鷗外の小説に取り上げられた書籍収集家・渋江抽齋の子息にあたる渋江保がいた。筆名を「羽化仙史」という。渋江は英語に堪能で、当時評判となったライダー・ハガードやコナン・ドイルらの作品を含む大衆小説を多数翻案しており、とくに東京大学館という版元で「冒険怪奇文庫」という叢書を企画、みずからも『冒険小説　空中電気旅行』『怪奇小説　活幽霊』などと角書きした小説を執筆した。また大泉黒石《おおいずみこくせき》は『怪奇物語集』（大正一四年刊）と銘うち、これらのネーミングが定着していった。そのため、怪奇小説や冒険小説は、最も人気を博した探偵小説とまじりあって舶来の大衆小説と受け取られたのである。明治期に流入しはじめ大正期から隆盛になる探偵小説は、結局それら海外大衆小説を一絡げにする受け皿となった。その事実を意識した探偵小説の実作者、たとえば小酒井不木《こさかいふぼく》が『犯罪文学研究』で、江戸期の怪異な読本にも上田秋成のような作家の「怪異小説」に宿る神秘性に注目したのは、自然な成り行きといえる。

いっぽう、ハーンの文学講義や森鷗外の翻訳によって日本でも読まれるようになったポオをはじめとする近代怪奇小説の本格的な「超自然性」に気づいたのが、芥川龍之介や江戸川乱歩だった。とくに乱歩は、自身が知らずに探偵小説と銘うって書いてきた作品に怪異性が多分に含まれていることを発見、それまでは変格探偵小説と呼んできた作品群を「近代的な怪談」あるいは「西洋怪談」と呼びなおすことを提唱し始めた。乱歩は怪異味の濃い自作短編集に「幻想と怪奇」（昭和一二年刊）という題名を与えている。同じように英米の近代的怪奇小説の系譜を評価した木村毅や岡本綺堂は、怪談という用語を利用して「西洋怪談」としたものの、その特徴をぴたりと表現する名前までは考えつかなかった。

太平洋戦争後、早川書房の編集者であった都筑道夫は、昭和三一年に欧米の怪奇小説アンソロジー二冊を組むにあたり、単に「怪談」では収めきれない幻想性の高い欧米作品を特徴づけるために、乱歩が用いた題名を意識して『幻想と怪奇　英米怪談集』と名づけた。いっぽう乱歩も都筑のすぐあと昭和三二年に東京創元社から同じような英米怪奇小説アンソロジー二巻を刊行するが、自身が大元である「幻想と怪奇」を使うわけに行かないので、『怪奇小説傑作集』という題を用いた。そして翌昭和三三年、いよいよ「平井呈一」

が全十二巻におよぶ欧米の怪奇小説叢書を東京創元社編集部の厚木淳とともに立ち上げるのだが、このときに「恐怖小説」というジャンル名を採用した。これは大正末期に野尻抱影が研究社の雑誌『中学生』にモーリス・ルヴェルというフランスのコント作家の短編を訳出するにあたり発案した名称だという（正確にはこの用語は明治期にすでに用いられている）。おそらく程一はこの用語に新味を感じたのであろう、「恐怖小説」案を採った。ちなみに、ふだん程一はむしろ「怪奇小説」という名称に親しみを感じていた。

しかし、「恐怖小説」という名称は、小説よりもむしろ映画界で盛んに流布され、昭和一〇年刊行の内田岐三雄著『欧米映画論』によれば、アメリカで制作される作品に使われていた。RKOが製作した怪獣映画『キングコング』（一九三三）が先陣を切り、ユニヴァーサル映画が『ドラキュラ』『フランケンシュタイン』などの恐怖映画の十八番を生みだした。その意味で「恐怖」というキャッチフレーズはアメリカ映画の発明であり、「怪奇劇」「戦慄劇」とも形容されたのだった。ちなみに、『魔人ドラキュラ』が収録された東京創元社刊の「大ロマン全集」は、映画制作されたことのある作品題名の多くが日本公開時の邦題をそのまま採用しており、映画の影響を感じさせる。

『世界恐怖小説全集』のあと、もう一つ日本に現われた名称が「幻想文学」だった。この原語は「fantasy ファンタジー」である。だが、程一はこれをあまり使用しなかった。定義が広がりすぎると感じたからだろうか。この呼び名にはフランス語の匂いが強かったせいもあり、事実、フランス一九世紀末には、プチロマン派の文学が「コント・ファンタスティク」と呼ばれ、日本語で「幻想小説」などと訳されていた。フランスの芸術界ではなんといっても演劇が発展しており、小説も舞台に上がるかどうかで人気が左右され、多くの作家が舞台用の作品を書いていた。ＳＦの開祖、ジュール・ヴェルヌの作品も、川上音二郎らが舞台上演したことで名が挙がったと言える。恐怖小説も、二〇世紀にはいりグラン・ギニョール劇の生々しい恐怖残虐舞台が流行したことから「ホラー」という用語で広まり、前述したルヴェルらが流行すると、日本にもフランス式のコント、すなわち鋭い切り口の恐怖短編がもてはやされた。戦後は澁澤龍彦などの仕事を通じて、フランス・プチロマン派の側でもファンタスティクを前面に押し出した「幻想派」が評価され、やがて「幻想文学」や「異端の文学」として日本に浸透するようになった。

一九五九年（昭和三四）（五七歳）　千葉県君津郡大佐和町小久保一六四

一一月二八日、二女瑛子、秋田晃市と婚姻、岡山県小田郡矢掛町大字南山田五九〇番地にて新居を構える。

二月、程一は下落合の俳人井上健作氏が主宰する句会「無花果句会」に入会。井上氏は程一が日大中学のときの教諭であり、親交があった。無花果句会は伝統の定型俳句であり、碧悟桐の新俳句とは傾向を異にするが、程一はすでに自由律俳句から定型に戻っており、戦後の俳句をこの会中心に発表していく。小千谷中時代の同僚教師目崎徳衛によれば、「（程一は）晩年に無花果句会の常連となり、しかも多くの女性作者を周囲に集めて句座を楽しんだ」という。

四月三〇日、永井荷風死去。七九歳。

五月二四日、『週刊明星』（集英社、五月二四日号）に、程一がもっとも語りたくない戦前の出来事である荷風の秘本『四畳半襖の下張』流出についての探訪記事「文豪荷風の艶本秘話〝四畳半襖の下張〟をめぐって」が掲載さる。荷風死去と、程一の出世作である「世界恐怖小説全集」が刊行中というタイミングであった。荷風急死が契機となり、この文豪にまつわる秘話が巷間に流布したことの一環であった。この記事は四十数種類も地下出版となって出回った『四畳半…』が持ち出された真相を、関係者全員に取材したものであった。荷風が筆誅した猪場毅の復讐を恐れたという話に始まる。取材記者はその「共犯」とされる程一の住所を割り出し、千葉まで押しかけて真相を聞こうとした。そのとき程一が答えたのは、次のようなことであった。「たしかに、先生に蔵書目録を作れといわれたことがあります。それは昭和一五年頃、時勢が時勢なので先生の本はあまり出版されず、全集の予約という新手を私が考えて、先生に進言したら『それは名案だ』といわれ、中央公論社でたしか印税の前払いをしてもらい、原稿や草稿を整理した折のことです。そのとき先生が『こういうものもあるんだよ』といってみせてくださったのが、問題の〝四畳半〟ですよ。私は読んでから、これは大変なものだと感じ『これは駄目ですね』といったのを覚えている。というのは、それは公刊するのが駄目という意味だったのですが、先生は『死んでからこういうものが一つぐらい出てこなくちゃ駄目ですよ』といっておられた。それが生前に出版されてしまい先生に大変な迷惑をかけてしまったわけです。なぜそうなったかというポイントですが、実は、私はフスマ仕様の表紙に半紙二つ折、袋トジという原本を写したのですが、それを猪場にせがまれて『一日だけだよ』といって貸したことがあります。死人に口なしですから、そうはいいたくないんですが、世間に現実に、あの時見た〝四畳半〟が出回っている以上、ぼくは猪場を疑わざるを得ない。しかし、先生や世間の人が、ぼくが筆写したそのものに猪場が印を押し、売りに行ったと認識しているなら、それでもいいが……」

週刊誌記事という点で程一自身の発言そのままではないと思うが、おおよそは信じていいのではないか。この一件については程一はその後、黙して語らなかったが、紀田順一郎氏は吉田ふみとの直談において、「平井はあの一件に憤っていたが、一字変えただけでそのまま本名を通したので、自身に疚《やま》しいことはなかった証拠」との証言を得ている。

もう一人、荷風の孤独な死に遭遇した演劇史研究家で荷風の心酔者でもあった秋庭太郎が、荷風急逝後に知人を介して程一と会見している。このとき程一は、神田のうなぎ屋で夜おそくまで荷風を語ったという。戯筆事件や『四畳半襖の下張』事件について尋ねたと思われる。秋庭は程一と同じく江戸軟文学を好み、演劇史にも通じ、平生から和服姿で日本大学で講義し、荷風の虚無愛にも共感しており、程一とも話が合ったと推測できる。程一と荷風の関係を師弟の「粋な付き合い」と了解した人であり、程一が荷風について「色《いろ》の聖《ひじり》でした」と評した一言に、いたく同感したことを、自著『荷風外傳』（昭和五四年、春陽堂書店刊）に記している。だが、文壇としては、程一を荷風門下の堕落者と見るのが大勢であった。

『中央公論』昭和三四年七月号に作曲家菅原明朗の随筆「舞台裏の思い出」が掲載された。永井荷風が浅草の劇場の楽屋に出入りするきっかけを作った菅原は、一時荷風と浅草に通う常連だったが、あるとき「来訪者」のモデルになった程一が話題になったことを書いている。

「余程大事な用事か、たのしいことかでないかぎり、電話で前以って面接の約束をするのを非常に気にしていた先生から電話があって、できれば早く面談したいことが起きた……とのこと。用件は『来訪者』のモデルになったH氏のことで、Hが先生にかけた迷惑から、私を相手に、また何かをやるかも知れないと心配されて、そのことを警告されたのであった。H氏を私に紹介されたのが荷風先生だったので、その責任を感じられたからのことである。ところが、話しているうちに、H氏に対する先生の態度が拍車をかけた様にかわり始めた。社会人としての彼を憎しむ心が、次第に、H氏の性格に興味を持つ文学者の情熱に消されてしまったのである。『人間には騎虎の勢い、その場になって、どうにもならないということがありましょう。泥棒に這入ってしまった。すこしくらい悪かったと思ったって、もう何かを盗り逃げるより他に途のなくなる場合がありましょう。ところが、何一つ対象がない時に、一人しずかに偽物の判コを彫っている人間の心境、これはとても興味ある問題ですよ』余談だが、この偽物事件が明白になった時、先生はそれを買わされた人を非常に気の毒がられて、わかった人には全部、無償で本物とお取替えになった。（中略）『本物だと信じて買った人は、自分になんの悪いこともないのに泣き寝入りになるじゃありませんか。色紙や短冊を描いたからと云って、私には何の出費になるわけじゃなし、それを書いている間、私が楽しめて、その上迷惑をうけた人がつぐなわれるとしたら、こんなにいいことはないじゃありませんか』と荷風は言った」、とある。

昨年につづき、「世界恐怖小説全集」中のD・ホイートリ作『黒魔団』（昭和三四・〇一・〇一刊）、マッケン作『怪奇クラブ』（昭和三四・〇二・〇五刊）、『屍衣の花嫁　世界怪奇実話集』（昭和三四・〇八・〇五）、M・R・ジェイムス作『消えた心臓』（昭和三四・一〇・一〇）、を翻訳出版。いずれも平井呈一名義。『黒魔団』は当初予定されていなかった作品だが、予定されていたラヴクラフトの『狂人狂騒曲――チャールズ・デクスターの病症』が一冊にするには短すぎたため、差し替えたという。厚木淳氏は署名入りで、作品変更についての釈明を月報に載せた。

「『大ロマン全集』で初紹介された『魔人ドラキュラ』を読まれて一躍、恐怖党になられた読者から、これに匹敵する恐怖小説の長篇を、という要望が編集室に殺到致しました。本全集の企画の当初から、この点は念頭に置いて編集して参りましたが、元来、恐怖小説には長篇が寥々たるありさまで、特に「名作ドラキュラ」の感激（?）を再現する作品となると、絶無に近いありさまでした。それでラヴクラフトの『狂人狂騒曲』をとり上げましたが、その後、遂に待望作を入手できましたので、作品変更をした次第です。（中略）実際、お代は見てのお帰り、テキ屋のタンカめきますが、『黒い魔術』を読んで、怖くも、面白くもなかった方からはお代は頂きません、といいたくなるほどの恐怖小説の神髄を示した長篇です。平井呈一先生ともども、ドラキュラ探しに浮き身をやつした編集子一同、あとは『黒い魔術』が陽の目を待つばかりであります（厚木）」

ちなみに「黒い魔術」という仮タイトルは実際の発売日には「黒魔団」に変更されてお目見えしている。

なお、昭和三四年度から『文藝年鑑』が各作家の本名を記述する新方針を取ったのにともない、程一も「本名程一」と明示するようになった。

一九六〇年（昭和三五）　（五八歳）　千葉県君津郡大佐和町小久保

程一、自ら恐怖小説集を創作

一二月二〇日、唯一の創作怪奇小説集『真夜中の檻』（浪速書房）を出版。収録作は「真夜中の檻」「エイプリル・フール」の二中短編。筆名に「中菱一夫」を用いた。この筆名は、戦前の昭和一六年頃すでに蔵書の署名などに用いられていた。平井呈一の名称が英米文学研究家として用いられたのに対し、中菱のほうは創作小説家としての名にするつもりだったようだ。現に程一は、『真夜中の檻』以外にもいくつかの創作怪奇小説を執筆し、中菱の名を使用している。それら未発表の作品を本書ではじめて公表する。

序を江戸川乱歩が、跋を中島河太郎と、大御所二人が執筆している。期せずして両氏とも、推理小説の隆盛に比して怪異小説が振るわぬ日本の現状を指摘し、程一の力編が昭和怪奇小説の前途をトするものとして、刊行の成否に注目する旨を明言している。だが、期待に反し、程一の創作はほとんど黙殺されたようだ。昭和三七年に編者が手紙で、程一自身からこの創作集の存在を聞かされて、以来書店を探しまわったが、どこにも見出すことができず、ようやく昭和四一年に池袋の夏目書房で発見したことを今も覚えている。きれいなカヴァー付きの美本で、古書価一〇〇円であった。

本書に初収録した未発表短編は、これらと同時期に執筆されたようで、系列からいえばすべて「エイプリル・フール」と同系列のモダン・コントに属する。なぜ、ゴシック・ロマンスの系統を書き継がなかったかが不思議であるが、じつは程一は泉鏡花の作風がお好みではなかったことと関係があるかもしれない。お前の好きな作家はだれか、と尋ねられた折、編者が稲垣足穂と泉鏡花ですと答えたところ、「そんなんじゃ文学の勉強にもならねえよ」と江戸弁で仰った。ちょうど足穂も鏡花も埋没していた時期であったせいかとも考える。

この頃、程一は「世界恐怖小説全集」の後継叢書を企画、版元の東京創元社編集部（厚木淳氏と推定できる）に提出している。しかし、厚木氏は程一の翻訳スタイルが気に染まなかったようで、企画自体も取り上げられなかった模様。その企画書のみ現存する。ヘンリ・セシル『ペテン師まかり通る』（創元推理文庫、平井呈一名義）。おそらく、創元推理文庫入りした初の程一翻訳書である。

五月三一日、三女淼子、岩下武治と婚姻、東京都深川新大橋三丁目二番地に家庭をもつ。淼子には博武（ひろむ、昭和三五年一二月一七日生）と喜博（昭和三八年八月一一日生、現在ドイツ在住）の二子がある。二人は程一の孫で、木島家の三兄弟とともにすべて男の孫五人に恵まれた。

一九六一年（昭和三六）（五九歳） 千葉県君津郡大佐和町小久保

この時期までの平井邸は海辺近くにあり、程一は魚釣り、ふみは潮干狩りなどで食卓をにぎわしている。この家には狭青、淼子の子供たち（孫）が通い、ふみを「おばさん」と呼んで親しんだ。孫の目には、同居するふみは物静かだがチャキチャキの江戸っ子で、程一とも気が合っていた組み合わせに見えたという。程一はこの時期も、朝はパン食で、東京からローマイヤのレバーペーストを取り寄せて常食とし、コーヒー（とくにネスカフェ）を好んだ。酒はまったく嗜まない。本人曰く、甘党である。孫がいると仕事をせずに遊んでくれたそうで、孫たちは執筆している程一の姿を見たことがなかった。おそらく夜中に執筆していたのであろう。なお、孫たちにも英語の発音をしばしば教えており、発音はイギリス式できれいだったそうだ。

西荻窪のうさぎや瀬山龍の夫、急死。「父親は私と妻が結婚して数年後に急死した。自殺である。その頃妻は妊娠していたから、ショックを与えてはいけないと、親戚の人たちが私の勤め先の学校に知らせに来てくれた。私は、世渡りの手がかりを失った父親が最後の男らしい身の始末をつけたと感じたりした」（岡松和夫「野の死」、『群像』一九八五年一一月号）。この悲報を岡松に知らせにきたのは、姪の健康状態を心配する程一と、弟で日本橋うさぎやの店主、谷口豊三だった。岡松の小説『断弦』でも触れられている。

紀田順一郎氏、探偵小説雑誌『宝石』にデビュー論文「密室論」を掲載。

一九六二年（昭和三七）　（六〇歳）　千葉県君津郡大佐和町小久保一六四

この年、ベースボール・マガジン社と恒文社社長で旧制小千谷中卒業者、池田恒雄氏と知り合う。きっかけは昭和三七年が旧小千谷中学校の創立六〇周年に当たり、小千谷中教師でもあった目崎徳衛氏が池田氏の依頼により『小千谷高等学校六拾年史』を執筆、同僚として交遊があった平井程一の活動に言及したことであった。池田氏は中学在学時代に八雲の作品を原書で読み、以来ずっと八雲の愛読者であったことから、程一が教鞭をとったことに関心をもった。そこで急きょ、西脇順三郎と程一を記念講演者の候補に挙げ、程一を八方捜索したところ、千葉の田舎に寓居していたところをようやく見つけ出したという。程一はその時期、「田舎にひっそり侘び住いして、怪奇小説の翻訳などして糊口を凌いでいた」が、小千谷との縁がふたたびできたことを喜び、講演の依頼を享けた。現地で久しぶりに旧小千谷中の教え子と再会している。この出会いにより、池田は『平井呈一全訳小泉八雲作品集』を世に出し、第四回日本翻訳文化賞を受賞することとなる。出版社の社長であった池田氏との出会いがなければ、八雲翻訳者・平井呈一は誕生していなかったであろう。池田が書いた程一への初書簡によると、池田の会社に雇用されていた元教え子たちの橋渡しも大きかったようだ。平井年譜として重要事項であるゆえ、池田氏が最初に程一に送った手紙の全文を示す。

「(六月十九日)謹啓　お手紙拝受いたし、まことに感激にたえません。先生のことは岩波書店の吉野源三郎氏外多くの友人よりお聞きいたしておりました。というのは、私は早大で英文学をやり、とくにハーンに就いて小千谷中学の三年頃より興味を持ち、今日に至っております。昨年はわざわざ日本海テレビの招待で松江へ参りましたが、これもハーンの旧居その他を見る機会と思い、出かけました。したがって、先生はスポーツにご趣味はないようですが、岩波文庫のハーンの訳文等により、先生を身近に、私は感じておったのです。しかも、先生が私の愛する母校におられたということを知り、私はいつかお目にかかれれば、と思っておりました。それは、ハーンと小千谷というものが、私に先生の名前を胸の中にきざみ込んでおるからです。もう一つ、私の社の編集部長木部茂君が先生の教えを受けたものです。木部君の同級生の上村慎吾君は外語大を出て富士銀行へ入り、ロンドン支店に参年ばかりおりました。昨年帰国し、四月二一日に結婚いたし、お嫁さんは同じ小千谷高校を出た、ご承知かと思いますが、富士銀行頭取金子鋭(小千谷第十一回卒、東京同窓会会長)の弟さんの長女で、先輩の命により私が仲人をやらされました。この二人の先生の教え子は、まことに抜群のパーソナリテーを持っておりまして、私はひそかに先生に敬意を払っておりました。学校時代の話になりますと、必ず先生の名前が出て、雪掘りに行ったことや、その他のことを楽しそうに語るのです。もし先生にお暇がありましたら二三日にでも東京へお出かけになられないでしょうか。宿はこちらで心配いたし、ご迷惑はおかけいたしませんが、これらの教え子にも会っていただければ幸と存じます。又、私もお目にかかりたく存じますのは、私はベースボール・マガジン社の外に恒文社という出版社をやっておりまして、使いのものが持参いたしましたような翻訳本を初め、色々なものを出しております。もし、先生のお仕事に役に立つようなものがあれば、遠慮なく申しつけていただきたく、その意味でもぜひ御目にかかりたく思っております。突然妙な手紙を書きましたが、おゆるしのほどお願い申します。先ずはお願いまで……。　拝眉の機会を楽しみにいたしております。

池田恒雄

平井先生　　御机下」

右の手紙によれば、池田社長はわざわざ恒文社の出版物を遣いに持たせて千葉へ行かせたようだ。ハーンの平井呈一個人全訳の企画は、池田社長が積極的に提案したことがあきらかである。

四月一日、「もう一人のシャーロック・ホームズ」と題したエッセイを探偵小説雑誌『宝石』（岩谷書店、第一七巻五号）に発表。オーガスト・ダーレスの「ソラー・ポンズ」シリーズはじめ、ホームズを模倣した作品を論じている。呈一名義。

五月二十七日、編者（このとき中学三年生）が、程一に最初のファン・レターを出し、返書を得る。この手紙のなかで、程一は、「こんど東都書房という出版社からでる「世界推理小説大系」という叢書の別冊に、「世界恐怖小説篇」というものが出ます。英米の作品は私が系統的に訳すことになるはずで、もっともこれは来年（昭和三八年）のことになるかもしれません」と書いた。このとき恐怖小説の名作選が構想されていたわけだが、東都書房の別冊はついに刊行されなかった。どんな事情が発生したゆえか、つまびらかにしない。

一一月八日、新潟県立小千谷高等学校六〇周年記念事業期成会が『小千谷高等学校六拾年史』を発行（非売品）。執筆は程一と同時代の教師仲間であった目崎徳衛が執筆した。その第六章は〈戦中戦後の「学徒」〉と題され、「新しいものの芽生え」という一章に異色の疎開教師平井程一の事績をはじめて公にした。極めて貴重な記録であるが、程一のかかわりで残念な誤記があるので、本書昭和二一年の項目を参照のこと。

一九六三年（昭和三八）（六一歳）　千葉県君津郡大佐和町小久保（年末近くに同町内の「海老田」地区へ移転）

九月頃、紀田順一郎・大伴昌司の両氏が千葉の平井邸を訪問、企画中であった「恐怖文学セミナー」機関誌『THE HORROR』の顧問就任を要請するためだった。程一はこれを快諾、いくつかの翻訳も担当することになった。このとき両氏が訪ねた平井邸は、時期的に見て、山あいの海老田へ移転する前、海岸に近かった街なかの大佐和町小久保であったようだ。

紀田順一郎氏私信によれば、「大伴と私が訪問したのは、小久保の旧宅で、書簡の住所にもそのように記されていました。間もなく海老田となったので、移転されたと解釈した記憶があります。荒俣さんや菅原さんが訪問されたのは、海老田のほうでしょう。（中略）小久保のほうは八畳の居間兼書斎に書棚はなく、先生が隣りの部屋から一冊一冊蔵書を運んでこられたことを記憶しています」とある。したがって、大佐和町小久保にあった平井邸を知る人は、現在、紀田順一郎氏だけである。

この年（早くとも秋以降）、一二年間暮らした大佐和町小久保が街の中心になってしまい環境が悪化したため、同じ町内だが字「海老田」という奥まった地区に移転した。建物は小久保の田舎家をそのまま移築し、そこにあらたに書斎を建て増しした（木島家より聴取）。海老田の家は当時近辺に一七軒（一六軒ともいう）しかない閑静な地区で、タクシーで行くにも「海老田の豚小屋の上の平井」で通用した。

ヴァン・ダイン『僧正殺人事件』、J・ディクスン・カー『黒死荘の殺人』（どちらも東都書房刊）。平井呈一名義。

一二月二〇日、文庫版『吸血鬼ドラキュラ』（創元推理文庫、旧「大ロマン全集」収録の『魔人ドラキュラ』改題、テキストはまだ完訳ではない）刊行。

一二月、程一を顧問に据えた怪奇小説専門同人誌『THE HORROR』創刊号が刊行される。しかし資金難と同人の考えにも差が生じ、惜しくも四号、別冊一巻を世に出したあと、昭和四〇年一二月をもって休刊。

一九六四年（昭和三九）　（六二歳）　千葉県君津郡大佐和町海老田

平井呈一個人全訳版八雲全集の実現

前年の末近くに同じ町内の「海老田」地区に、家ごと移転し、以後この世を去るまでここに住んだ。ここは買い物には不便だが、山に囲まれ、半農の一七軒の家が点在している静かなところで、程一はわざわざ小久保にあった家を解体し、そのまま海老田に移築している。

この田舎家は終の棲家となったが、大貫駅からタクシーで一五分くらい、畑の中を走る小路で下車し、小さな坂道を徒歩でのぼった「豚小屋」の上にあった。入口から中へはいると旧式の土間があり、かまちを上って囲炉裏が切られた大きな部屋、その先に書斎があった。後年、程一の翻訳を出版した牧神社社長菅原孝雄氏が、書斎の様子を『本の透視図――その過去と未来』（平成二四年、国書刊行会）で次のように語っている。「書斎は、北向きと西向きに大きな窓の開いた八畳ほどの部屋だった、中央に木造の古式な机をどんと据え、右側の壁には近所の素人に即製させた木地板の儘の書斎があり、洋書も和書も怪談に関係するものが並んでいた」と。編者も翌春にこのお宅にうかがい、書斎の窓から見える裏山一帯に咲く菜の花のすばらしい眺め、かやぶき屋根の鄙びた田舎家の侘びたたたずまいを記憶している。しかし海老田地区も移住して八年すると富津、大佐和、天羽の三町が合併し、富津市となる。吉田ふみによれば、市制がしかれて公民館が建ち、程一は名前だけの発起人にさせられたりした。何べんも文化講演を頼まれたがとうとう引き受けなかった。土地の文化人と付き合うより、漁師や農家の人達の話を聞くほうがよほど楽しかったからだという。

二月、約一〇年ぶりに小泉家に書信を送る。かつて挫折し、迷惑をかけた八雲全集に代わり、恒文社で『全訳小泉八雲作品集』刊行が実現の運びとなったことを報告した。

この書簡は、昭和三九年一月一九日付で小泉一雄に宛てられたもので、先に昭和三七年の項目で引用した恒文社社長池田恒雄の手紙に答える内容をふくんでおり、全文を引用する。

「新年の御慶びを申し上げます。十年のご無沙汰をまず以てお詫び申し上げます。前回の全集の結果不首尾についてわたくしの責任を深く感じ、すべてわたくしの不徳に帰するものと思い、釈明その他一切の弁解を捨てて緘黙自粛することがせめてものお詫びのしるしになると信じて今日に至りました。書店の横暴と無資力、大学教授の違背と不誠実に対する憤懣をいまさらここへ持ちだしても仕方ありません。ただ、御尊堂のお怒りと、わたくしに対する不信譴責の咎を平身低頭して甘受するのみであります。わたくしのような強情なひねくれものの孤立者は、とてもああいう連中とはいっしょに仕事のできないことがはっきり分りました。同調のできなかったことはわたくしの不徳ですが、自分では静かに脱退したつもりで、この決意は堅いものがありました。その後一〇年、時世の波で、自分の好きなGhost Storiesの翻訳などでお茶を濁しながら、コツコツひとりで素心財を成就することに努めてまいりました。一〇年を経過して、お面をかぶったつもりで新年早々こんなお手紙を差し上げるのは、じつはそれが酬いられて、ようやく理解ある人の手によって日の目を見ることになったからでありま す。その次第を申し上げます。

「全訳小泉八雲作品集と題し、アメリカ版旧全集に基き、評伝一巻を含めて一二巻にまとめ、わたくしの単独訳でございます。書簡は除きました。（これはいずれ「チェンバレン―ハーン往復書簡」を訳して、出すつもりでおります）その他講義類、文学論ものぞきました。要するに、著者生前に出版されたもの、或いは校了になったものに限りました。新聞記者時代のものも、旧アメリカ版の writings 収録のものだけに限りました。基本的な作品集としてはわたくしはそれで充分だと思いましたので。簡単な内訳は同封の表をごらん下さいまし。

「さて、出版元でありますが、これはまことに奇遇でありまして、わたくしはご先考の霊がそこに何か働きかけているような心持がしております。戦争中わたくしが新潟県の小千谷に疎開したことは、たしか前にも申し上げたと存じますが、版元はわたくしが食い詰めて奉職した県立小千谷中学校の古い出身者で、目下ベースボール・マガジン社を経営している池田恒雄という人なのです。去年の夏、突然一面識もない池田氏から使者がきて、わたくしに小千谷の高等学校（中学校が高等学校になったのです）へ講演に行ってくれという招致があり、わたくしも十年ぶりで小千谷へ行くことに食指が動き、招きに応じて小千谷へ行ってまいりました。それが縁で池田氏と懇意になり、いろいろ話の末、中学時代に図書室から、怪談、骨董、日本幣見記、心などの初版本を借りて読んだのが病みつきで Hearniyana になり、いまでも古本屋にハーンの初版本が来れば何冊でも買っておくというほどの愛好家で、わたくしの翻訳なども恭いくらい愛読してくれていて、ぜひ自分のところで、あなたの好きな通りの、気のすむようなハーンの全集をあなたひとりの訳で出さしてくれという、夢のような提言をしてくれましたので、どうにか訳稿もほぼまとまっていましたので、感激してお受けしたようなわけなのであります。スポーツ屋じゃ困るといったら、いや、ほかに恒文社という出版社も社内で経営しているから、というので、それならということにしたのであります。

「四月から配本の予定で、今月末か二月上旬には内容見本が出る手筈になっております。企画はすべてわたくしの提案をいれてくれ、題簽《だいせん》も烏滸《おこ》がましいとは思いましたが、わたくしが禿筆《とくひつ》を揮い、造本、その他、内容はもちろんのこと、解説、参考資料など、わたくしに能うかぎりのことはしてみたつもりでおります。

「只今内容見本の内容解説を執筆しております。推薦者は、前東大学長の茅誠司、小林秀雄、山本健吉、川端康成、福原麟太郎の諸氏にお願いしております。だいぶわたくしの色彩が濃厚すぎてどうかと思い、忸怩たるものがありますが、世界にこういうハーンの作品集が一つぐらいあってもいいじゃないかと思っています。わたくしはどこまでも孤立者で、従来のハーン関係の諸先輩へは全然わたりをつけないことにしました。前回で懲りましたから。それよりも一人でも多く若い人達に読んでもらいたい、それだけが念願です。

「以上ご報告だけ申し上げました。これが完成した上で前回の折の不始末に対するお怒りがもし解けて頂ければ、わたくしは以て瞑します。それがもし叶わなくても、それは何とも致し方がありません。ひたすら謹慎をつづけるのみであります。終りにのぞんで奥さま、時さまによろしくお詫びをお伝え頂きたいと存じます。　九拝」

上の手紙を読むにつけ、程一が前回の企画失敗の責任をどれほど感じていたかを痛感する。約一年半のあいだ原稿を綴り、出版準備が完了するのを見届けるまで、小泉家にこの話を報告できなかったのは、こんどこそ八雲の作品集を長男一雄に手渡したいという一途な思いがあったからだろう。

六月、平井呈一全訳『小泉八雲作品集』全一二巻（恒文社、ただし一二巻の予定だったが小泉八雲伝は別内容に差し替えられて別巻となり、結局は刊行されなかった。）刊行開始（昭和四二年完結）。第一回配本は第一〇巻『骨董・怪談・天の川綺譚』（昭和三九年六月二〇日刊）。

以下、各巻内容については別に収録した程一執筆になる内容見本も参照のこと。内容見本作成時とは異なる邦題もある。参考までに初版各巻の発行日（一部内容見本と変更もあり）もまとめて示す。

第一巻　印象派作家日記抄・クリーオール小品集・中国怪談集（第九回配本）昭和四〇年一一月二〇日刊行
第二巻　飛花落葉集・きまぐれ草（第八回配本）昭和四〇年四月二〇日刊行
第三巻　真夏の熱帯行・マルティニーク小品集（第一〇回配本）昭和四一年三月二〇日刊行
第四巻　仏領西インドの二年間（承前）・チタ・ユーマ（第一一回配本）昭和四二年一月二〇日刊行
第五巻　日本瞥見記（上）（第二回配本）昭和三九年七月二〇日刊行
第六巻　日本瞥見記（下）（第三回配本）昭和三九年八月二〇日刊行
第七巻　東の国から・心（第四回配本）昭和三九年九月二〇日刊行
第八巻　仏の畑の落穂・異国風物と回想（第五回配本）昭和三九年一〇月二〇日刊行
第九巻　霊の日本・明暗・日本雑記（第七回配本）昭和三九年一二月二〇日刊行
第一〇巻　骨董・怪談・天の川綺譚（第一回配本）昭和三九年六月二〇日刊行
第一一巻　日本――一つの試論（第六回配本）昭和三九年一一月二〇日刊行
第一二巻　小泉八雲伝（第一二回配本）予定変更、内容は下のようになり、小泉八雲伝は別巻となった。

変更後第一二巻　思い出の記・父「八雲」を想う（第一二回配本）昭和四二年一一月二〇日刊行

別巻　小泉八雲伝（第一三回配本）刊行されなかった

なお、この年には続巻として、第五巻『日本瞥見記（上）』（第二回配本）、第六巻『日本瞥見記（下）』（第三回配本）、第七巻『東の国から・心』（第四回配本）、第八巻『仏の畑の落穂・異国風物と回想』（第五回配本）、第一一巻『日本――一つの試論』（第六回配本）、第九巻『霊の日本・明暗・日本雑記』（第七回配本）まで、矢継ぎ早に七冊を刊行する。

五月、佐藤春夫死去、七二歳。五月一一日付けの手紙で八雲の長男小泉一雄氏が佐藤春夫急逝の驚きを程一に書き送っている。「病気らしい病気もされなかったのに、『幸いにして……』の一語を最後に録音中に御急逝とは、実に驚きました。百歳近く迄も長生きなさる御仁と信じておりましたのに……」

この年、恒文社社長、池田恒雄氏、旧小千谷中学で程一に演劇指導をうけ倉田百三作『俊寛』の主役を演じた堀澤祖門師（京都大原三千院門跡第六二世門主）と初対面。小千谷中に学んだ間柄として親交を結んだ。祖門師は、池田氏が後輩に対して示した「無類の後輩思い」ぶりに感服されたという。池田氏は祖門師の著書『君は仏、私も仏』を社主最後の仕事として出版するが、同書のあとがきに、堀澤・池田・平井三氏が会する場が用意され、懐旧談に花が咲いたことが報告されている。

一九六五年（昭和四〇）　（六三歳）　千葉県君津郡大佐和町海老田

八雲作品の刊行は、この年、第一巻『印象派作家日記抄・クリーオール小品集・中国怪談集』（第九回配本）、第二巻『飛花落葉集・きまぐれ草』（第八回配本）の二冊を刊行。

一二月一四日、程一、恒文社社長池田恒雄氏に書簡を送る。内容は、進行中の『全訳小泉八雲作品集』の翻訳について、八雲長男の一雄が急死したあと訳文の精査と改善指導を自ら手がけてくれた池田への感謝と、小泉家での遺産相続のことで助言を惜しまなかった件への謝意を綴っている。同時に、年越しのため物入りの程一が、毎月支払われている印税を倍額にする要望を、「この年を越すに越されぬ飛鳥川　此の下の句はそちら次第よ」というしゃれた句で伝えている。同書簡は額装されて池田記念美術館に展示されている。八雲会で出されている機関誌『ヘルン』（第五号、二〇一八）に、この書簡を紹介した丹沢栄一氏の文「平井呈一の池田恒雄宛書簡について」がある。なお、同館には小泉家に残された程一の書簡が譲渡されており、池田恒雄氏が刊行した恒文社版『全訳小泉八雲作品集』の成立経緯を伝える貴重資料になっている。

九月一六日、岩波文庫版『怪談』第二七刷改版刊行。訳文が古くなったので、目下刊行中の恒文社版から現代語訳を転用。程一は「しばらくの間、これが決定訳となることと思います」と解説で明言した。

この頃、『無花果句会』にて自撰俳句集を編んだ模様だが未刊。最終的には「自撰句集」「無花果句集」「平亭基水遺稿」と三集になり、昭和六一年に『平井呈一句集』に収録された。

四月二九日、小泉八雲の長男で程一の畏友であった小泉一雄死去。

七月、紀田順一郎氏ほか二名主宰「恐怖文学セミナー」が『THE HORROR』別冊『SFの手帖』（ほぼ大伴昌司の企画・編集による）を発行したのち休刊。クラブ名と誌名は大伴氏の管理となった。紀田氏によればSFとの線引きに関し同人間の方向性が一致しなくなったことが理由という。

この年、狭青一家が夫・眞一の転勤により湯島から小平市へ移転。

一九六六年（昭和四一）（六四歳）　千葉県君津郡大佐和町海老田

三月二〇日、『全訳小泉八雲作品集』第三巻『真夏の熱帯行・マルティニーク小品集』（第一〇回配本）刊行。

七月、程一、大網の塩原温泉仙郷荘に逗留、文筆に精を出す。おそらくは八雲作品集のための翻訳であろう。ふみに宛てた葉書によれば、宿に客はおらず、親族の婦人（伯母?）が炊事を担当、程一は皿洗いを担当しながらのんびりと仕事をこなした。

一九六七年（昭和四二）（六五歳）　千葉県君津郡大佐和町海老田

この年、『全訳小泉八雲作品集』の翻訳は、第四巻『仏領西インドの二年間（承前）・チタ・ユーマ』（第一一回配本）、変更後第一二巻『思い出の記・父「八雲」を想う』（第一二回配本）を刊行、昭和四二年一一月二〇日に全一二巻を発行完了した。別巻に回った『小泉八雲伝』だけは刊行されなかった。
一一月一一日、『全訳小泉八雲作品集』刊行により、第四回日本翻訳文化賞を受賞。
一二月一二日、恒文社の関連会社であるベースボール・マガジン社が破綻し、更生会社になったため、関連の恒文社も事実上、印税など支払い停止状態となる。

一九六八年（昭和四三）　（六六歳）　千葉県君津郡大佐和町海老田

七月初旬、文藝春秋社に持ち込んでいた書き下ろし自伝『明治の末っ子』について、内容が古く若い読者に受け入れられにくいとの理由で、出版を断る書簡が到着（七月一日付、文春、藤井恭一氏署名）。なお『明治の末っ子』原稿は現在所在不明。この著作が再発見できれば、程一の青年時代まではその生活が明らかになるはずである。編者も紀田順一郎氏も、その現物を昭和四四年に実際に手に取っただけに、副本などを作成しなかったことが何としても悔やまれる。

九月一八日、恒文社の取り扱い法律事務所から連絡あり、恒文社に手許金が二一〇〇万円ほど残ったので、そのうち今後の運転資金五〇〇万円を留保した残金を債権者に分配するとの報告。程一は八雲作品集印税分（第一〇巻再版五〇〇部）に対する未払いが九万円あった。

大正時代に編集を務めた『季刊・日本橋』の発行人、二村進氏より書簡。二村氏は浜町時代からの友人であるらしく、長い交流が続いている。書簡の内容は、病を得ていた二村氏が回復した報せ。

八月一〇日、東京で戦後初となる怪奇小説ファンの集いが、SFファンの交歓会「一の日会」会場として有名な渋谷区の喫茶店「カスミ」で開催された。程一も大家として招かれ、同人誌『リトル・ウイアード』同人（荒俣宏、竹上昭）と早稲田ミステリ・クラブ（大塚勘治、米内孝夫、下山均、鏡明、瀬戸川猛資）の合計八名出席。午後四時前、若者が集うアベック喫茶としても知られたカスミに、白髪、浴衣がけの程一が雨にもかかわらず千葉から真っ先に到着した。まさに時代がコリン・ウィルソンの評論『夢見る力』の出版などにより欧米怪奇文学を注目しだした時期であり、程一および紀田順一郎氏も一〇巻をめざす怪奇全集を企画中であった。集いは午後四時から九時に及び、店から「一の日会は毎月一の日じゃなかったんですか？」と訊かれたほど盛り上がった。「（平井先生より）近々実現するであろう新怪奇全集の発刊に当っても、若い力が必要である点で全員の認識が一致した」のだが、この会は一回のみ開催で止んだ。

一九六九年（昭和四四）　（六七歳）　千葉県君津郡大佐和町海老田

七月ごろ、『推理界』八月号（第三巻第五号）に「真夜中の檻」が再掲載さる。程一の創作怪奇小説が評価された唯一の事例である。

『怪談　ホーム・スクール版』（偕成社『日本の名作文学五』）刊行。

一一月八日、旧小千谷中学第四〇、四一回卒業生同窓会に出席のため、小千谷へ旅行。教え子たちとの交流が非常に密となる。教え子側の窓口は、地元老舗乾物店の当主となっていた佐藤順一氏であり、俳句倶楽部も結成された。

「世界恐怖小説全集」を文庫本向けに再編した『怪奇小説傑作集』(全五巻)、創元推理文庫にて刊行開始。海外の怪奇小説名作アンソロジーとして好評を博し、平井呈一の名が新しい読者に知られるようになった。活字を一新した新版が平成一八年に刊行されるまで、六三版も増刷された。

紀田順一郎企画編纂による「怪奇幻想の文学」全四巻(新人物往来社)の刊行開始。程一は主軸翻訳家として参加。

一九七〇年(昭和四五)　(六八歳)　千葉県君津郡大佐和町海老田

三月中旬、荒俣(編者)、海老田の新しい程一邸を訪問。大貫駅で下車、タクシーを呼び、小久保の平井で豚小屋の上といえばわかると教えられ、無事到着。程一と吉田ふみに迎えられた。洋書が積まれた書斎の窓から、斜面を埋めて広がる菜の花を程一と一緒に眺めたことがもっとも記憶に残った。

一〇月二〇日、筑摩書房「明治文学全集」第四八巻に、中野好夫編『小泉八雲集』がはいる。程一は試案の段階から作品選択と構成を行い、翻訳も程一が物した。小泉節の随筆「思い出の記」も加えている。また、翻訳、解題、年譜、参考文献(おそらく本文校正も)も程一の仕事であった。しかし、出版社から刊行された本の表紙には中野好夫が編者に挙げられた(程一による企画書が現存)。中野は本書扉に編者として自分の名を掲げたが、本文には「解題の共著者」としてわずか一ページ、「はじめに」を記したにすぎない。

中野はその序文を「断り」という一語から書き出し、以下にこう綴っている。

「断り——戦後まもなく、わたし自身も「小泉八雲——一つの試論」と題する一文を書いたことはある。そのことが本巻編者たることを持ち込まれる直接機縁の一つだったろうとは思うが、率直に言って、現在のわたしに八雲研究家などと名乗る自信はない。ただ幸いなことに、数年前平井呈一氏訳業の『全訳　小泉八雲作品集』一二巻（恒文社刊行）が、別巻「小泉八雲傳」を除いて、見事に完成されたことを知っていた。平井氏とは従来多少の旧知関係もある上に、現存する八雲研究家諸氏の中にあって、氏がもっとも傑れたよき理解者であり、また訳業全般についても、もっとも卓越した翻訳者であることを、よく承知していた。そこで、もし平井氏の協力がえられるならということを条件に、應諾したわけであった。幸いにそれがえられて成ったのが本巻である。

「そんなわけで、編集プランの最初から平井氏の構想を基礎にした。わたしも英文学関係など多少の意見を述べたが、収録作品の選擇をはじめ、ほとんど全く平井氏の提案に拠ったといってよい。鵜呑みではない。きわめて妥当だと信じたからである。云々」

中野氏自身もほぼすべてが程一の仕事と認めているが、版元の筑摩書房は荷風の『来訪者』を出版した手前と、かつてみすず書房で企画された『小泉八雲全集』（中絶）の一件が災いして、程一の名を表に出すことができなかったと思われる。程一にとっては残念な結果であったと思う。

なお興味深いことに、筑摩書房の『小泉八雲集』月報には、かつて挫折したみすず書房『小泉八雲全集』の編者にも名を連ねた西崎一郎が寄稿しており、八雲の女性関係について論じている。

『怪奇幻想の文学』第三巻に『オトラント城綺譚』を訳出。呈一名義で初出。現代語訳である。『怪奇クラブ』、『吸血鬼カーミラ』の二冊が創元推理文庫へ再録。

一九七一年（昭和四六）（六九歳）　千葉県富津市小久保一六四

この年、富津、大佐和、天羽の三町が合併し、富津市となり、住所も富津市小久保一六四に代わる。市制がしかれて公民館が建ち、程一は名前だけの発起人にさせられるなど名士になったが、文化講演への出講はついに引き受けなかった。地元文化人に祭り上げられるのを嫌う程一には、千葉の暮らしも穏やかでなくなったようだ。

しかし、たまたまこの年四月、国鉄が上越新幹線の工事着工を決定、公表した。程一は小千谷への移住を含めた住み替えを思案するようになった模様。東京から新潟を四時間かからずに結ぶ新幹線計画を知った程一は、千葉周辺の環境が都市化することに反対していたので、小千谷への移住を考え始めた。

三月、程一、インフルエンザ感染、体調不良となる。二女瑛子に四五年分確定申告の記入を依頼するかたわら、「今年度からチャールズ・ディケンズという大物にかかる決意を固めたのに、そんな訳でさっぱり仕事ができず、弱っています。この大仕事は私の命取りになると思うが、ほかのやつには出来ない仕事ゆえ、何とか完成したいと思っています」と書き添えている。この「まぼろしのディケンズ翻訳」は実現されなかったが、資料として大量にディケンズ研究書を購入した記録が残されている。

七月、『思潮』一九七一年夏号（第二巻第五号、思潮社）に自伝的エッセイ「私の履歴書　英米の怪異小説を中心に」を寄稿。編集を担当した菅原孝雄と意気投合する。菅原は昭和四八年に思潮社を辞め、「牧神社」を興し、程一の作品を出版する。

一一月、『国語教室』誌に「教師としての小泉八雲」を寄稿。呈一名義。

この年四月一六日、程一が一五年まえに訳した名作『魔人ドラキュラ』（短縮版）の完訳が成り、『吸血鬼ドラキュラ』と改題し、文庫版で東京創元社より刊行。創元推理文庫の「怪奇・冒険」区分（猫マーク）が新設された翌年の昭和四五年に新卒入社した戸川安宣氏によれば、程一からの連絡で、近々他社より完訳版が刊行されるという情報を聞いたので自分の抄訳版を完訳と差し替えたいとの申し入れがあり、差し替え作業を担当したという。「四〇〇字詰の原稿用紙に極太の万年筆でお書きになっていて、実に惚れ惚れするような、筆書きであれば墨痕淋漓という言葉がぴったりの筆跡でした。（中略）で、翻訳の原稿の割り付けをして、英語の辞書より日本語の字引を引くという。随分日本語の勉強をさせてもらいました。翻訳で「梨園」なんて言葉には然々お目にかかりませんよね。何か所かお尋ねしたいところがあって電話をすると、原書を見てくださって『何版の何頁にこうあって、だからその訳文で間違いがない』というように、きちんと原文と対照されて応えられたのが非常に印象的でした」と。戸川氏はまた、ドラキュラ初翻訳の担当者だった厚木淳氏が、あまり程一の訳文を買っていなかったと述べ、創元推理文庫が創刊されてからはヘンリ・セシルとかミステリの翻訳を依頼しても、その出来に不満だったと語っている（東雅夫×下楠昌哉対談「幻想と怪奇の匠・平井呈一の足跡を追って」春風社、二〇一六年刊『幻想と怪奇の英文学Ⅱ』所収）

聞くところでは、この時期の海外文学翻訳の主流は原文から離れた訳文を嫌い、日本語としての読みごたえでなく語学的に正確を期するという点に厳格さが求められていた。したがって、日本語としての流れを大切にする程一の訳文は学術的には評価されず、ラフカディオ・ハーンにしても平井訳に対抗する別人の新訳が刊行されるようになった。厚木氏の発言もそのような翻訳文の評価傾向を背景としたものだったかもしれない。いっぽう、現在は程一訳を愛読する読者も若い層を含めて数を増している。平成三〇年には文庫版四九刷に達している。この現象についても、戸川氏は対談で、「……それで思い出すのが、都筑道夫さんが早川書房で『幻想と怪奇』を編んだとき、岡本綺堂訳で読んだ短編が忘れられなくて、原文と照らし合わせたところ大分違う。仕方ないから新訳したら、語学的に間違いはなくなったのに、ちっとも怖くない。神奈川近代文学館でハーン展をやったとき、展示に使う訳文をどうしようか、学芸員の人が大分悩んだようですが、結局は平井訳に落ち着いたようですね」と、出版人の立場から語っている。

五月、和田芳恵「永井荷風」が『太陽』九巻六号に掲載される。主役は猪場毅であり、当時の文壇の裏で蠢いた貧困にあえぐ無名作家や編集者たちの暗い側面を暴く。程一の偽筆や『四畳半襖の下張』問題にも言及。なお、和田は猪場の奇怪な生活ぶりを背徳の色合いをもって綴り、昭和五三年には著書『作家のうしろ姿』(毎日新聞社刊)にも永井荷風周辺を去来した猪場毅らの「負の側面」を描いている。編者は程一からのかかわりであるが、猪場についても「負でない側面」が掘りだされるべきではないかと考える。

一九七二年（昭和四七）　（七〇歳）　千葉県富津市小久保一六四

九月一五日、『世界推理小説大系　月報第六号』（講談社、昭和四七年九月一五日刊）にエッセイ「翻訳よもやま話」を寄稿（本書所収）。ここで呈一は翻訳家を「演奏家」にたとえた。明治以来の作家のなかで、わたしは鷗外、敏、荷風を翻訳の三神と仰いでいると言いつつ、「ラフカディオ・ハーン訳のゴーチェの作品を原作と照らし合わせて見て、じつにたくさんのことを教えられた。ハーンは若いころ、文学の翻訳について次のような意味のことを言っている。『自分の傾倒する作家の作品を、人手に触れさせずに、自分の手で確かめて自分のものにしたいから、自分は翻訳をするのだ』と。すべての文学の翻訳は、純粋にはここから出発するものとわたしは確信している」と。程一の翻訳哲学であった。

講談社「世界推理小説大系」中の第一〇巻『黒死荘殺人事件』を翻訳、同叢書中の第八巻エラリー・クイーン編も翻訳を担当した。

『ディレムマその他』および『おとらんと城綺譚　擬古文訳版』（三月三一日刊、思潮社）を刊行。『オトラント城』の擬古文訳は程一以外には書けぬ江戸文学の薫香を漂わせる労作であり、美しい限定版も製作された。解説なし。由良君美氏が「ほるぷ新聞」（昭和四七年九月一五日付）に「江戸文学者と洋学者の面影　平井呈一の人と文学を語る」を寄稿、この訳文の第一ページをそのまま紹介し、「翻訳芸術の奥の院」と絶賛した。

『少年少女世界恐怖小説』監修。

一〇月一四日、紀田順一郎氏より程一に病気見舞いの葉書。回復を祈るという文面にくわえ、怪奇幻想小説専門の雑誌（のち『幻想と怪奇』の題名で実現）を創刊するという話があるが、平井先生御病気のため創刊号はこちらで何とかするとの連絡。近々創刊号の目次案をお見せできると報告がなされた。

六月八日、かねて懇意の早稲田・進省堂書店の店主大国至宏氏より、程一が探求していたカーリオン版アーサー・マッケン作品集原書の入荷が知らされた。程一は即座に購入。価格はポイスの原書二冊を合計して一〇万二五〇〇円だった。マッケン作品集単体では一〇万円であったと思われ、大金である。しかし、この入手により牧神社で『アーサー・マッケン作品集成』を刊行する夢が実現することになる。しかも、この刊行が翌昭和四八年九月から行われており、その速さに驚かされる。

一九七三年（昭和四八）　（七一歳）　千葉県富津市小久保一六四

九月一五日、『アーサー・マッケン作品集成』（全六巻）（牧神社）刊行開始。

第Ⅰ巻～第Ⅵ巻をすべて一人訳により翻訳出版する企画だった。程一が入手したカーリオン版『アーサー・マッケン作品集』を底本にした翻訳集成だが、全巻解説を通読すると、程一がなぜマッケンを溺愛したか、その謎が読み解ける。ハーンの作品集とならび、程一が夢見た熱愛する作家の個人全訳が実現されることになった。

版元を引き受けたのは、思潮社の雑誌『思潮』の編集長として幻想文学に関心を寄せた菅原孝雄（筆名に菅原貴緒を用いることもあった）であり、氏は同社を辞して新たに出版社「牧神社」を設立した。程一の書籍が牧神社から多数刊行されることになる。

「世界推理小説大系」第七巻ヴァン・ダイン、シムノン編の『僧正殺人事件』翻訳。呈一名義。（以下、亡くなるまで呈一以外の筆名は使用しなかったので、以後は名義情報省略）

四月、紀田・荒俣責任編集による幻想怪奇文学専門雑誌『幻想と怪奇』発刊。程一はマッケン翻訳に多忙であるため、顧問格で後方支援にあたった。

編者の記憶では、この年（あるいはその数年前）、東京で程一と面談した折、上越新幹線が開業するタイミングで小千谷への移住を決意した旨を知らされた。終の住みかとするつもりなので、東京を引き上げるが、新幹線で四時間もあれば来られるから、いずれは小千谷に遊びにくるように、と打ち明けられた。しかしそれ以後、この話は一切聞かれなくなる。小千谷での取材によれば、程一が教え子の佐藤順一氏に家の新築を依頼したことが原因で一時不仲になり、立ち消えになったという。

一九七四年（昭和四九）　（七二歳）　富津市小久保一六四

編訳『こわい話・気味のわるい話』（牧神社）出版開始（一巻〜三巻までで中絶）。程一が読み重ねてきた欧米の怪奇小説のうち、M・R・ジェイムズ風な「一昔前を舞台に、淡々と逸話を語り、最後に一行だけでゾッとさせる名人芸」を集めた自選自訳の作品集。判型も四角いクオート版を選んだ。この選集を愛読した久世光彦氏は自著『ひと恋しくて　余白の多い住所録』において平井呈一を論じ、「私がこの三冊を好きなのは、いわゆる恐怖譚を、ことさら怖いぞと脅かさないで、童話か民話の本みたいな造りにしたことと、訳文が平明で重すぎないところである。（中略）考えてみれば、イギリスの怪奇小説やゴシック・ロマンについては、ほとんどこの人に教えられたようなものである。小泉八雲の研究者としても名高いし、よほど〈こわい話・気味のわるい話〉が好きだったのだろう。生きていらっしゃるうちに会いたかったと思う」と、書いている。

八月、『国文学』誌に「西欧の幽霊」を寄稿。

一九七五年（昭和五〇）（七三歳）　千葉県富津市小久保一六四

元思潮社で程一の本を編集していた菅原孝雄が、雑誌『牧神』を創刊、程一も寄稿した。

一月、『牧神』創刊号に生田耕作との対談「対談・恐怖小説夜話」掲載。

『オトラント城奇譚　現代語訳版』（三月三〇日発行。うち限定特別装六五部が九月九日発行、二万五千円）、および『アーサー・マッケン作品集成』第Ⅴ、第Ⅵ巻が牧神社で刊行され、シリーズ完結。

アーサー・マッケン作品集成　内容

Ⅰ　白魔（「パンの大神」「内奥の光」「輝く金字塔」「生活の欠片」含む）　昭和四八年刊。

Ⅱ　三人の詐欺師（「赤い手」を含む）　昭和四八年刊。

Ⅲ　恐怖（「弓兵・戦争伝説」「大いなる来復」を含む）昭和四八年刊。
Ⅳ　夢の丘　昭和四八年刊。
Ⅴ　秘めたる栄光　昭和五〇年刊。
Ⅵ　緑地帯（「沼の子供」「生命の樹」その他を含む）昭和五〇年刊。

八月、『牧神』第三号に「カンタヴィルの幽霊——汎観念論」翻訳と随想「西洋ひゅーどろ三夜噺」寄稿。
九月、俳句の会とおもわれる「三櫻会」が名簿を作成。会員に程一の名がみえる。この会の詳細は不詳。

菅原孝雄はその著『本の透視図——その過去と未来』（国書刊行会、二〇一二年一一月刊）で、平井程一の文体についてこう語っている、「生田（耕作）先生に上京をお願いして、平井、生田両氏の対談を山の上ホテルで行い、『牧神』第一号に掲載した。ふたりが翻訳の達人として共通していたからだが、意外なことにご両人のご実家が、料理や食べ物を扱うのをはじめて気づいた。ことばに対する細やかな、職人的な配慮は、なにかそんなことで共通していたのではないか」と。

一九七六年（昭和五一）　（七四歳）　千葉県富津市小久保一六四

程一、逝去
五月一四日夕刻、執筆中（ポリドリ作『吸血鬼』の訳稿を改稿中）に軽い心臓発作を発症し、即座に入院したが、その後は小康状態が続いた。しかし五月一九日の夜半に至り、第二の心臓発作を発症し、ついに帰らぬ人となった。一九七六年（昭和五一年）五月一九日、千葉県富津市小久保にて死去（本籍は最後まで東京都中央区日本橋浜町三丁目一番地だった）。数日後、富津市営火葬場で火葬にふされ、葬儀も行われた。戒名は慈教法程信士といい、旧小千谷中学で程一の指導を受けた現京都三千院門跡門主・堀澤祖門師による。小千谷時代の教え子、牧神社菅原孝雄、うさぎや当主、東京創元社の編集担当だった戸川安宣、国書刊行会の担当編集者・篠崎良子、および編者らが出席。

小千谷中学で教えを受けた佐藤順一の追悼文「平井呈一先生を偲ぶ」（『小千谷新聞』昭五五年五月三〇日号）に、「『葬式の花輪なんてパチンコ屋の開店みたいで、俺ぁやだよ』と笑っておられた先生のお顔が目に浮ぶ。『飛行機の上からパラパラ撒ゃいいんだ』その言葉は生粋の、最後の江戸っ子とも云える先生の面目を躍如として語っている」との文章がある。

また夏（おそらくは七月四日）には、東京の高輪にある吉田家菩提寺「光福寺」でも回向がおこなわれ（吉田ふみが喪主であったが、馬込の俳句同人であった山下信夫氏が事務を担当）、紀田氏と編者が出席した。なお、東京での回向は「故平井呈一七七忌法要」として行なわれ、これに献句も催された。無花果会の人々が献じた句が残されている。程一の日大中学時代の恩師井本健作氏の長男と思われる農一氏が、

　　逝く春とともに逝きたる故友かな

程一の単行本を編集してきた高藤馬山人氏が、

　　夏爐して和服の人を惜しみけり

程一遺品の保存に献身された稲村蓼花氏が、

連れ立ちて筍狩りに行きし日も

二代喜作の未亡人である谷口惠子氏が、

べらんめで少しおしゃれの薄羽織

吉田ふみの親戚である木上よし江氏が、

夕四葩《ゆうあじさい》あの日この日に主のなく

『平井呈一句集』の発行人となった新井米子氏が、

萩若葉たけて端居の人居らず

を献句。このとき披露された故平井呈一の句は、

来てみれば十夜寺とは余花の寺

田に一人また田に一人朝曇り

であった。

『こわい話・気味のわるい話』第三集刊行。この叢書の最後になった。

程一著書『小泉八雲入門』（古川書房）を出版。この著作は単行本としては程一最後の著書であり、吉田ふみによれば、亡くなる二日前に校正が仕上がったため、程一が目を通すことができなかったという。のち読者からの指摘を受けて、ふみがこの著作の訂正をおこなっている。

以下、菅原孝雄『本の透視図――その過去と未来』より。

葬儀の席で由良君美氏のエピソード。「(由良君美先生は) 暑い夏のさなか、片道二時間をかけて平井翁の葬儀に参列し、黒い正装に身を固めた姿で、広い寺の庭先に立ち尽くしていた。多くの参列者が、白い半袖のシャツに黒い腕章ですませていたのにである。自己紹介すると、わけのわからない『牧神社』の献花が、『岩波書店より大きいですな、痛快、痛快』と笑った。オーソリティに与しない反骨の人柄を表していた。当時のお話では、若いころから平井翁を尊敬し、師事していたらしい。ここにも同臭の間柄があり、珍しい書籍の借り貸しがあったようだ。ただ、貸したのは由良先生側だったろうと思われた。『ぼくが平井先生の弟子なら、君は孫弟子ですなあ』といわれた葬儀をきっかけにして、新たに密度の高い由良先生のご厚誼を受けることになる」

なお、程一の絶筆となった訳稿は、ポリドリ作『吸血鬼』の冒頭部分であり、浄書原稿であった。ほかに創作や翻訳などで未発表とおもわれる原稿類を吉田ふみが保存していた。残された作品は、本書に初めて収録される未発表小説「顔のない男」(「顔」という別タイトルかつ別バージョンもあり)。「奇妙な墜死」(別に「奇怪な墜死」と題する別バージョン二種あり)、「鍵」(同題名だが、名義の異なるバージョンあり) の三編以外に、W・サッカレー作、平井呈一訳『くろかみ珍譚 (当世女房かたぎ)』、チャールズ・ディケンズ作、平井呈一訳『オリヴァ・トウィスト』、T・F・ポイス作、平井呈一訳『左脚』などがあった。現在、神奈川県立神奈川近代文学館に保存されている。

七月、国書刊行会「ドラキュラ叢書」に『黒魔団』再録刊行。

ヴァン・ダイン作『僧正殺人事件』も講談社文庫に再録。

一〇月、紀田順一郎氏が探偵雑誌『幻影城』一〇月号（第二巻第一一号）に「追悼　平井呈一氏の思い出」を寄稿する。

大野茂男『荷風日記研究』（笠間書房）刊行さる。著者によれば、荷風日記にある程一への言及について「大体事実通り」との判定であったが、本年譜に見るように事実と大きく相違する。

一九七七年（昭和五二）

程一の墓所について

程一の遺骨は死亡後しばらくは吉田ふみと美代とで分骨の上、それぞれに埋葬したといわれていた。この伝聞にもとづき、編者は数年をかけて確認をおこなったところ、次のような情報を平成末頃までに得た。まず、ふみに渡された程一の骨は光福寺に埋葬された。もう一つの骨は、程一の娘たちの婚家となった木島・岩下両家、および平井家の合名墓所（千葉県大網白里の遠霑寺《おんでんじ》）に現在も眠っている。程一の長女・木島狭青が住まった近くの寺である。その際、狭青と同居していた程一の正妻・平井美代が程一の家族全員を合葬することに決め、程一の遺骨をここに納め、墓碑にも筆頭に程一の名を刻んだ。美代は、最後に程一を中心にして家族一緒に安眠できる墓所を希望したようだ。

また、吉田ふみ死亡のあと高輪光福寺にあった墓石（吉田家名義、墓碑に程一の名がある）と分骨は、まだ吉田家の墓に納められている。なお、程一死去のあと、平井家とふみの間は徐々に疎遠になった。

ちなみに、程一は亡くなるまで千葉の寓居に吉田ふみと暮らしたが、確定申告など公的な文書には、現住所をあくまで妻の美代が暮らす東京の住所を記しつづけている。美代は二女瑛子家族（秋田家）と同居、世田谷区舟橋町九七三番地　西経堂住宅公団一-四〇二号が住所だった。確定申告は程一からのメモにより、二女瑛子が書類を作成し、美代が税務署に提出していた。

一九七八年（昭和五三）

七月、吉田ふみ、程一が参加していた俳句の会「無花果会」（東京）に参加する。「私が俳句を作りはじめたのは平井が亡くなってあくる年の五十二年からである。地元の上総ホトトギス会に所属。いちぢく会には五十三年七月に入れていただいた。入門前から平井の嫂《あによめ》である惠子さんはじめ、東京在住の奥様方は存じ上げていたので句会は大変たのしみだった。なるべく出席したいと思いながら遠方であり、昨年は健康もそこねて欠席がちだったが、高藤先生初め諸先生方のあたたかいご指導で独りぐらしの老後をたのしく過している」（吉田文女「他郷に住みて」、『無花果』昭和六〇年九月三〇日、第一四号）。文中にでてくる兄嫁の惠子さんとは、兄・二代谷口喜作の未亡人であり、上野うさぎやとも親密な関係があったことを示している。

『古城物語』奢婆都叢書に再録。

一九七九年（昭和五四）

三月、程一旧蔵書のうち洋書などが競売にふされ、市場に還流する。牧神社社長菅原孝雄氏によれば、「一九七九年三月半ば、早稲田で（進省堂）古書店を開いていた大国さんから電話があった。（中略）神田の古書会館で平井翁蔵書（洋書）の競売が行われるという。同じ趣旨の電話は、平井夫人からもあった。わざわざ知らせてきたのは、競売の前に関係者による形見分けがしたいという。自分が欲しいものは三冊だけだった。モンターギュ・サマーズの序文、カラーの挿画入り『オトラント城綺譚』、同じモンターギュ・サマーズ、オドンネルそれぞれによる同一タイトルの『狼伝説』を購入した。その三冊は、ずっと長い間、身近な書棚にありつづけた」（『本の透視図――その過去と未来』）

一九八〇年（昭和五五）

二女瑛子、木島狭青（長女）の紹介で創価高校東京校校長牧野光男氏と再婚。夏、長女狭青、千葉県大網白里に家を新築し、東京・小平市から大網白里へ引っ越し。次女瑛子、再婚により千歳船橋から大阪枚方市へ移転。平井美代は千歳船橋を出て三女岩下（淼子）宅がある江東区森下へ引越し、一時期同居する。

一九八二年（昭和五七）

程一の妻、平井美代、江東区森下から、長女狭青の住む千葉県大網白里へ移住。ここを終の住処とする。美代は大網白里の長女宅そばにある遠霑寺墓地に平井家の墓を建立。

一九八三年（昭和五八）

七月一五日、『季刊　幻想文学』第四号（幻想文学会出版局）に「特集　アーサー・マッケン」と「特集　英米恐怖文学事始」を掲載。平井呈一の著作年譜、小伝、名訳抄を収める。他に「恐怖文学出版夜話　紀田順一郎インタヴュー」、「回想の平井呈一　由良君美インタヴュー」を併載。

マッケン『夢の丘』創元推理文庫で再刊。

一九八四年（昭和五九）

四月、程一の妹で、東京、阿佐ヶ谷の「うさぎや」を経営していた瀬山龍が八〇歳で死去。龍の娘で作家・岡松和夫氏の妻となった岡松梅子氏が紀田順一郎氏に送った書簡の一節を引く。「此の度紀田先生の随筆を拝見し、一人でも二人でも良い〝伯父〟の実直な人柄を知る人が居て下さった事に思わず身の引き締まる思いでございました。当時菓子屋を営んでおりました母は平井程一の妹で店の片隅に伯父の俳句の短冊を掲げておりました。ところが文学関係者の方々から人目に触れるところには置かないほうが良いと云うような事を言われていたそうです。母は大変辛い思いをしていたそうです。併し一方で中野好夫先生、荒正人先生、武者小路実篤先生など頻繁にいらして下さいました。そうした方々の励ましがございまして店を続ける事ができました」

一九八五年（昭和六〇）

『こわい話・気味のわるい話』が『恐怖の愉しみ』上下巻として再編され、創元推理文庫にはいる。

一九八六年（昭和六一）

一二月三〇日、唯一の程一句集となる『平井呈一句集』刊行（私家版、無花果会世話人・新井米子による編集・発行）。非売品のため、小部数が関係者に送付された。新井氏は新座市在住の無花果会世話人。また、句集の発送は、実務を引き受けたのが書肆山田という出版社であり、ここから無花果会名義で関係者に送付された（紀田順一郎氏による）。

解説は、同句会で程一と交流した高藤武馬氏による。高藤氏によれば、この書に収録された句は、昭和四〇年頃に自選自筆で仕上げた二三二句（四季別箱入り）の句集を第一篇に、第二篇には無花果会句集に自選した句のうち重複を除いた一〇三句を、そして第三篇に「平亭其水遺稿」と称するもの九八句を収める。

合計四四九句に上る。なお、このうち第一篇にあたる自選自筆句集は、程一が手許に残した別本を稲村蓼花氏が保存されており、現在は編者が譲り受けた。将来、公開したいと思っている。

程一の句には、まだ碧梧桐門下時代に詠んだ句が多数存在するが、それらはこの句集に収録されていない。ちなみに高藤氏の解説の一部を引用しておく。

「柿主やむかし碧門の一俊足　この句は平井程一が往時を偲んで詠んだ句であるが、程一の俳句開眼は、碧梧桐の『海紅』時代から発足したらしい。(中略)大正九年の末、碧梧桐が欧州旅行に出て以来、碧『海紅』の縁が薄れ、遂に『海紅』を中塚一碧楼にゆだねて個人誌『碧』(大正十二年)を創刊してからは、程一も次第に碧門から離れていったものらしい。わたしが程一と相識るようになったのは昭和七、八年の頃であった。そのころわたしは書肆春陽堂で世界名作文庫というのを担当(中略)していて、(中略)その程一に再会するようになったのは、昭和三十四年二月、井本健作翁の無花果会の席上であった。程一はむかし日本大学中学で先生の教えを受けた生徒だったのである。——かくして程一はもっとも熱心な無花果会の同人となったのであるが、そのときはむろん伝統の定型俳句であった。碧門の一俊足であった程一がいつどうして定型に変身したかをわたしはつまびらかにしないが、無花果会入門当初からすでに程一の作風は老成した達人の趣きがあった。かつては永井荷風の知遇を得たこともあったという程一は、いつも端然たる和服姿で、江戸前の情緒たっぷりの句を得意とし、それがまたおのずから現代批判にも通じていた」

なおまた、吉田ふみはこのとき無花果会の会員であり、程一句集の実現に全力を注いだと伝えられている。

元牧神社社長菅原孝雄氏の著書『本の透視図』にも、年月日がさだかでないが、吉田ふみから、「自身の句集を自費出版し、千葉の某特養ホームから関係者に配布した。自分も一部送付を受けたが、その時の発信住所は千葉の特養ホームだった」との意味の記述がある。しかしこの句集はふみ自身の句集でなく、程一の遺稿句集を指すものであろう。菅原氏は「養老院」と記しているが、これを特別養護老人ホームと見なせば入居規則が厳しく、中等以上の要介護認定を受ける必要があるため、そこまでの障害であったかどうかは定かでない。詳しくは次年度の項目を参照のこと。

一九八七年（昭和六二）

二月一八日、紀田順一郎氏、吉田ふみより『平井呈一句集』の恵贈を受ける。吉田ふみが「老人ホーム」入居と聞いた紀田氏は、早期にインタビューしたほうがよいとの思いを強くした。幸いにも、この時期の日記を紀田氏が保存されており、その記述内容をもとに、ふみとの会見の模様を再構成してみる。

「同年二月十八日（水）雨　今冬一番の冷え込み。無花果会というところより、『平井呈一句集』を恵贈さる。吉田ふみさん、入院中とのこと。早期にインタビューしたほうがよいかも知れぬ。

「三月十一日（水）晴　書肆山田の大泉氏へ『平井呈一句集』の礼と、吉田ふみさんの近況問い合わせ。あまり転ぶので、入院検査中とのこと。早急なインタビューは難しそう。

「三月二十七日（金）曇　富津〔注、君津の誤記〕の吉田ふみさん宛インタビュー申込の手紙出す。怪我にて入院中と聞くが、回送されるという〔注、書肆山田よりの情報による〕。

「四月十三日（月）曇　君津に吉田ふみ取材。八時半に出て十二時までに君津駅着。平井程一の怨念を語るとき、涙ぐんでいたのが印象的なり。麻布生まれで、母の実家が両国のもゝんじや、父の実家が布良在などという新事実あり。小千谷時代の教え子として、馬込の山下信男を教えられ、帰宅後連絡」

以上の内容によれば、このときふみは怪我を負い、入院中であったが、紀田氏の印象では、ふみはスタスタと歩いており、不自由はないように見えた（編者宛ての私信）。この日、紀田氏は自著『日記の虚実』（一九八八）執筆のための取材を目的に君津の施設を訪ねたのだが、施設がどのようなランクの物かについての記述は残らなかった。しかし、ふみとの直談により大変貴重な情報が得られた。中でも、吉田ふみの親戚筋についての新事実であり、「麻布生まれで、母の実家が両国のもゝんじや、父の実家が布良在であった」という話が聴取できた。この新事実は、『日記の虚実』に収められた永井荷風の『断腸亭日乗』を語る部分に使用された。

以上の日記内容により、吉田ふみが昭和六二年前後に千葉県内の老人ホーム（あるいは特養ホーム）に入居した事実が確定した。牧神社社長菅原孝雄氏にも同じ頃に程一句集が「千葉の養老院」から送られてきたという記述もある。しかし、高度な障害が入所用件であった特養ホームに入るほどの障害があったかどうかは判然としない。一般の老人ホームであった可能性もある。この問題については、他に二つの貴重な証言を得た。一つは、隣に住む佐久本ご夫婦の記憶であり、ご夫婦の手配でふみを富津市の特養ホームに入居させた（平成八年四月頃）という。もう一つの証言はふみのいとこに当たる宮沢康枝さんの談話であり、脚の障害が悪化して歩けなくなり、当時すでに入所していた施設から、たまたま新築が成った「特養ホーム」に転院することになったとのことであった。特養ホームでは寝たきり状態で一〇年ほど入院生活を送っていたとする。両方の談話を総合すれば「二度にわたる施設入居」ということになり、紀田氏が訪れた施設は第一のものだったことと理解でき、食い違いは消滅する。令和二年に宮沢康枝氏へ聞き取りができて初めて、新たにできた特養ホームへの転入が判明したからである。脚が悪くなり歩行困難になったので、入居条件が満たされ、隣家の佐久本夫妻のお世話で、新築されたばかりの「特養老人ホーム」へ引っ越すことができたのである。これにより、ふみの老人ホーム生活は昭和六二年にはじまり、おそらく平成五年ごろまで一時自宅に帰っていたが、病状悪化のため平成八年四月ごろに新設された特養ホームへの転居を経たことが確定した。

ちょうどこの間に、千葉県富津市在住の俳人稲村蓼花氏は、かねて親交のあった吉田ふみを訪問した際に、焼却される寸前の程一遺稿などを譲り受ける。ふみが老人ホーム入居のために遺品類を整理しているときのことであったという(稲村氏談)。ただし、ふみの老人ホーム入居は昭和六二年頃であるため、この年号については稲村氏の記憶違いである可能性もある。なぜなら、稲村氏が所蔵されていた吉田ふみの遺品に、平成五年までの消印ある書簡や葉書が見いだせるからである。であるなら、遺品の入手はそれ以後のこととなり、佐久本氏が言う平成八年前後であった可能性が高い。

しかし、これにより、灰になるところだった程一と吉田ふみ遺品・遺稿類が現在まで存続できたことは、大きな幸運だったといえる。紀田順一郎氏によれば、この出来事は単に「通りがかり」に発生したとは考えにくく、事前に遺品の譲渡が話し合われ、それを取りに行ったと見るほうが自然であろう、と言われる。

稲村蓼花氏は大正一五年二月二〇日、千葉県に生まる。本名は稲村三蔵。高浜虚子に師事し、蓼花の号を与えられる。家業は洋品店であり、千葉県ホトヽギス同人会の会長を務められたが、惜しくも数年前に逝去された。稲村氏が程一やふみと交流したのは俳句を通じてであり、「文壇付き合いよりも、普通の人との交際のほうがまし」といわれ、交流を重ねることになった。句集の交換もしている。なお、遺品明細は二〇〇五年の項目を参照のこと。（神奈川近代文学会の聞き取りメモによる）

一九八九年（昭和六四／平成元年）

二月八日、紀田氏、新著『日記の虚実』を吉田ふみに献呈。

二月一一日、吉田ふみから著書受領の電話があった。このときの電話の内容は、左記の通り。

夫の吉田武雄死去当時、程一は館山に在り、しばらくして勤め口のことで魚を手土産に相談に赴いた。これが親しくなった始まりで、美代夫人から「お父さんの面倒を見てください」といわれたこともある。程一は戦後の文学活動にあたって、あくまで平井呈一という名を変えなかったのだから、（荷風による破門などに関し）疚しいところはなかったし、周囲の者もそう言っている、と。（以上、紀田氏よりの私信による）

一九九一年（平成三）

『怪談　小泉八雲怪奇短編集』が偕成社文庫で刊行。

四月一日、雑誌『風』（風発行所）四月号（五〇〇号記念、第四五巻第四号）に志城柏「平井呈一氏のことある文人と俳句」が載る。小千谷中で程一と教師仲間であった目崎徳衛が筆名で寄稿した回想記である。

一九九二年（平成四）

六月二二日、程一の妻・平井美代、木島家（長女狭青方）と同居していた千葉県大網市にて没。

編者は美代の生前に一度だけだが、お目にかかっている。小柄で控えめな方だったが、どこかに江戸娘の面影があった。また美代の実家・田中家には親戚も多く、ミカドコーヒーの創業者も係累とのことである（木島啓之、正之、公之氏談）。

美代は吉田ふみとの仲も良好だったらしく、孫の印象では祖母が二人いるという感じであった。美代と程一の間に生まれた三人の娘とふみの関係も非常によく、小千谷疎開の時期にはお互いを労わる葉書の往復がある。したがって、程一は家族とも吉田ふみとも、決して関係を断っていない。荷風が指弾したようなどろどろとした関係ではまったくなかった。

なお編者は、美代が保存していた程一の年ごとの確定申告控えを見せていただいたことがある。晩年の数年を除くと、当時新入社員だった筆者の年収（月給が三〜四万円程度）とほぼ同じ程度の収入であり、決して豊かな暮らしではなかった。程一の経済的な面は、美代も常に気にしていたように思われる。ただし、ふみは美代の家族が暮らす東京の家には一度も訪れなかった。ここにある程度の「けじめ」が示されていたように思える。

一九九三年（平成五）

程一の没後、千葉で一人暮らしをつづける吉田ふみは、編者をふくめ、程一を慕った人たちと季節の挨拶をやり取りする関係を切らさず、すくなくとも平成五年までは年賀状により健在が確認できた。だが、その後編者とは連絡が途絶えたため、消息が分からなくなった。興味ぶかいことに、ふみが稲村氏に託した遺品も、書簡類の消印は平成五年で止まっている。これは、ふみが特養ホームへ入居したことを示す証左ではないかと思う。なお、ふみは程一没後、昭和五二年から高藤武馬氏ら友人が所属した「無花果会」に入会し、程一と同じように俳句に親しむ晩年を送っていたのである。

岡松和夫作『断弦』出版。程一をモデルにした小説で、程一の人となりを窺える貴重な資料ともなっている。岡村氏の夫人は、程一の姪にあたり、阿佐ヶ谷うさぎやの瀬山家に連なる方であった。また岡松氏は芥川賞を受賞され、神奈川県立近代文学館の常務理事も務められ、同館館長であった紀田順一郎氏とも交流があった。編者もまた同館の評議員であったことを書き添えておく。

一九九四年（平成六）

この年、牧神社で刊行された『アーサー・マッケン作品集成』が装いを一新して沖積舎より再版された（また二〇一四年からも新装版が出版）。

一九九六年（平成八）

四月頃、吉田ふみ、体の衰えのためしばしば転倒するようになり、入居していた老人ホームでの暮らしが困難になってきた。隣家の佐久本正弘・昭恵夫妻がこれを心配し、富津市に新築された特養老人ホームに転院させた。ふみは以後この施設で暮らし、平成一六年に老衰で亡くなることとなる（隣家の佐久本夫妻および宮沢康枝氏の談話を総合）。

一九九八年（平成一〇）

一月二七日　程一の三女、岩下淼子没。

二〇〇〇年（平成一二）

三月、旧小千谷中学でもっとも深く程一に感化された教え子、佐藤順一氏が私家版『私の旅日記・順一雑纂』を自費出版。「わが師列伝・忘れえぬ人々」の章に「由良君美先生を偲ぶ」「平井呈一先生を偲ぶ」「谷中時代の平井先生」などのエッセイを収める。非常に貴重な秘話や文通資料を読むことができる。

程一の創作と随想類を集めた『真夜中の檻』（東雅夫編）東京創元社「創元推理文庫」にて出版。

二〇〇一年（平成一三）

一二月、恩田雅和氏「来訪者の足あと」を発表。『彷書月刊』が公募した「古本小説大賞」特別奨励作品で、猪場毅の知られざる「正」の側面を描く。程一とともに荷風から絶縁された猪場毅の実録であるが、荷風問題に対する視点と異なり、紀州の雑誌編集時代に結んださまざまな紀州人との交流に迫る。作者の恩田氏も『南紀芸術』から猪場に関心をもち、この雑誌にかかわった人達に取材を試みたのだが、猪場が荷風に与えた俳句への影響などに言及されており、興味深い。とくに、荷風の『来訪者』について、モデルの一人である猪場が、「あれは、たしかに自分がモデルだったけど、自分のことを二人（一人は程一）に分けて書いている」と言った部分が参考になる。その一例としては、荷風が小説で程一の愛人について体が弱く病気がちだったとしている点を挙げられよう。実際、猪場の妻は当時病気で苦しんでいた。和田氏は和歌山放送（ラジオ局）のプロデューサーだったが、小説発表当時は大阪市北区の「天満天神繁昌亭」という寄席の支配人を務めていた。編者は、猪場毅にとっての文芸誌『南紀芸術』に、程一が小千谷で果たした地方芸術の覚醒活動と同様の意味を探っている。

二〇〇二年（平成一四）

二月九日、ベースボール・マガジン社と恒文社を創立した池田恒雄氏、死去。出身地の小千谷を愛し、母校の旧制小千谷中を愛し続けた一生であった。編者は生前に三度、程一の取材でお目にかかったが、スポーツの歴史に精通され、非常に話題の豊富な方であった。程一の夢であった個人全訳『小泉八雲作品集』を実現させたことは出版史上にあっても偉業といえる。程一の生活までも心配し続けた篤厚の士であり、ジャーナリストで初めて野球殿堂入りを果たしている。

三月一〇日、『季刊　幻想文学』第六三号（アトリエOCTA）に元東京創元社の編集部で程一番を務めた牧原勝志による「怪談の舞台裏　平井呈一とM・R・ジェイムズ」、金光寛峯「平井呈一俳歴摘録」が掲載される。

二〇〇四年（平成一六）

八月三一日、吉田ふみ死去。墓所である港区高輪光福寺にて墓誌を確認。享年九三歳と記されていたので、程一よりも九歳ほど若かった。

ふみが亡くなったのは、千葉県富津市竹岡の特養老人ホーム内であるが、程一孫の木島公之氏が二〇〇五年ごろ旧平井邸を訪れた際、「豚小屋の上」という名で通っていた旧邸が解体されていたことを確認。たまたま隣家の佐久本夫人と立ち話したところ、吉田ふみと昵懇の間柄であって、程一が所有していた短冊や原稿用紙、箪笥などを譲り受けており、「もし自分が死んでしまっても独り暮らしであるから死体が発見されないかもしれないので、いつでも家に入れるように鍵を預けておきたい」とふみから依頼されていた話を聴取（鍵を預かった年月日などは不明）。その後、令和二年七月に編者と木島氏がふたたび佐久本家を訪れ、再取材をおこなった。佐久本正弘・昭恵夫妻からは、ふみが特養施設で亡くなったこと、最後まで「自分は程一が使っていたベッドの上で死にたい」と漏らしていたこと、死後にふみの縁戚に当たる方（父方の義理の叔父・青木利夫氏と思われる）が建物を更地にして地主に返還したこと、二人が住んでいた跡地には別の家が建ったが、ふみがいつも水を汲んでいた井戸はまだ健在であること、などを聴取した。

なお、吉田ふみの戒名は「秋光院謦麗文大姉」、高輪の光福寺にある吉田家代々の墓に埋葬されている。程一の遺骨も光福寺の墓に分骨されていた。その後、この分骨は千葉の平井家墓所へ移されたと伝えられていたが、今回光福寺に尋ねたところ、現在でも同所に残されているとのことであった。この名刹はかつて、ふみが喪主を務めて営まれた程一葬儀の場であり、程一を師と慕った元東京大学教授、故由良君美氏も折々墓参に訪れており、「八雲会」会員で程一の生涯を調査されている丹沢栄一氏もふみの墓前に足を運ばれている。ふみのいとこ宮沢康枝氏が現在墓を守っているが、高齢になったため、程一の遺骨を子孫に返還することを望んでおられる。

編者は、吉田ふみという程一の「文学上の妻」に労いの言葉を送りたい。

一一月七日、稲村蓼花氏はふみの逝去に伴い、譲り受けていた程一遺稿類の寄贈を決意され、紀田順一郎氏に連絡を取り、この日に紀田氏が館長をされる神奈川県立神奈川近代文学館を訪問された。

二〇〇五年（平成一七）

四月二八日、木島狭青（程一、長女）千葉県大網白里にて没。

五月二七日、紀田・荒俣、千葉在住の俳人稲村蓼花氏が所有していた平井程一遺稿を調査。神奈川近代文学館からは安藤学芸員が参加。前年にふみが亡くなった後、稲村氏がたまたま新聞で編者が書いた短文を読み、紀田氏に連絡を取ったのがきっかけである。紀田順一郎氏の尽力により、程一の遺稿そのほかは神奈川近代文学館に所蔵されることになった。

このとき寄贈された遺品は、原稿二三点、書簡二七点、宛て書簡三九点、書画二点、その他文具など六点、旧蔵書五八点にのぼった。目録が整備され、近ごろ遺族の了承も得られたので、平井呈一コレクションが公開される日も近いと思う。稲村氏のご協力に対し、かさねて感謝申し上げたい。

同コレクションにはその後、程一が旧制小千谷中学で指導した佐藤順一氏の所有した書や手紙も加わった。また、小泉八雲の長男であった小泉一雄氏に宛てた書簡類も新潟県の池田恒雄記念博物館に所蔵されている。

なお後年、編者は稲村氏から、程一宛ての書簡類（戦後のもの）などを数十点託されており、これらも近い将来公開する予定である。最後に、程一の死後、蔵書の一部が現在の県立小千谷高校に寄贈されたといわれるが、同校図書館司書、立恵子氏の調査によれば、寄贈されたといわれる書籍の行方は不明であり、散逸した可能性が高いとのことである。

二〇〇六年（平成一八）

この年、好評であった東京創元社の文庫版『怪奇小説傑作集』（全五巻）が活字を新たに組み替えて刊行された。第一巻英米編Ⅰ（一月三〇日刊）、第二巻英米編Ⅱ（三月一七日刊）、第三巻英米編Ⅲ（四月二八日刊）は平井呈一訳を中心とし、作品解説を程一が手がけたほか、紀田、荒俣、東雅夫の解説もある。

二〇一二年（平成二四）

三月、『早実研究紀要』第四六号に瓜生鐵二氏が「碧門の俳人　平井程一――自助の意識と共助の意識の育成――」を寄稿。程一が自らの身の上を詠じた秀句「柿主やむかし碧門の一俊足」など、少数の句を紹介している。

一一月二六日、元牧神社社長菅原孝雄氏、自伝的要素を含んだ著作『本の透視図――その過去と未来』（国書刊行会）を出版、思潮社、牧神社時代を通じ、程一を編集者として支援、かねて程一が熱望していた個人全訳「アーサー・マッケン作品集成」全六巻の出版を実現させた。同時期の程一に生活支援もし、池田恒雄に代わる主要版元となった。この本には、程一との長い付き合いにかかわる回想、程一没後の吉田ふみの状況も綴られており、記録としても価値高い。

二〇一四年（平成二六）

七月五日、牧野瑛子（程一、次女）没。

同志社大学文学部教授下楠昌哉氏、怪奇小説アンソロジスト東雅夫氏、小千谷に程一の足跡をもとめて取材旅行。成果を『幻想と怪奇の英文学Ⅱ』（春風社、二〇一六年刊）に掲載。

二〇一六年（平成二八）

小泉八雲研究機関誌『へるん』（八雲会）の丹沢栄一氏、各地に残る平井呈一の書簡調査報告を、同誌にて掲載開始。第五三号（平成二七年）「渡辺沢見宛平井呈一書簡・葉書について」、第五四号（平成二八年）「小泉一雄宛平井呈一書簡・葉書について」、第五五号（平成二九年）「平井呈一の池田恒雄宛書簡について」と続いた。

二〇一七年（平成二九）

五月、編者は程一と平井家の墓を千葉県で確認。墓所は千葉県山武郡大網白里にある遠霑寺。掃苔して花を手向けた。数日後には東京都港区高輪光福寺にある吉田ふみ墓（吉田家）にも参り、委細を報告した。

このとき、同時に程一の孫に当たる木島正之、公之、啓之氏（長女狭青方）、および岩下博武氏（三女淼子方）とも対面の上、多くの有益な話を聴取できた。

二〇一八年（平成三〇）

一二月、福島工業高等専門学校『研究紀要』に渡辺賢治「俳人としての谷口喜作――芥川龍之介・河東碧梧桐らとの交友を中心に」発表。国会図書館デジタルコレクションに挙げられている雑誌投稿作品を材料とした模様であるが、おそらく二代谷口喜作をテーマにした最初の研究と思われる。

一二月三一日、猪場毅が残した著作（程一に触れた「来訪者のモデル」を含む）を集めた再録集『【真間】伊庭心猿著作集』（善渡爾宗衛編、我刊我書房）が刊行さる。

二〇二〇年（令和二）

七月五日、編者、吉田ふみが程一と三〇年余をともに過ごした富津市海老田の自邸跡を再訪。孫の木島公之氏の案内により、隣家に今も健在の佐久本氏ご夫婦を取材。ふみの最期の様子を再度うかがうことができた。旧邸は、今はすべて撤去され、跡地にはモダンな住宅が建ち、風景も一変していた。

一〇月二八日、最後まで調べがつかなかった吉田ふみの経歴が初めて明らかとなる。吉田家の檀那寺である高輪光福寺の住職夫人から電話をいただき、かねて聞き取りを依頼していた宮沢家への連絡が許された。

ふみのいとこに当たる宮沢康枝氏が聞き取りに応じてくださったことで、吉田ふみの人柄や経歴を知ることができた。荷風の『来訪者』に書かれた経緯とはまったく異なり、実家の家作まで売り払って程一の暮らしを支え、程一が文学的目標に邁進できる環境を維持した女性であった。程一逝去のあとも千葉での暮らしを捨てなかったふみの長い半生は、程一に捧げつくした日々だったといえる。あらためて、取材に応じてくださった宮沢氏に感謝したい。なお、編者が知り得た情報は、細分して該当する各年度の項目に書き添えた。

一一月六日、宮沢氏に確認の問い合わせをおこない、平井程一年譜をようやく脱稿。最後まで編者を励ましてくださった紀田順一郎先生に感謝のメール発信。

第二部　未発表作品・随筆・資料他

第二部所収のテキストについて、表記は原則として新字新仮名遣いとした（俳句を除く）。また明らかな誤字・脱字は改めた。難読と思われる漢字に読み仮名を付した場合がある。

（編集部）

一・未発表作品

鍵

中菱一夫

これは、わたしの友人の曽木裕介という新聞記者から直接きいた話である。

支那事変がそろそろ焦げつきだして、漢口陥落が予定以上に長びき、武昌作戦が完全に失敗に終ったことなどが一部の報道陣の人達のあいだに伝えられていた頃である。曽木はその頃U——社の社会部の駆けだし記者で、毎日退屈な警察《さつ》まわりをさせられていた。先輩のベテラン連中はほとんどみな前線に狩りだされていたし、大本営へ毎日日参している残留組も、いちにちも早く従軍の機会をねらっていたなかで、下町生まれの年の若い曽木は、偏平足で兵役をはねられ、戦争は元来嫌いだったし、応召の心配はまずないと見て、多少他をかえりみて肩身の狭い思いがしないでもなかったが、結局それをいいことにして、毎日江東方面の工場街を歩きまわっていたのである。

警察まわりもらくではなかった。世はおしなべて戦争一色で、社会面の記事といっても、せいぜい耳にタコの入った出征美談か銃後のこぼればなしでも綴るのが関の山で、すこしおもしろいと思う記事は検閲でむざんにも没であった。

「なにか変ったネタはありませんかね？」

曽木が顔なじみの署の連中に紋切り型にたずねると、

「ねえな。それより、たまには酒のあるところでも見つけてこいよ」

とにべもない返事だった。警察は統制違反と闇物資の摘発に血眼《ちまなこ》になっているだけで、署長以下幹部連中は、夜は毎晩のように管下の料亭の虜になって飲んだくれていた時代である。

その年もあと四、五日で終ろうという、忘れもしない暮の二十六日のことであった。宵のくちに、深川砂町のある大きな製材所に出火があって、おりからの烈風に手のつけられない火勢となり、三区の消防自動車が総動員で目下消火中だとの報に、曽木は社の自動車《くるま》で急いで現場に駆けつけ、まださかんに燃えている風上の三、四軒先にある伸銅工場の事務所を連絡所に借りて、出火原因、損害額、消火状況などのメモをとっていると、偶然現場へきた顔見知りの巡査から、今夕七時に隣りの大島町の××製工所で、工員同志の傷害事件があった、原因は痴情らしいという耳寄りな話を聞きこみ、さっそくそちらへ回るという、曽木としてはめずらしいてんてこ舞いの騒ぎをした。

傷害事件のほうは、工場の人事係の中年男が、ひどく横柄な、話のわからない不愉快な奴だったので、そこはいい加減に切り上げて、被害者の収容されている近くの病院へまわってみた。二十二歳の髪を伸ばしたすが目の男で、まだ興奮がおさまらず、しきりと喚いたり暴れたりして看護婦をてこずらしていたが、大腿部の傷は全治二週間ぐらいの浅いもので、しらが頭の老練な院長は曽木の質問に答えて、

「まったく困ったものだね。戦争で金まわりがよくなったおかげで、若い者の気が荒くなってな。あの男だって大事なお国の弾丸の一つだと思えばこそ、面倒見てやる気になるんでね」と苦々しげに言っていた。傷害の動機は飲み屋の女との鞘当《さやあて》であった。

暗い道を連絡所へ戻って、急いでメモをまとめ、社に電話で報告すると、部下を良くいたわってくれる部長の花島氏が、

「ご苦労ご苦労。記事は火災のほうだけでいいぜ。傷害のほうは痴情か、原因は？　なら、そっちのほうは大体そんなところでいいや。寒いからな、早いところ帰ってこいや。こっちか？　こっちは今四人いるから大丈夫だ。――うん、よしよし」

報告をすまして、境川の城東電車の停留場まできたのが、九時ちょっと過ぎ。連絡所にした仲銅事務所で、近火見舞にとどいたのをコップに注いで出してくれた冷酒の酔いなどはとうにさめて、疲れて腹もへっているせいか、夜風がいやに身にしみる。曽木は早く灯火の明かるいところへ行って、ストーブのそばで熱いやつを腹の底に流しこみたいと思った。この社会へ入ってから、習おうより慣れろで、酒の手はいつのまにか自分でも驚くくらい上がっていた。銀座裏にある自分たちのいつもの溜りの店へ行

けば、いまごろは誰と誰がオダをあげていることも、疲れた頭のなかにあった。

場末のわびしい街には、もう正月を迎える笹竹が軒並に立てられ、夜風に乾いた音をたてていた。境川橋のたもとの空地に、藁《わら》の香のする大根じめだの輪飾りだの、新しい神棚だの門松を並べた小屋掛の歳の市が一軒出ていて、寒々とした裸電球の下で、鳶《とび》の者らしい印半てんを着た男が二人、不景気な焚火《たきび》をたいてあたっていた。曽木は明かるい賑やかな銀座の歳末風景を目に描きながら、寒い電車通にたたずんで、ふと、おれも来年は二十七か、と何となく思って、暗い星空をふり仰いだ。

電車はなかなか来そうにない。

どこか遠くのほうで、歳末売り出しの景気づけのチンドン屋の鉦《かね》と太鼓の音が、風にのってきこえている。寒い風がときどき往来の乾いた砂をどっとまきあげ、向かい側の洋品店の店先につるされた子供服や白い割烹着をあおっている。じっと立っていると、靴のなかで指の先がチリチリするほどの冷えこみかただ。

曽木が埃風をよけて立っている明るい時計店の隣りは、行商売だか軒の低い、四枚ガラスのはまった薄暗い店つきの家で、灯火のついていない古ぼけた飾窓のなかに、なにか並べてあるものがある。なんだろうと思って覗いてみると、桝形《ますがた》に細かくしきった古い木箱のなかに、なにやら得体のわからぬ雑多な物がゴタゴタ入れてあるのは、よく見ると、箱庭の道具であった。針金の脚のついた焼物の小さなサギ、みのを着て菅笠をかぶった小さな案山子《かかし》、鉛でできた朱塗りの反り橋、水車のついた焼物の藁葺《ぶ》きの百姓家——そんなものが小さく仕切った桝のなかに、埃をかぶってチマチマ並んでいるほかに、盆景につかう白や水色の砂の見本を並べてある。

（へー、今時まだこんな物を売ってる家があるのかなあ！）

曽木はきゅうになつかしい少年時代の記憶を嗅ぐ思いがした。亡くなった父が橘町の家で袋物問屋をまだ盛んにやっていた時分、叔父の幸三郎が水天宮の縁日で小さな鉢植の植木を買ってきては、暇にあかせて作った手製の四角な木の鉢に、よくこの箱庭をこしらえてくれたものであった。小さな山があり川があり、帆かけ舟の浮いた小さな池があり、土止めをした細い山道には、柴を背負った小さな百姓の人形が杖をついて立っている。「裕坊、夏になったら、この池へオイラン金魚を入れような」そんなことを言っている時が、不遇な叔父のいちばん楽しい時のようであった。気の弱いのと手先の器用なのが身の仇で、兄である裕介の父の家に一生もたれかかりの厄介者になって、二合の晩酌と、裕介の母から月々もらうなにがしかの小遣いをたのしみに、帳付けをしたり使い走りをしたりして、沈香も焚かずに碌々《ろくろく》として生涯を終った叔父であったが、曽木は今でも思いだして、叔父はいい人だったという いい記憶をもっている。最初の結婚に失敗してから、一生無妻で通した人だったが。……

今時こんな時代遅れな物を売っている家の人は、どんな人達なのだろうと思って、曽木は薄暗い店先のガラス戸からそっと中を覗くと、細工場らしい低い板敷の土間の奥に、古びた大阪格子の障子がたててあり、そこの中ガラス越しに、笠の白い電灯を低くおろしたチャブ台の前で、頭の禿げた頑固そうな老人が眼鏡をかけて、なにか内職でもするのか、しきりと両手を忙しく動かしている横顔が見えた。

（なるほどなあ、明治の世は場末のこんなところにまだ残っているんだなあ……）

曽木が思わぬ感慨にふけっていると、ふいにその時うしろから、女の声で、

「兄さん！」

と声をかけられた。ふり向くと、いつどこから現われたのか、思いもかけない身近に、見も知らない女の白い顔が笑っているのに、曽木は愕《おどろ》きの目をすえた。

「兄さん、遊んでいきません？」

低い、遠慮がちな、あたりを憚《はばか》るようなかすれた声で、女が囁いた。

曽木はとっさに了解した。――安物のベンベラの人絹錦紗《じんけんきんしゃ》、紫っぽい機械絞りの不二絹の羽織、膝まである長い白い肩掛をして、片手になにか小さな風呂敷包みを抱えて立っている。一見して、どこかバアかカフエに勤めている女の風俗だった。縮らした髪は赤っぽそうだが、目元にちょっとしたいなか出来にしては鼻筋の通った、色白のわりあい尋常な顔だちである。――曽木はすぐに職業意識がはたらいた。よく社の連中の話に、このごろ江東方面に素人のプロスティチュートが出没して、少年工の風紀を紊《みだ》して困っているという話を思いだした。そういう種類の女かもしれないと、すぐにそれがピンと頭にきた。――電車はまだ来そうにない。

「遊んでいかないかって、酒はあるのかい、ねえちゃん？」曽木は気を引いてみた。

「ええ、ありますわ」

「何本飲ませる？　一本じゃ駄目だぜ」

「何本でも……」

「ほんとかい。目の飛び出るほどボルんだろう。まあ恐いから、またこの次にしよう。銀座へ出たほうが無事だ」

「あら、そんなことありませんわ。ねえ、きっと……大丈夫ですったら……」

女の目がうぶなくらい眞剣になった。曽木はその目を見て、この女、まだそんな汚れてはいないな、と思った。

「どこだい？　近いのか、ここから？」

「ええ、すぐそこです。近いですよ」

女の言葉には、埼玉だか栃木だか、どこか近県の訛りがあった。

曽木は短かくなった煙草を捨てて、電車の来るほうを見やったが、洲崎行はまだ来ないようであった。（虎穴に入らずんば……）という気がした。風采と話のもようで大体の見当がついたので、曽木は猟奇的冒険の結果を同僚の酒の肴に自分が語るときのことを想像して、内心ほくそ笑んだ。まさか買う気にはならなかったが、ゆくりなく遭遇したチャンスを逸したくない気持が大きく動いた。

「こっちは飲んべだから、飲ませてもらうだけでいいんだ。どうだい、それでよかったら、行こう。それから先はまたその時のことだ」

「ええ、いいですわ、それで。――」女の声に安堵の色が浮かんだ。

「そりゃいいが、ちょっと待ってくれよ」曽木は念のためにあたりを見回したが、二人のほかに電車を待っている人影はどこにも見えなかった。腰のポケットから蟇口《がまぐち》を出して、わざと中を改めてから、

「おい、二円しきゃないぞ。それでいいか？――しかし、君はどこかへ行くところじゃなかったのか？」

「いいえ、いいんです。……じゃ、行きましょう。寒いわねえ。すぐそこですから」

寄り添ってでもくると思いのほか、女はそういうと、先に立っていそいそと電車道を渡りだした。曽木は少し離れた後から、立てた外套の襟に顎《あご》を埋めて、ゆっくり女のあとに蹤《つ》いて行った。とんだものに捕まったという淡い後悔と、行くところまで行ってやれという好奇心とが同時に働いて、曽木は歩きながら、肚の底が妙にくすぐったかった。

電車通りをすこし行って、タバコ屋と果物屋の角を曲がると、両側にハカリ菓子屋、魚屋、電気機具店、古道具屋など、軒の低い小店のつづいた狭い横町が、やがて格子戸のはまった貧しげなしもたや風の長屋建に代り、それが尽きると、高い土手下の暗いガード口《ぐち》に出た。高い土手は、小名木川の貨物の引きこみ線であろう。女はガードをくぐらずに、土手にそうて左に曲り、すこし行くと土手の横腹を登りだした。

「おいおい、そんなとこを登るのか？　まだよっぽど遠いんなら、おれは帰るぜ」

「ここを越えると、近いんです」　女は土手の上に立って言った。

曽木は文句をいいながら、半分は好奇心で、あとから続いて登った。土手の上に出ると、きゅうに寒い風が強くあたり、曽木はあわてて鳥打帽の庇《ひさし》をおさえて、線路の枕木の上に立った。

「こりゃ足元がまっ暗だな」

星の燦《きら》めきのギッシリ詰った夜空の下に、心もとないような灯火がまばらに散らばっている、茫漠とした目の下の闇のなかを、息でもつくようにときどき青い閃光がつんざくのは、夜業をしている溶接工場なのだろう。鋳物工場の溶鉱炉らしいのが、あっちにもこっちにも、ボーッと火事みたいに星空を焦がしている。海鳴りのような大きな機械のうなる響、鉄材をハンマーで打つ音が、凍った夜の底から湧き上がる大地の声のように轟々と鳴っている。はるか遠くにシグナルの赤い灯の見えるあたりが、小名木川の貨物駅であろう。——下町や丸の内では見られない、荒い精気と活力にみちた、不思議にエキゾチックな夜景であった。こんなところを偶然路傍で拾った、どこの馬の骨とも知れない白首体の女といっしょに歩いている自分を、曽木はなにか外国の小説にでも出てくる人物のように思って、いよいよ猟奇的な気分をそそられた。

枕木をつたいつたい、暗い線路道にそって五〇メートルも行ったところで、女は黙って闇のなかを土手から下の道路へ駆け下りた。土手を下りたところは、道もなにもない工場の裏の空地みたいなところで、曽木は歩いていく靴の底に石炭殻を感じた。右手の鉄条網をはりめぐらした柵のなかは、芦《あし》でもはえていそうな広い水溜りで、どぶ臭いにおいのする黒い水面に、空の星くずが森然と映っている。

「おい、まだよっぽど先なのか？」

女が何か答えたらしい言葉は、夜風に吹きとられてよく聞こえなかった。曽木はさっきから、いい加減にもうこの気まぐれな冒険を打ち切りたい気持がしきりと動いていたが、そのくせ、自分の先を歩いていく闇のなかの女の白い肩掛に妙に足が吸いよせられるようで、なんだか自分がまったく自分とは別の何物かの意志で動いているような心持がした。

やがて、トタン塀と倉庫のような建物との間の細い路地をぬけると、ようやくのことでやや広い通りへ出た。道はまっすぐな一本道で、片側に並んだ電柱の上の赤っぽい外灯が、先つぼまりにどこまでも一直線につづいている。夜風に電線が寂しく鳴っているだけで、往来には犬の子一匹見えない。二階建の長屋がところどころ途切れて、その間に広い明き地の闇がひろがっている。

とにかく寒い。一本道へ出たら、風が吹き抜けになったせいか、急に寒くなった。しかも、それがただの寒さではない。骨の芯《しん》から凍りつくような、歩きながら歯がガタガタ鳴るような寒さである。曽木は先に歩いていく女の白い肩を見つめながら、歯を食いしばるようにして大股に歩いて行った。

女は先を急ぐのか、ばかに足並が早い。暗くて足の動きはよく見えないが、まるで追風に押されて宙を飛んでいくような早さである。曽木がかなりの大股で歩いても、うっかりすると間隔がひらくほどに早い。闇のなかに、白い肩掛だけが風にのってウロウロ動いていくのである。

どのくらい行ったものやら、よく分らないが、だいぶ歩いたと思われるところで、女が道端の溝のふちに足を止めて、「ここです」といった。見ると、往来に面して、闇のなかに一軒ポツンと二階家が建っている。どういうわけか階下も二階もまっ暗で、明き地に面した家の側面に、手すりのついた長い梯子段《はしごだん》のついているのが、星あかりのなかに見える。家の前には、往来をへだてて、大きな工場のコンクリートの塀がつづいている。

「わたし、裏からはいりますから、あなた、あすこの階段を上がって、この鍵で扉をあけて下さい」

女は、低いかすれた声でそういって、曽木の手に小さな鍵を渡すと、そのまま溝をこえて、横手の明き地を裏口のほうへ消えた。

曽木は狐につままれたような心持で、しばらく人っ子一人いない寂しい往来の闇のなかにぼんやりつっ立っていたが、やがて思い直して、二階家の表のガラス戸に歩み寄ると、まっ暗な家のなかをのぞいて見た。中は土間になっているらしく、そこに鉄屑を束ねたようなものがいっぱい積み上げてあるのが、往来の電柱にともっている外灯の薄い光で辛うじて見えた。たぶん二階がすまいになっているのだろう。

（へー、わがマルガレーテ嬢の巣窟は、こういうところかい？　なるほどなあ！）

曽木は家の横手の明き地へまわって、女から教えられたとおり、手すりのついた外梯子をゆっくり登って行った。中間に踊り場もなにもない、下から天辺《てっぺん》まで一本になった、勾配の急な階段である。

階段を登りきったところに、なるほど、扉口があった。手さぐりで鍵穴をさがし、女から預かった鍵で扉をあけると、中は土足ではいれる狭い廊下の突き当りに、灯影のさした破れ障子が半開きになっていた。

曽木は靴のまま中へはいって扉をしめ、壁にはさまれた狭い廊下を偸《ぬす》み足で歩いて、つきあたりの障子口から部屋の中をのぞいてみたが、女はどこへ行ったのか姿が見えなかった。

六畳ばかりの部屋のなかは、裸電球が白っぽい光を投げている下に、小さなチャブ台が出ていて、そのわきの瀬戸火鉢にアルミの薬鑵《やかん》がかかっている。火の気はないらしい。奥にもうひと部屋あるらしく、一間の障子がはまっているその脇の壁に、男物のよれよれになった雨外套がぶら下がっているのが、目についた。

曽木はその男物の雨外套を目にした瞬間、とっさに、こいつは用心しないと危ないぞ！という警戒の念が本能的におこった。

「おい、君！　どこにいるんだ？」

声をかけたが、返事がない。

見渡したところ、畳の上も埃だらけだし、チャブ台の上にも埃が白く積っているし、それになにか魚の腸でも腐ったような、妙な異臭が鼻についた。

部屋の右手の突き当りに中梯子があるらしく、手すりがつき出ている。女のやつ、便所へでも行ったのかなと思って、曽木は土足のまま畳の上を爪立ちして、そこの梯子口から、

「おーい！　どこにいるんだ！」

と呼んだが、返事はなかった。梯子段の下はまっ暗である。

コソリという音もしない。自分のほかに誰もいない部屋のなかは、まるで立っている足の下から、身体ぐるみ下へめりこんでいくような、不気味な沈黙が領している。

きゅうに曽木の背すじを、氷のような恐怖の戦慄が走った。

「おーい、君、どこにいるんだ！」

上ずった声で、半分夢中に叫びながら、曽木は次の間との隔ての障子をガラリとひきあけた。そこは壁に囲まれた三畳ほどの部屋で、目ぼしいものは何もない。強い異臭が鼻にきたと思った次の瞬間、曽

木は後ろからさす裸電球の光で、薄暗い部屋の隅の天井からぶら下がっているものを見て、キャッと叫ぶなり、動顚《どうてん》してうしろへ尻餅をついた。部屋の隅には、自分を今ここまで連れてきた女と同じ女が、同じ着物を着て、黒い目をむき口から長い舌を出して、天井からぶら下がっていたのである。

曽木は夢中で、這いずったのかのめずったのか、わけ分らず廊下をよろめき飛び出し、外梯子を辷《すべ》るように駆け下りると、方角もわからず交番を捜し求めた。

「君、その話を、当時記事に書いたのかね?」とわたしは曽木裕介にたずねた。

「いや、とんでもない。今ならさしづめ『トップ記事』でしょうが、あの当時、そんな記事はとても載せられやしませんよ。――女は妊娠八カ月でした。検屍の医師は、死後一週間たっているといっていましたがね、とにかくすごい蛆《うじ》だったな。女が勤めていた洲崎の『すみれ』というバアのマダムも、参考人として警察へ呼ばれてきていましたが、結局、男と同棲して女は身重になり、男の方は郷里から出征してそれぎり音沙汰なしで、あの身体ではバアにも出られないし、そうかといって家には帰れず、思いあまって首をつったんでしょうが、遺書は親元へ当てたのが一通ありました。女は栃木県、男は福島の人間だったかな。階下の鉄屑屋のるす番の爺さんの話だと、あの二階で三カ月二人で暮していたらしいんですね。……とにかく、あんな恐い思いをしたことはなかったな。しかし、今考えてみても、どうも腑に落ちないんだけど、どうして女があの家へ僕を引っぱって行ったんですかねえ? 警察でも、そのことで僕はだいぶあの時油を絞られたけれども、どう考えても分りませんね」

「そりゃ分らんな。まあ昔流にいえば、早く葬るところへ葬ってもらいたくて、——つまり早く成仏したくて、通りがかりの君を見こんで頼んだ、というようなことになるんだろうな」

「とにかく、幽霊は僕に鍵を渡したんですからね。その鍵は、今でも僕は自分のマスコットにして持っていますがね。——ほら、この鍵ですよ」

曽木裕介が紙入のなかからとりだして見せたのは、どこにもざらにある、なんの変哲もないニッケルの鍵であった。

顔のない男

平井呈一

1

秋晴れの日曜日で、めずらしく空が高かった。

寺本昭吾と田上俊江が、正午に有楽町駅でおちあい、軽い昼食をすましてから、タクシーで東京港晴海埠頭に開催中の全日本自動車ショーの会場へ駆けつけたときには、会場前の広場は、すでに入場を待つ観客の列が、いくえにも折れ曲って、長蛇のように舗道につながっていた。

「わあ、すごい人ね。はいれるかしら？」

二人は駆足で、広場の列のいちばん外側の最後尾に並んだ。俊江は小さなハンドバッグから出したサングラスをかけると、厚い人の列を見わたして、かさねて言った。

「ねえ、列が七列にもなってるわよ。はいれるの？」

「大丈夫だよ。会場は広いんだから。このくらい、へいちゃらさ。——しかし、すごい人気だなあ。……」

寺本昭吾はそういって、肩にかけていたカメラを俊江に渡すと、襟のくずれた茶っぽい背広の上着をぬいで、カッター一枚になり、上気した顔をハンケチで拭きながら、自分のすぐ横の隣りの列に並んでいる、若い勤人風の男にたずねた。

「よほどお待ちですか？」

男は、連れのBGらしい若い女にちょっと目を送って、答えた。

「いや、ぼくたちはまだ二十分ぐらいだけど、入口の連中は、かれこれ一時間以上も待ってるらしいですよ。でも、もうじきでしょう。一時間ごとに入場させることになってるんだそうですがね。満員の盛況なんですこし遅れてるんじゃないですか。」

昭吾は笑顔で礼をいって、腕時計を見た。そして俊江にいった。

「もうじきらしいよ。——とにかく暑いや。」

前日の土曜日が雨にたたられたというせいもあってか、この日、秋晴れの休日を目あてにどっと殺到した観衆は、若い年齢層が目立って多く、新婚夫婦らしいのや、恋人同志らしいアベックなどにまじって、学生服やジーパン姿の高校生のグループが、列のあっちにもこっちにも、ませた冗談を高声にとばしながら、わざと傍若無人にふざけたりしていた。たしかにこれは、ひところの単車ブームから、この一、二年急激ないきおいで上昇した、最近の若い年代の自動車熱のすさまじい浸透ぶりを、まのあたり如実に物語っている風景といえた。寺本昭吾も、むろん、そのなかの一人であった。

寺本昭吾は、神田多町の小さな機械ブローカーの事務所に給仕から勤め上げた、今年三十六歳の安サラリーマンである。給与は税込みで二万六千円もらっている。四十ちかい職工上がりの社長のほかに、若いセールスマンが三人、電話係兼お茶汲みの女事務員一名という、まるで鼻クソみたいな小さな事務所だから、昭吾は小型トラックの運転もやれば、ときには集金にも出歩く。いわば体《てい》のいい雑用係であったが、子飼いから辛抱して勤め上げただけに、職工上がりの苦労人の社長が何かにつけて目をかけてくれ、巣鴨に囲ってある社長の二号のところへ、社長の行かれないとき、月末の金を届けるのも昭吾の役になっていた。板橋志村の奥で電気器具商を営んでいる叔父の家から、まいにち都電で通勤していた。

田上俊江は、昭吾よりも四つ年下で、日本橋馬喰町の洋傘問屋の会計部に勤めている。算盤《そろばん》が二級で、給与は二万二千円。三年前に栃木の茂木《もてぎ》の在から東京に出てきて以来、王子稲荷の母方の遠縁にあたる家に、よるべのない身を寄せている。

二人は、小岩にある「うたごえ」クラブで知り合った。偶然なことには、寺本昭吾も、田上俊江も、二人とも孤児であった。クラブでの練習の帰りみち、国電がおなじ方向なところから、親しく口をきくようになり、まもなく、似かよった境遇の乾きが急速に二人を結びつけた。そして結ばれてみると、幼いときに両親に別れた二人は、これまで自分たちを扶養してくれた親戚身うちの連中から、なにかにつけて極端な打算的恩義を押しつけられて、身動きがならないでいる点でも、不思議と符節を合わせたように、おたがいがまったく同じような暗い袋小路のなかに遮閉されていることがわかった。その結果、同情というよりもむしろ深刻な共感が、しぜん、おたがいの愛情を変則的な加速度で深めていったのであった。

海が近いせいか、風は爽やかだったが、さすがに秋の陽ざしは強く、立っていると汗ばんでくるほどであった。俊江はまるい鼻の頭の汗をしきりと拭きながら、

「ちょっと、うしろへもうあんなに並んじゃったわよ。どうしよう?」

「そんなことより、見ろよ、あすこに車がたくさん並んでるだろ。あのなかに古い外車のいいのがあるんだ。クラシック・カーっていうんだよ。ね、みんなたかって見ているだろう。」

広場のまんなかの遊歩道《プロムナード》にそうて、乗りつけてきた観客の自家用車が、車体をやや斜めに、ズラリと目白押しに駐車していった。国産車、アメリカの大型高級車、色とりどりの車体がまぶしく真昼の日光をはねかえしている、そのところどころに、十台に一台ぐらいの割合で、車型のやや古いベンツ、ジャガー、シトロエンなどという、風格ある一流欧州車が、一目でわかる居ずまいですわっている。会場を出た帰りの人たちらしいのが、三々五々たかって見ている。会場内の新車の展示とはまた違った意味で、それはそれでまた、カー・ファンやマイカー族の好奇と羨望をそそる、景物的な見ものであった。いわば、自動車愛好家ののど自慢の公開でもみるような、娯《たの》しいものがあった。

そのとき、会場入口のスピーカーから、アナウンサーの女の声が流れだしてきた。

「場外のみなさま、長らくお待たせをいたしました。只今から改札をはじめますから、押し合わないよう、二列に並んで、しずかにご入場下さいませ。なお、本日は入場券売場がたいへん混雑いたしますので、入場券はご銘々、釣銭のいらぬようお買い求めをねがいます。では、まもなく改札がはじまりますから、押し合わないよう、二列に並んでお待ち下さいませ」

潮騒のようなざわめきが、待ちくたびれた長い列のなかから起り、いくえもの層になった観衆はゆっくりと蛇行をはじめた。

「いいか、おれのうしろにくっついてろよ」

昭吾は俊江からカメラを受けとって、肩から胸にぶら下げると、ポケットから出した銀貨の一枚を俊江の手に渡し、それから列の流れにしたがった。

2

鉄骨を麻の葉模様に組み上げた巨大な円天井に、星のようにちりばめた水銀灯が、人いきれと塵埃《じんあい》の靄《もや》を通して青く瞬き、支柱のない空間には、赤、黄、青、褐色の、社名を白く染めぬいた無数の小旗が、縦横に張りわたされている。その下に、黒い群集の流れと塊まりが、場内いっぱいにぎっしり盛りあがっていた。まさに立錐の余地もない人間の渦であった。クラクションの音があちこちでけたたましく鳴り、中央ステージから流している電気オルガンの甘い旋律のあいだを縫って、場内整理のアナウンス嬢のとりすました声が、断続して流れている。——昭吾も、俊江も、会場に足を踏み入れたとたんに、まずこの混雑とムンムンするような人いきれに呑まれてしまった形であった。

「ものすごい混みかたね。——どこから見ていくの?」

俊江はなにか呆然として、昭吾の腕にすがりながら言った。

「凄いよなあ。——入場料とるんだから、もうすこし場内整理をうまくやりゃいいんだ。これじゃどこに何があるんだか、分かりゃしないや。——いいかい、しっかりつかまって、はぐれないように気をつけるんだぜ。」

昭吾は、入口でもらった会場案内図の紙きれを見い見い、俊江のからめた腕をひっぱるようにして、混みあう中央通路の人垣のなかへ、グイグイ割りこんで行った。

なんといっても、こんどの自動車ショーで、いちばん人気の焦点になっているのは、大手各社が新意匠を競って同時発表した、新しく発売する国民大衆車の展示であった。価格が三〇万円代というのも、大衆の魅力の中心であったし、おそらく、この日この会場へ押しかけてきた圧倒的な観衆のなかの九割までは、この新しく発表された国民大衆車を見るのが目的だったにちがいない。現ナマ《キャッシュ》、自動車《カー》、写真機《キャメラ》、——現代人の欲望をズバリ言い当てた、いわゆる3C《スリー・シー》、それの中軸をなす自動車は、つい数年前までは一部特権階級のぜいたくな専有品だぐらいにしか考えられていなかったのが、いまや国民大衆車という、その名もいかにも民主的な、だれにも親しめる称呼のもとに、すこし何とかすれば、一介のサラリーマンにも……いや、八百屋や魚屋の若い衆たちにも、どうやら手のとどきそうな夢を抱かせる、欠くことのできない生活の必需品になりつつあった。テレビや電気洗濯機と同じ位置に近づいてきたのである。もちろん、三〇万円という価格は、口でいうほど、まだまだ一般勤労者の誰《だ》れもが、おいそれと手の出せる金額ではなかったにしても、しかし何とかくふうすれば、まんざら夢が夢には終らないという、現実スレスレの線まで思いきって引き下げられたところに、今回の新国民車発表の、果然広い階層のあいだに予想以上の人気を集めた、根本の原因があったのだといえる。会社側からいえば、巧妙適切なPRを掲げた、幅ひろい階層に食いこもうという、新しい販路の開発であったが、一応その狙いは時宜をえたので、会場にひしめいているこの観衆の量り知れない数をみると、幸先は上乗といえるようであった。

押しあい揉みあう群衆の厚い環《わ》の中央に、玩具のような軽快な新車が、強烈なライトを浴びながら、玉虫のように五彩の光を放っているのが、伸びあがる人の肩ごしに見える。百万人待望の夢の正体がそれであった。それは謙譲な庶民の心に、ようやく許された夢を充たすべく、いかにもそれにふさわしい手頃な形態と、要約化された機能をもった、万人に親しまれるべき実体であった。

寺本昭吾と田上俊江は、汗臭い人々の押しあう肩のあいだから、光りかがやくその夢の実体をチラリと網膜におさめたとき、あたかも人工衛星をはじめて夜空に仰ぎ見たときのような、強い感激のときめきを咽喉《のど》の奥にのみこんだ。

「わりかし小さいのね。あれでスピード出るの？」

俊江は、人垣のなかでむりに背伸びをしながら、昭吾に囁《ささや》いたが、係員の説明に気をとられている昭吾は聞こえないふうで、返事をしなかった。

会社のマークを胸に赤く染め出した、ま新しい、白の作業服を着た整備員らしい男が三、四人で、車体の一部をとくべつに露出して見せてある車のボンネットをあけたり、屋根を開閉したりして、懸架《けんか》の安定、エンジンの特徴、速力の性能などについて、いろいろ詳しい専門的な説明をしている。それをとりまく観衆は、分かっているのかいないのか、まるで天来の福音にでも聴き入るような神妙な顔をして、みないちように押し黙って、耳を傾けている。

そして、それとは別にもう一台、同じものを飾った展示車の方には、花嫁のような豪華な日本服姿と、高雅なスーツ姿と、軽快なスポーツ服を着た三人の美しいファッション・ガールたちが、それぞれ思い思いのポーズを見せながら、蝶のように愛嬌をふりまいていた。そのあでやかなサービス振りを、若い観衆たちが四方からカメラを向けて、さかんにフラッシュを焚いていた。

係員の説明がひとわたりすむと、熱心な観衆のなかから、質問する者が出てきた。なかには、加速の状態や、制動力、燃料費などのこまかい点について、専門的につっこんだ質疑をするものもいた。係員がいちいちそれに懇切丁寧に応答するのを、見物はチンプンカンプンながら、酔ったようになって傾聴している。

昭吾が俊江の腕をつついて囁いた。

「おい、いま質問したやつな、あれ、サクラだぜ。×××のセールスマンで、おれ、顔知ってるやつだよ」

が、こんどは俊江がほかのことに気をとられていて、返事をしなかった。俊江は人いきれに酔ったのか、額の汗も拭かずに、なぜかぼんやりしていた。

やがて質疑が出つくしたところで、観衆は蟻が砂糖からはなれるように、ゾロゾロ一塊まりになって、次の展示場へと移動した。昭吾も俊江も、蒸れかえる人波に押されながら、完全に意志をあずけたまま、黒い流れのままに動いた。

ところで、次の展示場でも、ほとんどやはり前のと同じ繰りかえしであった。――なるほど、車型やデザインは一見して前の会社のものとは区別ができたし、エンジンの性能の構造の特徴や、説明をきけばその相違がわかるような気がしたけれども、正直のところ、前ほどの新鮮な印象は受けなかった。反覆が印象の希薄を招いたのである。景物の点景人物に、最近週刊誌などで売り出しているニュー・フェイスの映画女優二名と、同じくこのところ若い人たちの間に人気上昇中の新人の男性歌手を配したのも、ムードが変っただけで、大して変りばえがしなかった。

昭吾はここでも熱心に係員の説明をきいていたが、俊江はさっきからもう人いきれにうだってしまって、車の説明なんかうわの空であった。彼女は、どぎついライトのなかに白く浮かんでいる映画女優の、アクセントの強い化粧顔にうつろな視線をあずけたまま、いつも考える自分たちの生活の落差のようなものを、ぼんやり考えていた。群集の環のなかに、栗色に光っているスマートな夢の実態は、彼女の現実生活にはすこしも密着してこなかった。

(――どうせ一生かかったって、こんな車に乗れる日は来やしない)

ふと俊江は、さっき会場へはいりしなに見かけた、一団の人達のことを思いだしていた。――いずれどこかの大会社の、社長とか取締役とかいわれる人なのだろう、あから顔のテラテラ光った、かっぷくのいい半白の老人が、上品な洋装の令嬢と、制服姿の高校生らしい令息をひきつれて、なにか高声に話しながら、場外へ出て行った。そのあとから、上役らしいのが三、四人、護衛でもするようにゾロゾロついて行ったが、まるで何様かとでもいうような、あたりを払う物々しさであった。「わたくし、あのまっかなジャガーが断然いいわ!」と、鈴のような澄んだ声で令嬢が言ったのを、俊江は行きちがったときに聞いたように思ったが、ああいう人達は、いったい毎日、どんなことをして暮しているのだろう? 俊江などには、まるっきり想像もつかないような、無縁の世界のものであった。……そういえば、会場の人混みのなかには、子ども連れの若い夫婦者の姿がだいぶ目につくけれども、ああいう人達は、みんなあれは車の買える身分の人達なのだろうか? それとも、やはり自分達と同じように、たまの日曜日を映画やデパートのぞきをするかわりに、ただ漠然と行楽をかねて、夢の実体を見にきた人達なのだろうか? ――昭吾さんには悪いけど、こんなことなら、いっそ動物園にでも行って、ラクダやサルに餌でもやった方が、よっぽど気晴らしになったのに……。

観衆の環がくずれだした。俊江はハンケチをヒラヒラさせながら、上気したような目つきで、

「ねえ、すこし休まない? あたしもう暑くて暑くて、うだっちゃった。なにか飲みたいわ。咽喉がカラカラなの。」

二人は、すこし人のすいたところへ出た。額の汗を拭きながら、昭吾は伸び上がって、人埃りの立ちこめた雑沓する場内を見わたした。

「会場には何もないらしいな。おれも咽喉がひっつくようなんだ。水ぐらい、どこかにありそうなもんだがな。」

「いいわ、我慢する。外へ出てからにするわ。……とにかく暑くて、くたくただわ。」

「おい、それよりも、この車を見ろよ。……凄えなあ、やっぱり」

二人が立っているうしろには、この国産ショーの参考出品として、本年度の各国のデラックス車が、いずれ劣らぬ豪華な姿を、赤い絨毯《じゅうたん》の上にズラリと並べていた。近づいて見て、俊江はいっぺんに目がさめたように、感歎の声をあげた。

「まあ、すごいわねえ。まるで違うじゃない。きれいねえ。……あ、そうだ、この車だわ、きっと。さっきのお嬢さんがそう言ってたのは。これよ、これに違いないわ。——ねえ、素敵じゃない！」

何という車か知らないが、目のさめるような濃いえんじ色の、華廉《かれん》いわん方ない大型車が、王座のような台の上に、まるで盛装した西洋の貴婦人のような艶冶《えんや》な姿態さながらに、匂うばかりに据わっていた。なるほど、この車にさきほどの令嬢のような人が乗ったら、さぞかしすばらしいことだろう。——係員がエアを入れて、その美しく輝いた眞紅のボデーを前後左右に、自由自在に上げたり下げたりして見せている。俊江はいよいよ感歎して、「すごいわねえ」を連発した。まるでお伽《と》ぎの国をかいま見ているような心持がした。

「ねえ、こんなの一台、どのくらいするの？」

「そうだな、まあ四、五百万ってところだろうな」

「わあ、驚いた。高いのねえ。あたしの月給の何年分かしら？」

「君はすぐそういうことを考えるんだね。——そうさな、まず君の月給だったら、この車一台買うには、腰の曲ったたしらが婆になっても、どうだかな」

「ま、馬鹿にしてるわ！」

俊江は鼻のあたまに皺をよせて見せた。まるっこい鼻の平凡至極という顔だちである。笑うと左の頬に深いえくぼがより、小さな八重歯がチラリとのぞくのが、愛らしい。若い肌が牛乳に浸けたように白かった。

「だけどさ、こういうデラックス版を見ると、あんな玩具《おもちゃ》みたいな国民車なんか、ぜんぜん乗る気しないね。」

「じゃ、あんたもしらが頭のお爺さんになったら、こんな車買えばいいじゃない。」

「馬鹿いうなよ。そりゃこんなのは、一生かかったたっておれ達には買えっこないさ。——でもね、三万も出すと、ヒルマンのポンコツ買えるんだぜ」

「あら、そう。でも、そんな安い車は、修繕費が高くついちゃうんでしょう？」

「なあに、どうせ少し乗りまわして、いいかげんのところで捨てちゃうのさ」

「そうね。——そうだったわね。」

なにげなしに吐いた昭吾の言葉は、ふいを衝いて、俊江の心の奥深くにつき刺さった。彼女は組んでいた腕を男の腕からそっと抜くと、きゅうにあたりの陽が翳《かげ》ったように、暗い眸《ひとみ》を足もとに落した。——いいかげんのところで車を捨てるということは、車といっしょに自分たちの命を捨てることを意味していた。それは二人の間だけで通じる隠語であった。……死ぬときは二人で伊豆あたりへ最後のドライブをして、断崖の上から車もろともに落ちて、ひと思いに命を断つんだと、寺本昭吾は、とうから二人きりで逢っているときなどに、口癖のようによくそう言っていた。孤立無援の自分たちの救いのない生涯を全うする只一つの方法だと、寺本昭吾は主張し、そのように確信していた。俊江も同じようにそれを信じ、昭吾の主張に順応した。が、それをこの雑沓のなかで言われると、なにか彼女は戸惑いしたようで、胸の奥の方が一瞬鳥肌立った。

「ねえ、あっちの方にトラックだのバスが出ていたわね。行って見ない？——あたし、駄目なのよ。こういうピカピカ光った車を見ると、なんだか心細くなっちゃって。田舎で育ったでしょ、子どもの時分、自動車なんてトラックかバスしか見たことないんだもの」

「困ったおのぼりさんだよ」

そういって、昭吾が苦笑しながら、会場の一隅にある国産トラックの展示場の方へ歩みかけたとき、とつぜん俊江は、

「あっ！」

と小さな声をあげると、よろめくように昭吾の右腕に強くしがみついた。不意をくらって、昭吾が足

を止める前に、俊江は血相をかえ、うわずったような声で叫んだ。

「あ、あの人……あの人、何でしょう？　あすこに……あすこにいる人よ！……レインコートを着て、こっちをじっと見ている人！　ほら、いるでしょう？——わっ、怖い！……」

早口でそういうなり、俊江はただならぬ顔つきで、昭吾の胸もとにしがみつくように顔を埋めた。そして顔を埋めたまま、まだきれぎれに何か分らぬことを口走った。

とっさのことで、昭吾はもたれかかる俊江の体重を支えるのがやっとで、

「な、なんだよ、馬鹿……どうしたんだよ？」

俊江はしかし、頭《かぶり》をふるように昭吾の胸もとに顔をすりつけながら、

「いやよ、あたし怖いから見ない。……いるでしょ、レインコートを着た人。……こっちを見てるわよ、鳥打帽子かぶって。……その人、——その人、顔がないのよ。——怖い！」

「顔がない！　なに言ってるんだ。——どこにいるのさ、そんな人が……」

「いるわよ、ちゃんといるのよ。……厭《い》や、怖いからあたし見ない！」

声が泣き声になっていた。しがみついている俊江のからだの震えが、昭吾の腕に、小刻みにはっきり伝わってきた。

人の混みあう通路で、二人が妙なかっこうをしているので、あたりの観衆が怪訝《けげん》の目で見ていた。昭吾は人なかでの醜態が気恥ずかしくなって、きゅうに真顔になると、怒ったような調子で言った。

「おい、見っともないからよせよ！　人が見ているじゃないか！」

そして、胸にしがみついている俊江の顔を、肩で二、三ど軽く小突いた。

俊江は我にかえったように、恐る恐る昭吾の胸から顔をあげると、探るような恐怖の眼で、通路のかなたを透かすように見やった。その顔は紙のように白かった。唇の色がなくなっていた。

「あすこのとこよ。——あら、いないわ！　どこへ行ったんだろう？……あすこの角のとこにいたのよ。——へんだわねえ。……」

と、まだ怯えているような落ちつかない様子で、キョロキョロ見まわしていたが、きゅうに気をかえて、昭吾の手をとると、

「ねえ、出ましょうよ。あたし怖いわ。……ねえ、あんたまだ見てる？　見てるなら見ててもよくってよ。あたしは先に出るわ。」

呆気《あっけ》にとられている昭吾の手をふりきると、そのまま俊江は後をも見ずに、混みあう人波のなかを泳ぐようにして、一人でさっさと正面入口の方へ足早に去って行った。まるでそれは、なにか目に見えない恐怖に追われているような、ひたむきな足どりであった。声をかけるひまもなく、昭吾も訳わからず釣りこまれて、同じくそのあとを追った。

正面入口の回転扉を押して、明るい表の舗道へ出ると、三、四メートル先のところを、俊江が赤いハンドバッグを振りながら、人をかきわけるようにして、脇目もふらずに夢中でスタスタ歩いていくのが見えた。

「おーい、待てよ！」

うしろから声をかけたが、俊江は聞こえたのか聞こえないのか、ふり向きもせずにドンドン先へ行く。昭吾はカメラをぶらつかせながら、大股で追いついて、

「ちょっと待てったら——」

立ち止まって、クルリとこちらをふり向いた俊江の顔が蒼白なのに、昭吾は愕《おどろ》いた。眸をすえて睨《にら》むような目つきで、小鼻がふくらむほど、息を荒くはずませている。

「まあ、落ちつけよ。一体どうしたんだよ。へんな人だなあ、君は。なにを見違えたのか、そんな血相かえて……」

「ちがうわ！　見違えたなんて、ひどいわ！　あたし、ちゃんと見たのよ。はっきりこの目で見たのよ。——レインコートを着てさ、鳥打帽子をかぶって、目が骸骨みたいに窪んでいて、鼻も口もないのよ。その人が、あたしのことをじっと見てたのよ。怖い顔して……」

「とにかく、立っていたってしようがない。歩こう」

二人は肩を並べて歩きだした。広い道路の突き当りに、大きな汽船の黄いろく塗った太い煙突が空を衝《つ》いている。明るい外光のなかであった。昭吾は、まるでこちらが狐にでもつままれたような、何が何やらさっぱり分らない気持だったが、しかし俊江のただならない目つきと言葉つきには、頭から抗しきれない何物かがあった。

「だけど、おかしいじゃないか。おれには何も見えなかったんだぜ。君だけが……」

とあとを言いかけた時、俊江がふいに立ち止まって、きゅうに眸の散ったような、妙にうわずった目

つきで、昭吾の手を強く握って言った。

「ねえ、へんだわ。あたし今気がついたんだけど、……そうだわ、表はこんないいお天気なのに、その人のレインコート、まるで水の中から今上がってきたみたいに、ズブ濡れだったわ。」

「えっ、ほんとかい？」

人の行きかう明るい往来に立って、俊江の顔を穴のあくほど見つめた寺本昭吾の背すじを、はじめてその時、得体の知れない、氷のような戦慄が走りくだった。

3

その晩、寺本昭吾と田上俊江は、三の輪に近い安ホテルの一室で、例のごとく死ぬ相談を語り合った。

月に一度か二度、映画でも見たあと、二人はなるべく場末の、ネオンの光などのあまり目立たない安い旅館を漁っては、怪しげなそこの一室で、何時間かを過すことにしていた。財布の軽いときには――それは毎度のことだったが――映画も見ず、外でものも食わずに、昼間からそういう場所に閉じこもって、戸外が暗くなってから、空腹にラーメンでもすすりこんで別れる時もあったりした。ものを観るとか食べるとか、そういう都会的な享楽よりも、貧しい孤独な体を抱きあっている時が、いちばん乾いた寂寥を忘れて二人が溺れきることのできる、法悦の瞬間だったのである。

寺本昭吾は、毎月の給料のほとんど大部分を、部屋代と食い扶持として叔父の家に入れていた。叔父の商売は電気器具商とはいっても、場末のことだから、月にテレビか洗濯機が二台か三台売れればいい方で、あとは修理でお茶を濁す程度なので、家のなかはしじゅう火の車であった。そのうえ、近所の鉄工所に通っていた、昭吾より四つ年下の長男が、最近やくざに足を入れ、ときどき飲んだくれて帰ってきては、子供に甘い母親から飲み代をしぼって行く。昭吾も去年の暮、ボーナスを当てに月賦で買ったステレオを、いくらも聴かないうちに、留守中無断で質入れされた。被害はそれにとどまらず、叔父にも、店の資金繰りだといって、いくらもない虎の子の郵便貯金を、これも無断で引き出されたこともある。それを言い立てると、相手はケロリとして、そのうちきっと返す返すといって、あげくの果には逆に開き直って、出戻りの姉娘と叔母と三人がかりで、この義理知らずの恩知らずのといって、口ぎたなく罵《ののし》る。思いきって飛び出してしまおうと思ったことが、これまでに何度もあったけれども、そのつど高い権利金や室料のことを考えると、踏み切る心が鈍った。気の弱い昭吾は、そうしたいざこざが厭《いや》なばかりに、義理と恩義の雁字《がんじ》がらめのなかで、心からの悪人ではけっしてない叔父一家の人たちに、甘んじて尻の毛を読まれることに諦めていたのである。

俊江の方も、それと大同小異の立場であった。王子電車に長年勤めている小父は、無口な物のわかった人だったが、上総の百姓の出だという小母が現金主義のしたたか者で、この家に厄介になってから、この小母は一度も俊江に白い歯を見せたことがない。中学三年の男の子を頭に、五人の子持ちで、家のなかは一日まるで戦場のようであった。俊江は入口の三畳に寝起きしていたが、ときどきやはり蟇口《がまぐち》から紙幣が一、二枚抜きとられていることがある。最初このことをそれとなく口に出して、逆に、お前は救いの神のわたしたちを泥棒呼ばわりするのか、そんな恩知らずはさっさと出て行ってくれと、髪の毛をつかんで引きずり回される目に遭ったのに懲りて、この頃では何があっても泣き寝入りをすることにしているが、何よりも情ないのは、ふだんは俊江姉ちゃん、俊江姉ちゃんといって懐いている子供たちが、小母の命令なのか、ときおり遠巻きに白眼を見せて、寄りつかないことであった。そして、そういう時には、かならず家の中に何かしらあって、俊江もそのとばっちりを食うのであった。針の筵《むしろ》でいたぶられているようなそんな自分を、俊江はしかし、どこへ訴えにいくところも、相談にいくところもなかった。――寺本昭吾との偶然の出会いは、そういう彼女にとって、まさに砂漠でオアシスを見つけた以上の奇遇だったといわなければならない。

ふしぎなことに、この二人は、ふつう世間の恋人同志が当然語りあうような結婚の話を、いちども語ったことがなかった。おそらく、世間一般の結婚というようなものは、二人にとってはおよそ無縁のものだったのであろう。そのかわり、かれらは世間の恋人同志が語ることをしない「死」について、しばしば語り合った。結婚の話題は、そのままかれらの困難と支障に目詰りしたが、「死」を語り合うことは、そのまま自由と脱却とに結びついた。

寺本昭吾が物に憑かれたように、ふたこと目には「死ぬんだ、死ぬんだ」と口癖のように言いだしたのは、いつの頃からであったろうか。いずれにせよ、この不吉であるべき言葉は、同じ孤独に乾く俊江の遮閉された心に、まるで雨が砂地にしみこむように浸透していった。そして昭吾と同じように、その言葉は恵まれぬ自分の運命の終着駅を暗示するものとして、ほとんど憧憬に近いものを彼女の心に植えつけた。死だけが二人に許された唯一つの自由であった。二人にとって、「死」はもはや生きることの最も手近かな目標であった。「死」を想定しているときが、いちばん生き甲斐のある瞬間だというとへんに聞こえるが、「死」が「生」への最も親近な刺激になっていた、ということは言えそうである。死を仮想するときだけ、二人の肉体は烈しく燃えた。

だが、田上俊江は、その晩はどういうわけか、いつものように燃えなかった。

いつもだと、昭吾と死ぬ話をあれこれと話しているうちに、皮膚がじっとりと湿り、興奮のうねりが高まってくるのであったが、その晩は胸の奥の方に、なにか凍りついたしこりのようなものがあって、昭吾のしつこい愛撫にも拘《かか》わらず、すこしも彼女は溶けてこなかった。昭吾について行こうと焦れば焦るほど、ますます自分が遠のいていくもどかしさに落ちこむばかりであった。

「どうしたのさ、天井ばかり見ていて……」

疲れた半身を横にずらしながら、昭吾が不満そうに尋ねた。

「へんだわね、あたし。今夜はちっとも何してこないのよ。ごめんなさい。あんた疲れちゃったでしょう。――ねえ、すこし休んで、お話しましょうよ。……あたしね、昼間見たあの恐い男、レインコートがズブ濡れだったといったでしょう?」

「なんだ、またあの話か?　よせよもう……」

「まあ聞いて。あたしね、それで思い出したことがあるんだ。――これはまだあんたにも話したことがなかったけど、あたしの父さんはね、投身自殺したんですってよ」

「へーえ、そりゃ初めて聞くね……それで、昼間君が見た幽霊は、君のそのお父さんの幽霊だというのかい？」

「ちがうわよ。……厭や、怖い！」

俊江は昼間の恐怖がまだ尾を引いているように、駄々っ子みたいに毛布で顔を蔽った。

「大丈夫だよ、馬鹿だな。……それより、自殺したその君のお父さんの話、もっとくわしく話して聞かせろよ。」

小さな机に片肘つぃて、昭吾が腹這いになって煙草に火をつけると、俊江も毛布の襟から顔を出し、いっしょに並んで腹這いになった。

「私はまだ年がいかなかったから、顔もよく憶えていないくらいで、父さんのことは何も知らないのよ。母さんも、父さんが投身自殺したなんてことは、ひとことも私には言わなかったわ。自分の娘には言えなかったんじゃない？　その話を聞いたのは、父さんが死んで、一年ばかりたって母さんが家を飛び出してから、私が引きとられた伯父さんの家で、――そうね、小学校の三年の時だったかな、何だかして叱られたときに、伯母さんの口からはじめて聞かされたの。意地のわるい伯母さんでね、……なんでも伊豆の何とかいう海岸で、父さんは投身自殺をして、一時は警察沙汰にまでなって、村じゅう大騒ぎになったんだそうよ。小学校三年の私に、なにも分るはずないじゃないのね。私、父さんのことで、ずいぶんこの伯母さんからひどいこと言われて、虐《いじ》められたわ」

「だけど、君のお父さんは、どうしてまた自殺なんかしたのさ？　いろいろ事情があったんだろう？」

「それがよく分らないのよ。でもね、今になっていろいろ想像をめぐらして考えてみるとよ、どうも父さんは終戦後、なにか大きな闇でもして――ほら、あの時分、隠匿物資とか何とか、いろいろあったじゃない？　そんなことで、父さんは何か詐欺みたいなことでもしたんじゃないかと思うのよ。それで警察に追われて、切破《せっぱ》詰ったあげくに身を投げたんじゃないのかしら？　よく分らないんだけど、伯母さんが父さんのことを、『免状持ち』だの『前科者』だのと口汚く言ってたところを見ると、どうもそんな気がして仕方がないのよ。……柿岡の伯母さんや親戚の人達は、みんな私の母さんの方の身うちの人だから、父さんのことを仇敵《かたき》みたいに踏みつけに言うのは、むりないと思うけど、わたし物心ついてからそれを言われると、ほんとに辛かった。今思っても、お腹の中が煮えくりかえりそう。……」

　俊江は、自殺したという父親については、何の記憶ももっていない。ただ、四つか五つの頃、古箪笥の上の小さな仏壇のなかに、白襷《しろだすき》をかけた応召姿の父の写真が飾ってあって、これがお前の父ちゃんだよと母から教えられたことを、かすかに憶えているだけである。写真のなかの父は、たしか鼻の下に短い髭をはやしていたように思うが、それも記憶が薄れてはっきりしない。――父と母が世帯をもったのは、東京の向島というところだと、これはずっと後になって別の親戚の人から聞かされたが、東京の向島で父が何をしていたのか、父と母がどういう縁でいっしょになったのか、そういうことはいっさい俊江は知らない。

　栃木の田舎は母の郷里で、三反百姓の実家は長兄が跡をついでいた。父が応召したのち、母はこの実家の物置へ疎開したものらしいが、終戦と同時に父が復員したあと、まもなく母は俊江を身ごもったのであった。それから四年たって父が死に、父が死んだ翌々年に、母は五つになる俊江を兄の家にのこして、関西の方へ稼ぎに行ってしまった。親戚のうわさによると、出奔した母には、闇屋の若い男が情夫になっていたということだが、おそらく母にすれば、疎開して何年ぶりかで郷里に戻ってきて、肉身の兄妹や親戚から心に耐えかねる冷遇を受け、父の変死——それも犯罪がつきまとっているので、狭い村のなかに居たたまれず、そんなこんなで家を飛びだす気にもなったのであろう。——俊江が小学校二年のとき、母は四国の宇和島というところで、急性肺炎で亡くなった。三十八歳であった。役場から知らせがきたとき、俊江は正月の学校休みで、近所の人達と山仕事に行っていたが、実家では死亡通知を受けとっただけで、香典一つ送ってやらなかったようである。両親を失うと、前よりもいっそう暗く辛い日々が、俊江の上にめぐりだした。……

俊江は自分の記憶にない幼い日のことを想像して、今でもときどき不思議に思うことがある。父や母が健在でいた時分には、いくらふしあわせな自分の上にだって、たとえ冬の薄日のようなものにしろ、ちっとは明るい暖かな日があったのではなかろうかと考える。まさか生まれ落ちた時から、捨て猫みたいな自分ではなかったのだろうと思う。しかし、親の愛情とか家庭の暖かさとか、そういうものを憶いだす手がかりになるものが、彼女は何一つないのだ。その空白を埋めるものは、ちょうどボールを手から手へ投げ渡すように、村うちの親戚や他人の家を、転々と盥《たらい》まわしに送り渡されてきた、親のない厄介者の長い辛酸な時間があるだけである。

「私ね、これは自分の想像だけど、母さんという人は勝気な人だったらしいのよ。そして父さんはね、案外正直な、人のいい人だったんじゃないかと思うの。そう思うのは、わたしが女の子だからかしら。何だかそんな気がするのよ。自分でそう思ってるだけだけどさ。だって、あんまり親戚の人達の評判が悪いんだもの、父さんが可哀そうになった時があったわ。私には親だものね。そうでしょう？　昭吾さんはどうなの、お父さんやお母さんのこと、どう思ってる？」

「いや、おれはね、なんども言うように、おやじが炭鉱で落盤死したのが、おれの二つのときだろう。その年におふくろもチブスで死んじゃったんだから、全然憶えがないんだ。記憶がないという点では、君よりおれの方がもっとひどいよ。そりゃ親父とおふくろの写真は、おれ持ってるよ。いつか見せたろ？　だけどね、写真だって、こっちに親の思い出がないんだから、どこのおじさんかおばさんてなもんだよ。……しかし、考えると寂しいなあ、親の記憶がまるでないってことはなあ。なんかこう、生きている拠り所がないみたいだものな。——君は兄弟はなかったんだっけ？」

「ううん、わたしの上に男の子が一人あったんですって。でも、生まれるとじきに死んだんだって。——私、ときどきその子が羨《うらやま》しいことがある。」

「なるほどな、君のその気持、よくわかるな。おれにも妹があったんだそうだが、やっぱりお七夜過ぎて死んだんだとさ。おやじが死んだんで、おふくろの乳が上がったんだとさ。おれはその妹がいたら、話相手になるかと今まで思ってたけど、そうだな、君のいうように、死んだ妹が羨しくなるな。」

「昭吾さんは、死んだお父さんを全然知らないのね。でも、お父さんはいい方だったろうと思ってて？」

「その点はね、おれは世間のどこのどいつの伜《せがれ》よりも、幸福だと思っている。自分の知らない親父のことなら、どんなにでも理想的ないい親父に考えられるものな。」

「そうねえ。ほんとだわ。考えようだわよね。」

「だけどさ、考えると、いつだって会えばこんな話ばかりしているおれ達は、つくづく世にも哀れな存在だよなあ。俊江ちゃんもそう思うだろう？」

「そりゃ思うわよ。私それを考えると、もう居ても立ってもたまらなくなる時がある。」

昭吾は、いきなり俊江の頭をかかえこむと、むしゃぶりつくように俊江の唇を吸った。俊江の閉じた瞼から、光ったものがひと筋、耳の方へ糸を引いた。

「ねえ、いいかい、もうしばらくの辛抱だよ。そのうち、おれ、きっと車買うよ。それまでの辛抱だ。待っててくれな。今年のうちにきっと買うから。おれね、すこし計画してることがあるんだ。」

「計画って、何？　ボーナス？」

「まあ、そんなとこかな。」

「ボーナスなら、わたしも援助したげるわよ。」

「いや、車のことは、君に心配かけないよ。」

「あら、だって車買えば、あとはもうお金なんか持ってる必要ないじゃないの。あたし、全部提供するわよ。」

「なら、君のお金で、ひとつこの世の思い出に、最後の豪遊を思いきり派手にやるか。」

「うん、それがいい。そうしましょう!」

二人は寂しく笑って、もういちど長い接吻をかわした。

4

――車が手に入ったから、明日の夕方六時に、有楽町駅の西側入口で待っていてくれ。

寺本昭吾からそういう電話がかかってきたのは、それから一カ月ほどたった、月末近い、金曜日の午後のことであった。ちょうどその月の決算日を前にひかえて、俊江は帳簿や伝票の集計に忙しかった。昭吾の電話は、要点だけかんたんにいうと、俊江が聞き返すひまもなく、ぷつりと切れた。俊江は、「はい、分りました」とはっきり答えて、受話器をしずかに手からはなした。

べつに覚悟を新しくする必要もないことだった。来るものがついに来たという、むしろほっとした安堵感があった。その安堵感の裏には、死がいっさいを解決してくれるという確信が貼りついていた。憧憬が現実になる喜びがあった。俊江は機械的に算盤の指をはじきながら、案外おちついている自分が、一瞬不思議のようでもあり、また当然のことのようでもあった。

この三年間、朝夕目になじんだこの狭い乱雑な事務所にも、一つ机に並んで仕事をしていた同僚の男女たちにも、べつに未練はのこらなかったし、これという感慨も湧いてこなかった。今日かぎりで、自分がここから姿を消してしまったところで、他人のあずかり知ったことではあるまい。別離とか悲しいとか、そういった湿っぽい気分は、ふしぎなくらい一つも湧いてこなかった。

もっとも、平生から俊江は、勤め先の同室の人達とはあまり深い付合はなかった。取りたてて人づきが悪いという方でもないのに、ふだんは口数のわりあい少ない彼女は、妙に気心が知れないと思われているのか、会社の帰りなどに、奢ったり奢られたりの飲み食いの仲間に誘われるようなことは、ほとんどなかった。また、そういう仲間付合を、彼女自身べつに羨しいとも思っていなかった。むろん、切り詰めた財布の事情が許さなかったことも事実だが、小さい時分から孤独になれた彼女の性向が、自分でも気づかぬうちに、しぜんそうした温い社交を遮断していたのであろう。といって、心が凍っているわけではなく、反対に上役からは、こだわりのない明るさを愛されているくらいであったが、習性が容易に近づかせなかったのである。

その晩、俊江は王子稲荷の止宿先に戻ると、例によって味噌汁と漬物だけの粗末な夕食をすましてから、玄関三畳の自分の部屋で、小一時間かかって、とぼしい所持品を整理した。そして九時ごろ、いつものように小学五年の娘と近所の銭湯に行き、帰ってくると、茶の間でみんなとテレビを見ながら空っ茶をのんで、すこし世間話をしてから、十時半にいつもの通り自分の部屋にはいって、床についた。さすがに目がなかなかつかなかった。

翌朝、彼女はふだんと変りなく、七時半に家を出た。そして定刻の五時まで、勤め先でいつもの通り仕事をして、それから約束の六時ちょっと前に、有楽町駅へ行った。西側改札口の外に、寺本昭吾はすでに一と足先にきて待っていた。

「車はどこにあるの?」

俊江はガード下の鋪道に出ると、まずそれを尋ねた。

「車はスキヤ橋の駐車場に預けてある。——俊江ちゃん、今夜はね、最後の晩餐だから、うんとぜいたくなものを食おう。」

「そうね。——お金あるの?」

「金はあるさ。一日や二日じゃ使い切れないほどあるから、安心しろよ。全部使い切ったときが、おれたちの最後というわけだ。」

「どこまで行くの?」

「いろいろ考えたんだがね、天城を越えて湯が島へ行くことにした。山の奥で静かなところだから。」

「温泉ね。いいわねえ。」

夕暮の有楽街は雑沓の最中であった。その雑沓の流れのなかを、寺本昭吾はきゅうに金持になったように、一張羅のオーバーの裾を翻《ひるがえ》しながら、さっそうと胸を張って歩いた。その腕にすがっていく俊江は、そうしている自分を自分で確かめるように、足を小刻みに動かして従った。

土橋に近いビルの六階にある豪華なレストランへ、二人はエレベーターで上がっていった。柔かな照明の流れているクロークで、裏地の薄くすり切れた外套を脱がされた時、俊江は顔から火の出るような思いがした。

高い天井から、豪奢なシャンデリアが眩い光を投げている広い食堂は、時間がちょっとまだ早いせいいか、客の影はまばらにしかなかった。二人が桃色のスタンド・ランプの灯った壁ぎわの席につくと、白い服を着たボーイが、いんぎんにメニュをさしだした。

「定食二人。」

昭吾がとりすました顔で命じている。

「お飲みものは？」

「そうね、ドライブするんだから、酒は遠慮しておこう。シトロンでも下さい。」

俊江は、まるで若い社長みたいに納まっている昭吾の様子がおかしくて、思わず吹きだしそうになった。

「馬鹿、何がおかしいのさ？」

白いナフキンを胸にはさみながら、目尻を細めてそういう昭吾の目のなかに、充足した暖かい光が宿っていた。俊江はその目に甘えるように、

「だって昭吾さん、社長さんみたいに澄まし返ってるんだもの。――あたし、さっき入口で外套をぬいだ時、体が縮むほど恥しかったわよ。」

「馬鹿だな。金を払って物を食うのに、どこに恥しいことがあるものか。」

「そりゃそうね。私たち、今たのしいのね。」

「そうさ、生涯で最高のたのしい時だよ。」

俊江は目を伏せて、素直にうなづいた。

そっと見渡すと、清潔な白布をかけたどこのテーブルにも、申し合わせたように上品な男と女の一対が、和やかになにか談笑しながら、食事をしている。どうせ自分たちとは縁の遠い人達の、縁のない内容の会話であることは、聞かないでも分りきっている。――そうだ、あんな連中よりも、いまの自分達の方がよっぽど幸福なのだ。人に羨まれていいくらい、完全に自由で幸福なのだ。そう思うと、俊江の胸は無邪気にふくらんできた。

「おいしいわね、このスープ。」

みどり色をしたポタージュの皿の上で、慣れない手つきでスプーンを動かしながら、俊江は心から嬉しそうに、パンをちぎったり、サイダーにむせたりした。そして次から次へと出てくる料理を、彼女は材料もよく分らずに、何でもおいしい、おいしいといって平らげた。白い高雅な皿の上にのって、慇懃なボーイの手によって運ばれてくる、生まれてはじめて味わう高級な料理を食べているということが、ただもうそれだけで幸福だと感じているらしい様子である。その俊江の単純無垢な喜びかたを目に入れながら、寺本昭吾は、自分の上着の内ポケットを膨らましている金の出所については、絶対に彼女に明かすまいと固く心に誓った。

食事中、二人は、ほとんど話らしい話をしなかった。ふだんから、おたがいに話題の乏しい二人であった。昭吾も俊江も、大体自分のこと以外には、広範な話の尺度をもちあわせていないようであった。一口にいえば、教養の貧しさが広い社会への同化を遮断しているわけだが、そのかわり狭隘な自分の環の中のこととなると、俄然かれらは饒舌になる。しかし、今夜は別の理由で寡黙になった。

「私、お腹パンパンになっちゃった。食べつけないもの食べて、きっとお腹んなかびっくりしてるわね。」

食後の柿をむきながら、俊江は血色のいい顔を満足げに笑って見せた。

「おれも腹が苦しいよ。」昭吾は椅子の背にのけぞるようにして、おどけた格好でバンドを緩めてから、腕首の時計をのぞいた。

「――七時二十分か。そうすると、湯が島に着くのは二時すぎになるかな。」

「夜なかだわね。」

「旅館は夜通し起きているから、大丈夫だよ。――じゃ、よかったらポツポツ行こうか。」

二人は無造作に勘定をはらうと、夜の色の濃くなった外へ出て、旧スキヤ橋の方へ腕を組んで歩いた。赤や青の灯火の氾濫した街を、うそ寒い夜風が吹いていたが、昭吾も俊江も、二人ともなにかに酔っているような足どりであった。

西銀座デパートの先の有料駐車場で、昭吾は切符をわたし、俊江を往来に待たしておいて見えなくなったが、まもなくクリーム色のヒルマンを運転して、俊江の立っている舗道のまえに現われた。昭吾は運転台のドアをあけると、俊江の手をとって中に乗せた。

車がすべり出すと、俊江は動いている前景に目をすえたまま、夢でも見ているような声で言った。

「凄いわねえ。」

「凄いだろう。」

「まるで『ローマの休日』だわね。」

「君が王女さまで、おれは新聞記者か？　しょってるぞ。」

走りだした車のなかで、二人とも、これが死の路線への首途《かどで》だという感傷は、いささかも感じていないふうであった。

「ねえ、この車、これでポンコツなの？　そうでないでしょう？　——すごい新車じゃないのよ。」

隣でハンドルを握っている昭吾は、車と人のひしめく前の夜の雑沓を見すえたまま、

「そういうことは聞かんでよろし。——俊江ちゃん、君はね、——いやおれたちはね、今このすばらしい現実の瞬間を、この時点において、最大限に享受していれば、それでいいんだ。ポンコツだろうが、新車だろうが、そんなこと問題じゃないさ。」

「そりゃそうだけど、……そんなにお金あったの？」

昭吾は正面を向いたまま、「そういうことは聞かんでいいというのに。あんまりしつこいと、おれ怒るぜ。……ほんというとね、教えてやろうか、——おれな、先週限りで会社やめたんだよ。それでゴッソリ退職金がころがりこんだんだよ。分ったろう、これで。分ったら、もうこれ以上金のことは問答無用だぜ、いいかい。」

「ごめんなさい。私、知らなかったからよ。そうだったの。——私、馬鹿ねえ。損しちゃったわ。私もあんたと同じように、会社やめてくれればよかった。そうすれば、お金もっと沢山になったんだわ。あんた、もっと早くに知らしてくれればよかったのよ。」

「何をのんき言ってるんだ。――そうだ、おれ煙草買ってくるから、ちょっとここで待っててくれね。」

新橋駅に近い細い横町へ曲ると、暗いビルの前に車を止めて、昭吾は運転台から一人で降りて行った。とりのこされた座席で、俊江が自分も貰えば貰えたはずの退職金のことを、ぼんやり考えていると、まもなく昭吾が紙袋をかかえて戻ってきた。そして扉をあけて、半分体を入れると、外套のポケットから、外国煙草、チョコレート、ガムなどをしたたま座席へつかみ出した。

「まあ、たくさん買いこんできたのね。」

「こっちはパンだ」と紙袋を運転席と俊江の間のシートに投げだして、「これだけありゃあ、食い切れないだろう。――失敗《しま》った、ジュース忘れた！　チェッ！」

「もういいわよ、そんなに。お腹いっぱいだわよ。」

「車を運転してると、ものすごく腹へるんだぞ。――いいや、咽喉乾いたら、横浜かどこかで買うことにしよう。」

車が都電の路線にそうて走りだすと、昭吾は赤い外国煙草の袋から一本抜き出さして、口にくわえ、ライターの火をつけた。俊江はガムの包み紙をむいて、口に入れた。

土曜日の夜で、京浜国道は予想以上の混みかただった。右も左も、前も後も、車の帯であった。暗い夜空に、羽田空港のライトが白い輪を描いたように映り、管制塔の赤い灯が高いところで回っていた。あかりをいっぱいつけた大きな汽船が、暗い沖にいくつも浮かんでいる。

六郷を渡るころから、俊江はときどき気にして後をふり返ったが、

「ねえ、うしろの座席、灯火《あかり》つかないの？」

「つくよ。なぜさ？」

「じゃ、つけてよ。まっ暗だと、だれか後に坐っているようで、気味が悪いんだもの。」

「ふん。ずぶ濡れのレインコートを着た、顔のない人がか？」

「厭やあ、怖い！」

「弱虫！」

昭吾は笑って、ルームライトのスイッチを入れた。

「ねえ、ここ、どこの辺なの？」

俊江はサイド・ガラスから、灯火が綴っている闇のなかを透かして見た。

「神奈川かな。まもなく横浜へはいるよ。」

「わあ、早いのねえ。……私、すこし眠くなってきちゃった。」

「よくいろんなことを言う人だな。眠くなったら寝なさいよ。……寒いかな。毛布持ってくればよかったね。夜が更けると、相当冷えこんでくるからね。何だったら、横浜で一枚買うか。」

「ううん、寒くなんかなくてよ。暖いわ。よしなさいよ、毛布なんか買うの。もったいないわよ。」

「ヒーターがつけてあるから、そんなに寒いことはないはずだけどね。——いいから遠慮なく寝なさい。」

「うん、そうするわ。一時間。——一時間たったら、起こしてね。」

擬《まが》いモヘアの外套の襟を立てて、そのなかに丸い顔を埋めると、俊江は睫毛の長い目を閉じ、なんか居ずまいを工風しながら、しばらくモゾモゾやっていたが、そのうちに静かに眠りに落ちたようすであった。

薄い唇をすこしあけて、白い歯をぽっちりのぞかせ、俊江は軽い寝息をたてている。無心なその寝顔を横目に見て、寺本昭吾はふと哀れを誘われた。とたんに、上着の内ポケットに入れてある金の意識が、かれの心に蘇ってきた。——田上俊江には退職金だと言ったが、それは嘘だ。茶色の封筒にはいっている拾四万なにがしという金は、会社の得意先から支払われたものを無断で着服した金だ。自分は拐《かい》替者《たいしゃ》だ。……明日、明後日、——月曜日に自分は出社しない。出社するどころか、明日のうちに自分は遠い天国に行っているだろう。おそらく、大した金額ではないから、会社は集金日の晦日《みそか》まで、金の穴には気づかないだろう。得意先は昭吾がこの春ごろ、トラックでシェーパーを二台納入した三河島の小さな工場で、金はその後何回かに分払された代金の残額であった。昭吾は毎月集金に行って顔なじみだったので、昨日ぶらりと寄ってみた時も、工場ではすぐに気前よく金を支払ってくれ、来月あたり工場をすこし拡張するから、旋盤とシェーパーを新しくまた四、五台入れたい、というようなことも言っていた。帰って社長にそのことを報告すると、「へえ、あんなとこでも、近頃は景気がいいんだな。前の勘定の残りは、たしかもういくらもなかったな」「拾四万と少しです。晦日にきれいにするといってましたから、また僕行ってきます」「うん、頼む。その時あとの注文も確約してきた方がいいね」と社長はご機嫌であった。……

寺本昭吾は下町肌のこの社長にも、競輪気狂いだが、商売にかけては社長よりもすばしこい、副社長格の実弟にも、恩義と親愛の念こそ持っておれ、怨恨や忘恩の気持など、鵜《う》の毛ほどももってはいない。しかし、田上俊江との死を遂行するためには、悪いこととは知りつつ、ほかに採るべき手段がなかったのだ。拾四万なにがしの金は、あの事務所の機能を停止してしまうほどの金ではあるまい。――しかし、罪は金額の多寡によって決定されるものではない。自分は横領拐帯者だ。弁解の余地もない、りっぱな罪を構成している犯罪者である。罪が死によって償える筋合のものでないことも、充分承知している。犯した罪を決して浅く考えているわけではない。しかし、おそらく自分は、拾四万なにがしというこの金を、自分達の死を決行するために全部費消してしまいはしないだろう。死はあとわずか十数時間後に迫っている。破いて捨てでもしないかぎり、三分の二以上の紙幣は、手をつけないでそのまま残るだろう。ただ自分達の最後を飾るためには、どうしてもこの程度の札束を懐中している必要があったのだ。愚かな虚栄かもしれない。偽りの潤沢が、死への発条に役立つとは、なんという人間心理の愚かさであろう。……

生きていれば貰えるはずの退職手当が、金額はいくらでもないだろうが、自分にもあるはずだ。もちろん、生きていなければ貰えない金だが、自分たちの死の首途《かどで》の前借金をそれで埋めてもらえば、人情を抜きにした非情な数字の上でも会社の損失は、手向けの香典料ぐらいのところで棒引きにしてもらえるのでなかろうか。――ただ、ドライブ・クラブで借りたこの車は、メチャクチャに壊れて、一塊りの残骸になってしまうにちがいない。でも保険料は払いこんだのだから、あとは現社会に規制されている災害保証のワクのなかで、合法的に処理してもらうよりしかたない。それだけだ。——

寺本昭吾が夏以来、考えに考えぬいた死の計算書は、ざっとこんなものであった。かれは今、自分で書き上げた杜撰《ずさん》なその計算書の上を、時速六十マイルの速力で疾走していた。

5

どのくらい眠ったか分らない。俊江が目をさましたとき、車の前にも横にも、まっ黒な闇が流れていた。寝ぼけ眼に、あたりのけはいから、どこか山の中を走っているらしいことがわかった。

「ああ、私ずいぶんよく寝ちゃった。……どこだかまっ暗なとこね。」

窮屈そうに身をおこすと、小さな欠伸《あくび》をした。

「お目ざめかい？　よく寝たね」昭吾はハンドルを握ったまま、前方を向いたまま答えた。「——もう今、天城の山の中だよ。横浜を過ぎてからだから、ずいぶん寝出《ねで》があったろう。」

「まあ、もうそんなに来たの？　早いことね。……何時なの、今？」

昭吾はハンドルの手首をのぞいて、

「一時五十分だね。わりかし費《かか》ったな。もっとも、途中車が混んでたからな。」

「まだよっぽどあるの？」

「もう大したことはない。これからすこし登りになるんだ。」

「そう。――」俊江は欠伸といっしょに、両手で頭の髪をボリボリかきながら、「あたし、お小用したくなっちゃったな。いけないこと?」

「小便か。おれもさっきから出たいんだ。よし、どこかこの先で止めよう。五時間ぶっ続けて飛ばすと、ちょっと疲れるよ。すこし休もうや。」

すこし行ったところで、昭吾は道端によせて車を止め、いちどバックしてから、国道わきの草原のなかへ車を乗り入れた。

ライトを消し、扉をあけて外へ降りると、きゅうに湿った冷たい夜気が二人を包んだ。車のなかでは聞こえなかった夜風の音が、星空の下の高い木の枝で鳴っている。

「寒いわね。」

「山の中だから、冷えるよ。」

あたりの草のなかには、すがれた虫の声が微かに聞こえている。

「おれもするから、君もそのへんでやれよ。」

昭吾の小便が、末枯れた草をながながとたたく音がきこえる。

「きれいねえ、星が。――ここでして大丈夫?」

「大丈夫。誰も見ちゃいないから。」

星あかりのなかで、草の上にしゃがみこむ俊江の太腿とまるい臀《しり》が、ほの白く浮かんだ。

「女の小便って、えらい音がするもんだな。」

「いやあよ、見ていちゃ！」

やがて丸めた紙を捨てて、草のなかから腰を上げた俊江を、昭吾がやにわにうしろから抱きすくめた。そして婪《むさぼ》るように口を吸いながら、そのままもつれたように車に歩みより、片手で後部扉をあけると、力の抜けた俊江の体を掬いあげるようにして、暗い座席の上に横たえて、上からのしかかった。俊江の外套の腕が、蔽いかぶさる昭吾の首に強くからみついた。ライトを消した車が、枯草の上でゆっくり揺れた。

「あっ、誰かいる！」

突然、電流を受けたように俊江は叫ぶと、昭吾を下から押しのけるようにして、跳ね起きた。

「誰か人がいてよ！」

「どこに？　――誰もいやしないよ。」

昭吾もぎごちなく上半身をおこした。

「嘘、いるわ！　そこの窓から覗いたわよ！――ねえ、ちょっと外見てよ。」

はずんだ息でそう言うと、俊江は狭い座席の上で、手早くはだけた前を身づくろった。昭吾は半信半疑で、窓から闇のなかを透かして見たが、

「誰もいやしないよ。人なんかどこにも見えないぞ。」

「男の人よ。白い顔よ。――ねえ、降りて外を見てよ。恐いわ、あたし……」

昭吾はズボンを直し、不承々々扉をあけて外へ出た。俊江は続いて降りた。

あたりに人のいるけはいはなかった。枯草の匂いがしんと鼻をつく。このへんは人家にも遠く、深夜の国道は往来する車の影もない。星あかりのなかで、うそ寒い夜風が只さびしく鳴っているだけである。

「誰もいないわねえ。」

「あたり前じゃないか。どうかしてるぞ。……見ろ、君のおかげで寒くなっちゃったぞ。」

「ごめんなさい。——だけど、へんだわ。たしかに男の人の顔が覗いたんだもの。……ねえ、早く旅館へ行きましょうよ。私、怖いわ。……」

「知らねえよ。」

俊江をのせて、草原からふたたび国道へ出たが、昭吾はあらぬことに欲情を中断されたせいか、いやにプリプリしていた。その腹癒《はらい》せに、かれは乱暴にクラッチを踏んでエンジンをふかすと、一気にフルスピードに全開した。

車は唸りをあげて、深夜の国道を飛ぶように疾走した。フロントに当る風の音が小気味よい。車は自身の出している猛スピードに、快い震動をハミングしている。岸に臨んだ道路わきのコンクリートの柵《ペイル》が、白い帯のように流れた。

「あんまりスピード出さないで。——あら、うしろの灯火《あかり》消えてるのね。」

なにげなくうしろを振り向いたとたんに、俊江は闇をついて驀進《ばくしん》している後部座席の暗がりのなかに、レインコートを着て鳥打帽子をかぶった顔のない男が、こちらをじっと睨んでいるのを見た。

「キャーッ！」

悲鳴をあげるなり、俊江は体ぐるみ、夢中で昭吾にしがみついた。

「馬鹿っ、危いっ！」

怒声といっしょに、ハンドルの狂った猛スピードの車は、右にグイとよろめき、あっというまに道路わきの柵《ペイル》にものすごい勢いで激突し、はずみで車は掬い上げるように前輪を宙に浮かし、そのままもんどり打って、国道のまんなかに地響をたててのけ反《ぞ》った。

一瞬の出来事であった。

星あかりの下の寂しい国道のまんなかに、夜目にも白いクリーム色の車は、鼻づらをグシャグシャに押しつぶされ、四つの車輪を空に向けたまま、見るもむざんな姿で静かに横たわっていた。夜風がガソリンの臭いをあたりに撒きちらした。


それから二十分ほどして、貨物を満載した一台の大型トラックが国道を通りかかって、この事故を発見した。それは山を越えたいくつかの温泉郷の旅館へ、毎朝鮮魚と食品をとどける定期便のトラックであった。

「なんだ、仰向けにひっくりけってるじゃねえか。天下の国道で、けったいな真似をしやがったな。」

三メートルほど手前で停車した大きな車から、年の若い三人の運転手がとびおりてきて、すぐさま、顚覆した車のまわりに駆けよった。懐中電灯をもったそのなかの一人が、ガラスのメチャメチャに割れた窓から車のなかをのぞきこんで、叫んだ。

「こりゃひでえや。男と女が死んでるぜ。運転台は血の海だ！」

あとの二人も、交る交るにのぞきこんだ。

「なるほど、ひでえや。――どうしてまたこんな所で、こんなことしやがったのかな。トンチキ野郎だなあ！」

「なあ、どうする、これ？」

「まあ待ちなよ。――あすこの柵へぶつけやがったんだな。……まだ若え野郎だな。つまらねえことで命を終《お》やしゃがって。血の臭いがプンプンしやがる。」

「とにかくよ、湯が島で荷をおろしてよ、あすこから三島の警察へ電話で知らせるんだな。」

「それよりねえな。――だけどこれ、道のまんなかで、車通れるかな。」

「ちっと動かすか？」

「いや、手をつけねえ方がいいぞ。車は通れるさ。――友ちゃん、お前手帖もってたら、ナンバー控えとけや。……厭なもんにぶつかっちゃったよなあ。」

「これも何かの縁ださ。相手は若え兄《あん》ちゃんに姐《ねえ》ちゃんだ。ま、後生のために拝んで行ってやろうぜ。」

三人の若い運転手は、道のまんなかに横わっている車の残骸にむかって、めいめいに脱帽して、形ばかりに合掌瞑目した。それから運転台にゾロゾロ乗りこむと、ハンドルをなんどか切って事故車をよけ、やがて爆音と砂煙をあとに、深夜の国道を走り去って行った。

三島署の白バイが先導して、警察自動車と救急車が事故現場に到着したのは、それから約二時間たった後であった。初冬の午前四時近い空はまだ暗かった。

「ほう、完全な逆転覆ですな。これは厄介ですぞ。」

まっさきに事故車のそばに降り立った、白い鉄カブトの巡査が、さんたんたる現状にまず眼を奪われた。つづいて警部と白い上衣を着た嘱託医も降りてきた。

警部が破れた後部扉の窓から、懐中電灯で車内を検《あらた》めたが、大体目撃者が報告した通りの情況であった。すべてが烈しい激突の跡を語っていた。運転台の扉は左右ともいびつに歪んで開かないし、後部扉もハンドルが動かなかった。

「弱りましたな。窓からもぐりこんで、死体を出しますか?」

「いや待ちたまえ。とにかく逆さまになっていたんでは、仕事にならんよ。車をいちど起こせんかな? ちょっと手を貸して。」

三人して車を正常な状態におこそうと、力いっぱいやってみたが、うまく行かなかった。

「駄目か。――玉井君、どこかそのへんに、梃杆《てこ》にするような石か棒きれはないかな? ――あ、あすこのコンクリートの柵は抜けないかな?」

玉井巡査がすこし離れたところで、激突で傾いたコンクリートの柵を力いっぱい揺っているとき、ふとうしろに何かけはいがした。何気なく振りかえったとたんに、玉井巡査は頭から水をぶっかけられたように、ギョッとした。いつどこから現れたのか、ずぶ濡れのレインコートに鳥打帽子をかぶった痩せた男が、星あかりの下にほの白く立っていた。その男が言った。

「お願いです。車のなかに娘がいます。どうか助けてやって下さい。」

男の声は、夜風に吹きちぎられたような、低い弱々しい声であった。

「あ、あんたは何ですか?」玉井巡査は咽喉の詰まったような声で尋ねた。男の額が割れて、片方の目に血がべっとり流れているのを、玉井巡査ははっきりと見た。

「……娘のおやじです。——お願いです、助けてやって……」

「あんた、それでこの事故の時に、娘さんといっしょに……」

と玉井巡査が尋ねかけたとき、

「おーい、玉井君、ちょっと手を貸してくれ!」

と警部が大きな声で呼んだ。

「はい、只今。——あんた、ちょっと待っててくれね。」

男にそう言い置いて、玉井巡査は事故車のそばへ走って行った。どこをどうしたのか、つぶれた運転台に潜りこんだ警部が、血にまみれた犠牲者を引きずりだしているところだった。腥《なまぐさ》い血の臭いがムッと鼻をついた。

「おい、担架だ!」

車からひきずり出されたのは、男の死体であった。最初のショックでハンドルのシャフトに心臓をつらぬかれ、即死していた。

「先生、女の方は微弱だけど、脈がありますよ。ちょっと見て下さい。」

「え、娘さんは脈がありますか。そりゃよかったですな」玉井巡査は思わず口走った。「今そこに、娘さんのおやじさんがいて、心配していたところなんです」

「娘のおやじさん？　どこに？」警部は両掌についた血をふるい落しながら、訝《いぶか》しそうに尋ねた。

「今そこにいました。娘を助けてくれといって。……おやじさんも額に怪我をしていました。――」

玉井巡査は柵の方を見やったが、国道には人の影らしいものはなかった。

「――おかしいな。今ぼくはそのおやじさんと、あの柵のところで話しておったのですがね。どこへ行ったのかな？　部長ご覧にならなかったですか？」

「見なかったね。柵を抜いてる君のそばには、誰もいなかったぞ」

「何？　娘のおやじがどうしたって？」路上に膝をついて、車のなかに首をつっこんでいた医師が、口をはさんだ。

「いや今ね、玉井君が娘のおやじさんの幽霊を見たんだそうですよ」警部が剽軽《ひょうきん》な調子で言った。

「部長さん、幽霊なんかじゃないですよ」玉井巡査は真顔になって、「僕はその人とちゃんと話をしたのですよ。――自分は娘のおやじだから、どうか娘を助けてくれと、はっきりそう言っとったのですから。レインコートを着て、鳥打帽子をかぶっていました。」

「レインコートを着て、鳥打帽をかぶってた？　そんな男、いやしなかったぞ。――おいおい厭だぜ、君がへんなことを言うから、こっちまで背筋がゾクゾクしてきたぞ。」

警部は半分本気で言って、あたりを覗《うか》がうように見まわした。

「いや、そりゃ君、ひょっとすると幽霊かもしれんよ」と落ちつき払った顔色で、医師が言った。「なあ玉井君、幽霊が君に頼んだのだから、この女の子は何とかして助けてやろうじゃないか。――さあ、もう一度手を貸した。幽霊の論議より、人命救助が先決だ。担架を頼むよ。」

玉井巡査と警部は、救急車へ担架をとりに走った。

×

田上俊江は三島市の組合病院に、三週間入院加療した。彼女は左腕を骨折しただけで、奇蹟的に助かった。

退院する前日、見舞いにきた玉井巡査から、俊江は死んだ父親の幽霊のはなしを聞いて、思いあたる節があった。顔を見たかと、俊江はその時玉井巡査に尋ねてみたが、父親の顔は玉井巡査にもはっきりした印象はなかったようである。

俊江は、げんざい、市川市にある主人の本邸で、お手伝いさんをして元気に働いている。洋傘問屋の主人は事情をきいて、親のない俊江の身の上に同情し、自分たち夫婦が及ばずながら親代りになって、将来のことを考えてやるという約束で、自宅へ引きとってくれたのであった。

寺本昭吾が事故死したこと、また彼が会社の金を拐帯したことを警察の人から聞かされたのは、骨折の手術をした直後であった。俊江は今でも時々昭吾のことを思い出して、気の弱い、いい人だったと思っている。あの人がぽっちりばかりの会社の金を拐帯したかと思うと、哀れでならない。——だが、俊江自身、もう死にたいなどという気持は、今では忘れたように起らない。「あの時分、私は死神にとっつかれていたのかしら。でも、昭吾さんが死んだとなると、私の方が死神だったのかしら?」と、そんなつまらぬことを考えることもある。

レインコートを着た怖い男は、そのあとぷっつりと現われない。しあわせが彼女の上に訪れてきたからであろうか。

奇妙な墜死

中菱一夫

Ⅰ　その夜——八時

市川眞間手古奈堂《ままてこなどう》の裏の小さな蓮池を、だだ降りの夜の雨が激しくたたいている。梅雨もよいの宵の八時すぎである。寺の境内だから、夜は人通りがまるでない。まして雨の晩である。まだ宵の口というのに、本堂も、本堂の奥の書院も、灯影ひとつ洩れていない。毎夜やかましい池の蛙の声も、さすがに今夜は豪雨のせいか、珍らしく鳴りをしずめている。息を呑んだような濃い闇の中を、ぶち撒けるような沛然たる雨の音だけが立ちこめている。

低く垂れ下がった雨雲の上には、月でもあるのか、空はいちめんに銀色の光をふくみ、その雨明かりの空の一端を、手古奈堂の高い急勾配の屋根が、墨絵のように黒々と大きく劃《くぎ》っている。強い雨しぶきで、霧がかったように白く煙り立った池の岸では、生い茂った葦《あし》の群れが、しなうように残酷に風にもまれている。万葉の古い伝説に出てくる片葉の葦である。気まぐれな螢が一匹、雨に叩かれた葦の茂みから舞い立って、にじんだような青白い光の尾を、闇のなかに短く引いて、消えた。

眞間山の杉の木立の上あたりであろう、五位鷺《ごいさぎ》が一羽、ギャッと不吉な声を落して通りすぎた。

あとはまた、漆のような闇のなかを沛然たる雨の音である。

本堂の右手寄りの、池に臨んだところに大きな藤棚がある。暗くてよく見えないが、その下に、さっきから何やら白いものが茫《ぼう》と立っているようである。よく見ると、白い水玉模様のビニールの雨外套を着た若い女である。女はどういうわけか、この篠つく雨のなかを雨傘もささず、べつに外套のフードもかぶらないで、降りしぶく蓮池のおもてを、なにか思い詰めたような様子でじっと見つめて立っている。半透明の外套の下から、ピンクのブラウスの色が夜目にも薄く透けて見えているが、裾から下の方は闇に塗りつぶされて、はっきりとは見えない。女のまわりを包んでいるのは、黒い闇の色と、その闇の中を激しく織りなす濃密な雨の縞である。ふしぎなことに、鼻をつままれても分らないようなそんな暗闇のなかで、女の白い顔だけは、まるで月光でもさしたように青白く、けざやかなのである。目鼻だちはよく分らないが、色の白い丸顔の女である。

ふしぎといえば、もう一つ妙なことは、風が吹くたびに、半透明の白い雨外套を着た女の体が、前後左右に少しずつ揺れ傾くようである。気の抜けた風船玉みたいに、フワリフワリ揺れながら、女は暗い雨のしぶく水面を、放心したように凝視している。……

じつは、この女は、もう今夜から帰る家がないのだ。いや、家はここから二キロほど離れた、栗山という部落にある。彼女の叔父にあたる人の家で、彼女はそこに昨日まで三年半ばかり身を寄せていたのだが、松戸行きのバス通りから五〇メートルほど畑をこえた奥にある、やぶ下の粗末な叔父の家では、おそらく今頃、家族の者が不安な額を深刻に寄せ集めているところへ、警察の刑事や報道人たちが、雨のなかをしきりに出たり入ったりして、さぞかし大騒ぎをしていることだろう。しかし彼女は、もはやその家へは帰ることができないのだ。——警察の人達によって、叔父の家に残してきた彼女の所持品、貯金通帖、日記、手紙の類は、手当りしだい隈《くま》なく調べられたことだろう。もちろん、捜査の手は明日にも彼女の勤務先や交友関係にも及ぶことは疑いないし、一方また、犯人の割り出しには、附近や盛り場の聞き込み、現場の証拠物件など、すでにそれぞれ迅速綿密な捜査網がひろげられつつあるに違いない。しかし、そういうことも、もはや彼女には何の関係もなかった。——もとは房州あたりの茶屋女だったという、トギスのように痩せて骨ばった彼女の義理の叔母は、徹底的な現実主義者で、彼女の月給日にだけは取ってつけたように機嫌がいいかわり、ふだんは厄介者扱いに箸の上げ下げにも白い眼を光らしているような酷薄な人だったが、きっと今頃は、降って湧いた飛んだ迷惑至極な災難ごとの腹癒《はらい》せに、縁喜でもない警察官のまえで、あることないこと、さかんに彼女の讒訴《ざんそ》を鳴らしていることだろう。長年鋳物工を勤めて、いまは同じ工場の倉庫番をしている、人のいいだけが取柄の叔父は、悍馬《かんば》のような老妻の言いなりに口もきけずにただオロオロしていることだろうし、それを尻目にかけて、松戸の紙器工場に出ている今年二十二歳になる長男の秀男が、ヤクザかぶれの早口で、警察官の尋問に殊勝らしく答えているに違いない。――しかし、それもこれも、もはや、彼女にとっては何の関係もないことであった。関係のないのは道理である。彼女の屍体は、じつは今から約二時間ほど前に、この眞間山のじき上の鴻の台にある、国立病院の解剖室で解剖に付されたのだから。
解剖に執刀したのは、千葉医大法医学主任教授M博士であった。解剖の結果、博士が作製した鑑定書は次のようなものであった。

「木田喜美枝。年齢二十四歳。身長一六一センチ。体重五二、六キロ。体格栄養、通常である。虫様突起炎切開の痕跡あり。ほかに顕著な病歴を認めず。頸部及び咽喉部に、両手の拇指で強く圧搾したと覚しい深い陥没と紫斑が認められる。これが致命傷で、本屍の死因である。死因は窒息死。解剖の結果、胃中にコーヒーの残滓と、それに混じて、かなり多量の睡眠剤が検出された。身体各部位に顕著な擦傷、裂傷、打撲傷が認められないのは、被害者が失神せるか、あるいは睡眠剤によって意識不明になったためか、そのいずれかにより、被害者が全く抵抗しなかったことを物語っている。膣内からは、同一型ならざる二種の精液が検出された。精液の解消度の所見によると、O型がまず先に犯し、A型がその後に行なったものと推定される。筋肉、血液その他の諸状況より見て、絞殺は性交後に行われたものと思われる。陰裂部、膣腔、擊帯部には裂傷を認めない。……以上を綜合するに、犯人は少くとも二名であり、それも通り魔的な常習痴漢ではなく、そのうちの一名（主犯？）は、被害者とある程度以上相識の者ではなかろうか？　事件当夜、犯人は駅付近の喫茶店で被害者と会い、一人が隙を見てコーヒー中に睡眠剤を投入し、被害者を自宅まで送る途中、薬のきいてきたころ、計画的に輪姦した、という線も一応は考えられそうである。……」云々。

解剖を了《おわ》った彼女の屍体は、げんざい、病院内の屍体室に安置されている。彼女の帰るべきところは、もはやこの世のどこにもない。明日は、おそらく警察当局と叔父が立合の上、彼女は市の火葬場で茶毘《だび》に付されるだろう。

……とにかく、瀬川浩二に彼女はぜひとも会わなければならない。瀬川浩二は、今夜、出張先の九州から東京へ帰ってくる予定になっている。自分がこうなったことは打ち明けないまでも、なんとかして今夜のうちに、一目でいいから会いたい。それ以外のことは、今のところ考えられもしないし、また考える必要もないことだ。今夜もし何かの都合で会えなければ、会えるまで彼女は彷徨を続けるだろう。

……考えてみると、二年という月日は、たしかに短いものだったと云える。短いが、しかし密度の濃い、希望に満ちた月日であった。充実したその自分たちの月日を、とつぜん、二人の意志とは全く無縁な、他人の凶暴な欲望が断ち切ったのだ。そのために彼女は死んでしまったが、それを断ち切った凶悪な人間を憎むまえに、断ち切られた空白な時間の中を、彼女なしに当もなく流れ漂っていかなければならない瀬川浩二の身の上が、彼女は死んでも死にきれないほど、無性に哀れでならないのだ。二人はどこまでも一しょにいなければならない。……

……はかないといえば、何もかもがはかない気がする。この世に実在することは、実在するということ以外に、何の意味があるかと言いたくなるくらい、愛情も、信頼も、契約も、すべてはかないものだ。愛情も、信頼も、契約も、じつは実在の世界を離れた時に、はじめて時間を絶した確かなものになるのではないか。永遠がそこから始まるという貴重さを、死がはじめて教えてくれたようである。

……思い出というものに、情緒の意味が皆無であることも、死が教えてくれた貴重な教訓の一つだ。ここの藤棚は、二人にとっては忘れることのできない思い出の場所なのだ。彼女がはじめて瀬川浩二に唇を許したのが、この藤棚の下であった。二年前の寒い冬のある晩のことで、目を刺すような凍った星空が、葉の落ちつくした藤棚の下から透けて見えていたのを憶えている。それが今来てみると、藤棚は葉を茂らして、闇のなかで降りしく雨に濡れそぼっている。何の意味もありはしない。それよりも、あの時寒い夜気に冷えた唇を合わせながら、「きみが好きなんだ。僕はきみが好きなんだ」といった浩二の熱っぽい言葉を、彼女は遠白く思い出している。残された力が自分にもしあるとすれば、それはこの浩二の愛の言葉を否が応でも永遠なものにするために、自分を傾けつくすこと以外にないようだ。死とは陰極《ネガティブ》の可能性をいうらしい。……

それから十分ののち、彼女は手古奈堂の池のほとりから、ほど近い並木通りの桜の木の下に現われた。桜並木といっても、立ち枯れの老木が何本か丸坊主のまま残っているだけで、季節が来ても花ひとつ咲かないし、葉も茂らない。道の片側を大きな溝が流れている。溝に沿うて、生垣やしゃれた格子戸の瀟洒《しょうしゃ》な中流住宅が並び、落ちついた雰囲気のある住宅街である。東京で映画など見て、帰りが遅くなると、よく浩二がこの道を送ってきてくれたものだ。国電駅からここの道を通って、手古奈堂の境内を抜け、それから山下の商店街のバス通りへ出る。今夜は大雨で、溝の水が音を立てて流れている。防犯灯が路面をたたく激しい雨の縞を照らしているだけで、往来には犬の子一匹見えない。

傘をさした酔漢らしい男が、折鞄《おりかばん》をかかえこむようにして、なにか流行歌のようなものを呟きながら、雨の中を駅の方角から千鳥足でやってきた。丸坊主の桜の木の下に、ぼーっと白く立っている彼女の側までくると、酔漢は、雨傘をひょいと持ち上げたとたんに彼女を認め、「やあ、今晩は、ねえちゃん」と声をかけて、そのまま彼女の前を通り過ぎた。二、三歩行き過ぎて、ふと酔漢は不審に思ったのか、立ち止まって傘の下から後をふり返った。もうその時には、彼女の姿は桜の木の下から消えて、どこにも見えなかった。酔漢は、しばらくあたりに酔眼をキョロつかしていたが、そのうちに何を思ったか、いきなり「わっ!」と大声に叫ぶと、雨傘をおっぽり出すなり、夢中で雨のなかを転げるように駆け出した。

Ⅱ　その前夜

その前日、夕方五時ちょっと過ぎに、神田秋葉原の青果会社、丸十事務所の会計係木田喜美枝のところへ、知人の秋場友雄から電話がかかってきた。

このところ、枇杷《びわ》の最盛期で、市場は毎日大量の入荷が殺到して、事務所はさながら戦場のような活況を呈していた。喜美枝は、午前中から追いまくられ通しの山積した伝票の記帳をやっとすまし、あともう少しで集計が終るところであった。降るとも降らないともつかない、いやに蒸々した日で、鼻のつかえそうな狭い事務所の息苦しさを、退《ひ》け際《ぎわ》の慌しさがかき乱していた。

「木田さん、電話よ。秋場さんて方」

同じデスクの向いにいる外村和子が、下町娘らしい歯切れのいい声でいって、机ごしに受話器をさしだした。

「私？　すみません」

喜美枝は片手で帳簿に鉛筆で薄くマークすると、片手をのばして受話器をうけとった。

「もしもし、喜美枝ちゃん？　ぼく、秋場。あのね、早速だけど、きみ今夜、暇ある？」

「ええ。――でも、何でしょうか。藪から棒に……」

「いや、じつはね、前から瀬川に頼まれていた就職の口ね、あれが今二つばかり話があるんだけどね。そのことで少し話したいことがあるんだよ」

「いろいろすみませんでした。でもね、今九州へ出張してるんですの。明日は帰るといってましたけど……お話、急ぎなんですか？」

「そうなんだよ。それでじつは困ってるんだがね。明日彼が帰ることは、おれも聞いて知ってたんだけどな、あいにくとね、おれ急に明日名古屋へ行くことになっちゃってね、四、五日留守になるんだ——」

それで先方の雇用条件、その他具体的な点について、とりあえず喜美枝の耳にまで入れておきたい。

話の筋は、仲介者によく通しておいてあるから、瀬川浩二が帰ってきたら、喜美枝から話を伝えて、さっそく本人に先方へ出向くように言ってほしいというのである。

「それでね、電話じゃくわしい話ができねえからさ、君にご苦労でも、今夜ぼくのところへ来てもらえないかと思ってね……」

「そうですね——」

喜美枝は返事に躊躇した。鉛筆の尻で軽く額を叩きながら、眸《ひとみ》を宙に浮かしてちょっと考えこむふうであったが、ほかのことではないので、すぐに肚がきまった。

「いろいろご親切に、どうも。じゃ、今夜伺わせて頂きます。何時頃がごつごういいんでしょう?」

「そう、来てくれる? すまないなあ。時間はね、そうだな、七時ごろがいいな。雨の中をすまないけどね。——都電の八重垣町の停留場で下りて、角の果物屋で春日荘アパートと聞けば、すぐ分かるよ。時間が分かれば、迎えに出てもいいけど……」

「いいえ、そんな……一人で分かりますから。では、七時ごろ伺います」

「じゃ、待ってるよ」

受話器をおくと、喜美枝はそのまま黙って、中絶された帳簿の集計を再びつづけた。熟練した細い指先が、算盤《そろばん》の上を目にも止まらぬ迅《はや》さで動く。——喜美枝は算盤は二級の免状をもっていた。ここへ勤める前、本所のメリヤス工場の事務所にいたときに、夜学の算盤塾へ一年通って取ったのである。帳簿の数字を目に追いながら、喜美枝は、うまく今夜の話で、浩二の望んでいる住み込みの自家用車のおかかえ運転手の口でもあればいいがと思った。

三年前、喜美枝がここの事務所に職を変えたころ、秋場友雄と瀬川浩二は、青果市場の運送部でトラックの運転をしていた。秋場友雄は瀬川浩二より三つ年上で、職場でも先輩であった。秋場が変りチェックのジャンバーに派手なマフラーなどして、口のきき方からしてどことなくヤクザぽかったのに反して、瀬川浩二の印象は、いつも戦闘帽に似た市場の制帽をきちんとかぶり、身なりに少しも乱れたところのない、見るからに生真面目そうな青年であった。鼻の細い、色白で眉の濃い顔だちが、荒くれたこんな世界の水には合いそうもない、内気な性質をあらわしていた。

喜美枝は、市川鴻の台の奥の栗山にある叔父の家から通勤し、瀬川浩二は家が中山にあるので、二人は、毎日往復の国電のなかでよく顔が合った。そんなことから親しく口をきくようになり、会社の帰りに音楽喫茶に入ったり、市場の公休日に映画に誘われたりした。浩二はクラシック音楽が好きで、乏しい小遣いのなかから、家にはレコードも多少蒐集しているらしく、その方面についての書物から得た知識を豊富に持っていた。そんなことからも、喜美枝はきゅうに今まで自分の知らない高尚な趣味性を啓発されたような感激をおぼえ、浩二への傾倒を急速に深めて行った。

二人が愛の告白をしたのは、それから半年ほど後の一昨年の冬であった。二人は結婚を誓い、それから計画的な生活設計がはじまった。たがいに申し合わせて、月々の貯金を励行した。綿密で着実な点でも、二人は意外に気が合った。

明けて去年の春、ひと足先に、秋場友雄が世帯をもった。細君の光子は、新宿裏のバーにいた女だった。色の白い平凡な丸顔の、すこしだらしがなさそうだが、気だてのおとなしい人だった。結婚式はぬきで、友達七、八人が日暮里のアパートの狭い一室で、ビールの乾杯をして祝った。秋場友雄には両親がなかった。両親は深川で空襲で死んだのである。

当座、人の羨むようなこぎれいなアパート暮しで、いかにも幸福そうであったが、浩二と喜美枝は、見かけの派手な友達夫婦の新婚生活について、かれらなりの批判をもった。

「秋場も悪い人間じゃないんだが、友達が悪いのばかりだからな。何よりもあいつ、見栄坊なんだよ。そのくせ、気はごく小さいんだけどね。あれでまあ、競輪、競馬の病を治さないと、今にきっとまた光子さんを稼がせるようなことになるぜ。だけど、あいつ、どういうんだか僕にだけは、まじめになって本心を打ち明けるね。ぼくにはいい面を見せるな。秋場のそういう柔順な面を知ってるのは、僕だけかもしれない。あれで、案外親切なところがあるんだよ。いろいろこっちのことを心配もしてくれるしね。怠け者だけど、根は善良なんだな」

「でも、見ていると頼りないわねぇ、ああいうご夫婦。世間には、あんなことで済んでいられる人達が、案外多いんでしょうね。私は厭だわ。とても出来ないわね。性格かもしれないけど、だって人間の幸福って、大へんなものじゃない？　私この頃、つくづくそれを思うわ」

「まあいいさ、僕達は僕達でやっていくさ。僕達にあんなふうにやれといったって、そりゃ出来っこあるものか」

そのころ、会えば二人は、よくそんな話をした。

秋場友雄の同棲生活は、浩二が予言したとおり、半年たらずで脆くも崩壊した。それが去年の秋のことで、光子という女は再び池の端のキャバレーで働くようになった。

喜美枝は、かりにも浩二の先輩のことを悪く言う気はなかったが、同性である光子に同情するより先に、秋場という男の怠け性と卑屈な狡さに腹が立った。人のことだから、どうでもいいようなもので、それ見たことかという気がした。彼女は秋場友雄に愛想をつかした。さっき秋場から電話で話があるから来てくれないかといわれた時、喜美枝が一瞬躊躇した気持の奥には、そうした屈折が潜在していたのである。でも、せっかくの先方の親切を、まさか浩二の留守中に、木で鼻をくくるわけにもいかないので、伺いますと返事はしたものの、秋場の口ききで浩二が就職の世話になるのは、後々のこともあり、喜美枝としては実はあまり気の進む話ではなかったのである。

六時に事務所が退けると、喜美枝はいっしょに出た外村和子と末広町の都電通りで別れて、ぶらぶら広小路の方へ歩いた。雨は止んでいたが、肌のべとつくような夕暮れ時で、雲のかぶさった夕空に、軒を並べた電機器具店の夥《おびただ》しい赤や青のネオンが、蒸すように明るく映えている。喜美枝は雨傘をさげた手に、出がけに市場の顔なじみの爺さんに安く分けてもらった、手土産の枇杷の箱をかかえていた。

約束の時間にはまだ早いので、中華ソバでも食べて行こうかと思ったが、さして空腹でもなかったし、秋場の話だってせいぜい三十分もすれば済むはずなので、節約をして、食事は少し遅くなっても、家へ帰ってすることにした。

喜美枝は、毎月、手取り一万八千円の給料のうちから、五千円ずつ天引き貯金をしている。その貯金が、ボーナスなど入れて、今ではざっと三十万円近くになっている。浩二との協定で、二人の貯金が合計二百万円になったら、結婚するという約束なのである。叔父の家に入れる食費と部屋代、国電とバスの定期券、お昼のおかず代、洗濯費、主要経費を差引くと、蟇口はいつもキューキューであった。洋服生地でも買うか、封切映画を月に二度も見れば、それでパーである。それでも、喜美枝はその苦しいなかから、郷里の母宛に、毎月給料日には必ず千円ずつの送金を欠かさなかった。

喜美枝の郷里は、栃木の在の元木という、山の中の寒村であった。父は彼女が十二の年に病死し、今は腹違いの兄夫婦が煙草の栽培をやって、子沢山の苦しい生活を支えていた。喜美枝は中学を卒《お》えると、すぐに集団就職で東京へ出てきてしまったが、兄夫婦に気兼ねしいしい、貧しい活計のために、今でも辛い山仕事などに行っている年とった母のことが、しじゅう心にかかって離れなかった。浩二と結婚したら、なんとかして気の毒な母を東京へ呼び寄せて、親子水入らずで暮らしたいというのが、彼女の理想の念願であった。

浩二の方は両親がまだ健在であった。父は日本毛織の古参の技師で、半白の髪を几帳面に分けた、物言いのおだやかな人だった。長男夫婦は中学の教員で共稼ぎをしており、浩二の下に高校生の妹が一人ある。喜美枝は浩二との交際を許されてから、中山の家へもときおり遊びに行くが、いつ行っても羨ましいような、明るい余裕のある家庭であった。浩二の母はきさくな人だったが、落ちついた趣味の豊かな人らしく、週に何回か近所の主婦たちを集めて、ろうけつ染の指導のようなことをしたりしていた。

喜美枝は自分の生家の豚小屋同然の貧窮さに思い比べて、最初は妙に肩身の狭いようなコンプレックスを感じたが、浩二の愛に酬《むく》ゆるためにも、自分の引き当てた仕合せを守るためにも、もっともっと自分を高めていかなければと、痛切に考えた。柄にないその苦労には、浩二と結婚して、瀬川家の一員になるという喜びの裏づけがあった。

広小路から乗った都電を八重垣町で降り、秋場にいわれたとおり角の果物店できくと、春日荘アパートはすぐに分った。モルタル塗りの薄汚れた二階建で、新婚当時の日暮里のアパートと比較して、秋場の生活の落差をまざまざと物語っていた。

秋場の部屋は、二階のいちばん奥の八号室であった。ノックすると、すぐに扉が開いて秋場が顔を出した。意外なことに、秋場は額に包帯を厚く巻いていた。

「あら秋場さん、怪我をなすったんですか?」

喜美枝は愕《おどろ》いて、人気《ひとけ》のない廊下に立ったまま、尋ねた。秋場はテレ臭そうに苦笑しながら、

「これかい? なに、こりゃ何でもないんだよ。ちょいとその、腫物《できもの》を切ったんだよ。——まあいいから、お入んなさいな」

でたらめを言ってるのは明白だった。喧嘩《けんか》でもして、殴られたかどうかしたのに違いない。喜美枝はなにか不潔な心持がした。

狭い台所の奥が、扉で仕切った六畳ばかりの板敷の洋室で、螢光灯の下に低い茶卓と椅子が二脚あ

り、片方の壁には光子のワンピースやパジャマがぶら下がっていて、部屋のなかは雑然としていた。秋場は、拳銃の音がパンパン鳴っているテレビを消すと、自分が先に腰をおろしてから、喜美枝に椅子をすすめた。

喜美枝は水玉模様のビニールの雨外套を脱ぎ丸め、一通りの挨拶をしてから、手土産の枇杷の箱を出した。

「光子さんは、お出かけですの?」

秋場はライターの火を煙草に移して、「あいつ、この頃また働いてるんだよ。喜美枝ちゃんの前だけど、おれもここんとこずっと曲り続けでさ、どうしようもねえんだよ。この間もね、聞いたか知んないが、おれ、瀬川にうんと怒られちゃったよ。そりゃおれだって自分の悪いことは知ってるよ。瀬川のいうことは一々尤もだし、よく分かるんだ。だけど、どうしようもねえんだよ、実際。光子も、おれみたいな奴といっしょになったのが因果さ。考えてみりゃ、あいつも可哀そうな女だよ。そこへ行くと、喜美枝ちゃん、君はしあわせだよ。瀬川があゝいう真面目な固い男だからな」

「この頃、やっぱり競輪へいらっしゃるんですか?」

「その競輪へ行くシキがねえ始末だよ。おれも実際、今度という今度はつくづく考えたな。そいでね、ちょうどいい塩梅に、先輩から口がかかったもんだから、ここらで足を洗って、名古屋へ行って一と旗上げて来ようと思ってさ」

「結構じゃありませんか。どういうお仕事なんですの?」

「どうせおれ達のことだから、碌《ろく》な仕事じゃないけどさ」

「そんなこと……でも、そうなると、光子さんはどうなさるの？」

「あいつは目鼻がつき次第、あとから呼ぶよ。向こうへ行ってまで稼がすんじゃ、可哀そうだものよ。……止そうや、こんな話は。それより喜美枝ちゃん、うまいコーヒーがあるから、一杯ご馳走しよう」

秋場は灰皿に煙草をこすりつけると、きゅうに元気に椅子から立ち上がった。

「いいえ、結構ですわ。私、そうもしていられませんから。お話伺って、私、すぐにお暇しますから」

そういうと、喜美枝もともに立ち上がった。腕時計を見ると、八時二十分前だった。

「いいさ、まだ時間は早いよ。話はコーヒー飲みながら、ゆっくりするさ。うまいコーヒーなんだ。渋谷のドリームという家のバーテンを、おれ知ってるんでね、そいつがスペシャル・ミックスを内証で頒《わ》けてくれるんだよ。ドリームで飲むと、一杯二百円ふんだくりやがる」

「ええ、でもほんとに私、また今度にして頂きますわ」

「まあ、いいじゃないの。お手間はとらせませんから。何ならお送りいたします。ね、テレビでも見ていてくれよ」

秋場友雄はそういって、テレビのスイッチを入れると、台所の扉のかげへさっさと出て行った。

テレビはスリラー劇らしいものを映しだした。まもなく台所で、水道の音とガスの燃えつく音が聞こえた。外は風が出たらしく、窓ガラスがときどき鳴っている。

喜美枝はさきほどから幻滅を感じていた。来るのではなかったという後悔が、心の隅にひろがっていた。この分では、就職の話も大したものではあるまいと思いながら、しようことなしに椅子に腰を下ろして、部屋の中を見まわした。

部屋の突当り、喜美枝の坐っている左手に汚れた縞のカーテンが曳いてあって、その裾から鉄製のベッドの脚がのぞいている。そこが寝室なのであろう。壁際にギターが一挺立てかけてある。目ぼしい家具は何もない。入口の棚の上に、結婚祝いのちょっと豪華な光子の三面鏡があるきりで、あとはテレビのほかに、白いプラスティックの新型ラジオ、皮張りの麻雀の平たい箱、……ミキサーから電気掃除器まであるが、それでいて生活の中軸をなすような洋服箪笥も置いてなければ、和服箪笥もない。人一倍見栄坊の秋場が、どうせ月賦払いに違いない、そういう文化的粉飾品だけで浅く享楽している、根のない索漠たる生活を、この部屋は四隅から露呈している。これらの物品が、ことごとく競輪やギャンブルの戦利品なのかと思うと、喜美枝は何かしら背筋の寒くなるのを覚えた。

台所からコーヒーの香ばしい匂いが流れてきた。

しばらくすると、扉があいて、「やあ、お待ち遠」と秋場が皿にのせたコーヒー茶碗を両手にもって入ってきた。

「まあ、いい匂い！」

喜美枝は立って、茶卓の上の灰皿や煙草の鑵《かん》を片寄せ、ついでに入口の扉を締めた。

「喜美枝ちゃんのはミルクを入れたよ。おれはブラックだ。砂糖入ってるから、よくかき回してくれね」といって、秋場は立ったまま、ひと口毒見に自分で飲んでみて、「うん、よく出た。喜美枝ちゃん、熱いうちに飲んでくれよ」

「じゃ、ご馳走になります」

喜美枝は匙《さじ》をゆっくり底深くまわしてから、唇をつけて茶碗のなかの液体を一口飲んだ。苦みがかなり強いが、香りが高く、濃厚であった。

「おいしいですわ。でも、ずいぶん濃いのね。こんな濃いコーヒー、私初めてだわ」

「コーヒーをうまく淹《い》れる秘訣はね」と秋場はパイプに刻み煙草を詰めながら、「コーヒーを惜しげなくふんだんに使うことだってさ。だから、一杯二百円もふんだくる筈だよね。おれはどうせ只で貰ってくるんだから、ジャンジャン使っちゃうがね。——よかったら、まだ一杯ぐらい残ってるよ」

喜美枝は首をふって、中味の三分の二ほどを飲んでから、茶碗を下においた。コーヒーの濃い苦味が、空腹の胃壁に沁みるようにひろがった。

「ところで、肝心の話なんだがね」秋場は火のついたパイプをくわえた。椅子の背にのけぞりながら、喜美枝の顔を流し目に見まもった。

「はい」

待ち構えたように、喜美枝は居ずまいを直して、これも秋場の顔を見まもった。繃帯を巻いた秋場の顔が、灯火の加減か、へんにこの時青黒く、陰惨に見えた。

秋場は目をそらして、「いやね、浩ちゃんはやっぱりついてるんだね。二つ一ぺんにあるなんて……それもだよ、条件がすごくいいんだからね。おれが行けりゃあ、こっちが先に飛びつきたいくらいなもんだよ、正直の話」

世辞ともつかないそんな前置ののち、秋場は名刺入れから何枚かの名刺をとりだして、語りだした。

――

就職口の一つは、安川製菓会社の地方課。製品を全国の契約小売店に、宣伝用の美装したパネル・ヴァンで直接送り届ける仕事である。安川製菓は最近売り出したインスタント食品が当って、工場を増設し、景気の波にのっている。初任給一万八千円。ほかに地方輸送の場合は宿泊費のほかに距離制で歩合手当がつく。これが魅力で、遠距離輸送が月に三回もあると、二万七、八千円になる。ただ難をいえば、会社が板橋のはずれだから、中山から通勤すると、朝が早い上に足代が嵩《かさ》む。……

喜美枝はうなづきながら話を聞いていたが、話の要点を手帖にメモしておこうと思い、「ちょっと待って下さい」といって、入口に雨外套といっしょにおいたハンドバックを取りに、椅子から立とうとした拍子に、きゅうにクラクラッと強い眩暈《めまい》を感じた。体が前後に大きく揺れ、崩れるように椅子に腰を落すと、目をつぶった。顔が蒼白になっていた。

「どうしたの？　喜美枝ちゃん、気持悪いのかい？」

秋場が腰を浮かせて訊いた。

「私……どうしたんでしょう……きゅうに眩暈がして……」

「眩暈がする？」秋場は椅子から立って、「そりゃあいけないな。少し横になったら？――ねえ、大丈夫かい？　ベッドへ少し横になったら、どう？……気持悪い？」

「いえ……もう大丈夫……」

言っているうちに、きゅうに水が退くように、喜美枝の四肢から力が抜けて行った。秋場の何か言う声が、厚い壁を隔てたように遠くなった。

「喜美枝ちゃん！——喜美枝ちゃん！——おい、どうしたんだよ？」

秋場は側へ寄ってきて、椅子にぐったりとなった喜美枝の肩を二、三度強く揺《ゆ》すぶったが、抵抗はなかった。両手をだらんと下げたまま、目をつぶって、軽いいびきを立てている。秋場はしばらく側につっ立って、椅子に伸びた喜美枝の白蠟めいた顔を凝視していたが、やがていきなり喜美枝を椅子から抱き起すと、すくい上げるように両手に抱き上げ、白い雨靴をはいたままの両足の先でカーテンを乱暴にまくって、ベッドの上に仰向けに転がした。投げ出された丸太のように、喜美枝の体はピクリとも動かない。白い顔が、きゅうに小さくなったように見えた。

完全に意識のなくなった喜美枝のしどけない寝顔を見て、秋場ははじめてニヤリと笑った。それから抜き足でそっと部屋を出て、廊下の入口の扉に鍵を下ろすと、台所の電灯を消し、ふたたび室内に戻ってきた。そしてカーテンを引いて中に入り喜美枝の足からゆっくりと雨靴をぬがした。

×

どのくらいの時間がたったろうか。——目がさめた時、喜美枝はベッドの上に寝ている自分に気づいて、愕いた。意識が戻ってきた。上掛けをはねのけて起き上がると、頭が石のように重かった。部屋の中はしんとしている。喜美枝は急いでベッドから下り、足元に投げだしてあった雨靴をはいて、カーテンの外へ出た。案の定、部屋のなかには誰もいない。天井の螢光灯だけが白い光を投げており、茶卓の上はきれいに片づいている。秋場はどこへ行ったのだろう。

ふと、立っている太腿のへんに、何かドロリとした冷たい物が流れるのを感じ、喜美枝はハッとなって立ちすくんだ。瞬間、顔が火のように硬直した。或ることを直感したのだ。

ほとんど夢中で、台所のわきの便所へ駆けこんだ。蹈《かが》むと頭のつかえそうな、タイル張りの狭い水槽便所である。

まもなく、そこから部屋へ戻ってきた時の喜美枝の顔は、土気色に歪んでいた。直感が確固になったのだ。状況が動かぬものとなった。コーヒーの中へ睡眠薬を入れられたのに違いなかった。意識のなくなった間に、自分は秋場に犯されたのだ。

繃帯を巻いた秋場友雄の卑屈な顔が、惑乱した頭のなかに、蛇のように浮かんだ。

喜美枝は腰のバンドを手早く締め直し、急いで雨外套に手を通すと、ハンドバッグと雨傘を摑んで、廊下へとびだした。足がまだ少しふらついた。自分の体が自分の物でないようだった。

往来へ出て、腕時計を見ると、十時すこし回っていた。あれから二時間。――その二時間の喪失の意味が、彼女には怖ろしくて信じられなかった。

明かるい都電通りで、喜美枝は通りかかった空車をつかまえて、乗りこんだ。

「秋葉原の駅まで」

走りだした車の座席の隅で、ふと喜美枝は、いまごろ山陽道あたりを何も知らずに疾走している浩二の無心な姿を思い浮かべた。すると、乾いた目から、涙がきゅうに堰を切ったようにこみ上げてきた。フロントに流れこんでくる前方の街の灯を見つめながら、咽喉《のど》の奥に声を押し殺している喜美枝の肩が、しだいに大きく揺れてきた。


市川駅で国電を下りた時、駅の大時計は十一時五分前をさしていた。駅前から出る松戸行のバスは、むろん、とうに終車が上がった後だった。客待ちのタクシーも、今夜はあいにく出払って、一台もなかった。さいわい、雨は止んでいたので、喜美枝は歩くことにした。栗山のトバ口にある叔父の家まで、約二キロの道のりである。

眞間の商店街は、もうどこの店もみんな表を締めて、すずらん灯だけが人通りの絶えた寂しい往来を照らしていた。それでも三、四人、喜美枝の先を歩いていく靴音があったが、それもやがて次々に左右の横町へ消えて行った。

夜更けの道を小刻みに歩きながら、喜美枝は、自動車の中でも、国電の中でも、ずっと考え通してきたことを考え続けた。——今夜のことは、これは自分の過失だろうか。自分の意志の裏づけのない行為が、果して過失といえるものだろうか。むろん、憎んでも憎み足りないのは秋場友雄だが、浩二にさてこれを何と打ち明けたものか。自分がありのままを告白したら、浩二は許してくれるだろうか。眞相を語れば、おそらく浩二は、自分を許してくれるだろう。いや、許してくれるに違いない。しかし、たとえ許してくれたにしろ、いったん汚された自分は一体どうなるのか。肉体に受けた自分の汚点は、一生消えはしない。浩二との愛の生活のなかで、二人の愛情が深ければ深いほど、この消えない肉体の汚点の意識に、自分は死ぬまで苦しめられるのだ。——それとも、浩二には黙っていた方がいいか。知らないですむことは知らせない方がよいか。しかし、そんなことはとても自分には出来るわけがない。それこそ愛の冒瀆だ。むしろ、大きな罪悪だ。喜びも悲しみも、二人が共有してこそ、完全な愛ではないか。一体、どうしたらいいのか。秋場友雄は憎んでも余りある。しかし秋場をどんなに憎んだところで、あの男を罰したところで、浩二との愛情の破綻は償えるわけではない。秋場を憎むよりも、浩二の愛を確保することが先決であり窮極の問題だ。では、どうしたらそれを確保することができるのか。方法はないではないか。死が唯一のその償いかもしれない。自分が死ぬことは、これは容易だ。また、それに価《あたい》している自分でもあろう。だが、それによって浩二の愛を確保できるのか。浩二の愛を確保するためには、死をさえ共有しなければならないのではないか。ああ、考えても恐ろしいことだ!……

喜美枝は自分の考えに慄然とした。

いつのまにか住宅区域を抜け、広い坂道を登り切って、国立病院の裏の道に出ていた。このへんは農家が多く、浅い木立のあいだを小住宅が五軒、十軒とかたまって充填している。やがて暗い杉林に沿うて、道は大きくカーブすると、その先はしばらく人家が途絶え、夜風が枝をざわつかせている陰湿な藪下の道がつづく。ここまで来れば、もう叔父の家は近い。

自転車が一台、ライトを閃かしながら、喜美枝を追い越して行った。松戸あたりへ帰る人なのだろう。それに誘われたように、喜美枝の歩調が少し早くなった。川向こうの小岩あたりの灯が、ゆるい傾斜のはずれにチラチラと見えてきた。

「おい、ねえちゃん、マッチ持ってねえか」

とつぜん、暗闇のうしろから声をかけられて、喜美枝はギョッとして後をふり向いた。白いマスクをかけた男が、道の端に立っていた。一瞬、喜美枝は、秋場友雄が先回りをして待ち伏せしていたような錯覚を感じた。逃げようとしたとたんに、うしろから強い力で組みつかれた。声を上げるひまもなく、いきなり手拭のような物で口を塞がれた。鼻を刺すような強い薬品の匂がした。呼吸が苦しく、口を塞がれているので声も出ず、足をばたつかせて夢中でもがいているうちに、頭がきゅうに眞空のようになり、そのまま何もかも分らなくなった。

喜美枝が抵抗をやめて動かなくなると、男は両肩で喜美枝の体重を支えながら、道端の藪の中へズルズル引きずって行った。土の上に喜美枝を仰向けに寝かすと、手早く手拭で猿轡《さるぐつわ》をはめ、白いマスクをはずしてポケットにしまい、喜美枝の雨外套の前ボタンをゆっくりはずしだした。それからスカートをまくり、手荒くパンツを引きちぎった。闇のなかに、肉体のいい喜美枝の太股が白く浮かんだ。男はしばらく眺めていたが、やにわに喜美枝の両脚の間に平づくばると、白い股間に荒々しく顔をつっこんで行った。

Ⅲ　その夜――十一時

宵からの強雨がやや小降りになり、秋葉原駅の二番ホームは、屋外歩廊のところどころに小さな水溜りをつくっていた。

瀬川浩二は、いつもここの乗換えでは、夜は大体千葉行八輛連結の最後車から二輛目の車が止まる位置に立つことにしている。自分の降りる本八幡駅の改札口が、ちょうどその車輛の前あたりになるからである。

雨ののこっている夜ふけの空の下に、神田から京橋辺へかけての無数のネオンの灯が、夜光虫のように濡れている。高いホームに吹きつけてくる湿っぽい突風が、レインコートの裾を烈しくあおる。五日ぶりで見る東京の夜の灯を、浩二はやっぱり美しいなと思った。オレンジ色のテレビ塔が、都会の海の中にある龍宮の火柱みたいであった。

大阪、岐阜、名古屋、静岡、――東海道は昨夜から今朝にかけての集中豪雨のため、車のスリップが危険で、夕方東京にはいる予定が、三時間以上遅れた。八時十五分前に、やっと芝浦の第二工場に着き、車を夜勤の整備員に渡すと、すぐに荷卸しが始まった。浩二は四台のトラックのリーダーを命ぜられていた。荷卸しがすんで、製品の鑵と伝票の引き合わせを了《おわ》ったのが、かれこれ十時であった。朝の六時から通し運転なので、体は綿のように疲労していた。明日は一日休暇がとれる。浩二は夕方から喜美枝とボリショイ・サーカスを見に行く約束になっていた。

会社を出てから、同僚三、四人と近所のトリス・バーへ行った。ほかの連中はジン・フィス、浩二はハイボールを二杯飲んだ。本気になって飲めば、浩二はいくらでも飲めるたちであった。正体を失なった、などということは今までに一度もない。が、そんな大酔は年に一度あるかなしである。

遠県出張から帰って一杯飲むと、過労のせいか、必らずといってもいいくらい、誰かしらが酔った紛れに、平生積っている業務上の不合理な点や会社への不満を爆発させる。ふしぎなことに、きまってそれがまた、ふだんおとなしい男が皮切りをつける。今夜は三番トラックの棟田一昭が管を巻きだした。

「てやんでえ。会社は大資本かよ。大資本が聞いて呆れらあ。おれたちを虫けら同様にこき使やがって。……なあ、瀬川！」

「うん、まあ仕方がないさ。大企業の組織の中のぼくたちはな。いくら文句いったたって、手も足も出やしないさ。そういう仕組みになってるんだから。それが厭なら、大会社からよそへ出るよりほかにないよ」

「よし、おれは出るぞ。何年たったたって、こんなとこにいちゃ、うだつが上がらねえや。誰が何ていったって、おれはきっと出るぞ！」

棟田一昭はしきりといきまいた。浩二は腹のなかで、馬鹿いえ、お前よりおれのほうが一足先に出てやるぞ……と思ったが、口には出さなかった。

たった二杯のハイボールが、疲労のせいかちょうどよい微醺《びくん》を体内にかきたて、頰に吹きつける湿った夜風が気持よかった。

短くなった煙草を線路に捨てて、お茶の水の方を見やったが、下り電車はまだ見えない。空模様が空模様なので、時間はまだそれほどでもないのに、屋内で待っている人影も、今夜はいつもよりまばらであった。

ふと、うしろに人のけはいを感じたので、何の気なしにひょいと浩二は振り向いた途端に、あっと自分の目を疑ったくらい、愕いた。思いもかけない木田喜美枝が、水玉模様の雨外套を着て、そこに立っていたのである。

「お、何だい。君か！　びっくりさせるじゃないか。……どうしたのさ、今頃？」

浩二は意外の出会に、半分は驚き、半分はうれしい思いで尋ねた。

「あたし、あなたのお帰りを待ってたんです」

強い向い風に吹きとられるせいか、喜美枝の声が妙に芯のないような声に聞こえた。

「ぼくの帰りを？　どこでさ？……どこで待ってたの？」

「あすこのベンチのとこで……」

「へえ、気がつかなかったな。そりゃすまなかったね。——君、顔色悪いな。どこか具合悪いんじゃない？」

喜美枝の顔の色が、いやに青く、生気がなかった。

「あたしね、浩二さんにお話があるんです」

「話……どういう話？」

「人がいますわ。もう少しあっちへ行きましょう」

喜美枝は、人のいないホームの先の方へ、一人でずんずん歩きだした。浩二も黙って肩を並べて歩きだしながら、片手で喜美枝の手を握ってみて、ハッとなった。喜美枝の手が氷よりも冷たかった。と思ったとたんに、握った手がひとりでに抜けて、いきなり何を思ったか、喜美枝がホームを駆けだした。

「おい！　喜美枝ちゃん……どこへ——どこへ行くんだ！」

夢中で、浩二は後を追った。

喜美枝の足が風のように迅かった。ホームのはずれまで、飛ぶように走って行くと、あっという間に、遮塀の隙間から身を躍らすようにして飛び降りた。

「喜美枝！　危いっ！」

追いついた浩二は、間髪を入れず、喜美枝のうしろから抱きついたが、浩二の摑んだものは喜美枝の実体ではなく、ただの空気だった。そして、クルリと体を横に一回転させた形で、浩二も続いて外套の裾を翻しながら、あっと思うまに真逆様に落下して行った。

一瞬の出来事であった。

目撃していた信号灯を下げた若い駅員が、「危いっ！」と叫んで現場へ駆けつけようとした時、轟然と地響をたてて、千葉行下り一〇六号電車がホームへ入ってきた。

駅員は職務上、すぐに所定の位置に引き返して、窓から半身のり出した後部車掌に、息をはずませて言った。

「おい、心中だよ、たった今。——男と女。——あすこのね、遮塀の隙間から飛び降りやがった！」

「心中？　思い切ったことしやがるな。あすこからじゃ、むろん助からねえな」

「あっという間なんだ。止めるひまもなかった」

発車ベルが鳴り、扉が締まった。駅員は直立して、信号灯をふった。後尾灯が駅を通過するまで見送ると、駅員は急いで事務室へ駆けこんだ。机に向かって送り状を調べていた貨物係に、

「おい、心中々々。凄えよ、ホームの末端から飛び降りやがった」といいながら、電話にかかった。

「ああ、もしもし、二番ホーム、横井駅員。——只今十一時八分、二番ホームで飛び降り自殺がありました。いや違います、轢死事故ではありません。ホームのね、西側末端の遮塀がありますね、あすこの隙間から道路に向かって飛び降りたんです。男と女です。——さあ、年齢は幾つかな。とにかく若い男女です。僕もすぐ下へ行きますがね——ええ、西側末端の遮塀です。救急車を呼んで下さい」

電話をかけ終ると、横井駅員は事務室を飛びだして、階段を三段ずつ駆け下りた。

瀬川浩二の死体は、二番ホームの西側末端の真下の路上に、足をくの字に曲げて両手をひろげ、俯伏《うつぶ》せのかっこうで横わっていた。地上二十メートルの高所からの落下で頭蓋を粉砕し、即死であった。

横井駅員が事故現場に駆けつけたときには、助役、経理部、改札係などの夜勤者が四、五人、死体をとりまき、通行人も何人かたかっていた。あたりには凄惨な血の匂いが漂っていた。

市場の人らしい、ジャンバーを着た目撃者の中年の男が、夜更けの往来に響くような大きな声で言っ

た。

「とにかく、物凄い音がしたね。何だと思って、ふり向いて見た時には、もうグシャッとなってたがね。私が駆け寄った時には、まだ息があったようだったな。手なんかピクピクまだ動いていたからね。何てったって、あの高さからじゃたまらないよ。一コロだ、グウもスウもないやね」

横井駅員が人垣をかきわけ、せきこんだ調子で助役に訊いた。

「女の死体はどこですか――女の死体は？」

「女の死体？　女も飛び降りたのか？」

「いやだな、だから電話でそう言ったじゃないですか。女が先に飛び降りたんですよ。この男は後からなんです。――変だなあ、どこかへ引っかかってるんじゃないかな」

若い駅員は腑に落ちない顔つきで、しきりと上を仰いだり、あたりを見回したりした。ぐるりの人達も、「若い女？　そんなものはないぞ」と同じように上を見上げたり、あたりを見回したが、それらしいものはどこにも見えなかった。

「横井、君の見間違いじゃないのか？」

助役が懐中時計をのぞきながら、嘲笑うように云った。

「冗談でしょ。ぜったい見間違いじゃないですよ。はっきり僕は見たんですから。水玉模様のビニールのレインコートを着た若い女です。ピンク色の服が透けていました。それがね、フワフワフワとホームを変なふうに駆け出したと思ったら、あっと思うまに飛び降りたんですよ。この男は、それを抱きとめるみたいな格好で飛びこんだんだから、死体はやっぱりこの近くのはずだけど……おかしいなあ——」

横井駅員は人だかりの輪を離れて、不審そうにその辺を物色していたが、突然、びっくりしたような大きな声で叫んだ。

「あっ、あすこへ行く！　あれだ！　あの女です！」

人だかりの輪が、愕いて横井駅員の指さす方向に、いっせいに向き直った。薄暗いガードの先の濡れた路面には、黒いトラックが二、三台、道路のわきに並んでいるだけだった。

「どこに？　女なんかいないじゃないか？」と助役がいった。

「あれ、見えませんか？　ほら、トラックの横に、水玉模様のコートを着て！——あっ、男もいる！　わあっ、恐わい！　肩を抱き合って、ほら、いっしょにフワリフワリと……」

若い駅員の上ずった声に、一同はなにも見えない暗い街路を、釘づけになったように見まもった。

救急車のサイレンが近づいてきた。

二　評論・随筆・解説他

私小説流行の一考察
――併せて私小説に望む

私小説の流行は、寧ろそれを一つの偏重と名付けたいほど、今や文壇の一部の人々の間に、殆《ほとん》ど万能的勢力をもって瀰漫《びまん》しつつある。恐らくそれは、今が流行の絶頂と言ってもいい。

私小説それ自身の、散文芸術としての存在の当否は、勿論《もちろん》最早議論の外である。茲《ここ》では専ら、何故に私小説がそれほど流行するか、何故に私小説が、文壇の一部の人々の間にそれほど重用されるのか、という事を考察して見たい。

先《ま》ず、私小説とは何か。一言にして言えば、自己生活への精進である。生活心境の深化、浄化、玲瓏《れいろう》化、寛厳枯木《かんげんこぼく》化である。言葉を換えて言えば、作家の一つの自己修養、生活鍛錬である。自己の心理の縦断への専入である。究極するところ、私小説は「個」及び「個」の生活への関心に終始するものである。

次に、私小説、乃至「私小説」説を提唱し讃美し信奉し同意する作家は、久米正雄、宇野浩二、三上於菟吉、廣津和郎の諸氏である。しかも以上の諸氏は、不思議とそれが言い合せでもしたように、一人として老作家でなく、一人として新進作家でなく、見る如く、悉《ことごと》く中堅作家である。

告白すると、私はこの事実に甚《はなは》だ興味を感じている。少くともこの二つのものの関係は、私小説の拠って起った所以《ゆえん》、私小説流行の所以を解決する、一つの重要なキイノートであると思っている。で、それについて少しく細説して見よう。

一体、中堅作家とは何か。というよりも寧ろ、中堅作家がこれまで作家として営んで来たものは、一体何であるか。中堅作家が主として重用し、中堅作家が主として重用されて（文壇的生命を存続して）来たものは何か。

それにはもちろん両《ふた》つの方面から種々の要素があろうが、極《ご》く概括して時流的に言って、その特に特徴的なものは、各自独自の持味、独自の芸風、才能姿態手法の未曾有《みぞう》の独自性である。そしてそういうものを広め、深め、巧みならしめるために、中堅作家が半生の努力をそれに注ぎ込んだことは、茲に言うまでもない。

扨《さて》、そういう作家的営みの経歴を持った中堅作家から、前に述べたような「個」及び「個」の生活への関心を持った私小説、乃至「私小説」説が産み出されたということは、一体何を意味するのであろうか。

勿論これにも種々の已《や》むに已まれぬ言うに言われぬ外部的誘因があるであろう。時代の潮流もその一つかも知れない。周囲に於ける他の芸術、他の芸術主義の精神も与《あずか》って力あったかも知れない。併《しか》し私は、これを偏《ひと》えに作家に即し、偏えに作家の内部的生活から見て、次のように解釈したい。

つまり、中堅作家が今迄自家のレッテルとして来た各自独自の持味、芸風、姿態、手法というようなものでは、何としても慊《あきた》らなくなって来た。そういう比較的外部的な要素のみを以てしては、何としても押せなくなって来た。というより寧ろ、それらが最早自己を深め広める何物でもない事に気が附いて来た。勿論それには、可也《かなり》僅かな年月の間に、それらのもの（一口にそれを技巧といってもいい）が、殆ど開拓の余地なきまでに探究され尽したことも事実である。そしてそういう自己の芸術に対する不満、延《ひ》いては自己転換の萌《きざ》しが、もっと本質的なもの、自己の本来に深く根ざしたもの、自己本来の生活に基調を置いたもの、内部的に不壊なものを望むようになって来た。そしてそういう精神の胚胎が、自己の生活への自覚、追究、深入となり、そこに到頭前述のような内容性質を持つ私小説、乃至「私小説」説の出現となるに至ったのである。

これは果して私一箇の詭弁であろうか。

私に言わせれば、だから私小説、乃至「私小説」説の出現は、提唱讃美信奉するものにとって、即ち中堅作家にとって、甚だ大きな自発的必然性を持っているものなのである。一部の人の憶測する如く、それは単に中堅作家の新時代精神からの逃避でもなく、次に来る時代への単なる防備でもないのである。寧ろ、今迄自己本来なるものに低迷し無関心であった（その頃一部の批評家によって、生活意識の高調がいかに声高く叫ばれたか。）中堅作家の、一つの内的飛躍であるとさえ、私はするのである。これは勿論、中堅作家にとって、寔《まこと》に慶喜すべきことである。

では、そういう私小説の流行重用は何を意味するものであるか。これは前に述べたような、内的飛躍を自発的に敢てした中堅作家が、今や自己生活の探索期から、生活樹立期に入ったことを証するものではないか。一度、自己の生活の根柢に目覚めたものが、「個」及び「個」の生活への関心に没頭するのは、自然の勢いである。そして又「個」及び「個」の生活への関心を事とする私小説が、多く当面の問題となることも亦、当然であると言わねばならない。その意味に於て、私小説の重用は、今や生活樹立期に入った、中堅作家の本来生活の根柢を確立するの資として、甚だ慶喜としなければならないのである。扨、そこで私は、現在の私小説、並びに私小説を信奉する中堅作家諸氏に望むのである。

成程、諸氏の私小説、乃至「私小説」説には、諸氏としてそれを提唱信奉するの内的必然性のあることは、前に述べた如くである。しかし遺憾ながら、諸氏の自己生活への樹立的自覚が、まだ僅《ほん》の端緒であると等しく、私小説乃至「私小説」説それ自身も亦、ほんの発芽的原型に過ぎないのである。何故なら、諸氏の信奉する私小説は、単にそれが「個」及び「個」の生活への関心にのみ終始するものであるから。

単なる「個」及び「個」の生活への関心は、畢竟、それが作家の入門根柢であると等しく、また芸術それ自身の初発根柢であるに過ぎない。「個」への関心に「全」への関心が伴わなければ、心理の縦断に心理の横断が伴わなければ、掘り下げた「個」に、人生の全幅的背景が伴わなければ、一言にして言えば、掘り下げた「個」の、人生の全幅への投影を描かなければ、それは初発入門以上の芸術とは言えないのである。

では、私の言う「全」的背景、全への関心、心理の横断は、何によって購えるものであるか。即ちそれには、作家の人生への関心、人生の全幅への関心、人生への意識、人生観入の精神を必要とする。（これは「芸術の客観性」という問題と一緒に論ぜられる、作家の心構えの問題である。）

しかしこの人生の全幅への関心、人生意識の欠乏は、直ちにこれを中堅作家の致命的欠陥として、中堅作家を否定してしまうことは、余りに同情と理解を欠いた妄説である。何故なら、中堅作家諸氏は、その文学的修行期にあって、それらの根本的なものよりも、もっと多くの他の部分的なものに没頭するの已むなきものがあり、また多く心を費さなければならなかったからである。勿論それは、文芸の時代の潮流の然らしめた所である。そしてその点諸氏とは全く異った時代、粗雑ではあったが兎に角人生問題ということの方に多く心を労しなければならないような自然主義の時代を通って来た、徳田秋聲、近松秋江、正宗白鳥の老大家諸氏の、所謂《いわゆる》私小説と見做《みな》されるべき作品に、所謂中堅作家の私小説よりも、多くの価値を認めなければならないような皮肉な結果になるのも、畢竟、その関心するところが単に「個」に止るか、乃至はそれが「全」にまで拡大されているかの差異であろうと思う。

私小説乃至「私小説」説に、前述の如き否定することの出来ない必然性を見出している私は、私小説の成長発展の可能性を誰よりも多く認めているものである。そして私小説信奉者諸氏が人生への関心、人生の全幅への意識を持つことによって、私小説は、他の、例えば「社会を描く芸術」などの出現によって、脆くも抹消されないだけの確かな存在的価値を持って来るであろう。人生の全幅を背景に持つことによって、私小説は、単なる身辺印象雑記に終ることから脱し、はじめて人生へ呼びかける意志を持った、人生的意義を持った、幅と深みとを共に具えた、全面的な、それ自身で空間に浮遊し得るだけの、眞の芸術性を其上に齎《もたら》すであろう。

唯、私小説が現《いま》ある如く、単に「個」及び「個」の生活への関心のみに終始し従って甚だ側面的な、偏狭な、謂《いわ》ば自分で自分の懐へ首を突込でいるような境域に止るものならば、軈《やが》ては必然の自慰に陥入り、終《つい》には凋落の憂目を見るであろうことを、私小説信奉者に忠告したい。

(「文藝行動」大正一五年六月)

秋江氏も一と昔前、まだ赤城下の下宿での独身時代には、それこそ今からいえば全く文字通り赤貧洗うが如き窮迫の中に、日夜例の京都の夫人に対する身を焼くような懊悩をなめながら、他行目には随分奇矯に見えるような言動なども多くあったと噂に聞いているが、そうした過去半生の多難を経、情海の幾多の浮沈を潜り抜けて、今では一家の主となり二人の愛嬢の慈愛深い父となられたこのごろの秋江氏の日常身辺は、先《ま》ず老境に適《ふさ》わしい静かに落着いたものだといって差支あるまい。

東中野駅から二町許《ばか》り、上の原の或細い小路の突当りに、地主の家のものだとかいう喬々《きょうきょう》たる欅《けやき》の大樹を背後に負うた、平家建の現在のお宅は、昨秋落成したもので、そこに今秋江氏は夫人と二人の幼いお嬢さんと三人の下婢とで住んでいられる。

一体が文芸家というと色々の生活事情から夜更かしをして朝は遅く起きるといった不規則な生活をとるものの多い中に、秋江氏は可也《かなり》そういう点では規律的な起居をしている。朝は夏ならば六時ごろ、このごろならば七八時ごろに床を離れるらしく、夜更かしに至っては以前はいざ知らず、近ごろでは特別の事件——例えば文壇的な会合とか合評会とかの場合を除いて、十時ごろにはそろそろ寝仕度をされる事になっている。食事なども三度々々時間にきちんと摂られるようだ。食物の好き嫌いなどは別にないようで、新鮮な魚類——殊に刺身が好物で「コレラは可恐《こわ》いが、刺身は美味いからね。」などといっていられたこともあった。野菜物は季節々々のハシリが大概いつも食膳に上っていてその脆いように柔かい味のやつを、氏は味覚の鋭敏な舌で忙しげにしかしドックリと味わっていられる。漬け加減の香の物——それに「僕はね新沢庵《しんたくあん》より、塩の辛いこの田舎のひね沢庵がすきでね、人に頼んで取って貰うんですよ。」などと食後香のいい熱い番茶で其奴《そいつ》を幾切も後を引いていられるのを見たことがある。酒は晩飯前に猪口《ちょこ》に二三杯、これは脳貧血を防ぐためだそうだが、それだけの量で顔が赧《あか》くなり眼がうるんで来るほどだから、勿論飲酒家とはいい難い。夏はビールをやるとか。西瓜《すいか》は好物中の好物。——総じて特に美味珍肴を漁ったりする贅沢さや一ひねりひねったような悪食趣味などは氏にはないといっていい。西行、芭蕉の芸術や生活の迹《あと》を一方に慕う秋江氏は、生活の上にも枯淡な簡易生活——尤《もっと》もある意味では理想的な簡易生活それに風流を加味した一種の芸術生活の如きは、殊に現代においては、思うだに贅沢の極みである訳だが——を基調としていて、そうした意味での簡素さ身軽さは、独身時代の習慣も与《あずか》って力あるであろうが、一寸《ちょっと》独特である。些《ち》としたことにしても、氏は自分の身のまわりのことは、着物の出し入れ、外出着の洋服へブラシュをかける事なども丹念に自身でされる。以前の家で、二階の書斎に起居されていたころには、よほど疲労の激しい時は兎《と》も角《かく》も、寝床の上げ下し、簡単な掃き掃除なども運動がてら自身でされていた。

×

食べ物の話などが先になって、甚だ意地の穢《きたな》いことになったが——氏は午前中に執筆される。時には、二月堂の食卓などを持ち出して、奥の離れで書いていられることもあるが、多くは書院風の十畳ばかりの天上の高い書斎で、床の間を背にして、書生時代からのだという一閑張《いっかんばり》の眞四角な机に向って仕事をされる。原稿紙は神楽坂山田屋製の黄刷の全紙。ペンはオノト。机の側には寄贈雑誌や新聞の類が堆《うずたか》く積まれてある。床の違い棚や、氏の新築記念に文壇の諸氏から贈られた紫檀の書棚などに、箱入の印譜や、帙入《ちついり》の書帖や和装の「野史」など載っているのも、氏のこのごろの趣味心境のほどを語るに適わしい。

以前は可也遅筆に悩まされたようだが、このごろは割合に筆が早く運び、軽い短篇なら筆をとってから一日二日で出来ると、氏自身の口から聞いた。私は一度執筆中の氏に接したことがあるが、氏の執筆態度については故瀧田樗蔭氏が何時か雑誌『随筆』に甚《はなは》だ躍動的な筆致で精細に描いていたのを記憶しているが、何かの用件でその時私の訪ねたのは丁度《ちょうど》寒い雨の降る一月の半ごろのことで、氏は薄暗い書斎の瓦斯《ガス》暖炉の側で、二月堂の食卓の上に紙を展《ひろ》げ、もう十二三枚書き溜た時分で、そこへ通された私に

『××へ二十枚ばかりの物を書いているんだが、もう十二枚ほど書いたんだから後七八枚ばかりチョコチョコとやっちまえばね……何、書くまでと違って此奴を書いてしまえば、今まで胸に痞《つか》えていたもの

を綺麗に吐き出したようで、後は薩張《さっぱり》するんですよ。今いった通り後七八枚だから、何かそこらで読んで待ってて下さい。出来なければ残りは晩に又やってもいいんだから……まあやってしまいましょう。』などと、私の待って上った用件の方に気を遣われながら、相手の顔を余り見ないようにして口早にそういってから、キャップを尻に嵌めない儘《まま》の萬年筆を取り上げて、あのよく瞬き動く柔かい眼差を紙の上にじっと落して、既に書かれた前の部分を二三行気忙《きぜわ》しく口早に微声に読んで見たりしてから、漸《ようや》く新たに一二行筆が進むと今書かれた箇所を、例えば

『え——鉤《かぎ》、ほほう、そうか、点々々点々々、鉤。彼はわざと気軽な調子でいった。わ—ざ—と—気軽な—調—子—でいった。』

といった風に心持節をつけて音読される。そして次の筆を執ろうとするが、気を変えてそそくさと眼鏡を外し傍で莫迦《ばか》に気忙しない音を立てている瓦斯ストーヴをいきなりパッと消し、遽《にわか》に四辺のしんとした中で、手早く煙草に火を付けて一口喫うと灰皿に載せて、又眼鏡をかけて前の文章を音読される。暫《しば》らくそうして静かになって二三行進んだかと思うと、一度消したストーヴを又点《つ》けて、ボーボーボボボッボーボーという可也騒がしい音の中で、瞬時も一所に落着いていないような氏の眼が、空間に文字を探し覓《もと》めるかのように頻りときょときょと動いている。そうかと思うと、もう一度消したストーヴの音の絶えた静寂を破って、突然低く『アッ』という声がしたから、何かと思って見ると『チェッチェッチェッ』と舌打しながら誤字を黒々と塗り消している。……その時は私の見ているうちに三四枚書かれたが、その間にストーヴを消して見たり掛けて見たり、……執筆時の秋江氏は手取り早い例が、あの気

忙しない音を不断に立てている氏の机の側のストーヴが全部を象徴しているかのようだ。しかも見に近くそういう秋江氏に接していると、確かに最初は此方まで理由ない慌しさに引込まれながら、何かそこに沁々《しみじみ》した一種神聖に近い、驚嘆すべき忘我の滑稽さ（？）に思わず心を打たれるのは、私ばかりではあるまい。

仕事に取掛る前の不機嫌な焦燥、あの便秘している時のような落着かない苛立たしさは創作家の誰もが経験する所のもので、この点は秋江氏も御他聞《ごたぶん》に洩れない。芸術家らしい正直な氏は、自身の感情をそういう場合可なり露骨に出すらしく、そんな場合に打突かった訪問客には親疏《しんそ》の関わりなく随分やむを得ない無遠慮な振舞をされるようだ。氏の旧知の人などに聞くと一時から見ると此ごろは随分緩和されたらしいが、それでも最近詩人のI氏が熱海に逗留中、ある旅行雑誌の編集者と同道で、秋江氏の別荘を訪ねると、折柄産みの悩みに苛々していた氏は、碌々《ろくろく》挨拶もせず、久し振りの友人を前にして、時々「はあ」とか「いや」とか素気《そっけ》ない返事に辛うじてお茶を濁しながら立ったり坐ったり縁側へ出たり庭へ下りたりして片時も落着いていないのに、気心を呑み込んだ客達は匇々《そうそう》退去したという話もある。

然しそういう時でない秋江氏は甚だ坦懐で

『少し気焔を吐いたよ。所々僕の味噌もあるがね、読んで見給え。』

などと評論の原稿を見せてくれたり日当りのいい縁側で稿半の史劇の梗概や場割や場面などを一寸した科白《せりふ》混りで興ありげに話されたりする。文芸談などを語る時の氏の容貌や語調はとても平明な若々しさに充ちている。やや訥弁《とつべん》――むしろ訥弁的能弁といいたい早口で、それこそ氏一流の綿々たる叙述を地にして、しばしば枝葉に関する註解的な肯定や否定がそれに加味され、ために話の筋が甚だ模糊となる愉快な憂いがあるが、私は氏の静かな熱情の溢れた談話が好きだ。もう少し先があるかと思っていると、ポツンと切れてしまうのなど非常にいい。

×

秋江氏の持前の細心さ神経質な点は家庭の主人としての場合にも可也発揮されている。然し氏は決して所謂《いわゆる》家庭の暴君という側の人ではない。殊に夫人が先年流行性脳炎に罹《かか》られてああいう事になってからは、一層家庭的な日常の些事に頭脳を煩わされることが多い。そういう愚痴《ぐち》が時には氏の口から洩れる。秋江氏の子供さんに対する愛情の如何なるものかは、氏の最近の幾つかの自伝小説で読者も熟知のことだろうが、実際二人の幼い子供さんに対する氏の慈愛と配慮は、見ていると実に小説以上の痛切で、涙ぐましいのを通り越して痛わしくさえ感ずる位だ。仕事の僅《わず》かな合間を見付けては「お姉ちゃん」か「道子ちゃん」の何《いず》れかを膝にのせ、全く側に見ているのがいっそ苦しいほどな細心な劬《いた》わり方で、融けるように愛撫されている。限りない慈愛の陶酔の中に一味の憂わしさを湛《たた》えながら。何時《いつ》か以前のお宅の二階の欄干から延び上って、手を翳しながら下の道路にお友達と遊んでいる「お姉ちゃん」を気遣わしげに見遣《みや》っていられた氏の後姿は今だに目にある。此夏百合子さんが悪疫に侵された時の氏の憔悴は実に想像以上で、私は却って氏の憔悴の方を憂えた位であった。幸いと、氏の平常からの細心過ぎるほどの用心がよろしきを得たため、病を食い止める事が出来て、今は百合子さんはその予後を熱海の別墅に療養している。芸術上のことは勿論別として、此の後秋江氏の生涯の喜楽は、偏《ひとえ》にこの二人の愛嬢の成長の上にかかっているといっても決して過言ではない。

×

秋江氏はまた可也な出ずきで、時間の余裕がないから、このごろでは旅行は意のままに出来ないが、仕事の合間を見ては殆《ほとん》ど日課的に、好んで山手線沿線の武蔵野の迹を探ねて歩かれる。時には下町まで延して銀座日本橋の辺を歩くが、外出の服装は、一時あれほど趣味を持っていた和服を実用の点で全廃して、最近では殆どどこへ行くにも洋服である。一体が上背もあり肉附のいい氏の格腹《かっぷく》は、和服がとても品よく渋く似合うのだが、ハンチングに籐《とう》の洋杖を携えた瀟洒《しょうしゃ》な洋服姿も、ゴルフでもやる英国の老紳士然とした余裕と落着きと軽快味があって、中々いい。銀座などを歩いていると、門並飾窓から飾窓を覗いてゆくが、一番このごろの秋江氏の眼に止るのは何といっても子供用品で、夕方下町から帰る時の氏のポケットには、必ず赤い小さな靴やエプロンや靴下などが入っている。衣服に稍《やや》飽かれたらしい氏はこのごろでは家具調度品などに興味が移ったようで、そういう店にはよく足を止める。買物をする時の選択振りは洗練された趣味性の示すままに直覚的に敏捷で適確だ。百貨店などで盆栽や組立フレームなどに見惚《みと》れている事もある。隠士風な東洋趣味に徹している秋江氏は西洋草花よりも盆栽党で、蠟梅《ろうばい》、木瓜《ぼけ》などが日当りのいい東中野のお宅の早春の縁側に匂やかに咲いているのを見る。そうした下町散策の途上では、時に唐桟柄《とうざんがら》のお召の書生羽織でも引かけたといった、余り白粉気のない粋人柄な年増の婦人などに、秋江氏は精緻な長々とした観察を振顧《ふりかえ》り振顧り与えたりするのである。

ひところ随分悩んだ持病の偏頭痛が奇蹟的に根治してから、最近では保険会社で進んで採るほどのことといって一点の非もない壮健さであるが、神経質で苦労性な氏は、虎疫《こえき》やチブスなどの伝染病を殆ど病的に恐れている。それも「チブスの予防注射をしたよ。虎疫は食物さえ注意すればいいが、チブスはそうはいかないからね。今僕が死んでしまったら、それこそ子供達がねえ……もう暫らく稼いで置かなくては……そう考えると、実際どうも……」と、常住愛児のことは氏の念頭を去らない。

×

熱海の別荘は私は知らないが、秋江氏の希望によると、色んな場所にもう四五軒家が欲しいそうだ。今でも夏は箱根や塩原などに避暑されるが、日常生活に無益な贅沢をしない代りに、こうしたいわば成算的な実のある贅沢は随分する方である。何でも理想を言うと熱海あたりに一軒、沼津あたりに一軒京都に一軒という風に、別荘を幾ケ所にも散在させて、季節々々に移り住むのだそうで、成程贅沢此上もないが、旅を住処とした芭蕉のようなボヘミアンな精神は氏には多分にある。今も家族は熱海にいられ、氏は東京から時々様子を見に通っていられるが、この冬なども子供さんのいない東中野の新居に静かな気軽な朝夕を送り、「実に静かでいいよ。子供は彼方へ行っていれば風邪を引く心配はないし、実に暢気《のんき》で非常にいいんだ。」などと、さすがに荷の下りたような安気さに、もう一度独身時代に還って来たかのような孤独と自由と気楽を沁々享楽していられた。

今や秋江氏の日常は益々落着を加えて行く。

『僕はね、もっと年をとったら、一つ子供に読ませる趣味に富んだ歴史の本を編んで見たいと思うんだ。』

最近の告白だが、これなどは氏の老境に最も適しい事業の一つであろう。

（「週刊朝日」昭和二年（一九二七）一〇月九日号　第一二巻第一六号）

サッカレエ『歌姫物語』解説

ウィリアム・メイクスピーア・サッカレエは、一八一一年、印度のカルカッタで生まれた。六歳の時に父が死んだので、本国の英国へ連れ戻されて、伯母の手許に托され、そこで小学課程を了《お》えてから、ケムブリッジ大学に入学して法学を修めた。一八三〇年、大学を中退して大陸を放浪、その頃から文学を愛好する心が強かったが、家庭の事情で已《や》むなく法学で身を立てなければならないので、翌年ロンドンに帰って翻然法学の勉強に没頭したが、依然として志は文学にあり、法学の勉強は大して物にもならなかった。その頃雑誌編集を志し、「ナショナル・スタンダアド」という月刊雑誌を発行し、みずからその編集にあたったが、半歳にして忽《たちま》ち失敗の憂目を見、少からぬ借財を負うたので、一時巴里《パリ》に逃れた。そのあいだ「ポンチ」誌その他に雑文などを書いたり、或は一時は画家ホガアスに私淑して自分も将来は挿絵画家になろうと志して画業に専念したりしたが、いずれもまだ世に認められるというまでには至らなかった。ちょうど当時はディケンズが新進として、「スケッチ・バイ・ボズ」で売出し、「ピクウィク草紙」で画期的な文名を博しだした時期なので、その刺激と焦燥は少からぬものがあった。かくして不遇の数年を悶々のうちに過したのち、一八三六年頃から漸《ようや》く当時の一流婦人雑誌「フレエザア・マガジン」に小説を寄稿するようになり、多少定収も獲るようになったので妻帯をしてロンドンに一戸を構えた。その諷刺と滑稽の文才は遅蒔きながら一部の具眼者間に認められて、寄稿雑誌の数も月毎に殖えて行き、二人の娘の父親ともなり、ここに永年の轗軻《かんか》不遇《ふぐう》の幸い薄かった日にも初めて晴やかな曙光が見え出してきた時、不幸は突然ふたたび彼の家庭を見舞った。妻が三人目の娘の出産後健康がすぐれず、精神に失調を来したのである。そこで已むを得ず細君と別居をすることになったのが一八四〇年のことである。此頃の代表作としては、「滑稽浮世床日記（Cox's Diary）」、「艶魔伝（Catherine）」、「ダイアモンド綺譚（The Great Hoggarty Diamond）」、「当世俗物帖（The Book of Snobs）」、「バリーリンドン丁半一代記（Barry Lyndon）」（以上はいずれも本選集中に拙訳を逐月刊行する）、「虚栄ものがたり（A Shabby Genteel Story）」（拙訳、鎌倉書房より新刊）などがあるが、これら初期の滑稽諷刺ものはみな病妻と幼児をかかえての悲痛と混乱の中に書いたものである。その後、一八四九年に彼の出世作でもあり、世界文学の中でも屈指の傑作である「虚栄の市」を発表してからは文名頓《とみ》に嘖々《さくさく》、ディケンズとともに、当時の文壇の双璧と目され、続いて彼の五大小説「ペンデュニス」「エズモンド」「ニューカム一家」「ヴァジニアの人々」の大作を続々踵《くびす》をついで発表するに至り、いよいよ十九世紀末英国文壇の巨擘《きょはく》としての位置を確固にした。——

以上は、ごく掻抓《かいつま》んだサッカレエの前半期の略歴であるが、ここに訳出した「歌姫物語」は、一八五三年に単行本として上梓した「世間女房気質（Men's Wives）」の中の巻頭の一篇である。同書には、ほかに、「フランク・ベリー夫妻」と「ドニス・ハガアティの女房」という二篇が採録されているが、外題のとおり、両《ふた》つながら所謂《いわゆる》気質ものである。

　お読みになってお分りのごとく、この「歌姫物語」に横溢しているものは、篇中随所に見られる作者一流の諧謔と諷刺である。これは、のちの大作「虚栄の市」以下、彼の五大小説をも通じて一貫された彼の作風をなすものであって、その意味からいえば、サッカレエは徹頭徹尾、生涯を諷刺と諧謔に終始した大作家といえよう。その点では、この作家ほどまた、世界古今の文学の中でも、後味のいい諷刺と諧謔を物した作家もすくない。もっとも、一口に諷刺といい、諧謔といっても、それにはまたピンからきりまである。例えば、おなじ諧謔諷刺にしても、同時代のディケンズのそれと比べてみると、おのずからそこには著しい違いがある。下層貧窮の中に数奇な青少年時代を送ったディケンズの諧謔的、諷刺的筆鋒が、ややもすると烈しきに過ぎ、ある意味では悪諄すぎる嫌いがないでもなく、人間と社会の矛盾欠陥を衝くにあまりに急にして辛辣、きびしい反抗的気分に満ちているのに引代えて、サッカレエのそれは飽くまで温情的な、軽妙円滑な、洒々落々《しゃしゃらくらく》とした余裕があるのは、蓋《けだ》し、この二人の文豪の生い立ちと教養――一口に言えば、稟質《りんしつ》の相違ということになるのだろう。いわば彼に秋霜烈日《しゅうそうれつじつ》の気があるものとすれば、此には春風駘蕩《しゅんぷうたいとう》の趣がある、といっても必ずしもそれは肯綮《こうけい》を失《しっ》した評言にはなるまい。とはいうものの、時に社会の欠陥を剔抉《てっけつ》する点秋霜烈日の厳峭なる感があるディケンズが一皮剝いでみると、案外楽天的であり、柔らかな微笑をもって洒落《しゃれ》のめしているかに見えるサッカレエの諧謔冗語の裏に、かえってきびしい憂鬱な哲人の表情が読みとれることもまた否み得ない。

そういう比較はまあしばらく措《お》くとして、サッカレエの場合、ただ一つここに肝心なことは、彼は好んで人間を諷するけれども、決して人間を愚弄したり、憎んだりしているのではないということである。彼が心から愚弄し、憎むのは、人間の持っている俗物根性とか、虚栄心とか、射倖心とか、自惚《うぬぼれ》とか、卑俗な野心とか、そうした人間の持っている或る賤しい属性を憎悪するのであって、決して人間そのものを憎んでいるのではないのである。浮薄な、卑屈な、傲慢な人間の属性は徹頭徹尾これを憎み、また、事それに関しては人間のどんな些細な言動からも、これを見抜く浄玻璃《じょうはり》のような慧眼を彼は持っているが、人間そのものは決して憎みもしなければ、愚弄もしていない。人間そのものは、むしろ、惻隠憐憫《そくいんれんびん》の情と温い眼をもって、善良無私な微笑のうちに彼は慈しんでいるのである。これはサッカレエ文学の一つの重要な鍵であって、彼が古今の大文豪である所以もまたここにあるのである。彼がいかに俗物を憎悪するかは、大学在学当時にすでに「俗物 SNOBS」と題する同人雑誌風の小冊子を自分で発行したという事実に徹しても、その偶然でないことがわかる。いずれこの選集の何巻目かにご披露に及ぶ「当世俗物帖 The Book of Snobs」は彼の厭俗精神を、それのみを取り立てて、一《ひ》とまず鬱憤を晴らした小集大成ともいうべき作品である。人としての良識と温情とをこの上もなく愛する彼は、大作「ニューカム一家」の中の一人物、ニューカム大佐に、彼の理想的人間を遺憾なく描破していることを、参考までに申添えておこう。

「歌姫物語」は、篇中作者自身がやや言訳らしく「本篇は筋よりも人物の性根に重きをおく」作品だといっているとおり、エグランチン、ウーズリ、モオジアナ、母親、ウォーカアなど、主要人物はいわずもあれ、バロスキー、スラム夫妻などの脇役の人物にも、類型的ながらも、それぞれ作者の人間の性格に対する目は或程度まで行届いていて、小味ながら佳篇をなしている。大作家の貫禄は、すでに初期のこの小篇にも窺われておもしろい。篇中「三の巻」のリッチモンド行の笑劇的滑稽は人の頤《おとがい》を解《と》くに足る上乗なるものだろう。

敗戦後の文壇には諷刺文学要望の声が高い。こういう時にあって、わが敬愛するサッカレエの比較的初期に於ける諸作品の紹介が何等《なんら》かの意味で、戦後の我国に少しでも貢献するところがあれば訳者としては望外の喜びである。訳者は一生かかってサッカレエの全作品とは言わぬまでも、その代表作だけでもいいから、何とかして邦語に和げ移したいという念願を持っているものであるが、語彙の不足と性来の懶惰《らんだ》がよくこれに堪えられるかどうかは我ながら疑わしい。分を弁《わきま》えぬ妄想狂思の誹《そし》りをうけるのは当然のこととして、偏《ひと》えに大方の叱正と教示を俟《ま》つ次第である。

（『サッカレエ・諷刺・滑稽小説選　歌姫物語』森書房、昭和二四年）

翻訳三昧

私は翻訳を道楽でやっている。小説・戯曲・評論その他の創作類は、あれはまさしく修羅道だろうが、翻訳はどうも義理にも修羅道とはいえまい。私の好きな明治の文人、口のわるい斎藤緑雨は「翻訳家　人のお釜で飯を炊き」とこきおろしているが、しょせん私などは、はじめチョロチョロ、中パッパの手前味噌さえ今だによう言えない文学権助で、しかもその権助を道楽でやっているというのだから、心ある人は嗤《わら》うにきまっている。が、嗤われても何でも、それよりほかに能がないのだし、当人けっこうそれで楽しいのだから、何とも言うせきがない。

……○……

翻訳をやっていると、いきおい人間の世界よりも、言葉の世界のおもしろ味に深入りするのは当然な話だが、どだい語学力といってはお恥しいほど貧弱な人間だから人の知らない大骨を折る。乏しい語学力で、よしたらいいだろうと言われたところで、いちど嵌《はま》りこんだ因果は、こっちの縹緻《きりょう》に不足があると知れば知るほど募るが恋の腐れ縁で、この心持は「下手の横好き」などという通り一遍のことばでは片づけられない。永年暖めていた文体がようやくきまると、それからそそくさ原作ほぐしに取掛かるわけだが、その間三月《みつき》や四月《よつき》の、和漢洋持ち古しのボロ字引数冊を命の綱に、何万という言葉との組んずほぐれつの取っ組み合いは、大げさにいえば、肉落ち骨露われる思いである。落語の「素人鰻」じゃないけれども、言葉というやつは五百年たった奴でもピチピチ生きてやがるんで、糠《ぬか》をかけても灰をまぶしても、急所となるとなかなか摑めない。まさか梯子《はしご》を貸してくれとも言えないが、じつに身のほど知らぬ馬鹿な徒労だと知りつつも、やっているうちは大汗かいて、それで結句楽しいんだから、もうこうなっては病いも膏肓に入りにけり、道楽の因果も骨がらみだとみずから諦めている。

……◯……

私は近代小説・現代小説はもうおもしろくなくなっている。というより、よく分らなくなっている。若い頃はわれ先にあちらのはしりを次々と取寄せて読み、ロレンスの「チャタレイ夫人」なども当時パリ版を友達から借りて読んだが、私には肌が合わぬとみえて、いっこうに面白くなかった。英文学もラム以下の随筆類まで行けばもう行き止りだといわれるが、あの頃の文人はデ・キンシーにしろゴールドいスミスにしろまるで道楽か気違いのように言葉の魔性を追いまわし、もてあそび、ひねくり回している。あれを日本語に受け留めるのは大骨だが、楽しさはこの上もない。一編の「韃靼《だったん》人の反逆」や「寒村行」は、私には百編の現代小説よりも楽しく貴いのである。久しいまえからホーレス・ウォルポールの「乙蘭《おとらん》土《と》城綺譚」を綾足や秋成の擬古文まがいに訳しかけて、もっともこんな骨董ものはどこの本屋でも引き受ける酔狂者はないはずだから、今だにお蔵になったままになっているが、私の翻訳の好みは、どうやら年とともにだんだんそういうものになって行くようである。私は勤めを持っていないから、妻子の食うだけのお金があったら、どこかの離れ小島でそういう仕事に余生を送りたいと思っているが、道楽は稼ぎにはならぬものだし、風流は寒いものときまっているから、いつまでたってもお金はいっこうに儲からない。（英文学者）

（『時事新報』昭和二八年三月二一日）

小泉八雲――ＮＨＫ「人生読本」より

一　小泉八雲について

ラフカジオ・ヘルン、あるいはハーンとも申しますが、日本に帰化した名前が小泉八雲。ことしは、ちょうど、ヘルンが明治三十七年の九月二十六日に歿《ぼっ》しましてから、西洋流に数えまして、満五十年になります。ことしの九月二十六日が五十周年忌になるわけであります。

御承知のごとく、日本の大の心酔者であり、また、東洋の一島国である日本について、まだ何も知られていなかった時代に、諸外国に日本というものを非常に好意をもって紹介してくれた、この八雲という人は、日本にとっては大きな恩人でございます。

そのヘルンが、いったい、なぜ日本の国へやってきたか、そのことについて、ちょっと申上げておきたいと思います。まあ、けっきょく、一言で申しますと、詩人としてのヘルンのロマンチックな気持、それとヘルンの生来の放浪癖、これが東洋の孤島にあこがれを持たせたということに結着いたしますが、いったいヘルンという人は、お父さんがアイルランド人、お母さんがギリシャ人で、この混血的な血の混り、ことにお母さんの方がギリシャ人であるということが、ヘルンのいろいろの著書の中、あるいは手紙の中でも、ヘルン自身申しておりますが、自分の中にギリシャ人の血が流れているということが、自分を東洋に結びつけた潜在的な原因だと申しておりますが、この出生、それと、持って生まれた詩人的なロマンチシズム、何か新奇なものを求め、新奇なものにあこがれる、その気持が、ヘルンを未知の国日本に引き寄せ、持って生まれた天涯孤独の放浪癖が、アメリカ三界からこの日本に、明治二十三年の四月の四日、小さな汽船に乗って、横浜にはじめて着いたというわけ。

しかし、ヘルンは、ただ漫然と日本へ来たわけではありません。日本へ来るについて、八雲がどんな抱負を持ってきたか、単なる旅行者でもなかったし、勿論、遊び半分の観光客でもなかった。来るには来るだけの抱負を持ってきた。その抱負は何だったと申しますと、書簡の中などにも書いておりますけれども、いったい、ある民族を研究するのに、その民族の持っている宗教、これを研究することが、その民族を理解する一ばんの近道である。それには、その民族の日常生活にあるいろいろの慣習、しきたり、あるいは日常使っている大衆のことば、ことわざ。そういうものからはいって行って、その底に流れている民族的な宗教観念を研究する。宗教といっても、いわゆる庶民の迷信のようなもの、たとえば、咳の地蔵さまだとか、やれカサ稲荷だとか、そういうものがよくありますね、そういうごくプリミチーブな迷信、こんなところから自分は日本民族を究明して行きたい、そういう前人未踏の抱負をもって、八雲は日本へ渡ってきたのであります。それがまだ明治二十三年でありますから、まだまだ古い封建時代の生活、しきたりの名ごりは、ほとんどありのまんまに残っていた時分ですから、ヘルンの見たいと思い、聞きたいと思い、知りたいと思っていた材料は、じつにもう、ふんだんにあったわけでした。じつは、ヘルンはその時アメリカのある出版社の寄稿家という名目で日本へ来たのでありまして、ですから、はじめは三年五年と長くいるつもりはなかった。ところが、日本へ上陸して、いろいろ日本人の生活風俗を見るというと、これはもう、自分の研究したい未知の材料がふんだんに転がっているから、こいつは自分は日本へ永住しないことにはだめだと、ここに志を新たにしまして、永住の道を講ずることにして、いろいろ知友に相談をした結果、「では英語の教師になろう」ということになって、その年の九月に、松江の中学校へ赴任したというわけであります。

この松江というところが、つまり、出雲の国ですな、これは御承知のごとく、古事記などにもあります通り、出雲の大社などがあって、日本の古い宗教、神道ですな、そいつの実に発祥地みたいな所ですから、ヘルンとしては本当に自分の願う土地へ行けたわけで、それから熊本へも行き、神戸にも住み、最後に東京に住み、日本へ来てから十三年という間、ひたすら日本の研究に後半生を捧げたわけであります。以上が八雲の日本へまいった動機であり、また、日本での八雲の生活でありましたが、そういう点で、今まで外国に知られなかった日本、および日本人というものの本当の原型的な、本質的な良さというものを、海外に高揚したのであります。

ちょうどそれが欧州では、物質文明がかなり円熟した時期で、いろいろの意味から、東洋文明への探究、批判、そういう機運を、ヘルンが外国にいろいろ吹き込み、鼓吹したというわけであります。
明日は、ヘルンの怪談について、少々申し上げたいと思います。

二　八雲の怪談

八雲というと、怪談という。怪談といえば八雲を思い出す。そのくらい、八雲と怪談というものは、切っても切れない因縁があり、広く知れ渡っています。

八雲の書いた多くの作品の中でも、この怪談は、いろいろの意味で、大きな位置を占めております。しかし、八雲の書いた怪談は、もちろんお化けの話でありますが、これは普通の怪異を主題にした怪談とか、こわい話とかいうだけのものではございません。

ヘルンが日本で怪談を好んで書いたというのは、ヘルンにそうした妖怪趣味があったことは事実であります。これは何から来ているかと申すと、これもやはり昨日申上げたような、ロマンチシズムの一つの現われであることは申すまでもありませんが、その根本は何かと申すと、霊の問題であります。霊魂というものは、あるものかないものか、あれば、どこから来て、どこへ行くものか。この人間の最も奥深いところにあるものを、ヘルンは生涯を通じて問題にしております。そして、この霊魂というものも民族的なもので、日本には日本独特の霊の観念がある。それがいろいろの形にあらわれ、不思議なことをする。これが幽霊であり、お化けで、人間の霊魂を追求したヘルンは、そこから日本のお化けというものに深い興味を持ったわけであります。

西洋にも幽霊はありますけれども、やはりこれは東西精神の違いで、西洋のお化けは、日本にはちょっとないような、においのお化けなんかがある。たいへんな悪臭を放つ幽霊ですね。それから音響のお化け。日本には、あんまりこういうお化けはない。古い大きなお城の中で、だれもいない所でピアノの音がしたり、轟然《ごうぜん》たる音響といっしょに建物が崩壊するようなえらい音を立てるお化け、こういうのが外国にはよくありますが、日本のは、せいぜい家鳴り震動、生ぐさい風が吹くぐらいで、たいていは、「うらめしや」で出てくる。やはりこれは国民性に基いているもので、ヘルンは、日本研究の一部門として日本の怪談というものを取り上げたわけであります。それと同時に霊魂の問題の追求から深い興味をもっていたのですから、怪談といっても、ただの妖怪味に終らないで、もう一つ奥のもの、日本的なもの、人間的なもの、これをヘルンは求めております。ですから、ヘルンの怪談をお読みになって、ただ読み流してしまえばただのこわい話、たとえば「耳なし芳一」の話でも、「むじな」「雪女」にしても、こわいという感じしか受け取れないでしょうが、これでは浅い読み方で、そこに出てくる人物、男女、そこに人間的なものがじつに豊かに流れ出ている。たとえば「影」(“Shadowing”)という作品集の中に、「和解」という怪談がありますが、これなど「今昔物語」からとったものでありますが、人間の恨み、悔い、愛情、そういうものを、じつに細やかに書いております。こういう人間的なものは、原作の「今昔物語」の中にはほとんど書いてないもので、それをヘルンが附け加えて書いた。これが、ヘルンの怪談が、本当の意味で創作であるゆえんなのでありまして、この人間的なものを古い日本の怪異談の中から見出して、それを一篇の肉として附け加えた点に、近代作品としての意義があり、創作的意義がある。ヘルンの怪談をお読みになりますと、そういう人間性が随所にあらわれておりまして、日本の女性、日本人の精神的な面、日本人の生活の細部、生活精神、それはもう、まったくプリミチーブな、寂しい生活であり、寂しい生活精神でありますが、その寂しさの美しさというもの、これをヘルンは微妙に捉えておって、それがヘルンの怪談の骨子となっているほど、大きな役目を果しております。ですから、ヘルンの怪談の中にも、ヘルンの日本観、日本の女性観、日本人の精神的なものは、随所に現れているのであります。

ヘルンの怪談をお読みになって、そこまで深く読んでいただくことが、ヘルンをより深く理解することになると同時に、そこから日本的なものへの思索の糸をたぐって行くことにもなるのであります。ヘルンは数十篇の怪談を書いております。それから旅行記やエッセイの中にも、怪談的な材料や分子がたくさん出ておりますし、また、日本の昔のはやり唄とか、和歌・俳句・狂歌とか、そういうものに出てくる妖怪変化、そういうものを、じつに楽しんで取り上げております。それがみな、日本研究につながり、霊魂の探求につながっているわけで、要するに、ヘルンの怪談が、そこに人間的なものが肉となって加わっているということが、普通のゴースト・ストーリーとは、根本的に趣を異にしている、重要な点であり、ヘルンの怪談の文学的価値も、その点にあるのだと考えられるのであります。

三　小泉八雲と現代生活について

よく申しますが、一度外国へ行った者が帰って来ると、自分の国を見直す。自分の国の良い所が分る。というようなことをよく申します。横光さんの「旅愁」なんかも、そういう意味の作品でありますけれども、面白いことには、八雲の物を読みますと、時々そういう感じを持つんですね。もともと外国人、それが日本の事を研究しておりますので、日本人から見ましたら、いろいろそこに細かい点で間違いもありますけれども、我々が日常うっかりして気が付かないでいる点、日本人であるが為に自分達の生活の細かい点、微妙な点を考えないでいる、そういう点を、八雲が実に、日常茶飯の身の周りのものから捉え上げて、それの生む言葉一つにしましても、我々の習慣一つにしましても、いろいろそういう細かいものを捉えて、その価値、意味付け、そういうことを実にヘルンは丹念にやっております。そういうものを読みますと、丁度《ちょうど》我々が、八雲という大船に乗って外国へ一ぺん洋行したような結果になるのでありまして、我々が日本人として気が付かないものを、八雲が数えてくれている点が多々あるのです。今日のような時代になりまして、人間性、ヒューマニズムという問題が、目の前に起って来ている時に、八雲のものを読むということが、我々の気が付かなかった、我々の生活の微妙な点、その根底をなしているもの、つまりバック・ボーンをなしているもの、そこまでも、我々の生活の深さを掘り下げて行っておりますんで、我々が期せずして、八雲の書いた物の中に、日本の背骨、バック・ボーンというようなものにぶつかる。そういう点が実に多くあると思うのであります。

八雲が、今の時代にもし生きていたら、というようなことは、これはもう空想に過ぎませんけれど、恐らく日本のいろいろ良いものが、日本人自身が気が付かないで、それを無駄に捨ててしまっているということを、きっと深く嘆くに違いなかろうと思うのであります。

その証拠には、すでに明治三十年時代のでありますが、日清戦争で日本の国力が伸長した時、外国文化が入って来た、そして日本のいろいろな良さが、失われて行きつつあったことを、ヘルンは非常に歎いています。その当時にヘルンの書いたものは、つまり、物質文明に侵されて来た日本の本来の姿に対する一つのエレジー、挽歌であるとも云えると思うのであります。

ヘルンの物を読みますと、われわれの父祖の時代の生活のそういう点ばかりでなく、日本精神というものですね、或いは日本の女性というもの、日本の風土というもの、国土というもの、そういうものに対するヘルンの深い愛情が、我々に感じられます。その深い愛情が、我々が今日のような国情の中で、我々の道を見付けて生きて行く上に、大きな示唆となるものが沢山含まれております。勿論、ヘルンが賞讃したものは、今の時代から批判すれば、もう一言の下に、封建制度の下に育てられた美風だなんて云われて、一蹴されてしまうかも知れませんが、しかし、そうばかりとは云えないのであって、その底に流れているもの、本当に源流をなしているもの、これは民族的なもの、人間的なものでありまして、国土、風土に依ってその現われが違う。そういうものを、やっぱり生活、風土、習俗の底から、われわれは汲み取っていかなければならないと思うのであります。ですから、むやみに無批判を呑み下すことは勿論困りものでありますけれども、ヘルンのものを読んで、それを批判をもって見るということ、このこと自体が、我々自身を批判し、我々の国を批判することになろうと思うのであります。例えば、日本の女性の従順な点、又献身的な点、又慎ましやかな点、これをヘルンは、もう神様のように尊び、賞讃しております。これはヘルンが、自分の母親に対する一種の愛情・愛惜・そういうものからも来ておりますので、結局、ヘルンの理想、女性に対する理想、そういうものを、日本の女性の属性の中にヘルンが見出したということ、ここには現代の女性達が、もう一度見直してみていいものが、批判的に見直してみていいものが、多分にあると思うのであります。ヘルンは、明治二十七・八年、日清戦争の後で、「日本は勝った。と、この戦勝が日本の自負心を極度に発達させてしまったらば、将来、日本はそれによって滅亡してしまうだろう」と、日清戦争の直後に、日本に対して警告を発しております。そういう言葉を、今日考えてみますと、ヘルンに素晴らしい洞察力があったことがわかり、また、それほど深く日本というものを愛情をもって、遠い日のことを憂慮していたことがわかります。日本の性格、日本人の性格というものを非常に深く考えている点、我々、もう一度ヘルンを、批判的に見直す、それが、我々自身を見直すことにもなろうかと、私そういう考えを持っているのであります。まだいろいろお話したいこともございますけれども、このへんで。

（日本放送協会編『人生読本』昭和二九年、春陽堂書店）

「世界恐怖小説全集」内容紹介より

世界恐怖小説全集　全十二巻

1　**吸血鬼カーミラ**　ジョゼフ・シェリダン・レ・ファニュ　平井呈一訳　**二三〇円**

ディケンズやコリンズが天下の奇書と激賞したレ・ファニュの作品は、本国のイギリスでも、近年、怪奇文学の祖として高く再評価されるまで、不当に長く埋没されていた。収録作品は、もちろんいずれも本邦初訳、夜な夜な窓べに現われる白い手、恋人の血を吸う美貌の令嬢、姿なき復讐者など、正統的な名編ぞろい。白い手の怪　仇魔　ドミニック氏の約束　緑茶

2　**幽霊島**　アルジャーノン・ブラックウッド　平井呈一訳　**二三〇円**

近代怪奇小説三巨匠の随一、ブラックウッドの代表作集。アルプス山麓の旅館の怪、伝説の「迷いの谷」に、美しい山の妖女と行方を消した双生児の話、世にも不思議な猫町奇譚、読者を目の

あたり超自然の世界に誘う作者の麗筆は、各編、新しい恐怖の快感に眠られぬ夜を慄然《りつぜん》と彩る！
人形　猫町　部屋の主　片袖　迷いの谷

3

怪奇クラブ　アーサ・マッケン　平井呈一訳　二二〇円

パンの神は今でも森の広場に人間の処女を拉して性の乱舞を行う。人間の性の神秘を超自然に託して、摩訶不思議な様相をくりひろげるマッケンの世界は、戦慄と陶酔の妖しい白光の世界である。黒い封印におののく老教授、淫楽の密室に白い粉薬を服《の》んで肉体が溶けこんでしまう青年の死の話、等を収める。輝くピラミッド　戦慄　白い粉薬他

4

消えた心臓　M・R・ジェイムス　平井呈一・大西尹明訳　二三〇円

ブラックウッド、マッケンと並ぶ現代怪奇の三羽烏《さんばがらす》、M・R・ジェイムスも生涯、怪奇小説のほかには何も書かなかった。古代文学の権威だけあって、古書や寺院にまつわる怪異談が多く、怪談の中から生れて来たような、そのユニークさは、通の等しく珍重愛誦《あいしょう》するところ。これに配するに新鋭ハートリー、ハーヴィを加えた三人集。寺院史夜話　猟奇の戒め（ジェイムス）地底から来た人（ハートリー）他

5

怪物　アンブローズ・ビアース　大西尹明訳　**二三〇円**

アメリカではポオの死後、約二十年ほどずつおいて、ポオの再来といわれるふたりの怪奇作家ビアースとラヴクラフトが出た。最後はメキシコの洞窟の中に消えて身をもって神秘を立証したビアース！　従来の怪奇文学の宇宙的観念をさらに敷衍して、異次元の世界の怪異に画期的な業績を残したラヴクラフト！　壁の中の鼠　ダンウィッチの怪（ラヴクラフト）　怪物　右足の中指（ビアース）

6

黒魔団　デニス・ホイートリ　平井呈一訳　**二八〇円**

世界の大都ロンドンに古き世の黒い魔術が跳梁《ちょうりょう》横行する。変幻自在の黒魔団の首魁《しゅかい》、その傘下に集まる国際人の奇怪なる言動。現代の黒き神秘の扉を開かんとして幽玄古怪な妖術の渦中に溺れる少壮知識人、かれを救おうとしてあらゆる学術的秘策を練る友人の四銃士。古代魔術と現代科学との争闘の息をもつかせぬ虚々実々は、「魔人ドラキュラ」以来のスリリングと絶賛され、十七カ国語に翻訳された世界的超特作の本邦初訳！

7

こびとの呪　エドワード・L・ホワイト　橋本福夫訳・中村能三訳

英米で出版された十数種の傑作集の中から、収録の頻度数によって、一人一篇を厳選した、最高の怪奇コンクール！　魔界の奇、吸血鬼、人狼、さては鳥虫草魚の怪——心霊と魍魎《もうりょう》、人間心理の深奥の不可思議。白昼なお異妖な夢魔にとりつかれる戦慄の連続こそ、怪奇小説無上の醍醐味といいえよう。イムレーの帰還（キプリング）　信号手（ディケンズ）　夢見る女（コリンズ）　なめくじ（ベンスン）他

8

死者の誘い（長篇）　W・デ・ラ・メア　田中西二郎訳　二三〇円

墓の中からさまよい出た二世紀前の死者の霊が一人の男の肉体に宿った。男は見も知らぬ遠い世の死者の顔に変貌し、そこから起る世にも不思議な、身の毛もよだつような悲劇。今や自分にして自分にあらず、悪霊との共体になって霊の放浪が始まる——詩人デ・ラ・メアの螢光のような詩美をたたえた長篇！

9

列車〇八一　マルセル・シュオップ　青柳瑞穂訳・渋沢竜彦〔ママ〕訳　二三〇円

フランスの詩人、小説家の作品を中心に編まれた絢爛《けんらん》たる傑作集！　壁の中へ消える男の話、熊に変身する山奥の怪異、狂気の世界を虹のような光彩で描く恐怖等、いずれも短篇小説最高の技法を身につけた名手の手になる珠玉の作品。英米のゴシック・ロマンとはまた伝統を異にするフランスのアンソロジーは、まさに待望の一巻である。幽霊船（クロード・ファレル）　人間消滅（アポリネール）他

10

呪の家　ベズィメーノフ　原卓也訳　　二二〇円

雪と氷に閉ざされたシベリア、白魔のような北風の吹きすさぶロシアは、魔女と妖精が乱舞する不気味なワンダー・ランド！　その暗い風土と国民性を象徴するかのように、物語られる異常な話のかずかず。十九世紀から現代へかけて、民話とヨーロッパ文学の影響の下に開花したロシア怪奇小説の名篇を収める。妖女（ゴーゴリ）　カリオストロ（A・トルストイ）　犠牲（レミゾフ）　黒衣の僧（チェーホフ）

11

蜘蛛　H・H・エーベルス　植田敏郎訳　　二三〇円

ドイツの怪奇小説が近代文学の形式として確立したのは、巨匠ホフマンに始まるといってよい。その後輩出した作家は、クライスト、ハウフを筆頭に現代のエーベルスに至るまで伝統が続いている。死の部屋にうずくまる蜘蛛の怪、女乞食のおそるべき執念、怪奇文学の粋を初めて集成したドイツ篇！　地下食堂の幻影（ハウフ）　ロカルノの女乞食（クライスト）他

12

屍衣の花嫁　——世界怪奇実話集——　平井呈一訳　　二三〇円

推理小説ファンが最後に犯罪実話に落ちつくように怪奇小説愛好家も結局は、怪奇実話におちつくのが常道である。なぜなら、ここには、なまの恐怖と戦慄があるからだ。世界的に有名なミセス・クローの「ナイトサイド・オヴ・ネイチュア」をはじめ、世界怪奇の実話の傑作を集めた異

色の一巻！

（編集部注）
「世界恐怖小説全集」全十二巻（東京創元社、昭和三三〜三四年）において、平井呈一は実質的な編者を務めた。本内容紹介も平井の執筆によるもの。

「全訳小泉八雲作品集」（恒文社刊）内容紹介より

刊行のことば

この九月二十六日にラフカディオ・ハーンの六十周忌を迎えることになりました。といっても、今の若いゼネレーションには大きな感慨を呼び起こさないことでしょう。教科書にあった「耳なし芳一のはなし」の美しい英文で小泉八雲を覚えている人があるぐらいではないかと思います。それほど小泉八雲は、今の日本にとって遠い存在になっているのではないでしょうか。私はかねてよりそれを憂えているものです。

戦争という悪夢から醒め、戦後の虚脱状態を脱して約二十年、日本民族の再建は、世界の驚異といわれるほどのすばらしい速さで進み、今年はアジアで初めて開かれるオリンピック大会を東京に開催するまでになりました。今や日本はいろいろな意味で世界の注目の的になっています。

小泉八雲が一八九〇年に日本に来て、松江中学の教師として赴任し、日清戦争を経て、日露戦争勃発の年一九〇四年東京に急死するまでの、八雲が日本に生きた時期は、ある点で、戦後の日本の姿に似たものがあるのではないでしょうか。急激な経済的発展、極端な鎖国主義から開放された欧米尊重の風潮など、なにか一脈相通ずるものがあるように思われます。

万象の背後に心霊を見る八雲の哲学は、プラトーとダーウィンとスペンサーの思想に仏教の輪廻説を結合一丸としたものであるといわれています。その八雲が日本のもっとも古い姿の残っていた松江に住み、節子夫人を娶り、日本の地方生活に沈潜したことが、今日残されている八雲文学を生んだものといえましょう。

日本人の忘れていた、また知らなかった、日本の姿を日本人に教え、みずから身をもって行なったのが小泉八雲です。同時に、当時松江の人々の近づかなかった特殊部落「山の者」の住居を訪れ、主婦の汲んで出す茶を飲んだ八雲は、未来の社会に思いをいたすヒューマニストでもありました。それだけに、八雲が広く読まれることが、今日ほど必要とされたときはないと思います。

三十有余年前の中学生の頃に、当時の地方の中学としては珍しく充実した蔵書をもっていた新潟県立小千谷中学校の図書室で、ハーン全集を発見していらい、その幽幻の文字に魅せられた私は、機会あるごとに八雲の文献を集めてきました。そして出版者として、八雲全集の発刊は、私の宿願でもありました。

しかし八雲の文学は、その格調高い英文の美しさによって、世界的な評価を受けているものでありのます。それだけに、その翻訳は至難の業であります。今幸いに、私の母校の縁によって、訳者に平井呈一先生を得、また、ホートン社の限定出版「ラフカディオ・ハーン著作集」十六巻揃を入手、ここに全集刊行の運びとなったことを私は心から喜んでいます。

ラフカディオ・ハーンの全作品中、とくに日本に関するものを網羅し、それに東洋に関するものを加え、もって「全訳小泉八雲作品集」と名づけるしだいであります。

一九六四年四月

恒文社々長　池田恒雄

推薦のことば

小林秀雄

八雲の作品は、近頃ではいろんな教科書にまで載っているくらいだから、中学生でも知っている。この日本の恩人については、僕などの方がよっぽど不案内なくらいだ。現代のジャーナリズムが八雲の人及び作品をどう受け取っているかということになると、甚だ心許ない気がするが、こんど恒文社から出る全訳集によってそれが是正される機会に恵まれれば、幸いである。

日本を訪れた西欧人は数多いし、この国の文化の上に業績を残した人もたくさんいるが、彼ほど日本を愛した人はほかにあるまい。八雲の日本に関する作品には愛情を持つ人だけに可能な観察や批評がある。年譜によると、彼は明治二十三年に日本に渡来して、三十七年に東京で歿している。よい時期を彼は日本ですごした。古い伝統の形も新しい精神の形も、今日となってはとても考えられないような鮮明な姿をしていたであろう。

八雲は、われわれの父や母の生活に、その事を見てくれたわけである。西欧の物質文明に夙《はや》くから疑義をもった彼が、われわれの父や母たちの生活に何を見たかということは、今日のわれわれにとって興味あることであり、又、彼の眼より、今日の文化批評家の眼の方が鋭いとも誰にも言えないであろう。

こんどの平井氏の翻訳をたのしみにして読みたいと思っている。

山本健吉

日本を訪れた外国人のなかで、古美術や能楽や民芸や建築や――それらの伝統的な文化財に対して深い愛着を示した人は多い。フェノロサもクローデルもリーチもタウトも、皆そうである。だが、ラフカディオ・ハーンになると、彼が一番心を惹かれたのは、日本の芸術ではなかった。日本人の「心」であり、「内面生活」であった。外からは一番捉えがたい、内奥にある隠微なものの影が、彼をもっとも惹きつけたのである。

そのために彼は日本に定住し、日本の婦人と結婚し、日本に帰化し、小泉八雲という日本人になった。ギリシャ人を母に持つ彼は、ギリシャに憧憬と郷愁とを抱き、近代のヨーロッパが失った古代ギリシャ的なものを、日本人の心の中に発見して讃嘆した。そしてその「心」が、もっとも純粋な美しさを保っているのは、日本婦人においてであった。西洋近代の個人主義の害毒を知っていた彼は、およそその反対のものを、日本婦人の没個性的な心情と仏教的な諦念とのなかに見出だした。

このハーンの日本観は、今日のわれわれには、あまりにロマンチックなもののように見える。彼の描き出す日本は、あまりに古く、戦後の今日ではすべて崩壊して跡形もなくなったものばかりのように思える。ということは、彼が描き出した日本がすでに現代人には知らぬ異国のことのように思われかねないということだ。だが、それだからこそ彼の描き出した日本の姿を、今日改めて顧《かえりみ》る必要があるのだと言えよう。それに、私たちの心の底に眠っているもの、時代や境遇の変化がどんなに大きくても、ついに動かすことのできない心の根底に潜むものが何であるかに、彼の作品は気づかせてくれるのである。

古くからハーンを敬慕する平井呈一氏の手で、今度新たに「全訳小泉八雲作品集」が出されることは、時期と言い人と言い、願ってもないことである。

訳者のことば（平井呈一）

八雲の翻訳を手がけだしてから、早いもので、かれこれもう三十年になる。こんど池田さんのような理解ある知遇をえて、この作品集が世に出ることになったことは、訳者としてこれにまさる喜びはない。全力をつくすつもりでいる。

いちど外国に遊んだものは、自分の国のよいところと悪いところが改めてはっきりわかると、よくいわれる。生まれた国を離れて、異邦の文化のなかに親しく身をおいてみると、客観的に自他のよいところと悪いところが、正しいバランスで批判されるからだろう。八雲の「ある保守主義者」の主人公は、欧米諸国を遍歴したのち、かえって自国に深い信頼をもった。

おもしろいことに、八雲の作品を読んだり翻訳したりしていると、しばしばこれと同じような心持を覚えることがある。八雲が「われわれ」といっているのは、いうまでもなく西欧人であって、それを読むわたしたちは、その西欧人である「われわれ」の思考に導かれて、日本の思想や伝統や風土を吟味していくのである。つまり、いちど西欧人の心を通して、日本を見ることになる。——いわば、読者は二重国籍人になって、自国の思想、人情、習俗、自然、歴史を吟味していくわけで、これは日本人の書いた日本観からはえられない、一種の思考上のエクゾティシズムともいえよう。こんにち、日本というものを国際線の上で対決させる必要に迫られているとき、八雲の作品が、もういちどぜひ味読されなければならない理由も、このへんにありはしないかとおもう。

自明のことをいうようだが、わたしの翻訳した八雲は、これはあくまでもわたしの八雲である。ほかの人がお訳しになれば、それはその人の八雲だ。悲しいかな、これは翻訳というものの限界であり、宿命であるように思われる。八雲にじかに触れるためには、みなさんは八雲の原書を読まれる以外に手はない。八雲がどれだけわたしにのりうつったか、その度合が問題だが、自分ではわからない。ただ、八雲を大きく謬《あやま》っていなければよいがと、それのみを祈っている。

わたしの悪い癖で、これまで新しい版が出るたびに、そのつど旧訳に克明に手を入れてきたけれども、こんどこそはこの作品集のものを決定訳にする。

われわれの心のふるさとは、日に日に遠くなっていくようである。わたしどものとかく忘れがちな、心していたわるべきものが、八雲の書いたものの随所に、じつに心こまかに保存されている。その保存されているものの意味を、この際読者とともに、もういちどじっくりと考えていきたいと思う。

一九六四年四月

全訳小泉八雲作品集全十二巻の内容

第一巻　**印象派作家日記抄　クリオル小品集　中国怪談集**　〔第九回配本〕

フロリダ幻想曲　夢の都　クリオル人の典型　川越しの会話　クリオル・ミステリー
夜明けの声　大鐘の霊　織姫の伝説　陶神譚　その他

年譜にもあるように、ハーンは日本へくる前、一八七四年から十数年間をアメリカで過ごし、オハイオ州のシンシナティーやルイジアナ州のニュー・オーリンズで新聞記者をしていました。第一巻から第四巻までは、その期間の若いロマンチシストとしてのハーンの絢爛たる文才が、異郷の強烈な風土のなかで開花した異色ある収穫をあつめたものです。従来日本に取材した後年の八雲の作品にのみ接してこられた読者には、いかにも鬼才という名にふさわしいこれら初期の作品は、まるで魔教《ウーズー》の薫香にもたぐうようなその神秘で妖異な香気に、おそらく魂をしびれさすことでしょう。

「クリオル小品集」はフランス人の移民である、いわゆるクリオル人の異様な風俗を活写したスケッチ集ですが、「怪奇なもの、世にも不思議なもの」をひたすらに漁り求めたハーンの若い詩魂は、これらの土俗的豆絵《ミニアチュア》のなかに鬼火のように妖しく発光しています。「中国怪談集」は、ハーンの東洋に対する夢とあこがれのいみじき交配によって実を結んだ、美神の夢魔のような作品で、その精練された瑰麗《かいれい》な文章は、フランス浪曼派の驍将《ぎょうしょう》ゴーチェを模して、天才ポーの文体を摩《ま》すものがあるといわれています。晩年の「怪談」や「骨董」の母胎となったものをさぐる意味でも、ハーニアンの当然詣ずべき第一の聖地であろうと考えられます。

第二巻　**飛花落葉集　きまぐれ草**〔第八回配本〕

泉の乙女　鳥妻　屍鬼　夜摩王　愛の伝説　悪魔の紅玉　幽霊の接吻　死んだ恋人
その他

世に「奇想の子《アンファン・ファンタジク》」ということばがあるとしたら、「飛花落葉集」と「きまぐれ草」は、まさにその「奇想の子」がかき鳴らした世にも不思議な鎮魂曲でしょう。エジプトの古書、インドの経典、ペルシャの古譚、カレワラ、バカワリなど、世界の珍籍古譚のなかから、ハーンが妖異なファンタジーを古怪な文章に結びとめたのが、この集です。その珍しさは内容と相まって、世界文学のなかの珍羞《ちんしゅう》というに憚《はばか》りないものと思われます。

同じ頃の作品集である「きまぐれ草」は、これもハーンらしいユニークなもので、地方新聞の片隅を埋めた片々たる雑文にすぎませんが、まるで宝石箱をペルシャ絨氈《じゅうたん》の上にぶちまけたような、絢爛《けんらん》目を奪うばかりの詩と散文の放恣な乱舞であります。とかく合理主義万能の索漠たる今日、この一巻は詩とロマンの香り豊潤な霊薬として、忘れていた陶酔をよびもどしてくれるに違いありません。

第三巻・第四巻　仏領西インドの二年間　チタ　ユーマ　〔第十回、第十一回配本〕

熱帯への旅　マルチニーク・スケッチ　チタ　ユーマ

ハーンの生涯の心友であった、言語学者で日本学者のチェンバレンは、ハーンの三大傑作として、この「仏領西インドの二年間」と「日本瞥見記」と「日本——一つの試論」をあげています。さすがに深い理解と友情から発した、狂いのない卓見であります。「仏領西インドの二年間」に示されたハーンの豊饒的確な観察と、新鮮な達文とは、世界の紀行文学のなかでも異色あるものので、じつはこの紀行が受けたところから、版元のハーパー社がさらに次の成功を実現すべく、ハーンを日本へ派遣したという因縁つきの作品で、そういえば、「日本瞥見記」とは、いわば文明のとどかない秘境探訪のおもしろさという共通点があるようにもおもわれます。「チタ」は、ニュー・オーリンズに近いメキシコ湾の一孤島が、一夜のうちに強風のために壊滅した災害を背景に、島の漁民が漂流した赤子を拾って育てるという人情談で、風物と季節の活写は、「ユーマ」とともにしばしばピエル・ロチの「氷島の漁夫」に比べられる名作です。この二篇の中篇小説を置土産にして、ハーンはアメリカをあとに、待望の日本へ渡来したのでした。

第五巻・第六巻　**日本瞥見記**（上・下）〔第二回、第三回配本〕

極東第一日　江の島巡礼　盆おどり　神国の首都——松江　杵築　潜戸　日本の庭
英語教師の日録　日本海に沿うて　舞妓　日本人の微笑　その他

一八九〇年（明治二十三年）四月に、ハーンははじめて日本に渡来しました。一ジャーナリストとして日本の土を踏んだハーンは、あこがれの日本の風土と人情にすっかり魅せられて、ここを墳墓の地とさだめ、日本婦人を妻にめとってこの国に帰化し、名前も小泉八雲と改めました。爾来滞日十有数年、その間に著わした日本に関するかずかずの著書は、一作の世に出づるごとに世界の関心をあつめ、「知られざる日本」の様相は八雲の麗筆によってはじめて海外に広く紹介されたのであります。八雲の著書に導かれて日本を訪れる外国観光客が、年を追うてめきめき増加したことが当時の記録にのこっています。

「日本瞥見記」上下二巻は、八雲としては渡日後の第一作だけあって、印象がきわめて新鮮で、筆もみずみずしく、犀利《さいり》な観察と理解しようとする深い関心とは、どんな些細なものにも意味を見いだし、問題を提起している点、こんにちこれを読んでも少しも時代的な隔たりが感じられず、かえって碧眼の一異邦人に案内されながら、われわれの遠い父祖の生活を偲びつつ、居ながらにして歴史と風土への小旅行をこころみている愉しさがあり、おのずから伝統というものの意味、ひいては民族のこころというようなものを、西欧人の目を通してあらためて考えさせられる思いがします。人づくり国づくりが事新しく叫ばれている今日、「日本瞥見記」の示唆するものは、けっして単なる懐古とか復古《リバイバル》ではなく、われわれの背骨をそこにさぐりあてるという意味で、それは昨日への穏健な批判であると同時に、明日への剴切《がいせつ》な指針となるもののように思われます。

第七巻　東の国から　心〔第四回配本〕

九州の学生たち　永遠の女性　石仏　柔術　赤い婚礼　勇子　日本文化の真髄　ハル
ある保守主義者　きみ子　その他

日清戦争を契機として、若い日本が世界史の上に大きく躍進した転換期に書かれたこの二著は、日本人の精神形成を近代との接点の上でとらえているところに、いろいろ意味深いものを提出しています。若い日本がはじめて経験した戦争という大きな試練のなかで発揮したものに、八雲は深く感動し、さらに戦勝国日本の成長のために鋭い警告を発しています。

「東の国から」は、そうした国民的な緊張のなかで、八雲が熊本という日本でも有数な封建色の濃い風土から、日本的性格の正体を見究めようとした随想集で、代表的な名篇「柔術」のごときは、日本人の精神形成をみごとに象徴した卓見として、西欧に喧伝されました。当時の米大統領はこの一巻を読んで、日本および日本人を知る必読の書として、海軍省に命じ将卒に読ませたと伝えられています。

「心」は、八雲が熊本から神戸に移った時期に書かれたもので、八雲は当時の日本の欧化を心から憂慮し、日本の持てるよきものを失ってはならないと声を大きくして警《いまし》め、東西文化のきびしい比較を中心に、いろいろの角度から日本への深い愛情を披瀝しています。

またこの両巻には、「永遠の女性」「赤い婚礼」「勇子」「ハル」「きみ子」のような日本の女性に対する礼讃や、「前世の観念」「祖先崇拝の思想」のような、われわれの精神的基盤を構成している神道と仏教思想を解明した力篇のあることも特筆すべきでしょう。

第八巻　**仏の畑の落穂　異国風物と回想**〔第五回配本〕

生神　京都旅行　日本美術の顔について　大阪　勝五郎再生記　虫の音楽家
死者の文学　蛙　その他

わたくしたちの内外生活の地底には、古くから仏教の泉が流れています。「仏の畑の落穂」では、八雲は庶民の迷信、民謡俗歌など、われわれのごく身近にある日常の些細なものから、ふだんわれわれの見すごしているものの意味を闡明《せんめい》しようとしています。そしてこのあたりから、かれの物質万能・機械万能の近代への嫌悪と訣別がはじまりだして、自然への復帰、現世的なものよりも過去の記念物、ひいては古典のなかに、自分の求める東洋的理想をさぐる傾向が強くなってきたようです。

「虫の音楽家」や「蛙」は、のちの「トンボ」「蟬」「螢」「蝶」などとともに、小動物を愛した八雲の風流随筆ですが、そこには東洋的な自然観照に対する八雲の共感がはっきりと打ち出されています。野にすだく一匹の虫からも、われわれの迂濶にしている伝統や因習を示してくれるところに、こうした八雲の随筆のおもしろさがあるのではないでしょうか。

第九巻　**霊の日本　明暗　日本雑記**〔第七回配本〕

断片　振袖　香　恋の因果　小さな詩　焼津で　和解　衝立の乙女　蟬　果心居士
梅津忠兵衛　日本のわらべ歌　おだいの場合　乙吉だるま　その他

霊魂の問題は、深遠な人間学の究極問題として、八雲の生涯を通じての最大の関心事でした。八雲の怪談も、じつはこうした霊魂への関心につながる一連の文学的述作なのであって、かれの怪談がただの低俗な怪奇趣味をこえた、りっぱな文学作品になっているのも、そのためでありましょう。「明暗」や「日本雑記」にある古典の翻案も、八雲の求めたものは、この「人間的なもの」だったはずです。「和解」以下「興義和尚」にいたる諸篇は、最後の「怪談」「骨董」の名篇に昇華するまでの、その道程における試作でありますが、原作にないヒューマンなものが加わっている点を見逃してはならないとおもいます。

第十巻　**骨董　怪談　天の川綺譚**〔第一回配本〕

幽霊滝の伝説　茶わんのなか　生霊　死霊　忠五郎のはなし　ある女の日記　螢
露のひとしずく　耳なし芳一のはなし　おしどり　お貞のはなし　ろくろ首　雪女
鏡の乙女　その他

八雲といえば怪談、怪談といえば八雲といわれるほど、八雲の「怪談」は広く世に知られています。その八雲の「日本怪談」は、晩年の「骨董」「怪談」に至って、渾然《こんぜん》たるものに完成しました。これらのものにはみな粉本があります。その粉本の多くは江戸時代の通俗な巷説的怪談本ですが、八雲はただそれを逐次訳したのでもなければ、自由訳にしたのでもありません。骨だけを原作にかり、あとは八雲が創作したのであります。八雲がどのように換骨奪胎したか、なにを骨にのこし、なにを肉に加えて血をかよわしたか、ここに東西精神の文学的交易が見られるわけで、しかもそれが前にも申したように、かれ独特の霊魂研究につながる日本研究の重要な一部門であるところに、かれの怪談は日本人の生ある限り、永遠の生命をもつともいえるでしょう。参考資料として、八雲が用いた粉本を巻末に添えておきましたから、それを比較対照していただくと、さまざまの興味ふかい問題がそこから引きだせるとおもいます。

　「全訳小泉八雲作品集」（恒文社刊）内容紹介より

第十一巻　日本――一つの試論〔第六回配本〕

古代の祭り　家庭の宗教　日本の家族　神道の発達　仏教の渡来　忠義の宗教　その他

八雲の終生の大著である「日本――一つの試論」は、八雲の日本研究の集大成とも卒業論文ともいわれている世界的名著の一つですが、文字どおり粉骨鏤骨《ふんこつるこつ》のこの労作のために八雲は命をちぢめ、この本の校正なかばに急逝しました。この書が一九〇四年（明治三十七年）に英米で出版されたとき、アメリカは、当時日露戦争後の新鋭国日本の研究のために、これを陸海軍士官の教科書に採用し、また今次大戦の際にも、青年士官の必読の書として推薦したという事実を見ても、この書が永遠の名著であることがわかります。わが国では、戦時中、この本は軍部の血ぬられた手によって、まちがった意味での国威発揚の宣伝に悪用されました。

外国人の書いた日本国民精神史として、群書中の白眉であるこの本は、今こそもういちど新しい目をもって改めて読み直されるべき時かとおもわれます。この本を味読、批判することは、とりもなおさず、われわれ日本人の心と肉体のなりたちに思いを致すことであり、国際人としてのわれわれを形づくっていく上に、多くの示唆と指針をあたえてくれるものと信じます。とくに若い世代の方々に、ぜひ一読していただきたいものだとおもいます。

第十二巻　小泉八雲伝〔第十二回配本〕

この日本の大恩人であるハーンの生涯は、その出生からしてすでに特異なものをはらんでいました。富裕な大叔母の手に育てられた、母のない少年時代の傷心、アメリカ時代の苦しい放浪と生活苦にあえいだ青年期、ようやくあこがれの日本に渡来してからの芸文ひとすじの生活——そうした八雲の内面生活を、おびただしいかれの書簡と新資料によって辿ろうとしたのが、この伝記であります。

八雲は生涯のうちに何千通という手紙を書いた、まれに見る多産なレター・ライターでしたが、今回の作品集には書簡篇をはぶいたかわりに、この伝記をそれらの書簡の引用によって編みましたから、読者は内外ともに波瀾に富んだ八雲の経歴をたどりながら、作品ではうかがえないハーンの偽りない肉声を聞くという、いわばソノラマ版のような微妙な感銘をえられるにちがいないと信じます。写真資料もできるだけ豊富に入れることにしました。

（編集部注）
本内容紹介は訳者・平井呈一の執筆によるもの。

東都書房「世界推理小説大系」月報より

訳者として

推理小説は、もともとこちらの頭が悪いせいですが、食わず嫌いとでも申しますか、ほとんど読んでおりません。

お恥しい話で、クイーンもこんどはじめて読みましたのですが、さすがに一流大家の路標的名作だけあって、筆力もあり、行文がキビキビしていて、事件の展開、人物の設定、サスペンス、意外性、――本格推理の四十八手をほとんど網羅しつくしたような感があって、エンタテインメントとしての息もつかせぬ迫力には、ほとほと感服いたしました。

訳の苦心と申せば、以前、セイヤーズの「ナイン・テイラーズ」を訳しました節、あのなかに出てくる教会の鐘のならし方の詳しい記述の訳にはちょっと工夫をいたしました。

何しろ私には初めてお目にかかる鳴鐘術のこととて、その内容をまず理解せねばならず、また、適当な術語を案出しなければなりませんでしたので頭をひねりました。そこで思い着いて、能楽などを参考にして訳しましたが、お読み下さった荒先生や中島先生からお手紙を頂いたりして、苦労の仕甲斐があったと思ったことがございます。

今回の分は訳者として格別申し上げることもございませんが、ただ、故人になったある歌舞伎の名優を思い出しながら訳し出した名優あがりのドルリー・レインをはじめ、人物の一人一人を、なるべく粒が立つようにと心がけましたが、成功しておりますかいかがですか。

諸先生がたの既訳を参照させていただきながら、できるだけそれから逃げようとしました点が、まあ苦心と申せば苦心でございましたろうか。

(『世界推理小説大系　月報　第二号』東都書房、一九六二　第一九巻『クイーン』付録)

訳者のことば

ヴァン・ダインの「僧正殺人事件」は、数年前、ある人の翻訳ではじめて読み、正直のはなし、その愚劣さ加減にほとほと呆れた経験をもっている。ことに、その翻訳を通じて見た主人公ファイロ・ヴァンスのきざさかげん、鼻持ちならないそのペダントリの浅薄さには、嘔吐をもよおすほどの嫌悪を感じ、当時何かのアンケートにも、わたしは、何ともはや箸にも棒にもかからぬ愚劣な作品だといって、罵倒した記憶がある。

ところが、こんど東都書房から「世界推理小説大系」の話があり、「僧正殺人事件」を担当してくれという話があったとき、わたしは思い直して、かりにも世界的な名作として長く喧伝されている作品が、あんな浅薄愚劣なものであるはずはない、とにかく原作を読んでみよう。それでわたしの肌に合わないものならお断りするよりほかにない。こう思って、江戸川乱歩先生から拝借したご蔵書を一読してみて、わたしは一驚した。

原作を読んでみると、まえに翻訳から受けた印象とはまるで違った、ほとんど裏と表といってもいいくらい、正反対にちかい感銘をえたのである。文章にも重厚なところがあり、ファイロ・ヴァンスの人柄にも、博学無為の人のもっている臭味以外に、同感できる知的情熱があり、何よりも作者のペダントリを骨材としたあの前人未踏のプロット構成に対する情熱に、改めて心を惹かれた。わたしは、さきに翻訳から受けた不快な誤まった印象を完全に塗りかえられて、これなら翻訳しようという気になり、かたがた、この名作をわたしに割り当てて下さった監修者各位のご厚志に、微力ながら酬いようという気になったのである。

前回の「Yの悲劇」のときにも、口幅《くちはば》ったいようだが、わたしは邦訳の決定版をつくる意気込みでとりかかったのであるが、さいわい、多数の読者から、お前の翻訳ではじめてクイーンの面白味を満喫したという過褒《かほう》のことばを頂戴して、訳者冥利につきる喜びを感佩《かんぱい》したが、今回の「僧正」も、楽しみながら仕事をしたことだけは事実である。

(『世界推理小説大系　月報　第八号』東都書房、一九六三　第一七巻『ヴァン・ダイン』付録)

H・M礼讃

先年、東京創元社でカーの選集が編まれたとき、お前は怪奇小説が好きだし、オカルティズムにも関心があるようだから、訳者にぜひ一枚加われといわれて、ひっぱりだされたことがある。そのとき、編集部がわたしの担当分として選んでくれたものは、たしか「夜歩く」、「黒死荘」、「弓弦荘」の三篇だったと思うが、とくにわたしのために、編集部でも怪奇趣味の濃厚なものを選んでくれたのだろう。なにしろ、カーのものは何一つ読んでいないし、乱歩先生のカー礼讃を読んだぐらいで、おもしろそうだが肌に合うかどうか、危ぶみながら打ち合わせの会に臨んだわけだが、手始めに、作者の処女作だという「夜歩く」をまず読んでみて、こいつはいけないと思った。処女作のせいもあろうが、文章が何ともはや素人くさくて、どうにもついていけない。そのうえ、人狼の殺人狂が剃刀《かみそり》で切った妻の首を眺めて喜ぶという、それでなくても無惨な殺しの嫌いなわたしは、この見世物の看板じみたグロテスクな、何ともはや泥臭い、目もあてられないドぎついプロットに一も二もなく辟易して、二十枚ほど訳しかけたがとてもこれは駄目だと観念し、ちょうど恐怖小説全集の仕事もかかえていたので、編集部に泣きついて担当を棄権させてもらった経験がある。そういう因縁のあるカーだが、今にして思い返してみると、あのときもし「黒死荘」から読み始めていたら、おそらく、結構おもしろく無事に訳了していたことだったろうと思う。こんど訳してみて、そんなふうに思った。

聞くところによると、カーは推理小説から文学性を極端に排撃し、娯楽としての殺人を標榜して、十年一日のごとく密室ものを書きつづけているそうだが、トリックを重要視し、パズルに終始する推理小説の一つの限界を、わたしなどカーのこの代表作からもほぼ窺えるような気がする。カーにしろ、クイーン、ヴァン・ダインにしろ、あの意表をついた意外性と、奇想天外なトリックと、前人未踏な不可能性に、生涯を賭して心血を注いでいるうちに、しだいに墓穴を掘っていったものかと思う。パズル小説の、これは悲しい宿命かもしれない。

それよりも、わたしはH・Mの風格を礼讃する。あのグロテスクな虚構の世界のなかで、あのユニークな戯画は一抹の清涼剤だ。原型であるチェスタートンのブラウン神父よりも、わたしはむしろ、H・Mを贔屓《ひいき》にする。わたしの訳文がそういうかれを躍如とさせえたかどうかは疑問だが、H・Mの活躍する作品なら、もう四、五編読みたいと思うくらいだ。読者のなかにも、H・Mびいきの方がおられるだろうが、ほんとうのカーのファンというのは、そういう読者をさしていうのだと思う。

（『世界推理小説大系　月報　第一二号』東都書房、一九六三　第一二巻『カー／アイリッシュ』付録）

講談社「世界推理小説大系」月報より

○

探偵小説に探偵はつきものだが、元祖ポーのデュパン以来、一世を風靡《ふうび》した名探偵の数は、おそらく十指に余るだろう。ひところ、行く先々で酔っぱらって裸の美女を抱くというような行儀の悪いのが出てきて、それを売りものにして一部に大受けしたようなこともあったようだが、そういうものまでひっくるめて、探偵小説の探偵はやはり探偵小説作家の案出創造したものに間違いないから、それぞれ作者の風格、お国がらを反映していることは言うまでもあるまい。ホームズなどは、国王からＳＩＲの称号を賜わった作者の創造人物だけに、いかにもイギリス人らしい実際家で、律儀で石橋を叩いて渡るような健実ぶりの上に、ディケンズのピクウィックに配するウエーラーみたいに、副役のワトソンまで出てくるところなど、イギリスの伝統をはずれていない。アイルランド生まれのクロフツは、お国ぶりの不屈な執念みたいなものをもって、刻銘《こくめい》丹念に足でコツコツかせいでいる。そうかと思うと、ヴァン・ダインのファイロ・ヴァンスみたいな、学は百般、古今東西に通じているペダンティストもいる。日常生活も食事から服装、嗜好品に至るまで、一応通ぶったことをいって、乙《おつ》うしんねりしたその挙措動作とともに、私なんかから見ると、鼻持ちのならねえキザな野郎と思うようなのも、ヴァン・ダイン党にいわせれば、あれがたまらなくいいのに違いない。

私なんか性来頭が悪いから、推理小説はどうも苦手の方で、読むというほど読んでいないので、口《くち》幅《はば》ったいことはいえないが、自分の好みからいうと、あんまり目から鼻へ抜けるような探偵は人間味に乏しくて、正直のところ好かない。そこへいくと、こんどのカーに出てくるH・Mは破格で、ああいうのがおもしろい。これとチェスタートンのブラウン神父を、私は探偵界の双璧だと思っている。H・Mはブラウン神父のプロトタイプではないかと思うくらい、風貌風采ともによく似ているが、神父のあの古蝙蝠傘《ふるこうもりがさ》に古牧師帽の瓢々《ひょうひょう》然たる趣きがないのは、アメリカ育ちだから仕方ないとして、しかしH・Mのあのものぐさな風格が、泥絵具の絵看板のようにあくどいカーの筋立のなかで一掬《いっきく》の清涼剤になっているところは、さすがにやはりカーは娯楽をよく心得ている大立物だという気がする。

今後どんな探偵が出てくるかしらないが、世を挙げて電子万能時代が到来すると、いまに警視庁が霞ヶ関ビルの五、六倍もある電子計算機をいれた大ビルになって、資料をさしこんでボタンを押すと、機械がカチャカチャ動いて、一キロも先の機械の尻に答が出て、たちどころに犯人逮捕というようなことになったら、探偵小説もお手上げで、わびしいことになりそうだが、そのかわり、まかり間違うと機械の故障で、無実の人間がふん縛られないとも限らない。探偵も人間であるうちが花のようである。

（『世界推理小説大系　月報　第四号』講談社、一九七二　第一〇巻『黒死荘殺人事件／皇帝の嗅ぎ煙草入れ』付録）

翻訳よもやま話

翻訳家は演奏家だとわたしは思っている。演奏家が作曲家のつくった楽譜がなければ演奏できないように、翻訳家もテキストがなければ仕事は成り立たない。名人エルマンもジンバリストもハイフェッツも、楽譜がなければ陸へあがった河童も同然だが、ひとたび楽譜をまえに奏すれば、エルマンの弦から流れでるあの甘美な顫律《せんりつ》、ハイフェッツのあの枯れた確かさ、オイストラッフのあの豪放さに、聴くものは作曲者が誰であるかも忘れて、ただその神技に恍惚と陶酔するのである。翻訳もこうありたいものだといつも思うのであるが、わたしなんか望むだけ無理なことを知っているから、せいぜい翻訳の一職人として甘んじ、徹することを常住心がけているだけだ。

明治以来の作家のなかで、わたしは鷗外、敏、荷風を翻訳の三神と仰いでいる。今もいうように、こちらは職人だから、この信仰には、寝るときにもそっちへ足を向けないというくらい迷信的なものがある。昭和に入ってはモリエールの辰野神社、ルナールの岸田神社、フィリップの堀口神社、その他末社はいろいろあるが、そこから出るお札や護符はそれぞれ違うから、折にふれては参詣している。

もうだいぶ前のことになるが、わたしはラフカジオ・ハーン訳のゴーチェの作品を原作と照らし合わせて見て、じつにたくさんのことを教えられた。ハーンは若いころ、文学の翻訳について次のような意味のことを言っている。「自分の傾倒する作家の作品を、人手に触れさせずに、自分の手で確かめて自分のものにしたいから、自分は翻訳をするのだ」と。すべての文学の翻訳は、純粋にはここから出発するものとわたしは確信している。

訳者にはそれぞれ訳者の個性というものがある。一つの作品をべつの訳者が訳すと、こうもちがうかと思うほどであるが、それはそれでよいのだとわたしは思っている。正確な翻訳というものは、訳者自身の個性的角度から、いかに訳者が正確に原作と対決しているか、そのこと以外にないと思う。いうまでもなく、翻訳は外国語が媒体だから、語学が正確なことは第一条件だが、条約や定款ならいざ知らず、それだけでは文学の翻訳はできない。＋α《プラスアルファ》が必要で、そのαとは翻訳者の文学的稟質であろう。職人風情《ふぜい》がこんなわかりきったことを理屈っぽくいうのは気が重いが、当節はわかりきったことが通じないようである。横文字が読めれば名作の翻訳ができると思っているらしい。怖い世の中になったものである。

明治の毒舌家斎藤緑雨は、「翻訳家他人の釜で飯を炊き」といって揶揄しているが、これはまことに至言であって、自分の鍋釜で飯を炊けないのが翻訳家の宿命なのだとわたしは考えている。わたしなども翻訳家以外には、どうにもつぶしのきかない人間だ。痩せても枯れても、死ぬまで一生コツコツ翻訳をやっていく以外に、なんの取柄もない人間だ。その自覚の上に立たないかぎり、他人の釜で四十何年一日のごとく飯は炊けないはずだし、また炊かしてもくれないだろう。戯れに、「なあおい、ひとつ看板かけるかな。翻訳御係、初めチョロチョロ中パッパの守《かみ》権助ノ正」などと冗談をいってるが、飯を炊いているうちは一心不乱で、こんな楽しいことはない。お金をくださるから商売だとは言いじょう、洗ってみれば道楽だと自分じゃ思っている。道楽でもないかぎり、こんな間尺《ましやく》にあわない仕事ができるわけもない。

ところで、推理小説はわたしは以前から食わずぎらいの門外漢だったので、いくらも手がけていない。この全集の前身のときに、クイーン、カー、ヴァン・ダインと大物を三つも頂いて、大いに張り切ってやったが、推理小説の翻訳は、純文学や怪奇小説のばあいとちがって、たいへん気疲れのするものだということを知った。事件解決の手がかり、その伏線、人物の性格や会話、作者がなにげなくソロリと出していることが重大な鍵になったりするので、油断の隙もない。すべてが作者の犀利《さいり》な頭脳で割りだされて配分されてあるので、些細なことでも見のがしたら、それこそたいへんなミスになる。作者もこれぞというところは、細心に、緻密に、心気を研ぎすまして書いている。翻訳していると、おのずとそれが伝わってくるのが楽しかった。それに推理小説は登場人物がたくさん出てくるから、重要人物はもちろんのこと、端役《はやく》の人物まで粒が立たなければ興味が半減するから、ちょいとした会話でもゆるがせには出来ない。人物が大ぜい出るといっても、バルザックの場合などとはちがって、推理小説の人物はたいてい作りものの人形が多い。とくにカーのものなどは全部が木偶《でく》の芝居であるが、人形芝居だって、文五郎や玉三のような名人がいるのだからと思ってみたが、「黒死荘事件」ではそれも思ってみただけに終わったようである。
「神の灯」はこんど新しく追加したものだが、あの奇想天外の大トリックには、正直いうとこっちが面くらってしまって、あの二軒の建物の距離感が最後までつかめなかった。それと、オリヴィア・フェルの最後の科白《せりふ》、あれはふてくされたあの莫連女《ばくれんおんな》の正体を割る科白なので、すこしアクをきかせておいたのだが、ちと場末の緞帳《どんちょう》芝居になりすぎたかもしれない。訳しおわったあとで、この二つが気にかかっていることを白状しておく。

(『世界推理小説大系　月報　第六号』講談社、一九七二　第八巻『Yの悲劇／神の灯』付録)

下戸《げこ》

わたしはお酒は一滴ものめないずぶの下戸である。体質的に飲めないのか、お猪口《ちょこ》に一杯ものむと、顔が金時火事見舞《きんときかじみまい》みたいになって、動悸がして、寒気がしてくる。ひとがあんなにおいしそうに飲んでいるのに、選《よ》りに選って何たる因果なことかと思うことがあるが、どだい体が受けつけないのだから、これぱかりはどうにもならない。

おなじように、わたしは推理小説にもずぶの下戸である。その下戸のわたしが、これまでに五本の推理小説を訳している。今回のこの「大系」に収録されたクイーン、カー、ヴァン・ダインの三篇と、東京創元社の「世界推理小説全集」のなかのドロシー・セイヤーズの「ナイン・テイラーズ」と、ドゥ・ラ・トーレの「消えたエリザベス」の二篇である。クイーン、カー、ヴァン・ダインは、この「大系」の前身である東都書房刊の「世界推理小説大系」のときにやったもので、おそらく乱歩さんや中島河太郎君の推挽によって、わざわざ下戸のわたしに盃をまわして下さったものだったのだろうとおもう。わたしは両先生の推挽に感激して、その知己に酬いるためにねじり鉢巻でこの仕事をやったが、いま考えると、後にも先にも読んだことのないこの三大作家の、しかも代表作ともいうべき名作を曲がりなりにも訳了したおかげで、推理小説の最高の醍醐味をいっぺんに満喫できたのは願ってもないしあわせだったと思っている。下戸が蔵出しの防腐剤のはいらない灘《なだ》の生一本《きいっぽん》に舌鼓を打ったような感激であった。

ドロシー・セイヤーズの「ナイン・テイラーズ」は、それより前だったか後だったか記憶がおぼろだが、ある日、東京創元社の二階で、当時編集をやっていた厚木淳君が、黄いろいラッパーのゴランツ本を見せて、これをやる気はないかという。乱歩の書かれたものでセイヤーズのことも、「ナイン・テイラーズ」のことも、ひと通りは知っていたけれども、ちょうど『恐怖小説全集』を計画していたときで、推理小説は気のりがしなかったから、

「セイヤーズは専門の人がいるんじゃないの？　そっちへお頼みよ。おれの出る幕じゃねえよ」

「それがね、みなさん難解で駄目というんですよ。たとえば各章のはじめの、——ここんとこ、ここがまず分からないというんです。語呂合わせじゃないかという方もありましてね」

「なるほどね、こりゃへんなものだ。専門家に分からなきゃ、おれなんかなおのことだが、だけど現代

人が書いたものが分からねえなんて、妙な話だな。——冒頭のここんとこ、自動車が雪中の土手へぶつかって、エンコするんだね。おもしろそうじゃない？　だいいち生粋の英語の文章だから、おれにも行けそうだな。アメリカのやつらの文章は、おれは大の苦手なんだ。これ、二、三日借りてっていいかい？」

「ええ、どうぞ、どうぞ。ぜひ先生やって下さいよ。本邦初訳、まぼろしの傑作が日の目を見るんですから」

「おだてたって駄目だよ。とにかく読んで見る」

家へ帰って読んでみると、おもしろい。出てくる老牧師をはじめ村の連中、何十年と英文学ではおなじみの沼沢地の風景、風俗、かたぎ。わたしはふるさとびとに会うような気のおけない親しさで読みすすみ、わからないのは鳴鐘術の専門語と見当をつけ、翌日、当時はまだ上野にあった国立図書館へ行って、さっそくブリタニカその他の百科辞典をあたってみると、簡単に氷解したから、帰りにもよりの自働電話から厚木君に、「わかったから、やってもいいぜ」と返事をした。あと二日ほど、鳴鐘術の術語の適訳語を考えるために、図書館へ日参して、雅楽に関する古文献や、能の囃子方の奥儀書のようなものを漁ったが、とにかくいい作品なので楽しく訳せた。本になったとき、三浦朱門さんが新聞の書評で「すこし古風だが名訳である」と褒めて下さったきり、あまり反応はなかったようであった。まぼろしの名作も、開けてみれば何《な》あんだというようなもので、この国の性急な推理ファンには、ああいうイギリス生粋ののんびりした気分や遊びやサタイアは、無縁なのだろう。

「消えたエリザベス」の方は、これは植草甚一君あたりが、わたしにやらせろといって勧めたものらしく、この事件は英国三大謎の事件として、アンドリュー・ラングやアーサー・マッケンが書いているもので知っていたから、原本の挿画図版を全部入れるという条件で、二つ返事でひきうけた。これはセイヤーズの場合とはちがって、べつの意味で訳文の上でいろいろ道楽ができたし、十八世紀の英国の世態風俗を書いた権威書を参照しながら、舌なめずりしながら訳したが、こういうものを賞味するような好事家が出るまでには、いかんせん、まだまだ日本の推理ファンは底も浅いし、それなりの教養も脆弱なようである、といったら、下戸、酒の味を知らず、とお叱りを受けるだろうか。

(『世界推理小説大系　月報　第九号』講談社、一九七三　第七巻『僧正殺人事件／ある男の首』付録)

「無花果会」以前の程一俳句

『海紅』（海紅社）

（大正七年六月号）
打笑つたが何となく空つぽな冬の野で

（大正七年七月号）
ひねもすの青芽よ脂ぎつた顔して
薊の茎のとげとげし今日の暑さ極まり

（大正七年八月号）
つゝじさげしまれてやうやくの鉢一杯の土

苺畑がつぶされて遂にお前と並び行く
われこのみなつきの遲芽の青きを踏まん
きんかん畑にてきんかんの一つ二つをもぎつて我が影
巻紙をかひに行くすみれ押花にしたりけり
白鷺とび立つお濠手袋とつた
どくだみ崖からぶらさがり俺があるくのだ

（大正七年九月号）

墓石のぐるりの杉菜抜かんとしける
しばし精靈會の眞菰ねぎつて去らず
踏んだ晝顔よ日盛りの砂を摑みます

實父を失ふ

遲咲の山吹が一輪二輪で父
すげなう乾きし岩を越えてゆく女

（大正七年十月号）

少女喜びありて今朝の曼珠沙華行過ぎるべし
定齋賣荷物重さうに燕白い腹ひるがへし
ま夏の浪の幾ぅねりが迫つて來るので
八月父を失ひ此家では朝顔盛んに見られ
女は羅で月夜の船中に涙します
羅が身に觸れ野風の中を行きます
夏の夜の羅で女は嬲られます
米の相場表くばる男が相場表ずさと下ろした
冬日にむかひて海苔粗朶ひしひしおしたてらるゝ

（大正七年十一月号）

螢光らんとして光る此夜の水棹正しくも握る
堕落の八月の宵の手植ゑの夏菊
佛具師よ初秋の此夜の惱みの少しく薄ければ
まつりの菊の直くのびたるは買はず
わが青い桐の下ではだまされやすき

馬市の騒ぎのこの二階へあげて汝の正しき
菱取りの女達から正しく見られて眼鏡はずさぬ
曲馬團の娘の一人は夏夜に母を思ふて馬を下ります
遊泳場の戸口からま黒い顔がつき出されて俺が歩きにくし
赤毛の少女は母を失ふて青い葡萄を嚙みこだはりなし
單衣の身の輕さ笑ひをのこして島を去るのだ
泥鰌黒い眼からして日沒の汚泥
泥鰌の折檻しとる兄弟の強き日影這い
嘲吹貝一ト夜の砂をつらく見て居るもののむなしき
晝寢の赤い天井が迫りくるのでうすうすの身よ
船中で久しぶりな親友の前でうれしき夏帽握つた
雜音をのがれて芒の穂を抜きたり
夏風邪が去らないためらひなく小舟を浮けた

（大正七年十二月号）

仔犬の匂ひよ葉のすきし樹々の夕べの我
乘合馬車の膝のぬくみの女よ淋しさを知れ

花野の蟲を殺し蟲を殺し野心を持つて
たまさか金儲すればこゝのこの池の藻の花腐れ
牝牛の野べの青い草の葉のもの、なびき
霧夜の窓の葉のもの、おびきやすき
どんぐり並べたて笑ましきよ母ら子ら
秋の草道が平坦で草に埋もれて唄ひ出します
風邪の夜の身まはり少なく印紙をなめます
日のさす鱒の斑點よま白きになりし
風邪の床のべの葡萄の光りよ黄ろい手を伸ばし
一室の四角なるを感じわれよ身伸びする
風邪氣味の夜の電車にのり空席を占めます
瀑布の冷たきわが首まはり知らねばならぬ

(大正八年一月号)

一面雁來紅に吹きよせる風に向き直りましろ
虫歯の小娘よ秋の曇天の小切裁ちたり
人知れないかなしみを持つて蠟燭を持つて草の葉を焼きます

風邪氣味の床のべの小蟲がわけもなく跳ねる
葉のすいたすゞかけの赤い夕日のひとり嬉くてゐる
左の眼が白布で蔽はれてゐる私の掌の雞頭の實

（大正八年二月号）

落葉の朝の霜道へ出でし今し夫婦よ
枯野で遇つてしまつて白足袋のうれしく
籠の中の鴨をさげ出した眞面目でをる
いくたびぞ冬の夜明の小鳥群たつ道の白けた

クリスマス

降誕祭の夜の弟眞面目で小溝を越えた
ビスケツトを食ひ兩手にて抱かんとする夜の小さき火鉢
粉炭のこの夜の父子火鉢に凭れ飽きた
閉し更けぬる夜の物の影一つの蕪
醉ひ俯すやつのつゝがなき夜の丸火鉢

（大正八年三月号）

君は去る枯野の一端のあかい夕日の中の姿

冬夜もてなされしものらよ盃が乾いて君ら

寒夜彼の赤靴のみの舞臺の平面です

白鼠のはつきりした姿でふむ車でぞんざいにふみます

欝金香さす顔を向けた机のものの埃

母の手の胡麻かゝる落され匂ふよるとても

早春の家を出でては雪は田面にもある

落葉の夕ぐれの男女樹々が曲つて歩かれて殊に憎まるゝのだ

よろこばしき冬夜の古い繪本をひろげたる手を重ねる

腹痛の今朝の欝金香の葉透す陽

（大正八年四月号）

春夕二人して馬糧桶をのぞき去りけり

雪のこの夜のものを食むわが口

枯野枯くさの音する君と逢ふて

馬子さん馬に身をよす夜霧の馬が匂へば

（大正八年五月号）

われらが杉菜の密生の音なき道の岐れ

見らるゝ死魚のなかの鯊のおかしさあらず

春の大樹の窓のわが顔くるし

をとこ寒肥をそゝぐなほも笑はんとしけり

魚突の一人の春の巖の暮れず

上野動物園にて

この黒熊の毛並の春陽かな

黒熊よ一枚の堅ぱんの爪音たてず

魚突の一人の春の巖の暮れず

山家の林檎の花咲く家を出でず

（大正八年六月号）

小作慾心つき麥笛吹けばまなこが光る

野焼きのけぶりまろくながれ來れば我が家

芽ふく樹の下の我ら別れの煤けたる殘雪

（大正八年七月号）

葉櫻の初雷の歸宅が遲い犒ひ

長き貨車過ぐか踏切の眞夜のあらしす

子どもだち手をつなぎ草の葉をすてた子どもら

ゆきげのあの山やこの山ゆきげするなり旅人

春の嵐の夜の青い窓掛につゝまれ我は寐ねんとす

船頭なぐさまずこの夜の春の浪

あが蒔きける

朝顔のあかき莖はだの我が思へるなり

（大正八年九月号）

夏ばらに夜のわが顔冷えず

誰彼山を下りて行く祭の日のわれも下り行く

夏の夜のなみだをこぼす我が手小さしや

穗麥の夜の裏口からあがる我家あたゝかさなし

墓　参

父の墓にして朝のわくら葉一枚二枚落つるや

池上街道

どの家も飯時の朝の家裏畑の醜し
僕ら陸穂の青の一面のたゞ見るばかり

悼貞太郎君

杜の中稍暗くいちにんは夏樹ゆさぶり去りぬ

（大正八年十月号）

残暑の一舟々々の流れゆくべき水
うき草の花のむらさきを見る苛だち水中を見る
夏帯のお前が苦しき船中にして
この海に誰もなくわがたま網になにもなき朝
祭の晴着のまゝ寝た児に面伏せて寝た母
焼酎に酔ふたもの丶草地のいま一と雨の流れ

（大正八年十一月号）

ずうつと赤い煉瓦塀の粟畑であり囚人らであつた
梨を買はんにも女の紙入の赤き小さい
女のおろかさ曼珠沙華の花の乾いたるおろかさ
君が恙き殘暑の低い板塀も青木も
殘暑の樹の下を出でし一人が見渡した野菜の殘暑
女かくすことのあれば霧夜の細い帯した
殘暑の港外の舟の帆を照りかはす
くらげが砂にとけるとける影なし

（大正八年十二月号）

螽飛ぶ踏まん地のかげる
赤藷を掘れ畑に木のなし
人の働く夕べ霧立つ戸々の戸口低けれ
おひがんのいへのちゝはゝに一本のしまひはぐれたる團扇
鯊縄がもつれる雨空となる
黒鯊を釣る隣るものなき一日の薄紅葉

剪毛の日の羊の今日の肌見た

草焼きの夜に移る二階を下りず
雨夜の鉢浅く秋の庭のもの食ひけり
陶物師はや寝るばかりの秋庭の酒瓶下ろす
トマト捞ぐもの丶あるひは蝕葉を捞ぎつ丶しみのなかつた
鰤網が干さる丶巖を蹈んで來た
霧の夜のビラ繪の女とばかり思へなかつた
霧の夜の學帽の裏をひそかに見んとする
（大正九年一月号）

巖肌を見るよろこび夕汐のぬくみ
山もとの夫婦が草の實の赤みの師走
にんぎよばこのにんぎよのゆきよのおどけたるかほ
小春の水近き荒畑にをる人々
兄を泊め枯萩の今朝の三四株
（大正九年二月号）

雨の流るゝ地の低く仔犬よ雨よ
眼疲れ池の面の夜となる慌し
（大正九年三月号）
冬山の連なり何の科とてなき我
かくて年越しの飾りなきわれらが卓の
雪もよひ野のいろよ鳥とて立たぬ
から札を讀むはかなき少女が白きリボンよ
（大正九年四月号）
夕燒くる冬木とてなき我家をてらしけり
桃も一枝の初雛の菱餅の菱形なるよ
めうとが春凪の枯草のかゞやく水
父と寄席に行く
小さんの話粗忽者の話煙草盆の炭が灰となる

（大正九年六月号）

空よ牧夫が牛が春の樹下

罷工々場の黒き溝川のけふ音なく曇る

あこの鯉のぼりの大きなる口仰ぎひとりうれしき

山にて暮るゝいまはかりうどが顔のやさしさ

（大正九年八月号）

庭師老ひてある日は邸の花落つ桐の木の下

女自らを知る淺草の夜の池水が黒い

夏足袋をはき行先のさだかならぬを我

盲生の黒い眼鏡のものみな夏となる

青萱が匂ふ夜ぞ來し男女科なけれ

淺い洋皿のせめて苺の全き粒々

（大正九年十月号）

巖かげよ幾度か君と夜の曳綱を跨ぎ來た

（大正九年十一月号）

夫婦が夜々いちまいの夏夜具の匂ひ
女の頭の太い焼いた螽を罏に詰めよ
鶏頭を見る殘暑の酒をこぼすな
酒にがき夜雨のわが肱張らんとするか
澁柿赤々また産支度の夫婦

（大正十年四月号）

酔へとや寒夜甃の並び揃はぬ
霜解け朝の庭裏牧師が靴を汚した
犬がさみしいか鶏頭の地を蹴る
ひそやかに露の草株がかたい踏む女

（大正十年六月号）

とんぼがへりす道化の赤い帽子が落ちた
情夫が夜の夏シャツを脱ぐに脱がれず
獨身者けふも隣りの赤ん坊を借りて來た

霜夜人形遣ひが片足をしまひ忘れた
春夜のりんご一きれ二きれ子のない夫婦

（大正十一年二月号）

わが家秋の小蟬がかくるゝほどに茂りたる樹
うすら日の電車降りがくなく終點で乗捨てゝ來た電車
夕明り路吹濡るゝ時雨の誰れ彼れ住める
泥人形いたづらに夫婦が夜々の霜
丘の小家の夜々夫婦が星々

（大正十一年十一月号）

空地の家が日に日にふさがつてゆく草枯れ

（大正十五年三月号）

蟬もきかずにもう朝夕のこの頃の空
落ち葉戸に吹きあたる音も間遠になりぬ
煤降る朝から狹庭いちにちの霜柱

垣間に見る畑人のけふは遠ざかり蒔く
家はみな夕餐の時垣つゞく夕日

（昭和三年十月号）

夕べ雲しさる日の弱りつつ峡の杉
いさかひて雨夜へだつる葭戸かな
日のさすや垣うつりゆく冬の蝶

旅愁

湯壺にそぞろ一むら窓の草のなびくに

假寓

さ庭垣粗ラな夕づけば蟹の這ひ出て

（昭和三年十一月号）

川べに住ひ朝に夕に草の空
みやこに近く暮らす茄子もはづれ胡瓜もはづれ

灯を見つつゆく二人してゆく寒い坂道を
裏は冬菜抜き殘る一うね二うねの凪和み來る
うすら日の家があり穭田があり
あかりのもとに蠅を打ちかけ身の弱り

われに故郷なし

稲妻に夜な夜なおもふ空のかた

（昭和六年七月号）

露次に住ひ正月も松過ぎた月夜ばかりがつづき
雀折々來る枯菊の軒に吊したる莖ばかり
犬を飼ひ隣でも犬を飼ひみんな暮しの山吹が散り
庭先に炊ぐいつか草むらとなつたそこら邊り
見慣れた原の遠くもう葉の散りかけて櫻並木

（昭和十二年十月号）

千住といへば草枯れて空地ばかりが多い正月の空

寒い日汽鑵車が煙を吐きいちにち出たり這入つたりしてゐる車庫
こんな米粒のやうなそれが日のかげでほろほろ散る柊の花
朝の露草の葉にかまきりの子匐ひのぼるほゝづきの葉に
正　月　の　松　を　伐　り　出　す　幾　束　か　の　霜

（昭和十二年十一月号）

朝の疊にはひてちいさしみどりうんかはうすみどりにして小さし
くずのはな葉のかげに咲く女すこしわけありて住むに
うなぎ掻き叉手をもちさみしい商賣朝の川筋をずつと行つた
サボテンがすこしふえたぐらゐのこと或日のたよりにもして夫婦
栗を茹でたそれを食べる小供と同じ皿にわけた小さな柴栗

『東京朝日新聞』

（大正八年一月二十一日号）

土　鍋　の　蓋　を　な　ほ　し　賀　状　つ　け　ま　す

馬子が憎まれた今朝の芒一叢
ねが小窓の青い草の明暮の風邪聲
一夜の酒場の青葉の物知る由もなし
兵卒憚りありて麵麭をさく底冷の野よ
（大正八年二月二十一日号）
彼女更紗布團の夜の太い根性ぞ
鵙なくわれら踏來る幾日の枯草
白い窓掛の裾汚れたる幾夜しぬび來し
懐爐の灰をすてに來た大樹の根ほるゝ
赤犬よ首たれて枯野の一人一人に怖る
母の手の胡麻輕く落されて匂ふ夜とて
父子薄着した夕暮の立枯るゝ一叢よ
爐端の皆さんに一つの蕪が轉んで
（大正八年四月二十二日号）
春夕二人して馬糧桶を覗きさりけり

雪のこの夜のものを食むわが口
枯野一散にかへる颪を持たない弟
君を待つ川べりの冬雨光る也
春の山影から出た鳥が山影に向つた
山家の林檎の花さく家を出でず
我れ死なじ水沼の冬の輪

（大正八年十月二十日号）

家々の僅の草木を持て残暑のきつい労働だ
くらげが砂にとけるとける影なし

（大正九年二月十五日号）

栗山のま晝を出づ兩手たれたり
短日父子が殊に炭斗の敷紙破れ
氷室の春の男女ら微笑すべし

『六合雑誌』（統一基督教弘道会）

（大正八年一月号）

雨の仔犬がしきりに咽喉上げて匂ふや

（大正八年四月号）

母を待つほどに川べの冬木斜なり

（大正八年七月号）

春野の工夫らが働きの地の穴

『中　外』（中外社）

（大正八年一月号）

母が濕布して呉れます久しき母の身の匂ひ

壁に添ひ寝る幾夜のひとりの布團の匂ひ

栗鼠よ杉の木の尖端の秋の日ざし

（大正八年二月号）

編み肩掛が垂れ曇天のお前職持ちし
霧の夜の山裾の男女淋しき手を垂れた
そこばくの悩みの窓あくれば暁の葉の物の匂ひ

『文章世界』（博文館）

（大正八年二月号）

風邪の油紙のうすい匂ひよ首垂れし
秋雨の暗き思ひの去難く寄る一つのこの木
櫻の黄葉よ夜晝の人の嬉しく

（大正八年四月号）

白い窓掛の裾汚れ幾夜しぬび來し

（大正八年六月号）

山家のりんごの花さく家を出でず

濁流の我らが春の日の見飽くことなし

春夜幾夜みほとけの花の乾びたる我家

君ら之程の籠の土筆の蓋のなし

（大正八年八月号）

萍流れよる一ぽんの傘の雨を聞きゐたり

父と並みいとなみの魚裂く我膝高し

（大正八年十月号）

殘暑の一舟一舟の流れ行くべき水

野の爛日の赤犬がなめし葉の白らけ

焼酎に醉ふた者の草地の今一雨の流れ

夏葱の青い青い我が二つなき心

此海に誰もなく我たま網に何もなき朝

祭の曠衣の儘寝た兒に面伏せて寝た母

（大正八年十二月号）

屋根草實を持て久しい此夫婦が引越話だ

夕あやしきもろこしの赤毛なれ男女なれ

女は舟をあがつたそして舟が流れた

去りぎはの赤い袖口も曼珠沙華も彼女も

草が夜となる牝牛の肢の短い

『槻の木』（槻の木社）

（大正十五年六月号）

立秋の濱町にて

蟬もきかずにもう朝夕の此頃の空

立　春

空地の樫の一つらの風和み來る

一人二人釣る夕方の河床へ下りて行く

『句集まごめ　四』（馬込句會）

昭和二十五年二月十二日　冷石居に於て

公魚をさす串青き二月かな*

梅の下よけて藁しく餘寒かな*

春寒しあみ鹽辛のはかり賣*

昭和二十五年三月十二日　杉亭居に於て

雛の間へかよふ雨夜の鼠かな*

遲き日や沖にあはせる遠めがね

昭和二十五年五月二十八日　野鶴居に於て

つくばひに蝶の影濃き薄暑かな*

五月雨や蜂の巣を燒く山の宿

昭和二十五年六月十八日　杉亭居に於て

梅雨寒や爐端に遠き夜の膳
畑中や牛の爪剪る梅雨のひま

昭和二十五年七月二十三日　小石川六義園心洗亭に於て

迎火や猫のうろつく家の中
皿小鉢みな薄手なり夏の月*
牛部屋の蚊遺も消えて月夜かな*

昭和二十五年九月二十四日　野鶴居に於て

猫の子の芋虫なぶる残暑かな
秋風や鱸の口にさす芒
秋の蚊や晝は佛の飯につく*
かりそめの風邪に冬瓜の葛煮哉

昭和二十五年十一月十二日　冷石居に於て

里わびし落葉の中のむじな罠*

行秋や遠火にあぶるみりん干

＊印は、『平井呈一句集』（無花果会一九八六年刊）に収録された句。

三. 呈一縁者による回想記

他郷に住みて

吉田文女

終戦後の昭和二十六年、父方の遠縁を頼って、平井と共に東京をのがれるようにして越して来たのが、三十四年前の三月六日である。東京育ちの二人が、こんなに永くこの地に根をおろそうとは、その当時は思ってもみなかった。

落付先は一人暮しの老婆の奥座敷の一と間であった。半年ほどして、懇意になった医者の持家を買って移り住んだ。その頃は君津郡大貫町と言った。

その家は街の中心からちょっと裏に入ったところで川のそばにあった。表通りは店屋が並び郵便局も近く便利なところであった。しかし終戦後の田舎では、食パンさえ売ってなくて一週間に一度、便利屋と言う人に頼んでバターやコーヒー、紅茶など買い出しに行ってもらった。お魚などは鰹のような大ものでも一本買いだった。今とちがって、地引網で生きた鯵や白魚も浜で買うことが出来たし、車えびや蟹も手軽に安く手に入った。浅蜊《あさり》や青柳《あおやぎ》は海岸に行って、ちょっと掘ればいくらでも取れたものである。

猫を飼い、小鳥を育て、子供好きな平井のところへは、近所の子供がよく遊びに来て、にぎやかだった。芝居小屋も二軒もあり、旅芝居が来ると町廻りの役者のあとを子供等がぞろぞろついて行った。

田植の手休めて見るや町廻り

浜の神社に初詣に行ったり、汐干狩に行ってバケツ一ぱいの青柳のあと始末に音をあげたり、その頃はまだ蒸気機関車が走っていたので線路の下の土手で土筆《つくし》を摘んだりした。

土筆つむ上を汽笛の通りけり

お盆の浜施餓鬼《はませがき》のお念仏もめずらしく、秋祭や運動会にも出かけてたのしかった。

NHKの人生読本の録音を取りに来たのもその頃だったと思う。

よく遊びに来ていた子供たちは、それぞれ店の主になって、今一人暮しの私に親しく声をかけてくれる。

四年後大貫町は隣町の佐貫と合併して大佐和町となった。

その後街中の暮しがいやになった彼は、十二年間くらしたその家を解体して、移し建てたのが現在の住居である。買物には不便だが、山に囲まれ、半農の十七軒の家が点在している静かな海老田（字）が好きになった彼は、亡くなるまでの十三年間をこの山荘で仕事を続けた。

大佐和町は、海老田に移って八年目に富津、大佐和、天羽の三町が合併して、現在の富津市となった。市制がしかれて公民館が建つことになり平井は名前だけの発起人にされたりした。何べんも文化講演を頼まれたがとうとう引き受けなかった。土地の文化人と付合うより漁師や農家の人達の話を聞くほうがよっぽどたのしいと言っていた。

十六軒だった海老田地区も平井が亡くなってから八九年の間に、七十何軒の大世帯に脹れあがった。白鷺が下り立ち螢が飛び交った田圃《たんぼ》が埋立てられて、新しい家が建ち、十年前の面影はほとんど無くなったが、この家を囲む山にはまだ鷺や目白や山鳩などの囀《さえず》りがひとりぐらしの私をなぐさめてくれている。

私が俳句を作りはじめたのは平井が亡くなったあくる年の五十二年からである。地元の上総ホトトギス会に所属。いちぢく会には五十三年七月に入れていただいた。入会前から平井の嫂《あによめ》である恵子さんはじめ、東京在住の奥様方は存じ上げていたので句会は大変たのしみだった。なるべく出席したいと思いながら遠方ではあり、昨年は健康もそこねて欠席がちだったが、高藤先生はじめ諸先生方のあたたかい御指導で独りぐらしの老後をたのしく過している。

この町に移り住んで三十四年。自分なりに第二の故郷と思って暮して来たが、今も生れ育った東京を忘れることが出来ない。土地の人とは随分親密に付合ってはいるが、何か相入れないところがある。やっぱり私はよそ者なのだろうか。だが平井との想出多いこの百坪にもみたない地所に建つ小さな山荘が私の終焉の住家となるであろう。

星月夜他郷といえど親しき地

住み古りし庭栴檀の花こぼす

（「無花果」昭和六〇年九月三〇日）

雲の往来

谷口喜作

五

母は階下の十畳に寝ることになった。その十畳というのは、家の中心を成す部屋で、三方が硝子戸になり、一方が戸棚や仏壇になっていて、硝子戸の外の二方は工場になっている。夜が明けるから、日の暮れるまで、工場の人達が働いているので、その人達の働きぶりを見張るという役目もこの十畳は負っているのである。自然、この十畳に寝る人は、今のところ、母よりほかに適当な人がないのである。

昔から、母は夜をふかし、朝を遅く起きるひとである。われわれのまだ幼い頃、母は正月に近い夜などほのぼのとあたりの明るくなるまで、夜をふかしてわれわれの為に縫物をしていた。昼間は家業に追われて出来ないからでもあるが、早起の癖の父は生前よく、その為の朝寝のことで母につらくあたっていた。子供心にも朝いつまでも家の中に床の敷いてあるということは、何となくきまりのつかない、不快なことだとは思ったが、母のいろいろ身にあまった用事に、それでも遣《や》って退《の》けてゆく仕事ぶりには、子供の眼にも無理がなく感じられ、母だけは朝寝も仕方がないのだと、一種諦めに似た気持で観られた。今以《いまもっ》て母の朝寝は昔乍《なが》らである。それに早起きした母は、その日一日気嫌《きげん》がわるいので、此頃はわれわれはよんどころない用事以外は、出来るだけ母の眼を覚まさないように、言わず語らず注意するようならわしになっているのである。

で、その十畳に母が寝ることになって第一に困ったのは、三方が硝子戸の為に、母の朝寝の姿が工場の人達にまる見えのことであった。これには母もいくら何としてもおちおち寝ても居られないらしく、何か屏風《びょうぶ》のようなもの——と、口に出して言うようになった。それを耳にして、早速、大工と建具屋の親方二人が、鳥の子張りの枕屏風に丁度《ちょうど》よい程の高さなのを、新築祝いの品として届けて来た。この二人の贈り物は、大変母の気に入った。母はその晩からこの屏風を立てまわして十畳に臥せることになった。

さて、そうして立てまわして見ると無地では又困るということになった。母は私に蒔清君にオモチャを描いて貰ってくれというのである。早速蒔清君に母の意を話すと、蒔清君は文字通り快諾してくれた。

それから大分日が経った。時折母のさいそくを私はそのまま蒔清君に遇《あ》う度《たび》に伝えるのだったが——と、この間母は妙な夢を見たと言い出した。それは母が死んだ夢で、この屏風がとうとう無地のままで母の枕元に立てまわしてあったというのである。偶然にも私もその朝母の死んだ夢を見て気にしていたところなので、この屏風の無地というやつ変に気になり出した。私は今度は私の話もつけ足して蒔清君にさいそくをした。勿論《もちろん》蒔清君はそれは大変というので、漸《よう》く、画を描こうという段取になった。

三四日前、九月十九日の朝、母は信州の渋温泉へ三週間の予定で、一人で湯治に出掛けて行った。その留守の間にこの屏風を蒔清君がこしらえ上げて置こうというようになった。

今日は九月二十八日である。二三日寒さがとみに加り、夜なぞ私は秋冷を怖れて、掛布団を二枚にしたりしたほどである。病弱な蒔清君は例の通りこの急な陽気の変りようにやられたと見え、少しむくみの来た顔をして、冬の肌着に襟のかかったじばんを重ね、ネルを着てやってきた。今日はあたりだけでもつけて置こうというのである。木炭を削って、屏風に軽くいろいろのオモチャの位置を、薄くつけた。鯨もあれば、牛もあり、鯛もあれば、猿も居ようというわけである。まだ二つ三つなければすっかり埋まらないとか蒔清君は言っていたが、オモチャ箱をぶちまけたように、所せまいまで、屏風の中にオモチャが散らばったのである。

冬の夜なぞ、この屏風に背をかこって、更けるまで机に対《むか》い、本を読む事など想像してみると愉快である。これは母の枕元をかこう為のものなのではあるが。

蒔清君は屏風へ木炭であたりをつけると、一応そこらを片づけて、まだ時間があったのでしばらく話込んだ。今日の秩父宮殿下の御婚儀のことが夕刊にのっているのを読み、私はなんということもなく止《とめ》度《ど》がなく泪《なみだ》が出て来た話などもした。そういう話はおそれおおいことだが、日本国民として一様に誰もが感じる喜び、言わば公けの喜びなのだろう。そんな話からお互が見聞した高松宮殿下やなくなった竹田宮殿下の話など引出された。

われわれに共通な友人の噂、制作についての話、これらの話はお互の中に、遇えばいつも出る話なのだが、いつも新しい感じがして語れる話題である。小穴君の新婚後の生活を委《くわ》しく伝えてくれるのは蒔清君である。今度の院展の佐藤朝山氏の仕事についてなど語り出すのは私である。自分の身についた仕事についてお互は何等《なんら》かの機会のあるたびに、そのことについて語りかわすのである。いよいよ小穴君が小穴君らしい仕事に深く這入って行きつつあるという噂も、朝山氏の此頃の仕事のような深く掘下げて行った、そして自由な細かな気持の行届いた制作について語りあうことも、何となく気持の太る気がしていい。そしてお互がお互の上のことについて振返って見るのである。前途遼遠なお互の道について、遅い歩みをたどる制作の上について、お互はお互に励ましあい慰めあうのである。そして本道の仕事を心がけるのである。

オモチャの絵一つさえなおざりの心構えでは描き上げられない蒔清君を前にして、私は私の詩の上について想うのである。お互の上に永い沈黙の時が過ぎることがある。それは二人が自分自身の気に全く沈潜し得た時なのである。二人はだから割に永い時を遇いながら、これと言った話もなく別れることもある。

今夜は一通り屏風に木炭であたりをつけたという心易さもあるかして、蒔清君は愉快そうに話した。

友の気持の軽やかであるということは私の気持をも軽くした。私達は話がはずんだ。十一時半までに御徒町駅を電車で出なければ横浜へ行って、桜木町駅から遠く本牧《ほんもく》の方まで歩かねばならないという蒔清君は、やがて匆忙《そうぼう》として帰って行った。私も駅まで見送りがてら連れ立って戸外へ出た。雨後の夜空は澄んで星がぎっしり見られた。街角の広告塔は青や赤の色電気を澄んだ夜空の中に明滅させていた。秋らしい気持の深い肌寒さの中に二人は歩きながらもお互の前途について、希望をもち、さっきの話を語りつづけるのであった。

十月一日、この日は母の誕生日である。母は旅にあって家を遠く離れているのだが、私達はささやかな御馳走をつくり、母の誕生日を祝った。私の家では兄弟姉妹、お互の誕生日を祝う為、それぞれの日はささやかな御馳走を食べることになっているのである。だから幼い者らにとっては、それぞれの日が誕生日を祝うという心より、御馳走を公然と食べられる日なのである。だから母は居なくとも彼等は欣《きん》然《ぜん》として御馳走を食べるのであった。

十月三日、紅汐が来た。この俳句雑誌紅汐の十月号には濱中貞一の俳句がのっていた。濱中貞一は私の実の弟なのである。われわれは実の兄弟でありながらある不幸な関係から別れ別れに暮しているのである。そしてある事件の為にこのごろではお互が往復もなく淋しく暮しているのである。

彼はある事情のもとに濱中という家へ、生れて直《す》ぐ貰われて行った。そこで彼は育てられ、大学へさえ行くようになったのである。そのころになって私と彼とは大変親しくなった。それはお互が俳句を作るという趣味を覚え、文学に心を寄せるようになったからである。私より彼はずっと学問もしたし、文学的才能も私は彼にひけめを感じる程彼の方が豊かであった。お互は常に仲よく俳句を作り、文学を語った。私の今の文学的嗜好の中心は彼から植えつけられたものだと言ってもいい。それほど影響しあった兄弟の仲があることとの為に——恥を言わねば理が聞えない。彼の縁談を、彼の養母が持って来た時以来、きずなを絶たれてしまったのである。

それは震災直後であった。今から数えれば五年前の秋、私達の板橋の在の仮越しの家へ、その話を彼の養母は持って来た。私の母は彼の養母の話を聞き了《おわ》って言うのだった。(彼の妻になろうという娘さんは一つ違いの彼の幼少からの恋人であった。私も彼の家で会ったこともある娘さんで、如何にも彼の好きになりそうな地味なよい人だった。)

「私は実の母として、息子の妻を迎えるということは、うれしいことです。しかし、生みの母として、育ての親に、今私はそのうれしい心を、そのままにうれしいとは言われません。貞一はあなた方に育てられたばかりか、大学へまでやっていただきました。そしてまだ一銭も働かぬ貞一が、いくらあなた方が快く許してくれるにしろ、ここで好きな人を貰うということは、一銭でも働けるまで遠慮しなければなりません。それはあまりに我儘《わがまま》が過ぎるというものです。妻を貰えば子供が直ぐに生れるものと見なければなりません。そうすれば、貞一は自分ばかしでなく妻も子供も育ての親に育ててもらわなければなりません。それでは私はその顔を下げて、あなた方にまみえることが出来ましょう。愚かな子供で、私はあなた方に何と申訳の致しようもありません。」

「それでは賛成がお出来にならないというのですか。」

「賛成が出来るとか、出来ないとかと言う筋ではありません。それでは私はあなた方に対してお挨拶の致しようがないと申すのです。」

「では致し方ありません。それでは婚礼の日はお通知致しませんから。」

「是非もないことでございます。」

全く彼の養母と、私の母との会話は見当が違っていた。彼の養母は興奮してしまっていた。

「彌吉さん、あなたはどうお思いです」

「私も母と同意でございます。」

「それでは、それはそれとして、お互のこれからの商売の取引はどうなります。」（私の家では少しばかり、彼の家から商売用の炭を買っていたのである。）

「それも、そうなっては他の店と取引を致すよりほかに致し方ありますまい。」

「そうですか、よござんす。それでは左様《さよう》なら。」

「左様なら。」

彼の養母の帰ったあと、母は私に寂しく笑って見せた。その笑いは泣くにまさるものだった。

「貞一が今の話をきいて、先方の親に内密で、そっとやって来て、お母さん実はこれこれです。養父母たちもあまり言ってくれますしそれに養母も年をとり、段々働くのがつらくなったからその為にも早く妻を迎えろと言ってくれますので、私としてはまだ早いのですが、私の我儘を通させて貰うことに致しました。どうかお不承下さい。とでも言って来てくれれば、私はお面をかぶってでも先方へ行き、話して来、私の面目をつぶして先方の面目を立てるのだが、そんなならよござんす、お母さん放ってお置きなさい。とでも言ってのほほんとすましているようなら困ったことになるのだが、まあ、きっとあとの方だろう。」

「…………………」

長男として、兄として、母の子として取る道について私は考えた。が、私には母の意志が、言分が、全く間違いのないことであるとしか考えられないので、どう言い慰めようも、どうする方角もなかった。私たちと彼との仲は、彼のひそかに来るか来ないかの一事につながっているばかしだった。

三日経った。五日経った。一月経っても彼はとうとう私の家の前へ姿を見せなかった。それから五年の歳月が経ったのである。その間には、中へ這入って口をきこうと言ってくれる人も二三あったのだが、母は決してそれらの言葉に耳を貸さなかった。

でも時に店に来た客のうしろ姿など、彼に似ていたりすると、やっぱり彼を思い出し顔だった。そんな時私は身を切られるよりつらかった。母は外に強いことを言いながら、内にはいろいろ彼のことを一層考えるらしく、何かにつけて彼の噂の出るのが好きだった。去年の夏、文壇のある人が自殺し、その遺言で頼まれ、その人のいろいろの事を始末してあげた時、文壇のいろいろの人に知り合いになったので、私はそれらの人から彼についての近状をきくことを得た。それらの話はよかれあしかれ母を慰めるものだった。

年をとり、今になり、考えてみれば、五年まえ、私は母のそう言うのを、彼の為にとりなして、先方さえよければよいのだから、そんなにまで仲違いしてしまうことでない所で、うまく折合いをつけてしまえばよかったのであった。それは先方を甘く見ての言い草かもしれないが、つまりそういう人達には、そういう風につきあって行けばよかったのかも知れなかったのである。しかし又一方から考えるとすれば、それは彼を侮辱した態度のようにも考えられるのであった。が何としても、この五年の間、私は間違いのない態度を取って来たようではあるが、何処《どこ》か私の心の至らなさが、知らずしらずの間に、母に不孝な行いをしてしまったようである。母にすれば彼のことを、離れれば離れるほど、一層深く思われるのである。私は一緒に暮しながら、よくそれが察しられるのである。

母のとった道は、生みの親として育ての親に対する立派な態度の道であった。しかし私のとった道は、子として彼の兄として情に欠けるものがあった。ものの表裏を知らな過ぎた。

私は速座に彼に遇おうと思った。先方の夕餉《ゆうげ》のすむころを見計らって行くべく、私は支度をした。そこへ近所の人が商売上のことについて御意見が伺いたいといってやって来た。その人の帰ったのは九時を過ぎていた。もう彼の家を訪れるには遅過ぎた。

十月四日、今日は夕方から彼の家へ行こうと、家の者達にも話してその心支度をしていた。珍しく午後、芥子庵君がやって来た。そこへ美術新論にいる岩佐君が、アトリエの藤本君とやって来た。藤本君は初対面の人なのだが、岩佐君は私の親友なのである。久し振なので芥子庵君にも岩佐君や藤本君を紹介して、四人一坐して語り合った。

牛の顔の話が出た。ラクダの顔の話が出た。

「この人はラクダの顔が好きなんだからね。」

岩佐君は早速そんなことで私をひやかした。

「彼奴の顔は、実にのびのびしているよ、気候とか、風土とかから生まれてきたものなのだろうけれど、彼奴の素ッ気ない調子も私は好きなんだよ」

「うん、そうだね。いつか支那へ行った時、街角へラクダが坐ってやがるんだ。あっちのやつは呑気だから、引く人もそばで寝てやがるんだ。ラクダの奴顔だけ上げて口をもぐもぐさしてやがるんだ。」岩佐君はこのラクダが口をもぐもぐさしてやがるんだというところで、手でお獅子の口のようにして、もぐもぐさせて見た。それはラクダの口のような実感がともなっていて面白かった。

美術新論もアトリエも画壇の雑誌なので画人の噂が出た。国展の土田麦僊氏や榊原紫峰氏や村上華岳氏のこれからの世間的の対度《たいど》をどうするだろうということや、川端龍子氏の院展をぬけた話など話題になった。麦僊氏の鮭の切身の画の美しかったことや、紫峰氏の松に鷹の画や雪柳に鷺の画の格のあったことや、華岳氏の日高川についての追憶など私には楽しいものだ。黄土の色の美しさは私はあの日高川によって知ったのであった。

画業と生活との均整についても話が出た。去秋改造社の人からきいた、島崎藤村氏が原稿料をちゃんと計算して私はこれだけでよろしいのですからと、届けたうちから余分として三百六十何円とかを雑誌社に返してよこしたという話など、他のくわだて及ばないこととしてではあるが、業と生活の均整を取っている話として口に出した。

「島崎さんなんかは本当に戦っているひとだね。あのひとなんかは、自分で自分の体をいたわる気持でそっとさすることもあるだろう。めったにそんなひとはないよ。」

私もそういう岩佐君に同感だった。それに岩佐君は以前に勤めていた新聞社の社用か何かで、二度島崎さんをお尋ねして遇って知っているのである。私は写真で知っているだけなのである。

「だけれど、私の方は知っていても、島崎さんは一度や二度遇った新聞社の者なんか覚えてやしないよ。」この言い草は岩佐君らしい言い方だが、常に素直な気持を持っている岩佐君らしくってよかった。自ずと微笑のわく言い草だった。

もひとつそんな岩佐君らしい言葉を岩佐君は残して行った。それは紫峰氏の話の出た時、芥子庵君の見聞の話として、大分以前番町の方のある家に、紫峰氏が泊っていて、柿を写生していたが四五十枚描いて猶《なお》うまく行かなくて、今日はうまく行かないと言いながらそれらの反古《ほご》を裏の空地に持出してすべて焼いてしまったというのである。

「何も焼かなくたって、俺は下手だなアと思やあいいのに。」そこには少し皮肉がふくまれているようだが、岩佐君にすると自分自身のことを語っているので、如何にも面白く岩佐君らしい言葉に聞えるのである。尤《もっと》も私だけそう感じるのかも知れないが。

二時間ほどいて岩佐君と藤本君は帰って行った。芥子庵君も二人に一足遅れて帰って行った。と芥子庵君と一歩違いに蒔清君がやって来た。蒔清君は来ると早速屏風の線描きに取かかった。七時頃、私は蒔清君に一寸《ちょっと》事情を話して、残っていて貰って家を出た。私はすぐタクシーに乗った。五年の間に、区画整理があったりして、彼の家のあたりも大分かわった。がほぼ彼の家は前の位置であった。

彼の養母は私の突然の来訪に驚いた。彼の養父は店の次の間に風邪気味とかで臥《ふせ》っていた。養母は養父を起こし、二階にいた彼も呼んだ。

「どうぞおじさん、寝ていらして下さい。」

「いいえ、何。」養父は気のよさそうに笑って起き上った。

「大したことはないんですよ。」養母は私の為に気を兼ねて養父の病状を説明した。

彼も二階から下りて来た。

「しばらく。」

「しばらく。」

遇えば兄弟だ。別に変ったことはなかった。簞笥の上には大分女の児のオモチャらしいものが飾ってあった。小さな椅子の上には人形が二つ並んで腰を掛けていた。そこの柱には小さな三味線がかかっていた。

「子供しはおいくつ?」

「四つになりました。」

「どうもおしゃまさんで、おしゃまさんで」養母は孫のことというと直ぐ口を出した。

「昼寝をしないので、夜は早く寝ますが、もう今夜も寝ましたが。なかなか一日大変ですよ」

「そうでしょうね。…………さておじさん、私今日少しお話がありましてやって来ましたのです。じかに私がお話した方がよろしいでしょうかそれとも私はまだ若輩ですから、人を以てお話した方がよろしいでしょうか。それを伺ってからお話致したいのですが。」

「それはもう、じかにお話下さった方が、お互の中でひとを入れるのは却《かえ》っておかしなものになりますから。ねえおじいさん。」養母は無口な養父の言うべきことを引取って、かぶせて養父に言った。

「ああ、そうさ」

養父は煙管を手に取上げ乍らうなづいた。

「私もそう思っていたし、昨日雑誌で貞チャンの俳句を見たりして、急に来る気になって、で今母は信州の温泉へ行っているので、留守ですが、全く私は独断で、誰にも相談なしに行った方がよかろうと思って、やって来たのです。このままの関係で続けて行くと、つまりいつ仲をよくするという機会はないし、それに母の気持がこっちへ本当に伝わっていないような気持もして、それでは母が苦しい思いをして、義理をたてていてみたところで詮方のない話だし、まあ、私も兄として子として、こんな話はしていいかわるいか知りませんが、今は母も丈夫だからいいようなものの、年もとっていますし、もしかして万が一つのことでもないとは言えません。その時になって、貞チャンが私から母の死んだ通知を受けけ取る気持になって考えて見なければなりませんし、又私としても言わば生きているうちの五十銭で、そうなってからでは遅いから、出来ることなら、仲よく美しく暮して行きたいと思い、押してやって来たんです。」

それから私は、五年前の母と彼の養母との会話、それについての私の意見など加えて話した。

「まあ何ですね、若いものは気がつかぬもので、この間も私の裏の通りの荒物屋の息子の話なんですが、この息子は小学校のころ大変よく出来ましてね、ずっと首席でとおしたんです、親は貧乏だから上の学校へはやれないと言うのを、学校の先生が惜しがって、無理に自分がお金の補助をしてよい中学校へ上げたのです。すると中学校も首席をとおしたので今度は親も欲が出て、それに一人息子でしたし一生懸命で大学へ入れたのです。と大学も大変よい成績でこのごろ卒業しました。そしてある会社へ八十円の月給で這入ったのです。その息子がその八十円の月給を初めてその月末に手にしたのですね、その会社の帰りにその八十円のお金で好きな本を買って帰って来たのです。一寸した事なんですがね。これほどの息子でありながら、一度その月給を親に見せて、それからその本が買いたければ買いに出直せばよいものをと、まあ若いものは気のつかぬものだと近所の年寄が言っていましたが、そこらがあるんでしょうねお互に若いものには、私もあの時一度貞チャンに話しに来ればよかったのでしょうが、お通知は致しませんとぴたりとおばさんに言われてしまうとさて来られなかったのですね、が貞チャンにしても一寸来てくれればこんな変なことにはならなかったんでしたっけが。」

彼の養父は寂しい容子で煙草を吸っていた。そして私の話に耳をかたむけていた。話の間に二階で子供の声がした。彼の妻は急いで二階へ上がって行った。やがて下りて来た時袷羽織《あわせばおり》を重ねていた。

「おじさん、何か引っかけたらどうです。」

「そうですね。」私の言葉に養父はそこらにあるものを背にかけた。

「何しろ、何と言ったところでお互に仲のわるいということは、ひとさまにきかれて見っともよい話ではなし、お互に訳がわかってみれば何でもない事なんですから、今までのことは水に流して美しく暮そうじゃありませんか。正直、嫁の里の方から、樫村さんとはどうなっているんですかときかれても、私も答えようがなくってね、それに嫁の方は兄弟が沢山ありますが、貞一はお宅の方とそうなっていては、身よりが一人もないような訳ですから、寂しいだろうと思ってね。」

養母は、私の話につづまりをつけるべく、養父の気持を代弁しているという調子だった。濱中の家は、昔から養母ひとりが切廻していた。働くのは養父が一人で働いているのだが、無口と苦労をしきったひとなので大抵の事は黙っていて、養母のはからいにまかしていた。それで私の行った事も無駄ではなかったのである。養父は、ただ、「それはそうさ。」と言った気持を養母に口のあたりに浮べて見せた。

「おそばでも。」

養母は彼の妻に使いに行かした。やがて私と彼だけの天婦羅そばが来た。養父は失礼すると言って床の中に横になった。

私と彼はおそばを食べながら文壇について、俳壇について、文学について、昔乍らの気持で話しあった。やはりこうした話は、年齢もあまりへだたりのない、趣味も同じ道を行くような者が一番話のつまが会うものである。彼も笑えば私も笑った。笑うと眼鏡を光らす彼の癖も昔乍らなら、調子づくと一人で饒舌《しゃべ》りだす私の癖も昔乍らである。二人は昔の気持に段々帰れて来た。

「それでは、誰も頼むことをしないで、帰って来たら、母を連れてきてしまいますか。」

「それがいいでしょう。」

その時になって養父もにこにこと初めて意見らしい口を听《き》いた。

「それじゃ、そうしましょう。」

それを潮に、私も彼の家を辞し去ることにした。

「そこまで、送りましょう。」

彼も、ともども戸外へ出た。

「あの時、阿母が、帰って来て、ぴたりと俺も言われてしまったんでね、何とも言えなくなってしまったんだよ。それに、お母さんのそうした深い気持なんか、ひとことも俺達に話しはしなかったしね。」

「そんなことだろうと思っていたよ。」

「お母さんが帰られたら、俺、お母さんの家へ来てくれる前に一度遇いたいんだ」

「そんなら帰ってきたらすぐ知らせようか。」

「家の者に知られない方がいいと思うから、俺、電話をかけてきかあ。」

「それもいいだろう。時に、君の女の児は何て名前だい。」

「サアオ」

「女の児だろう。」

「うん、そうだよ。変な名前なんだ。セマイって字な、それに青って字なんだ。」

「いったい、そんな名前だれがつけたんだい。」

「うん、それが、俺が、つけちまったんだよ。」

「莫迦《ばか》だなア。」

思わず二人は笑った。「この莫迦だなア。」はよく昔何とも知れない感嘆として用いられた言葉だった。

「やっぱり、男なら太郎さんとか、次郎さんとか言ったような、あたりまえの名前をつけた方がよかったんだよ。一番初めての奴にはえてして、変てこな名前をつけてしまうものらしいなア。」

「狭青。狭青。狭青さん」と口の中でつづけて言っていると、そんなに変てこだと言って彼の悄気《しょげ》るほど、妙な名前でもなさそうに私には思われてくるのだった。私と彼は街角の電車の停留場の所まで来て、そこで別れた。

家へ帰ると蒔清君はまだしきりと、屏風に対って絵筆を動かしていた。屏風半面は線描きがあらまし出来ていた。蒔清君も私達の今日の結果を大変よろこんでくれた。

弟や妹たちにも、あらましの話をしてきかせた。みんなよろこんだ。母もよろこぶだろう。期せずしてみんなその気持だった。

十月五日、終日雨降りである。私は母にあてて手紙を書いた。

「秋冷がきびしいですが、いかがですかそちらの気候は、こちらは皆無事です。

屏風は目下蒔清君が大変入念なものを描いていてくれます。お母さんの帰られるまでには描き上げてしまうと一生懸命ですが、何分にも木炭であたりをつけて一日、線描きに二日とつまり本当にやっているので、四日や五日では仕上らぬので、帰られるまでにはどうかと思いますが、予想以上によろこばれそうなものが出来上りつつあります。

それから今ひとつ、今月の俳句雑誌に貞チャンの俳句がのっています。

いさかひて雨夜へだつる葭戸かな

私はこの句をみて考えました。このままではいつまで経っても同じ関係ですからね。今日まで先方でもそのままに打過ぎているというのは、先方にお母さんの気持がつたわっていないのだろうと思い、独断で私は濱中さんの家へ出掛けて行きました。段々話してみますとあの時のお母さんの気持はおじさんにも貞チャンにも通じていなく、唯おばさんの一存ですっかり計《はから》われたらしいのです。「それほど深く考えていてくれたのか。」とまあ今更《いまさ》ら先方でもすまなく思うような訳なのです。すべてはお母さんの帰られてからのことにしますがあらましは私がお膳立をして置きましたから、お母さんもここは私を叱らずに、私のなすままにしていて貰いたいと思います。

あとはすべて、お母さんが帰られての上のことになるのですが、九日の晩までに帰られると大変好都合です。

十月五日
　　　　　　　　　　　　　　　　　　　　　彌吉
母上様

今日も夕方から蒔清君は来て屏風の線描きにかかっている。

×　　×　　×　　×

母は八日の夜十時過ぎ信州から帰って来た。九日の晩、私は母ともども濱中の家へ行った。すべてが無事に済んだ。母も泪を眼にためて話をしていた。彼の養父もしきりに鼻を鳴らしていた。

理屈なんかに人間は終始していると、いつか人間ばなれがしてきて、孤独な生活をするようになりはしまいか。私はやはり、明るい部屋で明るい燈下で、誰も彼も楽しく生活が出来るものならそれをつづけて行きたいと思う。

屏風は、蒔清君が七日の午後四時から、八日の午後三時まで、途轍もない努力を、私の心配するのに、寝ないでつづけられたが、遂に出来上がらなかった。

今日は十月十日である、死んだ姉の十七回忌の法養をした。濱中の家でも養母が池上まで来てくれた。

「あたしも肩の荷が下りたようだよ。」法事から帰って来た母のそうした言葉を、私はその意味を幾様にもとって、何がなし私もそんな気持がするのだった。

（『三昧』昭和三年一一月）

平井呈一作品解題

荒俣宏

一、平井未発表原稿

はじめにお断りを。第二部では平井の作品が主題となることと、著作物の三分の二以上が「平井呈一」名義で発表されていることにかんがみ、「呈一」と表記することにしたい。

平井呈一の創作怪奇小説には三篇の未発表原稿があり、現在は神奈川県立近代文学館に保存されている。生前、どこにも発表されなかった、三種の創作はおのおの何度か推敲し、浄書してあるため、各バージョンが合計で七本残されている。中には出版社などに送ったとみられる住所と本名の記載があるものもあり、明らかに公表をめざした作品群と認められる。

小説作家としてはまったく実績のない呈一ではあるが、昭和二四、および二五年度の『文藝年鑑』には、自身を「作家」と自己紹介しており、太平洋戦争後に東京で文筆活動を再開してから、小説作家をめざしていた事実もある。したがって、返却された原稿に手をいれ、新たな浄書をおこない、何度も出版の機会を探ったのであろう。そうこうするうち、翻訳者としての仕事が昭和三三年頃より増大し、いつしか発表のタイミングを失ったのではあるまいか。とはいえ、昭和三五年に初の創作怪異小説集『真夜中の檻』を刊行、その後すくなくとも昭和三八年ごろまでは第二創作集を刊行すべく、短編を執筆し続けていたことがわかった。本書に収録した三作品は、その意味からすると、呈一が望んだ第二創作集の一部と考えていいであろう。それが未刊行に終わったのは、昭和三八年から本格化した『個人全訳小泉八雲作品集』の翻訳作業の影響だったかもしれない。

今回、呈一が大切に保存していた未発表小説の草稿を読み、編者は恩師の願いをご本人にかわって果そうという思いに駆られた。なぜ呈一がこれらの草稿を捨てなかったかといえば、どれもが戦後日本の若い読者に向けた新しい「社会小説」を提供しようとしたからだと答えたい。戦時中に旧制中学の英語教師として教育の仕事を体験し、また教職員組合の活動として市民教化にも活躍した呈一は、もはや世をすねるばかりの無名作家ではなくなった。紀田順一郎氏は、戦後の永井荷風が作家としては埋没したのにくらべ、呈一は社会性を獲得して文学に新風を吹き込み、家庭的にも平穏を実現した、と総括されたが、その傍証にもなると思われる。

ここに刊行する未発表創作は、好事家向けの怪奇小説から一歩進んだ「新しい戦後世代の小説」がめざされている。かつて小泉八雲が日本の怪談を再話するにあたり、そこに出てくる日本人の心情や文化を肉付けしようとしたが、呈一も同じことを戦後に試みたのである。三篇の小説には、生活苦に悩む若い男女の心理が詳しく語られており、作家としての変身ぶりに編者は大いに驚かされた。内容についての好悪は読者諸賢の審美に委ねることとし、まずは、現存する三作について解説したい。

1　鍵

この作品は、支那事変が長引く昭和十年代半ば、世が押しなべて戦争一色、新聞記者であっても赤紙がいつ来るか分からない時代に設定され、舞台は呈一が荷風のお供をして通った江東地区であるが、色町からは大きく外れた工場街であることが荷風とは異なっている。この展開も、呈一が実際に出征命令を受けるのではないかと心配した経験に裏打ちされている。

戦争の暗雲に覆われた東京下町の雰囲気は、戦後世代の編者にも非常に興味があった。ある夜、妖しい女に誘われるまま、雑然とした工場街の奥に連れ込まれる描写に、呈一独特の観察眼がある。

手法は、呈一が怪奇小説を書く際にもっとも参考にした短編怪談の名手M・R・ジェイムズを思わせる。戦時中の東京という「やや古めかしい時代設定」を用いて、切れのよい短編、というよりもフランス的な「コント」をめざしたのだろう。この作品には、二種の原稿があり、どこかへ投稿した可能性が考えられる。中菱一夫名義の一本と、その草稿とおもわれる無署名の原稿とが存在するところから、中菱一夫というペンネームの使用を思いつく前に執筆を始めたことが、使用された原稿用紙からも推定される。おそらくは呈一が試みたもっとも初期の創作ではないだろうか。本書には、より完成形に近いと思われるa原稿（左記参照）を収録した。

a　「鍵」（神奈川近代文学館登録番号152916）原稿、一綴二三枚。
作者名は中菱一夫。薄墨色罫線の四〇〇字詰め原稿箋にペン書き。呈一の自筆である。文章の異同内容から、bの無署名「鍵」が草稿で、本稿が完成原稿（ほぼ浄書）と思われるので、本書に収録した。

b　「鍵」（神奈川近代文学館登録番号152917）草稿？一綴二一枚。
本稿は無署名であることが注目される。しかし筆跡は呈一の自筆であり、中菱一夫名義「鍵」（152916）の原稿にまとめられる前の草稿と思われる。赤い罫線の四〇〇字詰め原稿用紙にペン書き。執筆時期は、ここに収録した三篇の創作のうちもっとも古い可能性がある。

2　顔のない男

この一篇は東京晴海埠頭の自動車ショーから開始される。これがいわゆる「東京モーターショウ」（第六回昭和三四年より晴海会場で開催）に材を得ているとすれば、高級乗用車や外車が展示された第八回

（昭和三六年）か第九回（昭和三七年）の会場風景と思われる。神田多町の機械ブローカーに勤める主人公の給与は税込み二万六千円、若者たちがようやく自動車が手に入れられそうな気配になった空気を感じさせる。おそらく呈一も晴海の自動車ショーを見物したのだろう。熱気にあふれた会場風景がくわしく描写されている。じつは呈一と戦後に同居生活を開始した吉田ふみには、大きな自動車修理工場の経営者に嫁いだ「いとこ」がおり、一時期この家族の家に間借りしていた。その影響で、自動車を所有する夢が若者の手に届くようなリアリティを持った時代に関心をもったのであろう。戦争の暗い影を引きずる男女の「心中」を際立たせた物語であるが、作品に現代性と若さがあふれる。また、作中に登場する「西銀座デパート」は昭和三三年開業、呈一が珍しく映画に言及した『ローマの休日』は昭和二九年日本公開である。この内容から推定すると、昭和三〇年代後半に執筆された作品と思われる。

現存する原稿は、二種が存在し、話の筋はまったく同じである。本書には枚数の多いb原稿を収録した。

a　「顔」（神奈川近代文学館登録番号 152914）原稿、一綴六四枚。

作者名は中菱一夫。薄墨色罫線の四〇〇字詰め原稿用紙にペン書き。一枚目右端に住所として「千葉県君津郡大佐和町　平井呈一」の書き込みあり。内容は自筆による。書き込み、紙の貼り込みなどがあり推敲原稿としたらしい。

「顔のない男」グループの異稿（浄書途中か？）と考えられる。文章異同の内容から「顔」↓

「顔のない男」という順番で書かれたらしい。

b

「顔のない男」（神奈川近代文学館登録番号152915）原稿、一綴七八枚。

平井呈一名義により、「小泉八雲作品集」用の原稿箋を使用。この用紙は昭和三八年から三九年春にかけて恒文社から支給されたものらしい。本文は異同の内容から「顔」よりも少し詳しくなっている。執筆時期は『真夜中の檻』が刊行された時期のすぐ後に当たる。おそらくはこれら未発表作品も、中菱一夫名義の『真夜中の檻』に収められる予定か、あるいは創作第二集のために書かれていたのではないか。しかも、昭和三五年刊の単行本とは異なり、今度は平井呈一名義で第二創作集を出すつもりで、新たな原稿用紙に浄書をおこなったように見える。未発表小説のうち最後に執筆された作品であろうか。ちなみに、呈一が使用した三種類の四〇〇字詰め原稿用紙は、使用順序として①赤色罫線もの、②薄墨色罫線もの、③小泉八雲専用用紙の順に行なわれたと推測できる。したがって本書にはb原稿を収録することにした。

3　奇妙な墜死

作品としては、「鍵」とほぼ同じ時期に書かれたものであろう。使用された原稿用紙からもそのように推定できる。ただし、「最近当たったインスタント食品」という記述があり、これをインスタントラーメンのことと考えれば、即席麺開発が行われた昭和三八年以降という可能性もある。三回書き直しているので、最初の草稿から数年のあいだ推敲が行われたのであろうか。三篇の中では物語の構成がもっとも複雑であり、「顔のない男」と同じく、戦後の東京で必死に生きていく貧しい男女の物語である。舞台が市川真間手児奈堂になっていることも興味深い。手児奈という古代の美女が、何人もの男に言い寄られた末、思い悩んで入水したという伝説の場所である。が、それ以上に重要なのは、この手児奈堂境内に一時期、猪場毅という呈一の友人が住んでいた事実である。猪場毅は病弱な妻をかかえて土産物などを売る店をひらいており、千葉に移住した呈一が上京したときは、この猪場邸に宿泊し、荷風に依頼された日記類の副本作りをおこなった。それが嵩じて、荷風の偽筆を制作することになった因縁の場所である。

この手児奈堂境内に、雨降る一夜、真っ暗な闇の中に白く顔だけが浮き上がる若い女が、フワリフワリと揺れ動くかのように登場する冒頭部分は、話の効果を狙った技といえる。

その意味から考えれば、呈一がもっとも苦心して仕立てた小説といえる。創作怪談集『真夜中の檻』に収録されても不思議はなかった作品である。本作品がすくなくとも三度書き直された跡が見えるのも、自信作だったことを裏付ける。タイトルを途中で変更したことは「顔のない男」とも共通する。なお、本書には、吉田ふみが浄書した最終形に近いc原稿を収録した。

a　「奇怪な墜死」（神奈川近代文学館登録番号 152918）原稿、一綴四九枚。

作者名は中菱一夫。赤い罫線の四〇〇字詰め原稿用紙にペン書き。一枚目右端に住所として「千葉県君津郡大佐和町　平井呈一」の書き込みあり。呈一の自筆による。このバージョンが、最初に執筆された形であったと思われる。

b　「奇怪な墜死」（神奈川近代文学館登録番号152919）原稿、二二枚（後半欠）。

「奇妙な墜死」グループの異稿であるが、編者未見のため詳細判らず。

c　「奇妙な墜死」（神奈川近代文学館登録番号152920）原稿、一綴五三枚。

「奇怪な墜死」（152918、152919）を草稿とした改定バージョンと考えられ、タイトルを「奇怪」から「奇妙」に変更していることも注目される。作者名は中菱一夫。薄墨色罫線の四〇〇字詰め原稿用紙にペン書き。一枚目右端に住所として「千葉県君津郡大佐和町　平井呈一」の書き込みあり。この原稿は他者の手で浄書されたもので、呈一の筆跡ではない。編者が調査したところ、実際の浄書は、同居する吉田ふみがおこなった事実が判明した。おそらく呈一が多忙となったため、ふみが浄書を引き受けたのであろう。本書に収録した原稿もこれである。

さて、これら三作の執筆時期をどう仮決定したかについて再説しておく。最初の手がかりは投稿用の浄書に「君津郡大佐和町小久保」と住所が示されていることである。この住所が有効だったのは昭和三〇年から昭和三八年までの間である。中菱一夫の筆名を使用して創作短編集『真夜中の檻』を浪速書房から刊行したのは昭和三五年であるから、未発表の三作も中菱一夫名義にしてある以上、この時期に成立したことは間違いないであろう。

そうなると、創作短編集『真夜中の檻』になぜそれらが収められなかったかという疑問が湧く。三作ともに出来栄えは「エイプリル・フール」に劣らない、戦後日本の社会と若者たちが実感していた「出口の見えない将来」(あるいは愛)への絶望を描いている。編者はかつて呈一本人に創作小説の執筆にかんし質問したことがあった。そのときは「エイプリル・フール」のような現代小説でなく「真夜中の檻」のようなゴシックホラーを書いてほしいと希望を述べたのだったが、呈一は「ああいうものは、あれでおしまいだよ。もっとキレのあるあたらしいものなら書くけれども」と回答した。編者がさらに「自分は泉鏡花と稲垣足穂が好きです」というと、「そんなんじゃ日本文学はわからねえや」と叱正を受けた。呈一が戦後の仕事にかけた想いを、今更ながら感じとる。

おそらく、呈一は小千谷で中学教師の職に就き、また戦後の教員組合活動を通じて、若者たちの暮らしに大きな同情を抱いたのだろう。東京に帰って作家として生まれ変わる気迫を抱いた呈一は、吉田ふみとの苦難の生活を文学化したかったのではないか。この展開は、師の永井荷風には起こらなかった事態である。編者は「顔のない男」を読んで、平井呈一にはおよそ不釣り合いと思われた新車ショーの詳細な記述にぶつかって驚いた一人だが、呈一は吉田ふみから実際に「文学上の活力」を吸収したに違いない。若さを取り戻したかのような蘇生ぶりであった。前述したことだが、ふみの親しいいとこである宮沢康枝氏は、青木自動車整備工場を経営した青木家に嫁いでおり、ふみと呈一が小千谷から上京し、初めて安定した住所としたのが、この青木家であった。おそらく呈一は、その関連で新車ショーを見物したことがあったと思われる。

ここに紹介する未発表小説には、荷風問題に翻弄された戦時中の重苦しい境遇を脱した平井呈一がみつめた「新時代の青春像」が描かれている。どれもが死で終わるが、孤独死ではなく、ある種の「心中」である。心中は悲劇だけれども、本質的には愛の成就ともいえる。そこへ、一か所だけ怪奇小説的な霊の問題を割り込ませた。

そうした趣向をもっとも明確に示したのが、「晴海心中」と呼びたくなる「顔のない男」だろう。浄書に小泉八雲作品集の専用箋を使用している事実から見て、最後まで推敲を繰り返した作品と思われる。これ以後、呈一は創作活動を止め、中菱一夫の筆名も用いることがなかった。そうであるなら、本書に掲げた作品以外に呈一の創作小説は存在しないと考えられる。このあと、昭和四四年ごろまでに自伝『明治の末っ子』を執筆するが、文藝春秋社と新人物往来社に持ち込んだが出版に至らず、原稿自体も現在行方不明である。繰り返しになるが、もしもこの重大な遺作の行方についてご存知の読者があれば、ぜひとも出版元まで一報をお願いしたい。

二、評論、随筆、解説他

1 「私小説流行の一考察――併せて私小説に望む」

『文藝行動』大正一五年六月号所載。呈一が震災後、再建されたと思われる浜町の養家で執筆した初の文芸評論。このとき二四歳である。呈一がもっとも熱意を込めて文芸評論を執筆した時代に当たる。呈一がこの評論を書いたころは、当節の流行で私小説を提唱する作家たち、すなわち久米正雄、宇野浩二、三上於菟吉、廣津和郎といった「中堅作家」が多く、呈一の私淑する近松秋江も加え、中年の少し安定した作家たちが開発した小説の新分野との視点があった。つまり、良くも悪くも中年作家が芸で書く小説と意義を論じている。

呈一が各誌に精力的に寄稿を開始したのは、多分に生活を護るためでもあったと思われ、同年六月には『時事新報』に小説時評「六月の作品」五本（六・〇一、六・〇五、六・一一、六・一八、六・二〇）を寄稿。七、八月には『読売新聞』朝刊に連載文学批評「八月の小説から」を四回連載（七・三一、八・〇一、八・〇三、八・〇四）した。これらは程一名義で発表された。

2 「文壇人を訪ねる〔二十三〕　近松秋江氏とストーヴ」

『週刊朝日』昭和二年一〇月九日号所載。浜町での執筆。養父の健康が思わしくなくなり、呈一としても何か収入先をもとめなければならなくなり、原稿料が期待できる大手雑誌に文芸評論を書きだしたようである。たまたまこの時期、早稲田大学の先輩で情痴作家と呼ばれた近松秋江と交流があった縁で、秋江に取材したルポを執筆したらしい。また同じ年、雑誌『早稲田文学』（二五三号）にも評論「近松秋江論」を投稿。なお、この年には親交があったとされる芥川龍之介が七月に自殺している。佐藤春夫の門下生になったのも、この時期からではないだろうか。いずれも程一名義で発表。

3 「サッカレエ『歌姫物語』解説」

『サッカレエ・諷刺・滑稽小説選　歌姫物語』（森書房、昭和二四年二月一五日）所載。

ここに解説を収録したサッカレエ作『歌姫物語』は、この時期に新設された森書房の刊行、程一名義である。呈一が企画した選集の第一回配本であり、昭和二四年二月一五日に刊行された。この企画全体の内容については『歌姫物語』巻末に詳細が出ており、「サッカレエ風刺・滑稽小説選」と題し、「歌姫物語」、「滑稽　浮世床日記」、「ダイアモンド奇譚」、「当世俗物帳」、「艶魔伝」上下、「バリイ・リンドン丁半一代記」上下の六巻八冊と予告されている。ただし、他の巻は出版されなかったらしい。

戦後に新たな作家活動を開始した呈一は、昭和二〇年代前半をイギリスの人気作家サッカレーの翻訳に熱中した。帰京直前の昭和二二年九月一〇日の手紙では、ふみに対して、今年大きな翻訳の仕事がはいったこと（次年度から刊行される「ワイルド選集」（改造社版）と「サッカレエ選集」（森書房版）を指す）で印税が入ると報告し、彼女の母親が所有するらしい志村西台の家を間借りする下交渉を依頼している。またふみにも仕事を辞めるよう命じている。だが、西台の間借り話は交渉に失敗し、ふみもそのまま北浦和に居残りとなった。しかし昭和二三年、戦後初めての訳書と思われるサッカレイ『虚栄物語』（鎌倉書房）が刊行できたことから、勢いがついた。呈一、四七歳の昭和二四年、東京の住所が新宿区西大久保三ノ二三　青木方（吉田ふみの親戚）に落ち着くと、創業予定の新出版社「森書房」でサッカレエの翻訳選集一〇巻を出す話が本決まりになり、また第一書房からも一月中旬に訳書が出ることにもなった。活発な企画売り込みに奔走した成果といえるだろう。

戦後すぐの時代に呈一がなぜサッカレエ（この時期の呈一の表記）に集中して訳そうとしたか、この解説が明快に答えている。敗戦後の文壇に明るい風刺文学を提供したかったからである。実際に呈一は、鎌倉書房と新会社の森書房に加え、岩波文庫、冨山房などでサッカレーの諷刺文学を次々に出版した。

4　「翻訳三昧」

『時事新報』昭和二八年三月一二日号所載。

『時事新報』三月一二日付朝刊に寄稿されたエッセイ。ここでは平井呈一を名のる。戦後に世に出た「平井呈一」の名は、この年からの出現であるようだ。翻訳の仕事が多かった呈一には、翻訳をめぐる随想が相当数あるが、内容はこの作品がいちばん痛快である。呈一が大好きな文人、斎藤緑雨の「翻訳家、人のお釜で飯を炊き」を引いて、翻訳業は「文学権助」と自虐しつつ、「私は勤めを持つていないから、妻子の食うだけのお金があつたら、どこかの離れ小島でそういう仕事に余生を送りたいと思つているが、道楽は稼ぎにならぬものだし、風流は寒いものときまつているから、いつまでたつてもお金は一向に儲からない」と、本音もすこし吐露しているところがおもしろい。東京へ帰り、吉田ふみとともに呈一の「離れ小島」となった千葉に落ち着き、いよいよ翻訳家としての仕事に本腰が入った気分が、いかにも明るく感じられる。

5 「小泉八雲——NHK『人生読本』より」

日本放送協会編『人生読本』(昭和二九年八月三〇日、春陽堂書店)所載。この前年、呈一は五一歳になり、千葉県君津郡大貫町小久保中町(あるいは仲町)に田舎家風の家を購入している。小泉八雲の翻訳者として知られだし、昭和二九年三月一五(月)、一六(火)、一七(水)の三日間、NHK第一ラジオの朝番組「人生読本」に出演した。「小泉八雲」という題名で、午前六時三〇分~同七時一五分にわたって放送された。ただし、話の中ではラフカジオ・ヘルンで通しており、この言い方は戦前の慣用であった。ところがここから数年と経たぬ昭和三〇年代にはいると、現代の慣用に近いラフカジオ・ハーンを用いるようになった。それと同時に、岩波文庫をはじめ戦前に訳した八雲作品の文章にも手をいれ、ヘルンでなくハーンに変えている点が、呈一の翻訳者としての本領であろう。また、このラジオ放送では「平井呈一」というシンボリックな新生の名義をもって出演している。収録は自宅で行われたという。春陽堂書店がこの内容を文字におこし『人生読本　四』（昭和二九年八月）に収録している。シリーズの『人生読本』には、『聊斎志異』を翻訳して発禁処分を受けた柴田天馬の「中国の古札」や、GHQにより教員不適格者とされた中村孝也の『日本文学に現れた安楽世界』など、いま聴けるものならぜひ聴いてみたいラインナップが揃っていた。そのような一角に呈一が割りこめたことも、戦後の呈一を勇気づける材料であったろう。内容自体はごく簡単な談話ではあったが、語り口がくつろいでおり、たいへんに分かりやすい。吉田ふみが自作の随想に書き留めた通り、平井家にとっては一大事であり、最初で最後のメディア出演となった。

ちなみに、この年の春、みすず書房から念願の『小泉八雲全集』が刊行開始されたことも追い風であった。この企画は呈一の発案だったようだが、版元にとってもラフカディオ・ハーン没後五〇年記念出版であり、『小泉八雲全集』第一期日本篇全九巻として打ち出された。あるいはこのあたりから、八雲の呼び方がハーンに変わったのではないかと思われる。しかしこの企画は、監修に参加した大学教授らと折り合いが悪くなり、翌年には呈一が途中離脱を宣言することとなる。結局、呈一訳の四冊が刊行されただけに終わっている。ふたたび恒文社の池田恒雄が呈一全訳による八雲作品集刊行に名乗りをあげるのは、昭和三七年以降（呈一、六〇歳）のことである。

6　「世界恐怖小説全集」内容紹介より

『世界恐怖小説全集』全一二巻（昭和三三〜三四年、東京創元社）所載になる内容広告。呈一は、全集の企画段階から東京創元社の編集者厚木淳氏と参画し、内容広告の文章を自ら綴った。昭和一〇年代に編集者も経験した呈一は、今も多くの読者に記憶される傑出した広告文案を生み出した。以後、呈一は自身が企画した叢書の内容広告をすべて自身の手で制作している。こうした方面の仕事が得意でもあり、才能もあったようだ。現に編者はこの広告文を中学三年生時に読んで以来、今も忘れることがない。マッケンやビアス・ラヴクラフトの紹介文を見ながら、当時の日本にまったく紹介されていなかった作品の翻訳をどれほど望んだか知れなかった。

なお、この前年の二月二五日、猪場毅が死去（享年五一歳）。宿痾のため早逝だった。荷風に因縁ある「二人の客」の明暗が分かれることになった。呈一の方は五月三一日、翻訳困難ともいわれたドロシー・セイヤーズ作『ナイン・テイラーズ』（東京創元社刊「世界推理小説全集36」）を訳出し、推理小説界でも注目を浴びたからである。

7 「全訳小泉八雲作品集」内容紹介より

『全訳小泉八雲作品集』内容見本（昭和三九年、恒文社）に所載。呈一が一生を通じ、どの仕事よりも重視した八雲の翻訳が、望みうる最高の形で実現した。それがこの作品集成であり、したがって広告資料として作成した内容見本にも力がこもっていた。記名原稿以外の文章部分はすべて呈一の執筆である。この内容見本が出たとき、編者はすでに呈一と文通を開始していたので、呈一先生みずからがこの見本を郵送してくださった。当時編者はまだ高校生で金がなく、どうしてもこの作品集を買うことができなかったので、図書室にリクエストを出したが、高価だったためか応じてもらえなかったことをよく憶えている。

呈一は還暦を過ぎて推理小説の翻訳仕事も多く入り、ますます意気盛んであった。前年の昭和三八年九月頃には、戦後第一世代と言える紀田順一郎・大伴昌司両氏が千葉の平井邸を訪問、両氏発案の「恐怖文学セミナー」機関誌、『THE HORROR』の顧問就任を要請しており、呈一も欧米怪奇小説の紹介が新たな世代にも受け入れられたことを確認して、これを快諾している。紀田氏らが訪問した直後の晩秋には、同じ小久保の町内ながら、より山間に分け入った小久保の字海老田地区へ引っ越した。一二年間暮らした大佐和町小久保が街の中心になってしまい環境が悪化したためであったが、八雲の作品集を翻訳するタイミングで心機一転も図れたと思われる。

『全訳小泉八雲作品集』は、第一二巻に予定されていた呈一書下ろしの『小泉八雲伝』が論集『思い出の記・父「八雲」を想う』（第一二回配本）に差し替えられ、昭和四二年一一月二〇日に全巻の発行が完了した。差し替えられた『小泉八雲伝』は別巻（全体としては一三巻だて）に配置し直されたものの、この別巻はついに刊行されなかった。本作品集は一一月一一日に第四回日本翻訳文化賞を受賞した。呈一が生前に得た唯一の栄誉だった。

ちなみに、この大作を刊行した恒文社には、その直後に不幸が生じている。一二月一二日、恒文社の関連会社であるベースボール・マガジン社が破綻し、更生会社になったため、関連の恒文社も事実上、印税など支払い停止状態となったからである（のちに復興）。

8　東都書房「世界推理小説大系」月報より

この推理小説大系は、呈一をかなり重要な翻訳者として遇した企画であった。しかし推理小説の訳者としては門外漢に近かったことで、自由な随想が書ける月報の場で、訳者としての意見を述べた。その文章がまた、威勢がいいので、聞きほれる。全体的に思い切った批判も書き連ねており、呈一の翻訳者としての自信をうかがわせる。なお、作品本文の解説には『クイーン』および『カー／アイリッシュ』が中島河太郎、『ヴァン・ダイン』は荒正人が、それぞれ当たっている。また全体の編集委員には、江戸川乱歩、平野謙、荒正人、中島河太郎、松本清張と豪華な布陣が選ばれた。

「訳者として」（月報二号、昭和三七年七月二〇日）、第一九巻『クイーン』付録

「訳者のことば」（月報八号、昭和三八年一月二〇日）、第一七巻『ヴァン・ダイン』付録
「H・M礼賛」（月報一二号、昭和三八年五月二〇日）、第二二巻『カー／アイリッシュ』付録

9 講談社「世界推理小説大系」月報より

叢書名は右と同じだが、別物の企画である。東都書房の企画からは一〇年後になるが、その時間差にもかかわらず、推理小説への想いはほぼ同じ段階に終始している。ここでも訳者としては月報に軽い翻訳談義を書く立場に収まった。それだけに気軽なよもやま話という感じがあり、江戸の戯作に通じる味わいが横溢している。作品本文の解説には、第一〇巻に中島河太郎が当たっている。監修者は、中島に加え、松本清張と横溝正史が名を連ねた。

「〇」（月報第四号、昭和四七年七月一五日）、第一〇巻『黒死荘殺人事件／皇帝の嗅ぎ煙草入れ』付録
「翻訳よもやま話」（月報第六号、昭和四七年九月一五日）、第八巻『Yの悲劇／神の灯』付録
「下戸」（月報第九号、昭和四七年一二月二〇日）、第七巻『僧正殺人事件／ある男の首』付録

10 「無花果会」以前の程一俳句

このセクションでは、編者が発掘し得た呈一の俳句を掲載誌順、年代順に示す。呈一が最初に俳句を

学んだのは、父の初代谷口喜作が懇意にしていた自由律の河東碧梧桐であった。

碧梧桐門下の機関誌であった『海紅』に掲載された初句などをふくめ、編者が発見できた句のうち『平井呈一句集』(無花果会、昭和六一年刊)に収められなかった初期作品を中心に収録を試みた。掲載雑誌について簡単に解説する。

『海紅』(海紅社)は、自由律俳句の主唱者で正岡子規門下ながら新たな傾向の俳句発表の媒体を創った河東碧梧桐の代表的な句誌。創刊は大正四年二月で、会員の投句ばかりでなく、さまざまな報告や随想なども掲載された。この機関誌は碧梧桐とともに弟子の中塚一碧楼が立ち上げており、呈一と二代谷口喜作が投稿した時代には、一碧楼が主催であった。編集者には初期に瀧井孝作も加わった。一碧楼は谷口兄弟と親しく、若い才能を買っていた。とりわけ二代喜作の創作力は旺盛であり、呈一をはるかに凌ぐ句を投稿している。同誌は廃刊と復刊があったものの現在まで継続しており、平成二七年には創刊百周年を迎えている。

『東京朝日新聞』の投稿俳句欄は明治三二年に始まり、『大阪朝日新聞』でも同様の投稿欄があって、どちらも「朝日俳壇」と呼ばれた。「東京朝日新聞」では選者を高浜虚子が務め、また大正期には中塚一碧楼も選者となっている。その関係もあって、谷口兄弟は「朝日俳壇」にしばしば投稿したものと思われる。

『六号雑誌《りくごう》』（統一基督教弘道会）は明治一三年に東京で創刊された。後の東京ＹＭＣＡに当たる東京青年会がキリスト教各派を総合する機関誌を目指して刊行、出版主体や編集者の変遷があったが、大正一〇年二月まで継続した。宗教のみならず科学や文学にもページを割く一種の教養誌であった、だが、このようなキリスト教系の雑誌に谷口兄弟が投句したのは不思議に思えるが、じつは碧梧桐門下の中塚一碧楼が選者となって「虚心集」という俳句欄を掲載していた。その伝手をもって呈一も句を投じたのであろう。

『中外』（中外社）は、長らくアメリカで活動したジャーナリスト内藤民治が大正六年に興した出版社「中外社」から刊行された総合雑誌。編集主幹を内藤が務め、新劇女優の伊沢蘭奢《いざわらんじゃ》を入社させ、伊藤野枝や長谷川時雨らの女性の寄稿を得たことで知られる。吉野作造とも協力関係にあったが、大正一〇年に休刊した。いっぽう、文学や演劇への関心が強い雑誌でもあり、島崎藤村が選者となって懸賞小説の募集もおこなった。ここにも中塚一碧楼が選者を務める「柿落葉」という俳句欄があり、一碧楼が期待した呈一・喜作の句も掲載された。ここから知れることは、当時の新傾向俳句で力を持った人物は中塚一碧楼であり、かなりの数の雑誌俳句欄に選者としてかかわっていた事実である。とはいえ、若い二人は碧梧桐門下になって数年後には自由律に飽き足らなくなり、定型俳句に移った。そうした動きが、ここに収めた呈一の戦前作を追うことでわかるのではないだろうか。

『文章世界』（博文館）は明治三九年に創刊された文芸雑誌。読者から投稿を募り、若い作家を育てることを目的とし、田山花袋が編集責任にあたり、内田百閒や吉屋信子らの作家を誕生させた。俳句の作者も同じ形で投稿を呼び掛けた。

『槻の木』（槻の木社）は、大正一五年二月創刊、同年九月まで七号を出して途絶えた文芸誌。編集権発行人は窪田通治（筆名は窪田空穂）である。主体は短歌であるが、俳句や散文も載せていた。この雑誌に呈一がどのような縁で俳句を載せたかに興味がある。西條八十《やそ》などロマン派詩人が参加したためか。呈一は結婚し生活費を稼がねばならぬ立場になったこともあり、一刻も早く作家として一本立ちしなければならない状況下に入っていた。そのために人脈を広げる活動を積極的におこなうようになった。それら周辺事情の変化とも関係していたのか。

『句集まごめ 四』（馬込句會）は、昭和一九年に馬込在住の添田知道が主宰して設立された句会の刊行物であり、戦時下の暗い日々を少しでも楽しく過ごそうという主旨のもと、月一回会員の自宅などを会場にして開催された。尾崎士郎、山本周五郎らが参集した。その刊行物である第一集は戦後、おそらく昭和二四年ごろから発行されだしたようだ。昭和二五年の春、呈一は吉田ふみと板橋区志村西台町に仮住まいしていたが、偶然に日大中学の同窓だった添田に再会し、「それに誘はれて大森馬込在住の連中の句会へ出席するようになりました。（中略）野心もなにもなく、まことにのんきな会で、老若うちまじって、たのしく日曜の四、五時頃をすごしてをります」（昭和二六年三月二日消印小泉一雄への手紙より）という付き合いになった。戦前までの句が変化し、自由でのびのびした呈一の心境が窺われる。

三、呈一縁者による回想記

1 「他郷に住みて」吉田文女

『無花果』昭和六〇年九月三〇日号所載。およそ三〇年のあいだ呈一の仕事と暮らしを支えた吉田ふみには、自らの手で書き残した唯一の回想記がある。ごく短い文章ながら、内容の濃い記録といえる。養老施設に入居する二年ほど前、身辺を整理する中で呈一との千葉での日々を回顧した。古い記憶のためか、事実との食い違いがいくつか見られる。詳しくは年譜との比較にゆだねたい。

呈一が戦後入会した東京の俳句会「無花果会」の機関誌に発表したものである。神田三崎町の日本大学中学校（現日大一中・一高）に入学した呈一は井上健作という教師に教えを受けたが、この井上が主宰する定型俳句の会「無花果会」へ、呈一は入会し、かつての中学教師と再会している。また日大中学の同学年に演歌師・添田唖蟬坊の息子、添田知道がいて、戦後には知道とも再会し、呈一を馬込の「まごめ句会」に入会させている。呈一没後、ふみも「無花果会」に入会して俳句を晩年の趣味とした。

文中にある「平井の嫂」とは上野うさぎや主人であった谷口喜作（二代）の妻、谷口恵子さんのこと、また高藤先生とは戦前に春陽堂書店の編集者として『古城物語』などで呈一の担当をした高藤武馬のことである。高藤は戦後の昭和三四年、俳句研鑽のため「無花果会」に入会するが、そこで偶然呈一と再会し、ふみとも懇意になった。

2　「雲の往来」より第五章　　谷口喜作

『三昧』昭和三年一一月号所載。この私小説『雲の往来』の全体は雑誌『三昧』の昭和三年四〜一二月号に掲載されている。残念ながら単行本にはならなかった。西垣卍禅子「谷口喜作」（『現代新俳句の焦点　新俳句講座第二巻』一九六三・一一・一五所収）によれば、この私小説は喜作の処女小説だったという。

作者は呈一の双子の兄である。非常に多作な人であったが、まとまった著作集はない。しかし多くの随想や私小説に呈一をふくむ家族の動静を書き残したので、年譜作成にあたって得がたい資料となった。とりわけ、『雲の往来』全六章は、呈一の結婚話がきっかけで一時不仲になった実母と養母の心情を語っている。そこで、この不和話が語られる第五章を抜き出して収録することにした。喜作も弟に負けない運命的な生涯を送り、最初の師である河東碧梧桐、芥川龍之介はじめ多くの文人と交流した。いつか谷口喜作にも、さまざまな関心が向けられる時期が来るように思う。なお、年譜には喜作の作品内で発見した呈一の動静を数多く引用した。

あとがきと感謝の辞

荒俣宏

戦後我が国に欧米の怪奇小説を紹介した第一人者、平井呈一（本名程一）の生涯をできうる限り取材調査した一巻を、ようやく上梓することが可能になった。

編者は中学生のころに平井呈一の翻訳を読み、たちどころに魅せられた少年読者の一人だった。幸いなことに、拙いファンレターを送ったことから平井先生と文通するようになり、いつの間にか押しかけ弟子になった。礼儀知らずだったためによく叱られ、破門も三度ほど言い渡されたが、そのたびに謝罪して許され、先生が急逝されるまで一四年のあいだ教えを受けた。

平井先生の謦咳に接しながら、高校、大学、そして社会人と成長できたことは、今から思えばたいへんな僥倖と言えるが、なにせ若気の至りで、東京上野の菓子舗「うさぎや」に宿泊される機会を狙って文学のことを質問するばかりで、先生が過ごされた半生のありさまを訊ねることを怠ってしまった。正直に言えば、若い編者には明治生まれの老作家の人生など想像もできなかったからである。

考えてみると、平井先生はご自分の過去を語ることがほとんどなかった。ふだんは軽妙に噂話や世間話をしてくれるのに。たとえば戦時中に疎開して旧制中学の英語教師を務めたときに、洋服を初めて着させられた話などは落語のように流暢に語られた。なにしろ和服のくせがついているから、たばこをつい袂に入れてしまう。でも洋服に袂はないから、歩くと煙草やら小銭やらがぽろぽろ落ちるんだよ、と大笑いさせてくださるのだが、ひとたびお若いころの経験に話題が触れると、口をつぐんでしまわれる。この小千谷時代だけいかにも楽しそうに語られるけれども、話が戦争前のことどもに及ぶと、ふしぎに口を閉じられた。なので、こちらも何か気が引けて、それ以上何も聞けなくなるのだ。

現に、たとえば佐藤春夫の噂話や泉鏡花の俗っぽい話は出るのに、ご自身が春夫の門人だったことまでは話されなかった。編者にそんな基本的な経歴をやっと打ち明けてくださったのは、千葉のお宅に伺うことを許され、書棚に春夫の本が並んでいるのを見て、ぶしつけだったが、「春夫とお知り合いだったんですか?」と尋ねたときであった。「知り合いも知り合いだ、こっちは弟子だったんだからさ」と東京言葉でいわれたときは、ほんとうに仰天した。だが、荷風についてはその名が出ることさえなかった。

そういえば、東京に出られたときの宿泊先が、都内有数の和菓子舗として知られる「うさぎや」であることも、ふしぎであった。千葉の奥地に住む老大家がなぜ東京言葉を操るのかにも、違和感があった。どうやら、東京に毎月出てくるのは、句会に参加するためと察したのだが、俳句の話もまったく語られないし、あとで思うと気になることばかりである。なのに、それを確かめようとしなかった。当時は、欧米の怪奇文学について知りたいことが山積みだったせいなのだ。

平井呈一という人物の背景が少しずつ分かってきたのは、編者が大学に入学してからのことである。怪奇文学のことは、先生自ら紹介してくださった紀田順一郎氏に尋ねることが多くなり、こちらも大人になったこともあってか、ようやく先生の口から昔の話をうかがえるようになった。話が盛り上がると「大人の話題」も出てきて、「おれは下戸だし賭博もしない、助平専門でござんすよ」と言われるので、こちらの顔が真っ赤になったこともある。

江戸っ子だから、あけすけだし、自虐的である。編者も江戸っ子四代目という下町気質だったので、気心が知れたのであろうか。ただ、依然として千葉で同居している婦人のことや、永井荷風の話は一度も口にされなかった。

今でも記憶するのは、紀田先生が社会人になったばかりの編者を神田神保町の有力古書店主に引き合わせてくださった日に、荷風の『断腸亭日乗』を読んでごらん、と教えてくださったときの衝撃である。さっそく読んで凍りついた。荷風の筆誅小説『来訪者』も読んだ。これで、千葉で同居する吉田ふみさんのことも理解できた。紀田先生も、こういうことは面と向かって訊くこともできないと言われるので、ふたたび平井先生との面談は怪奇文学のことが中心になった。

また、先生が亡くなったあと、紀田先生が吉田ふみさんの口から、平井先生の父親が川上音二郎一座の番頭だったという驚くべき事実を聴きとられ、さらに例の『四畳半襖の下張』事件を知らされるに及んで、平井呈一とはどんな人であったか、本気で知りたいと思うようになった。編者が対面してきた平井呈一先生と、荷風らが悪しざまに語った平井程一との間には、あまりに大きなギャップがあったからだった。

だが、その思いも実現には手間がかかった。編者は作家として独立し、平凡社で百科事典の編集助手として勤め、妖怪から博物学まで関心分野を深める中で、多忙を極めるようになったためである。とにかく家に帰る暇もないので、ほぼ二〇年間、平凡社の編集部に居候する生活となった。それに区切りがついたのは、平成一二年前後だったか。自分も五〇歳を過ぎて昭和の遺物の仲間入りをしたころであった。平井先生の生涯を探索するきっかけとなったのは、『全訳小泉八雲作品集』を刊行した恒文社の社長池田恒雄さんから連絡をいただいたことだった。当時、お付きの方に「会長」と呼ばれておられたから、肩書はそうだったのであろう。「君は平井呈一の弟子だと聞いたから、平井さんのことを話したい。何でも知ってるからお話しする」とおっしゃる。さすがにベースボール・マガジン社の創業者であるから、お話を伺った場所がまた奇妙だった。最初はホテル、次は後楽園の東京ドーム貴賓室、三回目が国技館の砂被りである。池田さんのお話は途轍もなくおもしろかった。小千谷と旧小千谷中学の愛し方も尋常ではなかった。西脇順三郎の晩年を世話したことから、小泉八雲への傾倒ぶりなども度を越えている。秘話に次ぐ秘話の連続で息もつけなかった。ただ、内容が平井先生から脱線しスポーツ裏話に変わりがちになるので、本題がどこかへ行ってしまう。これではいけないと思い、もう一度しっかり訊こうとした矢先、池田会長が急逝された。

ところがそのあと、思いもかけぬ展開が続けざまに訪れた。平成一六年に吉田ふみさんがなくなり、かねてふみさんから平井先生の遺品を譲り受けていた千葉在住の俳人、稲村蓼花氏が、それら遺稿類の寄贈を決意され、紀田順一郎氏に連絡を取られたのである。紀田先生は神奈川県立神奈川近代文学館の館長を務めておられたので、同文学館への受け入れを世話してくださった。翌平成一七年五月二七日、編者は紀田館長と館員の安藤氏とともに稲村蓼花氏の自宅へ赴き、遺稿の調査と寄贈の手続き打合せをおこなった。その資料類には、私たちが探し求めていた自伝『明治の末っ子』こそ含まれていなかったものの、未発表の小説三篇に加え、戦時中別居状態にあった吉田ふみとのあいだに交わされた非常にプライベートな書簡まで、予想もしていなかったものが多数含まれていた。

この出来事によって、編者は改めて平井程一という興味つきない個人の伝記をまとめる作業が可能になった。平井呈一ではなく、本名の程一の一生が辿れたのである。高校生以来の恩師である紀田順一郎先生に相談申し上げると、ぜひやろう、と激励してくださった。当時、正妻であった美代さんが亡くなられ、また吉田ふみさんも逝去されたあとであったため、平井年譜を公にする上での支障がなくなったことも大きく、良い機会だと判断されたからだろう。紀田先生は、「平井呈一」の謦咳に接し得た者が私たちを除いてほぼすべて鬼籍に入られたことで、今これをまとめないと永遠に平井程一の真実は伝わらなくなると危惧され、監修も引き受けてくださった。

しかし、実際に稲村蓼花氏の寄贈資料を読んでみると、年譜作成のために使用できそうな公的な記録は、当然ながら十分に含まれていなかった。そもそも、これら個人的な資料に出る人名からして、まったく未知のものが多かったのである。これはつまり、他の情報ソースから個々の人々の履歴を探し出す必要があり、また取材可能な関係者をも探さねばならぬ、ということを意味していた。編者はそのときすでに還暦が迫る年齢に達していたので、すべての資料をさがしだす自信がなかった。しかし、稲村氏が手元に残していた千葉定住以後の平井資料を提供してくださったおかげで、小千谷関係の縁者や教え子との交流歴がいくらか分かった。稲村氏のご厚意には感謝のことばもない。

それで思い出したのが、故池田恒雄会長であった。編者は池田氏の令嬢にあたる作家の工藤美代子氏と面識があった。ぶしつけで身勝手なお願いをしたところ、池田氏の同郷でありベースボール・マガジン社の役員でもあった元「池田記念美術館長」佐藤吉昭氏を紹介してくださった。小千谷に人脈を持ち、旧小千谷中の同窓会の世話役でもあり、さらに地元新聞にも知人が多い名士である。平成二九年七月一五日、さっそく連絡してみると、佐藤さんから返信をいただいた。

「荒俣さんからは、いずれそういう依頼があると感じていました。荒俣さんが池田会長に面会されたとき、同席していましたから」と知らされ、二度おどろいたのだった。

佐藤さんはすぐに、多数の資料を集めておくってくださり、小千谷新聞創業者の元秘書役で小千谷市議を務めた地元有力者、西澤代三さんを紹介してくださった。西澤さんは小千谷のマスコミ人脈をお持ちだったので、あっという間に元教え子の皆さんを見つけ出してくださった。前田正巳氏、西ノ入條一氏、星野博氏は、いずれも戦中戦後の一年半、平井先生に授業を受けた方々だった。このとき、東京から来た異色の教師の伝説が今なお地元に語り伝えられている事実を知らされた。小千谷の名刹である慈眼寺の奥様も、平井先生の伝説をご存じだった。

また西澤さんは資料探しに力を貸してくれる現役の学芸員諸氏にも引き合わせてくださった。小千谷市立図書館の立恵子さん、そして池田記念美術館の広田かおりさんである。立さんには、図書館内の西脇順三郎展示室の隣にある広い会場を使用させてくださり、三名の教え子のみなさんへ四時間にわたる聞き取りの世話を焼いてくださった。また、小千谷に寄贈されたといわれる平井旧蔵書の行方も調べてくださった。また、池田記念美術館の広田さんには、池田会長が小泉家から譲渡された平井呈一書簡のすべてを閲覧する援助をしてくださった。王、長嶋、それに小泉八雲が並ぶという非常にユニークなこの美術館は、平井と八雲の関係がどこよりも詳細に分かる日本唯一の施設と言える。立さんと広田さんにはただただ深謝するほかにない。

西澤さんがもたらしてくださったもう一つの縁は、平井先生の教え子の一人で、いまは京都大原三千院の門主になっておられる堀澤祖門師との直談である。編者は大原三千院におもむき、小千谷の平井伝説の白眉といえる文化祭での『俊寛』上演の経緯を、御上人に語っていただけた。しかも、世に伝わる資料には年代に誤記がある事実まで明らかになり、それが今回訂正できる機会に恵まれた。祖門師からはその後現在まで、年譜完成の後押しまでしていただいた。佐藤吉昭さんに伺ったことだが、池田会長とは旧小千谷中の先輩後輩の間柄である御上人は、昭和三九年に一二年籠山行という最も困難な行をなしとげた方である。祖門師が池田会長と初めて対面したのは、そのときであったが、たまたま『小泉八雲作品集』を刊行していた時期と重なっていたのである。それで平井先生も同席し、二〇年ぶりの再会を喜びあったという。その後三人は交流を絶やさず、平井先生急逝の際に祖門師が戒名を授けた。また池田会長の最後の仕事が祖門師の著書『君は仏、私も仏』の出版決裁書にサインすることだったという。池田氏はサインした二日後に世を去られたと、佐藤氏は感慨深げに話してくださった。

残念なことに、いちばんの教え子であった佐藤順一氏はすでに鬼籍の人であった。しかし、編者は平井先生葬儀の際にお目にかかり、帰りの電車をご一緒していたのである。初めて聞く小千谷の話を伺い、「あんたはぜひとも小千谷を見るべきだ。駅の前の乾物屋がうちだから、来るならすべて世話をしてやるから、いらっしゃい」と勧めていただいた。ありがたいお招きを受けていながら、今回の聞き取りに間に合わなかったことを悔いるばかりである。しかし、佐藤氏の奥様には西澤さん経由で吉田ふみさんが「花甚」という履物屋の関係者であったことを教えていただいた。小千谷の皆様のご親切により、多くの事実が明らかになった。

いっぽう、東京の方でお世話になったのが、平井先生のお孫さんたちである。はじめは著作権所有者を探すことにも苦渋したが、平井先生と縁が深い東京創元社の古市怜子さんから情報をいただいたことで、最終的にお孫さん五名の現状があきらかになった。平井先生は妻の美代さんとのあいだに三人の娘さんを授かった。長女の狭青さんの嫁いだ木島家では木島啓之、正之、公之氏の三兄弟が誕生された。長男の啓之氏には初代谷口喜作が誕生した富山県時代の戸籍までをすべて入手していただき、程一逝去の除籍届が出るまでの戸籍情報を開示していただいた。親族にしか入手できぬ正確な戸籍が明らかになったのは、一重に木島啓之氏のご尽力である。また三男の公之さんには千葉の平井邸の調査を数度にわたってお願いし、また多くの写真を提供していただいた。正之さんからも「程一おじいちゃん」と「ふみおばさん」の日常を語っていただいた。公之さんに同行して千葉の旧邸探しをおこない、隣家の佐久本家ご夫妻からふみさん晩年の暮らしぶりを教えていただいたことも大きな収穫であった。いっぽう、三女淼子さんが嫁いだ岩下家では長男博武氏に何度も面談させていただき、平井美代の実家のことや浜町付近のことについてご教示いただいた。なによりも、平井先生の遺骨を納めた墓地の情報を開示していただけたことに感謝申しあげたい。その間、木島公之さんが親族の関係にある上野うさぎやを訪問し、初めて親戚同士の対面が実現するなどの出来事があったと聞く。

しかし、東京で得た最大の幸運は、平井先生の葬儀がおこなわれた高輪光福寺において、吉田ふみさんが眠る吉田家の墓に詣でたときに生まれた。たまたま玄関でお目にかかった光福寺ご住職の奥様と立ち話した際、吉田ふみさんの親戚の方が健在でいらっしゃるという事実を聴かせていただいた。しかし、現在はご家庭の事情でそのような問い合わせに答える余裕がないだろうとのことであった。しかし、ふみさんを知る方はもはや皆無に近いと思われたので、編者は無理を承知で仲介をお願いするほかなかった。奥様はご親切にも編者の勝手な願いを伝えてくださった。半年後、今も吉田家の墓を守っておられる宮沢康枝氏への電話面談が実現したのである。宮沢氏はふみさんのいとこにあたり、若い時代から親交のあった方であった。たぶん、宮沢氏との連絡がつかなければ、吉田ふみさんの一生は永遠に忘れ去られたことであろう。令和二年、年譜が手を離れる直前での対面であった。仲介いただいた奥様はお名前さえ存じ上げないのだが、心から感謝申しあげる。なお、宮沢氏は吉田家に残る平井先生の分骨についても平井家へ返したいとのご意向があったので、木島家と相談のうえ、平井家墓所に納めることに決まった。これをもって、平井先生の遺骨も戻るべきところへ戻ることだろう。

この幸運により、吉田ふみさんの経歴はかなりの部分まで明らかになった。残るは平井先生の若い時代の調査であったが、あいにく上野うさぎやでは震災と空襲で二度焼け出された結果、古い資料が残っておらず、世代替わりもあって詳細がまったく分からなかった。

こうなったら、国会図書館の蔵書を検索して一件一件雑誌記事などを探し出すほかにない。国会図書館のデジタル資料だけでも数十の記事が発見できたが、程一兄の二代谷口喜作は、碧梧桐の俳誌『海紅』だけでも数百号に投句や投稿があることが分かった。これだけの量をどう処理するべきか困窮していると、古くからの読者で編者が交流していた伊吹博氏と伏屋究氏が力を貸してくださった。伊吹氏は大阪、伏屋氏が北海道に在住だったおかげで、主要図書館や文学館にアクセスできたため、ほぼ三年かけて閲覧可能な資料に当たることができた。この膨大な探索をすべて厚意で手掛けてくれたお二人に、編者は残りの命をかけて感謝せねばならない。編者が一人で国中を巡っていたら、死ぬまでに年譜は完成しなかったに違いないからだ。

この大調査の結果、もっとも重大な事実が明らかになった。程一の兄、二代谷口喜作氏が日本有数の和菓子舗を切り盛りする合間に、おどろくべき多数の作品や記録を発表していたからである。詳細は年譜をご覧いただければ分かる。俳人らしい枯淡の生き方を貫くため生涯に一冊の単行本も出版しなかったにもかかわらず、ほぼ毎月どこかの雑誌に俳句はもちろんのこと、私小説と身辺雑記を書き綴った多産家であった。その圧倒的な分量は、戦前までわずかな公刊物しかなかった程一と比較にならない。とくに重要なのは、喜作氏が日々折々の心情をつづった随想群「市井雑記」だった。喜作氏はこの「市井雑記」をこのままの題名で単行本にする夢をひそかに抱いていたが、それだけの矜持を証明する作品群なのである。初代喜作の人生、程一の結婚問題、上野うさぎやの歴史など重要な記録は、喜作氏の仕事を通じて現代に伝えられたといっても過言でない。しかも、程一とはことなり、家族と周囲の人々の心情を愛情深く詠んだ膨大な句には、これまで世の批評家が言及し忘れていた「近代の寂び」がある。このような心根の人物が実際に存在したこと自体が、奇跡に思える。編者は谷口喜作の人生と作品に現代の目からの再評価がおこなわれることを願う。

もう一つ、参考になったのは芥川賞作家岡松和夫氏の小説『断弦』（文藝春秋、平成五年二月一〇日刊）である。氏は程一の姪にあたる方と結婚された縁で、平井程一の人生を小説にされた。とりわけ、作中で程一をモデルとする主人公が二冊の日記ノートを残していると書かれていることに興味があった。もしや行方不明の自伝『明治の末っ子』の草稿ではなかったかと考えたが、岡松氏が逝去されたため確認する機会を失ってしまった。

最後になったが、このような根気を要する仕事を最後まで見守り、助言を惜しまなかった恩師紀田順一郎先生には、心の底から感謝せずにいられない。編者が高校生のとき紀田先生を紹介してくれたのは、ほかならぬ平井呈一先生だった。以来紀田先生には変わらぬご指導をいただいている。毎月のように横浜のお宅に伺い、他所で観ることができなかったサイレント映画の古典名作を鑑賞し、奥様の手料理をいただくことが、編者の青春のすべてだったと言い切れる。紀田先生とご一緒に平井程一年譜を完成できたことは、編者の人生における最大の喜びである。なお、本書に見いだされるであろう誤りや不適切な言辞は、すべて編者の不勉強に帰せられること書くまでもない。

コロナ禍の令和三年一月　編者識

［編者］
荒俣宏（あらまた・ひろし）
作家・翻訳家・博物学者。京都国際マンガミュージアム館長。
平井呈一に師事、平井から紹介された紀田順一郎とともに、怪奇幻想文学の日本での翻訳紹介に尽力。のち活動の幅を広げ、博物学をはじめとして多ジャンルにわたって活躍。主な著書に『妖怪少年の日々』、『帝都物語』シリーズ（ともにKADOKAWA）、『世界大博物図鑑』（平凡社）、『サイエンス異人伝』（講談社）、『江戸の幽明』（朝日新書）など。『怪奇文学大山脈』Ⅰ～Ⅲ（東京創元社）を編纂。

［監修者］
紀田順一郎（きだ・じゅんいちろう）
評論家・作家。書誌学、メディア論を専門とし、評論活動を行うほか、創作も手がける。
主な著書に『紀田順一郎著作集』全八巻（三一書房）、『日記の虚実』（筑摩書房）、『古本屋探偵の事件簿』（創元推理文庫）、『蔵書一代』（松籟社）など。荒俣宏と雑誌「幻想と怪奇」（三崎書房／歳月社）を創刊、のち叢書「世界幻想文学大系」（国書刊行会）を共同編纂した。

平井呈一　生涯とその作品

2021年5月19日　初版発行　　　定価はカバーに表示しています

編　者　荒俣　宏
監修者　紀田順一郎

発行者　相坂　一

発行所　松籟社（しょうらいしゃ）
〒612-0801　京都市伏見区深草正覚町1-34
電話　075-531-2878　　振替　01040-3-13030
url　http://www.shoraisha.com/

印刷・製本　モリモト印刷株式会社
カバーデザイン　安藤紫野（こゆるぎデザイン）
Printed in Japan

 ISBN978-4-87984-407-1 C0095